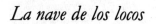

La nave de los locos

Letras Hispánicas

Pío Baroja

La nave de los locos

Edición de Francisco Flores Arroyuelo

SEGUNDA EDICION

CARO RAGGIO/CATEDRA

LETRAS HISPANICAS

Ilustración de cubierta: Óleo realizado
por Juan de Echevarría (fragmento).

© Ediciones Caro Raggio
Ediciones Cátedra, S. A., 1996
Juan Ignacio Luca de Tena, 15. 28027 Madrid
Depósito legal: M. 7331-1996
ISBN: 84-376-0669-1
Printed in Spain
Impreso en Selecciones Gráficas
Carretera de Irún, km. 11,500 - Madrid

Índice

Séptima parte
LOCOS Y CUERDOS

Introducción

I. Pío Baroja y la Historia

Uno de los personajes de Pío Baroja, José Larrañaga, que ha sido identificado en numerosos aspectos con su creador, nos dice:

> hay que tener en cuenta que si el hecho más agradable del presente no se puede recordar, se reduce casi a nada. Nuestra vida es historia, no sólo nuestros hechos exteriores, sino nuestra personalidad interior. Todos nos imitamos a nosotros mismos. Somos unos plagiarios de nuestro Yo. Si se nos borrara de nuestra mente la historia de nuestra personalidad, no sabríamos en cada caso ni qué decir. En cambio, tal como somos, tenemos preparadas nuestras respuestas, en palabras o en acción, a todo lo que nos solicita desde fuera. Hemos tomado una postura espiritual y material, queriendo o sin querer, y eso somos[1].

Estamos ante una de las manifestaciones más claras de nuestro novelista por la que entendemos que el hombre, para serlo, antes que nada es un ser histórico aunque condicionado por esa compleja facultad que llamamos memoria. Es el hombre, como individuo y como miembro de una colectividad, el que es historia, después, en otro nivel, como un producto arbitrario y subjetivo, por más que con pretensiones de ciencia, queda la *Historia.* De aquí que no pueda extrañarnos que incluso en algunas de sus novelas de la serie histórica *Memoria de un hombre de acción* titulada *Las mascaradas sangrientas,* en un rasgo de humor también, no se recate en decir que estamos ante una obra *«quizá más antihistórica que histórica»*[2]. Y sin embargo...

---

[1] Pío Baroja, *El gran torbellino del mundo,* Barcelona, 1962, pág. 27.
[2] Pío Baroja, *Obras Completas (O. C.),* t. IV, pág. 475.

Lo que sucede es otra cosa, pues su planteamiento no pasa de ser un guiño de ojos que comprende perfectamente el lector a poco avisado que esté. En *La caverna del humorismo*, después de decirnos que no hay diferencia entre la historia y la novela, y que así como Chateaubriand o Flaubert han logrado convertir la novela en una obra seria de construcción y de técnica, otros, como Carlyle, han conseguido hacer historia como una novela fantástica y caprichosa, apunta varias clases de historiadores y de historia que son, en primer lugar, la de los especialistas y profesores de las universidades; aquí «las grandes causas, la Providencia, el progreso, la concepción materialista de la historia, son los grandes motores que arrastran» ridiculizando a continuación esta postura diciendo que

> la historia universal es el campo de las maniobras de estas tendencias teleológicas. El derecho es para esta gente el *Sancta Sanctorum* de su conciencia. Todos los hombres tenemos los mismos derechos... (...) Para estos historiadores sociólogos y jurisconsultos, el detalle es cosa que no vale, no tiene importancia. La cuestión es hacer paréntesis, divisiones y subdivisiones y poner nombres[3].

Por otra parte están los que escriben una historia integral, en la que se mezclan la cultura, la religión, el arte, la economía, las ciencias, las costumbres, ...que «suele ser un bazar con un aire industrial bastante desagradable»[4]. También está la historia que se limita a enumerar una lista de batallas, conquistas y nombres de reyes, todo ello aderezado con una cadeneta de fechas que por sí solas no indican ni aclaran nada. Y por último, la historia escrita por el no profesional, en la que los contrastes y las pequeñas causas aparecen sirviendo de motivo a hechos que marcan una fecha.

Aquí tenemos el fundamento del antihistoricismo de Baroja, que pregonó a los cuatro vientos y que contrapuso a su propia manera hecha desde un plano no profesional. Azorín, en un artículo titulado «Baroja, historiador»[5], afirma que la concep-

---

[3] Pío Baroja, *La caverna del humorismo*, Madrid, 1920, págs. 274 y ss.

[4] Pío Baroja, *La caverna...*, ed. cit., pág. 275.

[5] Azorín, *Ante Baroja*, en *O. C.*, Madrid, 1948, pág. 193.

ción histórica del novelista es semejante a la que Vigny expuso en el prólogo de su novela *Cinq-Mars,* que en síntesis queda reducida a que «la verdad del arte es más verdadera que la verdad real». Baroja confirmó esta concepción en escritos teóricos y novelas, cuando oímos por boca de Leguía que *«El Quijote* da más impresión de la España de su tiempo que ninguna obra de los historiadores nuestros. Y lo mismo pasa a *La Celestina* y a *El gran Tacaño»*[6]. Para Baroja, el libro histórico siempre está en un segundo plano respecto al libro de ficción realista en cuanto a testimonio de época, ya que,

> por mucho que se quiera, la historia es una rama de la literatura que está sometida a la inseguridad de los datos, a la ignorancia de las causas de los hechos y a las tendencias políticas y filosóficas que corren por el mundo[7].

Íntimamente ligado a lo expuesto está el problema de cómo supone Baroja que hay que enfrentarse con el hecho histórico. Demasiado bien sabía que el escritor que trata de evocar el pasado puede seguir dos caminos distintos, cuyos resultados serían, por un lado, reparando en los hechos que por el significado que reciben o por las consecuencias que se le atribuyen, pasan a ser considerados como grandes sucesos, o bien, fijándose en aquellos hechos que se presentan con trivialidad, quedando fuera de la consideración general aunque en un plano más profundo.

Baroja cree que es más auténtico, más real, más notorio, valiéndose de un procedimiento impresionista, evocar la vida por aquello que parece que hace que se escape constantemente de entre las manos, y que para él era parte de su esencia. Esta realidad palpitante de vida solamente la puede historiar el artista que tiene el poder de hacer que esas acciones aparentemente mínimas y sin brillo vuelvan a bullir nuevamente aunque sólo sea fugazmente.

Pío Baroja, al declararse antihistórico, no hacía más que mostrar una serie de negaciones y repulsas de la *historia* académica, en la que no quiso que alguien pudiera encasillarle.

---

[6] Pío Baroja, *O. C.,* t. IV, pág. 174.
[7] Pío Baroja, *Chopin y Jorge Sand,* Barcelona, 1941, pág. 53.

El pensamiento de Baroja respecto a la concepción de la historia, como han señalado Laín Entralgo y Maravall, es semejante al concepto de *intrahistoria* de Unamuno, por entenderla más auténtica y cercana a la realidad y a la vida. Lo importante para él era el *hecho* que se distinguía del *suceso*. Lo intrahistórico con sus elementos oscuros, personales, versátiles, casuales, ... que forman la esencia y razón de lo vital, bien distinto del acontecimiento que figura como algo a lo que se ha llegado después de salvar una larga serie de obstáculos y del que, a partir del mismo, la vida continúa con arreglo a las consecuencias que de él se derivan. Baroja, ante lo cotidiano, los acontecimientos y las ideas y conceptos optó por dar preferencia a los hechos de la vida diaria.

Por otro lado, hemos de tener presente que Baroja consideraba que «lo individual es la única realidad en la naturaleza y en la vida»[8]. Para nuestro novelista la humanidad está compuesta de individuos, de solitarios, y de una masa amorfa que vive

> en el artificio de una armonía moral que no existe más que en la imaginación de esos sacerdotes ridículos del optimismo que predican sobre las columnas de los periódicos[9].

Estas dos fuerzas, lo individual, que inventa, que es original, que perturba... opuesto a una masa que no comprende lo individual, ante lo que siente miedo, y que procura por todos los medios posibles esfumarlo todo en un ambiente vulgar en el que los hombres son iguales en sus gustos y reacciones. El individuo está luchando contra esa gran fuerza laminadora que es la masa, y luchando, no por imponerse, sino por conservar su libertad contra el fatalismo que le cerca maniatándole.

Baroja ve la historia de la humanidad compuesta por un sinnúmero de etapas en las que el individuo y la masa han estado enfrentándose con una perpetua victoria incompleta de la masa sobre el individuo.

Baroja se mantiene en una postura menos intelectualizada

---

[8] Pío Baroja, *César o nada,* Madrid, 1910, pág. 5.
[9] Pío Baroja, *César...,* ed. cit., pág, 6.

que Unamuno, aunque algunos críticos hayan creído que se encuentran en un plano semejante. Lo que hace Baroja es creer que un acontecimiento histórico, si se estudia a fondo y llega a desmenuzarse, puede aparecer como una serie de hechos intra-históricos en los que la casualidad, o si queremos el destino, ha jugado también su papel.

Azorín, que está muy cerca del pensamiento de Baroja en este punto, al hacer la crítica de *El escuadrón de Brigante*, novela en la que se nos describe la guerra, en su mayor parte, es un estado de cosas oscuro, opaco, sin relieve, ... un estado de cosas que Baroja nos procura en esta novela, por la que comprobamos que es «ahora y no antes cuando vemos en realidad, escueta y descarnadamente, "cómo fue la guerra de la Independencia"»[10].

Lo que busca Baroja en la serie de novelas históricas es la realidad que fue y se perdió en el tiempo y que sólo puede ser encontrada por la sensación de realidad que es capaz de procurar el arte. Íntimamente relacionado con este entendimiento de cómo se ha de historiar o cómo se ha de novelar la historia, está la concepción que tiene Baroja de la novela. Para él, la novela no es un género concreto y bien perfilado. La novela es un género indefinido, multiforme, proteico, en formación, en fermentación..., que lo abarca todo; desde el libro psicológico hasta el filosófico, el aventurero, el utópico, el épico, ... Él nos lo dice así: «Si hay un género literario *sin metro,* es la novela.»

En el prólogo de *La nave de los locos* respondió a José Ortega y Gasset que con dogmatismo había expuesto la tesis de que la novela debía ser cerrada, de pocos personajes, impenetrable, de técnica acabada, ... En aquel texto, a la vez que defendía su personal manera de novelar, Baroja exponía las excelencias de la novela permeable, porosa, abierta, ilimitada..., porque, entre otras razones, cree que la novela, más que un juego o un experimento intelectual de mayor o menor habilidad, es el resultado de haber sabido manifestar una intimidad sobre la vida que gira o ha girado en torno a ella.

Baroja se considera siempre incapacitado para componer una novela de la misma manera que se puede imaginar y llevar

---

[10] Azorín, ed. cit., pág. 196

a cabo una jugada de ajedrez, tal como lo habían hecho un Conan Doyle, un Edgar Allan Poe...; la novela es para él, ante todo, algo muy ligero e indeterminado en lo que cuenta saber enfrentarse y ver la realidad que fluye y, por otro lado, que es presentada como el fruto de imaginación capaz de levantar una trama. La vida muestra constantemente un desafío a que sea tomada tal como es y pueda ser trasplantada a unas hojas de papel. «La vida no da casi nunca consecuencias lógicas»[11]. Este trabajo sólo lo puede realizar el novelista que tiene su existencia proyectada sobre la vida con sus sorpresas y sus quiebros insospechados, por más que muchas veces sean previsibles. Baroja sabe que la obra literaria siempre será un reflejo de la realidad. «El realismo es una tendencia en literatura; pero el realismo no es la realidad absoluta»[12].

Nuestro novelista no piensa ni pretende que sus novelas atrapen y expliquen la vida en su totalidad, porque esto es irrealizable; se contenta con tomar lo esencial de ella, que a veces, y con frecuencia, parece algo nimio y de una nula trascendencia. Pero la vida está ahí y el novelista que intenta reflejarla debe tomar las soluciones que le ofrece. El novelista tiene que captar todo lo que le rodea para después volcar en un libro lo que su personalidad selecciona, y no puede ver la vida conforme a unos prejuicios porque ha de mantenerse solo, fuera de toda escuela estética y toda doctrina moral.

La novela será el producto de la mayor o menor visión del novelista y de su personalidad al proyectarla conforme a la forma que le es propia. Baroja defiende una postura impresionista de novelar insinuando reacciones y apuntando detalles. De aquí que muchas de sus novelas parezcan incompletas; como si no estuvieran acabadas, e, incluso, como si no tuvieran principio ni fin, dando la impresión de que se ha dejado llevar por sucesos o por temas que le piden un mayor desarrollo, constituyendo trilogías, que muchas veces podrían llegar más lejos.

Por tanto, esta concepción de la novela, tan personal y tan poco amiga de las preceptivas, y enfocada solamente hacia la vida, tiene una aplicación fácil para el que quiere hacer histo-

---

[11] Pío Baroja, *Memorias,* t. V, Madrid, 1948, pág. 124.
[12] Pío Baroja, *Memorias,* t .V, ed. cit., pág. 124.

ria, al intentar siempre mantenerse sobre un fondo de época a la vez que se ciñe a unos acontecimientos y a unos hechos ocurridos que por su carácter menor de sucesos poco brillantes merecieron quedar en la oscuridad, pero todos de gran importancia para el historiador. Para Baroja, el novelista y el historiador han de tener en cuenta la espontaneidad de la vida, porque para él, el hombre se escapa por su personalidad a un determinismo rígido y completo como algunos suponen. Y, por otro lado, el historiador es un «hombre que pretende ver en lo que es, con sus ojos, no lo ve como los demás; siempre le da un carácter propio a su visión, mejor o peor»[13]. El hombre que pretende y puede ver en la esencia, es una entelequia que no se puede dar.

> A mí me interesa —como decía Stendhal— ver en lo que es. Saber distinguir la realidad del mito, saber señalar los caracteres de la realidad...[14].

El hombre sólo puede pretender ver en lo que es, sabiendo que corre un gran riesgo de equivocarse, porque el hombre es siempre un enigma para sí mismo, y de una sinceridad muy relativa incluso para su conciencia, porque constantemente está envuelto en velos y marañas que le crea el instinto vital. Por desgracia,

> el hombre es una máscara no sólo para los demás, sino para sí mismo. No hay manera de averiguar claramente en dónde empieza su realidad y en dónde acaban sus ficciones.

En páginas anteriores hemos hecho referencia al desenfado con que se vengó Baroja de la historia académica, a lo que habría de añadirse su opinión sobre la filosofía de la historia[15], por más que sea imposible hacerlo en las presentes páginas.

Un aspecto que sí ha de merecer nuestra atención ahora es

---

[13] Pío Baroja, *Memorias*, t. V, ed. cit., pág. 80
[14] Pío Baroja, *Memorias*, t. V, ed. cit., pág. 84.
[15] Véase Francisco J. Flores Arroyuelo, *Pío Baroja y la Historia*, Madrid, 1971, pág. 35 y ss.

el conocimiento y valoración que Pío Baroja tenía de la novela histórica, pues bien sabemos de su afición a este género. Baroja leyó con gusto y detenimiento las novelas que transcurrían en la época inmediatamente anterior a la propia vida de Walter Scott, y supo comprender lo que representaba el interés por investigar los orígenes de la sociedad en que había nacido. Baroja leyó el folletín histórico y supo sacar el fruto de toda aquella imaginación desplegada en función de unos efectos sentimentales. Baroja leyó a Dostoiewski y apreció en sus personajes un desdoblamiento psicológico que es producto de una deformación de visión y que estaba perfectamente conjuntado con el momento histórico que les determinaban. Vio también que Balzac había tenido perfecta conciencia histórica al escribir su *Comedia humana*, pues una descripción histórica fechada y en la que sus personajes aparecen ligados, por no decir determinados, a varios momentos de la historia lo demuestra, ... Baroja había leído a Stendhal y había sabido ver las relaciones que guardaban los personajes históricos con sus personajes de ficción y, además, este mismo autor, supo enseñarle mejor que nadie que los personajes inventados, para tener consistencia y mentalidad de su época, tenían que hacer referencia constante y obligada a unos hechos históricos comprobables. Stendhal supo, pues, mostrarle la importancia de la verdad del detalle histórico. Baroja tuvo presente lo que era evidente en Tolstoi, quien, sobre todo en *Guerra y paz,* había deslindado claramente el valor y posibilidades de las novelas históricas, y que, como ahora hacía él, había desestimado, por partidistas e infantiles, muchas de las opiniones de los historiadores que habían tratado de explicar el acontecimiento que conmovió a Europa en los primeros años del siglo XIX. Tolstoi da una explicación de la historia que está muy próxima a la de Baroja en su postura *antihistoricista.* Cuando Tolstoi dice que

> para nosotros, que no somos ni contemporáneos ni historiadores, para nosotros que nos hemos entregado a investigaciones de carácter histórico y que, por consiguiente, contemplamos los hechos con un criterio de independencia y sin ofuscación, las causas de estos hechos nos parecen incalculables[16].

[16] Pío Baroja, *Divagaciones apasionadas,* Madrid, 1924, pág. 38.

Tolstoi le enseñó a ser novelista histórico fuera del fatalismo indispensable en toda ciencia histórica. Y por último, nos toca destacar también la presencia de Galdos que, con sus *Episodios Nacionales,* ponía frente a Baroja una muralla retadora ante la que debía doblegarse, ignorándola, o, por el contrario, replicándola. Baroja se decidió por esto último, y como veremos más adelante, con sus *Memorias de un hombre de acción* supo darle una réplica bastante lineal a su obra.

Pero que en un momento dado Pío Baroja se convirtiese en novelista histórico no hemos de verlo como un resultado que nace de forma espontánea. Desde sus primeros pasos como novelista dio muestras más que suficientes de su preocupación por el pasado, aunque no por un pasado remoto que no podría jamás llegar a entrever, pues «no me bastarían todos los documentos que pudiera reunir para darme cuenta aproximada de cómo era un hombre de lejanas centurias». De ahí que Baroja considere que son *errores fundamentales* libros como *Salambó* de Flaubert, o *Los mártires* de Chateaubriand o *Quo vadis?* de Sienckiewicz, ... y no las novelas de Walter Scott, Stendhal, Dickens, ... de carácter histórico cercano al tiempo en que vivieron.

> Tampoco es un error, sino, por el contrario, un gran acierto *Guerra y Paz,* de Tolstoi, porque Tolstoi pudo comprender a los rusos de la campaña de Napoleón casi por impresión directa sin tener que recurrir a versiones amaneradas y manoseadas, convertidas en lugares comunes por largos años de retórica...[17].

Baroja rechazó siempre novelar la vida de épocas pretéritas, pues aparte de las dificultades de tipo erudito, existía la de la comprensión del hombre:

> Y encuentro que en una época cercana se puede suponer, imaginar o inventar la manera de ser psicológica de los hombres que vivieron en ella. En cambio, el modo de ser de los hombres de hace doscientos, quinientos o más años a mí, al menos, se me escapa[18].

---

[17] Pío Baroja, *Divagaciones...,* ed. cit., págs. 38-39.
[18] Pío Baroja, *Mis mejores páginas,* Barcelona, 1961, pág. 201.

El tiempo, en estas proporciones, más que la condición humana, hacía que junto al obligado cambio de costumbres, de usos, de condiciones de vida, ... no se pudiese llegar a comprender la mentalidad y el comportamiento de aquellos hombres. De aquí que estos dos frenos, uno intuitivo y otro erudito, juntamente con su intención de novelar el presente, hicieron que Baroja se proyectara sobre la España contemporánea y, al mismo tiempo, se fuera adentrando en el pasado con timidez y calculados pasos.

El pasado era una acción humana que fue en el tiempo y que a cada instante se alejaba más y más, evaporándose y diluyéndose, haciéndose más difícil de atrapar y comprender, a la vez que un bien convencional.

Pero el pasado, sólo como pasado, era antipático para Baroja, como dice una vez más en el prólogo de *La dama errante* de la edición de 1914. Sin embargo, debido a su innato sentido crítico, a su romanticismo más o menos velado, a su tendencia contemplativa y estudiosa y, sobre todo, al factor psicológico que le impulsaba constantemente a buscar las raíces que explicaban el presente, así como a estudiar y salvar del olvido todo lo que se perdía ganado por el tiempo, encontró abundante agua de donde beber en el pasado, en la historia, en la tradición.

Pero conviene que perfilemos este factor psicológico, motor de su historicismo, que en Baroja es el que le lleva a interesarse por un tiempo en el que encuentra constantes referencias al mundo en que había crecido y del mundo más o menos fabuloso de que había oído hablar en su niñez y juventud. Sin Aviraneta, porque era pariente suyo, no tendríamos su visión histórica de la primera mitad del siglo xix español, sin los tíos de su abuela que llevaron a su casa cajas de té, muebles de madera de alcanfor después de sus viajes a Oriente, no tendríamos ni Shanti Andía, ni Chimista. Otra cosa muy distinta es que no le gustase el pasado de España y también que sufriera una sensación de fracaso al intentar acercarse a un pasado que se le mostraba como el mito de un carácter verdadero, fuerte y duro.

El tema del pasado lo encontramos en novelas como *Camino de perfección* o *El mayorazgo de Labraz,* pero es en 1905, después

22

de haber publicado *La lucha por la vida,* cuando Baroja decide dejar suelta su fantasía por el pasado escribiendo *La feria de los discretos,* donde, siguiendo las correrías de su personaje Quintín, un pretendido *hombre de acción,* nos conduce a Córdoba en los años anteriores a la revolución de 1868, y en la que no faltan personajes históricos como el bandolero José María Pacheco[19]. Más adelante, en *Los últimos románticos* y *Las tragedias grotescas,* conocemos la época del romanticismo madrileño y el exilio en París de numerosos españoles, así como una referencia a las vicisitudes de la capital francesa durante la *Comune* de 1871.

Otro tanto sucede con *La dama errante,* en que un acontecimiento, como fue el atentado ocurrido en la calle Mayor de Madrid contra los reyes de España el 31 de mayo de 1906, da pie a un estudio de un momento histórico. Baroja, como confesaba en el prólogo citado de esta novela, tenía plena conciencia de historiador, llegando a decir:

> Dados estos antecedentes, es muy lógico que un hombre que sienta así tenga que tomar sus asuntos no de la Biblia, ni de los romanceros, ni de las leyendas, sino de los sucesos del día, de lo que se ve, de lo que se oye, de lo que dicen los periódicos. El que lea mis libros y esté enterado de la vida española actual, notará que casi todos los acontecimientos importantes de hace quince o veinte años a esta parte aparecen en mis novelas[20].

Como vemos, la producción novelística de Baroja tiene un fuerte carácter de testimonio de su época y de explicación de los antecedentes que la determinaron. Baroja mostraba el presente, pero con regularidad cedía un paso atrás, de tal forma que, cuando en 1913 comenzó a publicar las *Memorias de un hombre de acción,* ya había dado su personal visión de la segunda parte del siglo XIX español en los más diversos aspectos: así, en la trilogía titulada *El pasado* vemos el final de la época romántica y la caída del trono de Isabel II a la vez que conocemos el nacimiento en el París de la *belle époque* de la doctrina comunis-

---

[19] Ver el artículo «La muerte de Pacheco», en Ricardo de Montis y Romero, *Notas Cordobesas,* t. IV, Córdoba, 1923.

[20] Pío Baroja, *La dama errante,* ed. cit., págs. X-XI.

ta y de los forcejeos de los anarquistas. En *La lucha por la vida* nos conduce por los estratos de la sociedad madrileña postgaldosiana enfebrecida por el anarquismo. En *El árbol de la ciencia* presenta la España del desastre colonial. En los libros de *El mar* nos hace conocer la vida de los marinos vascos en la época en que comenzaba la industrialización del mar...

En 1913 inició un nuevo salto atrás, después de tropezar con un personaje que le captó desde el primer momento, al lanzarse a la aventura de novelar la historia de la España contemporánea desde su inicio, desde la guerra de la Independencia hasta 1834. Pero, igual que antes, en que el estudio del presente no le había impedido tender su mirada al pasado, ahora, cuando el pasado era la clave de sus preocupaciones, volvió una y otra vez al presente. Y así en *Las horas solitarias* hallamos un amplio reportaje sobre su época, en *La selva oscura* tropezamos con la España de los turbulentos años anteriores a la última guerra civil. En *El cabo de las tormentas* nos describe la sublevación del capitán Galán en Jaca... junto a noticias de los sindicalistas de Barcelona en los días del gobierno de Martínez Anido, la proclamación de la segunda República Española en Madrid, ... Y en los años de su vejez tenemos la novela *Los saturnarios,* que permanece inédita, donde se nos describen los días inmediatamente anteriores a la guerra civil de 1936.

Y por último hemos de recordar *El caballero de Erlaiz,* por la que volvemos a la vida de los días del *antiguo régimen* en las ciudades del país vasco, como Vergara, Azcoitia, Azpeitia; con los Altuna, con los profesores enciclopedistas de Oñate y Vergara, con los Esparan, ... dentro del movimiento que llevó a la creación de la Sociedad de Amigos del País...

Azorín, en su libro *Madrid,* que nos informa cumplidamente del ambiente y primeros balbuceos de los hombres que con el tiempo serían reunidos bajo la etiqueta de *generación del 98,* dice:

> La Historia nos tenía captados. Nos diéramos de ello cuenta o no nos diéramos. Para los resultados finales ha sido lo mismo. Baroja ha escrito una extensa Historia de España contemporánea. Maeztu acopiaba quizá entonces los libros invisibles con que había de tejer su teoría histórica de la hispanidad. En cuan-

to a mí, el tiempo en concreto, es decir la Historia, me ha servido de trampolín para saltar al tiempo en abstracto. La generación de 1898 es una generación histórica[21].

II. Las «Memorias de un hombre de acción»

Para Baroja, conforme al concepto que tenía de lo que es un
historiador, la historia de la España contemporánea permanecía inédita o, por lo menos, abierta para el que quisiera iniciar
la aventura. Así en 1917, en el *Nuevo tablado de Arlequín* nos
dice:

> El que busque razonamientos o datos en la Historia para orien-
> tarse y ver si hay unidad o variedad en el tipo español a través
> del tiempo, se encontrará con que la Historia de España está
> por hacer. Se conoce, sí, una narración anecdótica de los reyes
> y de sus familias; pero la vida de los pueblos y de las comarcas
> está en la oscuridad. No sólo los detalles, sino lo más funda-
> mental, queda sin aclaración[22].

Pero Baroja, para iniciar esta nueva aventura, necesitaba encontrar una piedra angular de muy especiales características,
necesitaba un personaje que reuniera una serie de cualidades
sobre las que pudiera volcar los impulsos que alimentaba su espíritu aventurero y fantástico condenado a llevar una existencia más o menos monocorde, y con el que se sintiera sentimentalmente unido. Y este personaje lo encontró en don Eugenio Aviraneta, antepasado suyo y hombre singular y contradictorio que le llegaba envuelto en la incertidumbre. En su familia quedaba el recuerdo de Aviraneta como un personaje
irreligioso, desprendido, político, viajero, ... En los libros de
historiadores del siglo XIX, como A. Fernández de los Ríos,
Juan Rico y Amat, Antonio Pirala, Marqués de Miraflores, ...
su silueta quedaba contrastada y sumida en el misterio.

Pío Baroja pronto comenzó a interesarse con verdadero
apasionamiento por Aviraneta. Encontró los folletos y vindi-

---

[21] Azorín, *Madrid,* en *O. C.,* t. VI, Madrid, 1948, pág. 229.
[22] Pío Baroja, *O. C.,* t. V, ed. cit., pág. 130.

caciones que el conspirador había escrito sobre los sucesos en que había intervenido, y por noticias de historiadores llegó hasta rastrear su figura como guerrillero en la guerra de la Independencia a las órdenes de Juan Martín el *Empecinado*, o en un viaje a Egipto y Grecia, o incluso luchando al lado del cura Merino, o en la primera guerra carlista en el famoso asunto del *Simancas* que precipitó el final del enfrentamiento. Y al mismo tiempo, como hostigándole, se alzaba toda una literatura en la que se consideraba a Aviraneta como un traidor, como un oportunista, como un miserable.

Baroja ya tenía el punto de partida de lo que con el tiempo llegaría a formar la serie de veintidós novelas reunidas bajo el título de *Memorias de un hombre de acción*. Y desde su mismo inicio se declaró partidario de su personaje como nos dice en el prólogo de *El aprendiz de conspirador:*

> Aviraneta era uno de esos hombres íntegros personalmente que buscan los resultados sin preocuparse de los medios; Aviraneta era un político que creía que cada cosa tiene su nombre y que no hay que ocultar la verdad, ni siquiera aderezarla,

o

> Aviraneta quiso ser un político realista en un país donde no se aceptaba más que al retórico y al orador. Quiso construir con hechos donde no se construía más que con trapos. Y fracasó... Él vivió su época, con sus odios y sus cariños, con sus grandezas y sus roñerías, y vivió con intensidad[23].

Con Aviraneta, Baroja tenía el héroe a su medida, un

> hombre que está por encima de la religión, de la democracia, de la moral, de la luz y taquígrafos, de los versos de Nuñez de Arce y de las aleluyas de Campoamor...[24],

un héroe que, para suerte del novelista, había participado en una larga cadena de acontecimientos, un héroe que por su alto sentimiento de orgullo estaba más allá del fracaso material y

---

[23] Pío Baroja, *O. C.*, t. III, Madrid, 1947, págs. 11 y 12.
[24] Pío Baroja, *O. C.*, t. V, ed. cit., pág. 133.

que había tenido la suerte de vivir en una época en que el individuo sólo había encontrado cauces por los que manifestarse con todas sus fuerzas y pasiones bien distintas a la suya, en la que la masa parecía uniformar y ordenar desde los gestos hasta los actos de conciencia.

Ya ante la materia que debía novelar, sólo le restaba resolver el problema de la forma en que tenía que desarrollarla. Sin duda alguna, después de copiosas vueltas y dudas, el novelista decidió darle el enfoque de *memorias,* manera tradicional y apropiada para narrar una existencia intensa y dilatada y que, a la vez, permitía intercalar cuantos incisos creyera oportunos, pero a su vez, para poder mostrar estas *memorias* tuvo que recurrir al recurso literario de inventar una tercera persona, don Pedro Leguía y Gastelumundi, reservándose el papel de recopilador y ordenador del manuscrito.

Todavía, en los años últimos de su vida, cuando Pío Baroja comenzó a redactar sus *memorias,* tuvo la humorada de decirnos que

> Yo no me he propuesto escribir novelas históricas. No. A mí lo que me ocurre es que me encontré con un personaje, pariente mío, que me chocó, me intrigó y me produjo el deseo de escribir su vida de una manera novelesca. Yo no quise hacer novelas de aire heroico, sino recoger datos de una vida y romancearla[25].

Pero demasiado bien sabemos que fue algo más, bastante más: pretendió buscar lo español en su misma raíz, que en su tiempo había llegado difuminado y empobrecido; presentar las luchas políticas y los móviles, a veces mínimos y personales, que determinaron muchos de los hechos culminantes del siglo XIX y cuyas consecuencias todavía se hacían presentes y, al mismo tiempo, acercarse al pueblo español desparramado por tierras y aldeas, por ciudades fortificadas y por caseríos perdidos en la soledad de los valles, visto todo ello con mirada directa y desnuda de prejuicios y pretensiones librescas de hombre de ciudad. Pero es que hay algo más en Pío Baroja que le llevó a tra-

---

[25] Pío Baroja, *Memorias,* t. I, Madrid (2), 1952, pág. 174.

tar de describir todo este mundo. Baroja fue consciente de que era testigo último de todo un mundo que se transformaba y cambiaba, y del que había que dejar memoria:

> Manifestaciones de menos fuste que el arqueólogo y el historiador no toman apenas en cuenta, y, sin embargo, curiosas e interesantes para el costumbrista, iban perdiéndose ya hacía tiempo y acabarán por perderse definitivamente[26].

Baroja fue un gran escritor costumbrista, y es precisamente en las *Memorias de un hombre de acción* donde se manifestó como tal en grado máximo[27]. Y con esta intención fue una y otra vez a los lugares en que se desarrolló la acción, transmitiendo así a sus escritos esa sensación de impresión directa que desprenden.

> En la serie de novelas históricas titulada *Memorias de un hombre de acción,* por ejemplo, en *El escuadrón del Brigante,* los guerrilleros son tipos vistos en los pueblos de la provincia de Burgos el año 1914. Yo suponía que entre el hombre del campo de una tierra áspera y arcaica, como la de Castilla la Vieja, poco poblada, y el hombre de 1809 de esas mismas tierras no habría apenas diferencia. [...] y creo que en esta época la vida sería en el campo muy parecida a la del tiempo de *el Empecinado,* del cura Merino y Aviraneta. Estuve en Barbadillo del Pez, Barbadillo del Mercado, Salas de los Infantes, Azanzo de Miel, Huerta del Rey, Hontoria del Pinar, Peñaranda de Duero, [...] Algunos pueblos de éstos tenían que ser iguales a como eran hace un siglo...[28].

Para Baroja, la España física del primer tercio del siglo XIX estaba relativamente cercana en las ciudades, y en el campo continuaba igual. Por otro lado, hemos de tener en cuenta el alto grado de documentación visual, aparte de la impresión directa del medio y del paisaje a que llegó el novelista siguiendo su afición de coleccionar grabados y estampas de paisajes y de

---

[26] Pío Baroja, *Memorias,* t. VI, Madrid, 1948, pág. 9.
[27] Ver Francisco J. Flores Arroyuelo, *Pío Baroja y la Historia,* ed. cit, págs. 77 y siguientes.
[28] Pío Baroja, *Memorias,* t. V, ed. cit., pág. 260.

escenas de la vida. Baroja, buscando en los cajones de los buquinistas del Sena, en París, o por las librerías antiguas de cualquier ciudad por las que pasó, fue reuniendo una inmensa colección de impresos que le ayudaron tanto en la descripción de los personajes como en la de ciudades[29].

En todo momento de su labor de novelista histórico, Baroja manifestó la misma escrupulosidad por reproducir el ambiente aun en sus mínimos detalles. Pisó el suelo que habían pisado sus personajes del pasado, recorrió los lugares donde sus héroes habían hecho y deshecho mil lances. Y buscó y manejó todas las fuentes y noticias que pudieran darle alguna luz.

De aquí que, junto a lo dicho, debamos puntualizar el enorme cuerpo documental y literario que Pío Baroja utilizó para redactar las *Memorias de un hombre de acción*. Pues, a pesar de su escepticismo sobre el valor de los datos, Pío Baroja llevó a cabo una labor de investigador, de auténtico erudito de la que en más de una ocasión se sintió orgulloso, labor que contrasta con la de Benito Pérez Galdós, más bien pobre, a pesar de los esfuerzos mostrados por galdosianos como Hans Hinterhaüser y otros[30].

De las peripecias que sufrió en su labor de investigador recorriendo la Biblioteca Nacional, el Archivo de las Clases Pasivas, el Archivo del Ministerio de Gobernación, el Archivo del Ayuntamiento de Aranda de Duero y otros; la imposibilidad de conocer el archivo de Antonio Pirala por impedirlo Cánovas, que lo quería sólo para su uso; de cómo fueron a parar a sus manos varios manuscritos del propio Aviraneta, hizo un detallado relato en sus *Memorias* y en el prólogo de *El aprendiz de conspirador*.

Y junto a estos documentos, Pío Baroja manejó un enorme cuerpo de libros que en buena parte fue reuniendo en su casa de Vera de Bidasoa[31], y de la que dimos puntual detalle en

---

[29] Julio Caro Baroja, «Novela histórica y documentación gráfica (Las estampas reunidas por Pío Baroja)», *Boletín de la Real Academia de la Historia*, t. CLXX, Cuaderno I, págs. 51 y ss., Madrid, 1973.

[30] Hans Hinterhaüser, *Los Episodios Nacionales de Benito Pérez Galdós*, Madrid, 1963. Ver F. J. Flores Arroyuelo, *Pío Baroja y la Historia*, ed. cit., págs. 104 y ss.

[31] Véase el apéndice titulado «Un rincón de la biblioteca de Itzca», en Fran-

nuestro trabajo anteriormente citado. Cientos de libros apoyaron un conocimiento fiel de una época española terriblemente contrastada y difícil, procurando así una imagen poco menos que ignorada de nuestro novelista que, sin duda, ayudó él mismo a levantar dejándose llevar de su timidez y pudor.

Pero dejemos aquí lo que solamente podemos apuntar sobre el conocimiento profundo de Baroja de esta época, y adentrémonos en la estructura de las *Memorias de un hombre de acción* que desde una cronología más o menos dominante (téngase en cuenta que los veintidós volúmenes de las *Memorias de un hombre de acción* comprenden una cuarentena de relatos de mayor o menor extensión, de los que, a veces, varios de los incluidos bajo un título genérico son de épocas diversas) podemos clasificar del siguiente modo:

Fin del siglo XVIII y primeros años del siglo XIX:
   El aprendiz de conspirador (Libros VI y VII)

Guerra de la Independencia:
   El escuadrón del Brigante.

Periodo absolutista:
   Los caminos del mundo. Incluye *La mano cortada,* narración de México en la que aparece Aviraneta.

Trienio Liberal (1820-1823):
   Con la pluma y con el sable. Los recursos de la astucia (La canóniga y *Los guerrilleros del Empecinado). La ruta del aventurero (El convento de Monsant* y *El viaje sin objeto). Los contrastes de la vida (El capitán Mala Sombra, El niño de Baza, Rosa de Alejandría, La aventura de Misso longhi, El final del Empecinado).*

Década ominosa:
   La veleta de Gastizar. Los caudillos de 1830.

cisco J. Flores Arroyuelo, *Pío Baroja y la Historia,* ed. cit., pág. 427. Ignacio Elizalde, *Personajes y temas barojianos,* Bilbao, 1975, págs. 249 y ss.

Regencia de María Cristina:
La isabelina (1833-1834). *El sabor de la venganza (La cárcel de Corte, La casa de la calle de la misericordia, Adán en el infierno, Mi desquite). Las furias (Los bastiones de la tragedia, El sueño de una noche de verano y flor entre espinas). El amor, el dandysmo y la intriga. Las figuras de cera, La nave de los locos, Las mascaradas sangrientas, Humano Enigma, La senda dolorosa, Los confidentes audaces (Aviraneta preso. El número 101). La venta de Mirambel (Los expresidiarios)* y los cinco primeros libros de *El aprendiz de conspirador* que continúa en *El amor, el dandysmo..., Crónica escandalosa.*

Reinado de Isabel II:
(La muerte de Chico o la venganza de un jugador incluido en *El sabor de la venganza). Desde el principio hasta el fin (Últimas intrigas, La vejez de Aviraneta. El sueño de las calaveras).*

Por otro lado, Pío Baroja, dado sus conocimientos históricos de esta época, escribió un crecido número de artículos sobre determinados personajes o situaciones que reunió en un volumen titulado *Siluetas románticas,* y en los que podemos constatar las numerosas fuentes que utilizó y hasta dónde llegaban sus búsquedas por averiguar lo que sucedió en realidad[32], así como la biografía de *Aviraneta.*

Como hemos visto, Baroja, sobre la vida de Aviraneta trazó un amplio cuadro de la vida española del siglo XIX, aunque se detiene en determinadas épocas mucho más que en otras. Así podemos destacar la *vida de los guerrilleros,* el trienio liberal, y la regencia de María Cristina con especial atención, en esta última, a la primera guerra carlista.

Al tratar de situar la novela de que nos ocupamos, *La nave de los locos,* vamos a analizar en primer lugar la tercera parte de *El amor, el dandysmo y la intriga,* en la que Aviraneta comienza a

---

[32] Véase Jaime Pérez Montaner, «Sobre la estructura de las *Memorias de un hombre de acción»,* en *Cuadernos Hispanoamericanos,* t. LXXXIX, núm. 265-267, Madrid, 1972, págs. 610 y ss.; de Carlos Longhurst, *Las novelas históricas de Pío Baroja,* Madrid, 1974, págs. 161 y ss. (Gran trabajo sobre Pío Baroja con un tratamiento analítito y profundo de las novelas de la serie de Aviraneta), y Francisco J. Flores Arroyuelo, *Pío Baroja y la Historia,* ed. cit., págs. 127 y ss.

referirnos la situación en que se hallaba la guerra civil en el año 1838, trazando las siluetas de Maroto, jefe de la tendencia moderada carlista, y de Espartero, que por entonces era jefe adicto a la reina gobernadora y no estaba afiliado ni a los progresistas ni a los moderados, aunque se perfilase ya como jefe liberal al haber muerto Mina y estar en la emigración el general Córdova.

El carlismo, en este momento, es visto por Baroja del modo en que nos cuenta por uno de sus personajes:

> para mí, al menos, hoy los elementos importantes en el carlismo son Maroto, Arias Teijeiro, el padre Cirilo y el cura Echevarría. Cada cual tira por su lado; la fuerza de un grupo balancea la del otro, y así se establece el equilibrio. El día que uno de estos soportes del carlismo se quiebre el equilibrio se perderá y todo el tinglado se vendrá abajo. Maroto tiene la fuerza material, pero no cuenta con la confianza del rey ni con los fanáticos; Arias Teijeiro cuenta con el rey, pero no con el Ejército; el padre Cirilo es inteligente, intrigante, capaz de todo, pero su fuerza está en una sacristía, en un palacio o en un salón, pero no en el campo; el cura Echevarría tiene partidarios entusiastas en el pueblo; pero es tosco, y con él están solamente los brutos, como se ha llamado a sí mismo el general Guergué[33].

Aviraneta, por aquel entonces, pretendió apoderarse por sorpresa de don Carlos una de las veces que estuviera en Azcoitia. El proyecto, aunque considerado factible por todos, al final hubo que abandonarlo.

En la última parte de la novela, Baroja nos relata cómo el general Maroto entró en Estella y se hizo dueño absoluto del carlismo tras fusilar a los generales García y Sanz, Guergué, al brigadier Carmona, al intendente Urriz y al oficial Ibáñez, líderes de los llamados *puros* dentro del carlismo.

Después, tomando como protagonista a un personaje de ficción que no había aparecido hasta entonces en la serie, estructura una trilogía en la que al mismo tiempo seguimos las andaduras e intrigas de Aviraneta. Estas novelas son *Las figuras de cera*, *La nave de los locos* y *Las mascaradas sangrientas*.

---

[33] Pío Baroja, *O. C.*, t. IV, pág. 101.

En la primera de ellas, *Las figuras de cera,* se nos refiere el robo sacrílego que un chatarrero de Bayona llamado Chipiteguy, viejo volteriano y amigo de andar escandalizando con sus opiniones, cometió en Pamplona. La trama de la novela se centra en Alvarito, un muchacho español, hijo de un hidalgo carlista que pasaba los días enteros errando por los cafés y tertulias sin consentir trabajar en nada. Seguimos a Alvarito en su oficio en la chatarrería de Chipiteguy, en su frustrado amor por Manón, nieta del chatarrero, en sus tropiezos con otros empleados, pero pronto esta trama comienza a trenzarse con otras más complejas. Baroja, con ironía, en el umbral de uno de los capítulos que refiere los trabajos de Aviraneta, nos dice:

> Aquí el autor tendría que comenzar esta parte pidiendo perdón a los manes de Aristóteles, porque va a dejar a un lado, en su novela, las tres célebres unidades: tiempo, lugar y acción, respetables como tres abaderas, [...] Iremos, pues, así, mal que bien, unas veces tropezando en los matorrales de la fantasía, y otras hundiéndonos en el pantano de la historia[34].

Aviraneta propuso un plan al Gobierno en el que se trataba de promover discusiones entre los marotistas, que se habían hecho con el poder dentro del carlismo a raíz de los fusilamientos de Estella. Indicaba la conveniencia de apoyar bajo cuerda a los absolutistas teocráticos e intransigentes para que se alzaran contra los moderados y, desde Bayona, esgrimía sus medios: escribió proclamas a los navarros, firmándolas con el nombre del capuchino fray Ignacio de Larraga. Escribió un papel en vascuence, que corrió mucho por las provincias, que era una carta que un labrador vasco escribía a un castellano, en la que le echaba la culpa de los derroteros que llevaba el carlismo. Estaba en constante comunicación con los comisionados que tenía nombrados en San Sebastián, Hernani, Andoain..., que le informaban puntualmente de todo lo que sucedía. Había introducido agentes en las facciones carlistas tanto en Bayona como en el mismo Real de don Carlos.

Baroja refiere la llegada a Bayona de los carlistas intransi-

---

34 Pío Baroja, *O. C.,* t. IV, pág. 213.

gentes expulsados por Maroto, las tertulias que había organizado el abate Miñano..., y una vez informados de la situación política de aquellos días, comienza a relatar todo el engranaje de la operación llamada *Simancas,* por la que pretendía introducir en el Real de don Carlos un acopio de documentos acusatorios del general Maroto. En primer lugar buscó a la persona que iba a llevar los documentos falsificados en los que se daba a entender que Maroto estaba en comunicación con Espartero. Encontró un impresor para hacer las planchas de los títulos masónicos de Maroto...

La novela vuelve a relatarnos la vida de Alvarito, de regreso de Pamplona, ignorante de que ha participado en un robo sacrílego, y la venganza que lleva a término un tal Frechón raptando al viejo Chipiteguy.

En este punto comienza *La nave de los locos,* título tomado de unos grabados que ilustraban una obra de Sebastián Brant, y que ha de servir para acabar su visión de España en ese momento de crisis total del final de la guerra civil.

La novela comprende los dos viajes que Alvarito Sánchez de Mendoza, por motivos bien distintos, hizo a España. El primero de ellos lo llevó a cabo en compañía de Manón en busca del abuelo de ésta, el chatarrero Chipiteguy, haciendo su entrada por Vera y continuando aguas del Bidasoa arriba. Baroja describe las conversaciones de las gentes con que se tropiezan, por las que conocemos los sucesos que se han desarrollado en aquellos montes, como el relato que hace un viejo de uno de los encuentros que tuvieron Mina y Zumalacárregui. Escuchan en las tabernas a los soldados carlistas que se quejan de las penalidades que pasan y de los generales que les mandan. Cruzan pueblos por los que había pasado la guerra dejando su secuela de destrozos y de ruina. Baroja analiza, además, el estado de los ejércitos que se enfrentan y valora la ayuda de soldados extranjeros con que cuentan ambos bandos.

> La Dama Locura se paseaba por los rincones de España asolados y destrozados por la guerra; pero la Dama Locura de los campos españoles no era mujer fina y sonriente, graciosa y amable, como la de las estampas de Holbein, sino una mujerona bestial que, negra de humo y de pólvora, borracha de mal-

dad y de lujuria, iba quemando casas, fusilando gente, violando y quemando[35].

Baroja coloca, en paréntesis, dentro del relato las vicisitudes por las que en aquellos días estaba pasando Aviraneta, entregado por completo a la intriga del *Simancas* y las mil más que todos los días le asaltaban, como la proposición que le hacen de trabajar para el infante don Francisco. Aviraneta trabajaba enfebrecido para terminar cuanto antes con aquella guerra que estaba arrasando España.

El segundo viaje de Alvarito a España es con motivo de ir a Cañete, pueblo de la provincia de Cuenca en que acababa de morir su abuelo materno, para cobrar una herencia. Alvarito pasa por Vitoria, que estaba en Carnaval, y sigue por tierras castellanas donde conoce a personas que le hablan del *Empecinado,* del cura Merino, de Aviraneta, de Balmaseda, al mismo tiempo que contempla directamente las consecuencias de la guerra. Cuando el personaje se encuentra en la soledad de su habitación, reflexiona sobre aquel país, su país, que se le ofrecía tan distinto a como había imaginado: «Le empezaba a parecer su país un pueblo de locos, de energúmenos, de gente absurda»[36]. Alvarito continúa por tierras pobres y pueblos arruinados: Aranda, Medinaceli, Albarracín, Teruel..., hasta llegar a Cañete.

Las ideas de Baroja sobre el estado en que se encontraba España son expuestas por el *Epístola,* que explica la guerra como un enfrentamiento entre el campo y la ciudad. Dice así:

Las ideas han sido un pretexto: la legitimidad, la religión, cierta tendencia de separación en las pequeñas naciones abortadas como Vasconia y Cataluña; pero en el fondo, barbarie. Después de estos fulgores de locura y de fanatismo, como un cuerpo enfermo después de la fiebre, España ha quedado casi muerta, y el individualismo se ha ensanchado de tal manera, que no se nota la sociedad. Desde que la Iglesia ha perdido su asentamiento universal, todo el mundo tira a Robinsón en esta tierra. El pobre se muere en un rincón sin ayuda ninguna; el

[35] Pío Baroja, *O. C.,* t. IV, pág. 384.
[36] Pío Baroja, *O. C.,* t. IV, pág. 423.

rico se encierra en su propiedad a tragarse lo que tiene sin ser visto; el obispo ahorra su sueldo para la familia, y el cura recoge las migajas del suelo. De tragadores ahítos y de lameplatos hambrientos sin placer y sin gusto, de esta clase de gente se compone hoy España. Nuestra tierra es un organismo desangrado y anémico, no por esta guerra, sino por trescientos años de aventuras y de empresas políticas...[37].

Alvarito continúa por Cuenca hacia Andalucía. En Málaga se embarca para Francia después de recibir de manos de un tío suyo una pequeña suma que, más que como herencia, le es dada como caridad. Cuando llega a Bayona, su ánimo se llena de melancolía viendo la armonía que reina en aquel país y pensando en su patria como *la nave de los locos,* fielmente representada en aquellos grabados que reflejaban las alegorías de las estupideces de los hombres.

Pocos alegatos se habrán escrito contra la guerra civil española de este periodo con más vigor que los de este libro. Después, en *Las mascaradas sangrientas,* se hace un balance de la situación española:

> En cada campo reinaba la división, la subdivisión, el parcelamiento, la anarquía, el odio, el encono, la insidia, y los honores presididos por la Discordia, la diosa maléfica hija de la Noche. En el campo carlista y rural: Maroto contra don Carlos; la Corte y Cabrera contra Maroto; los realistas puros contra los reformistas; los militares contra los burócratas; los guerrilleros contra los hojalateros; los castellanos contra los vascos. En el campo liberal y ciudadano: Narváez contra Espartero; Espartero contra Cristina; los exaltados contra los moderados; los progresistas contra los conservadores...[38].

La novela continúa refiriendo las peripecias de Aviraneta y las intrigas de sus agentes provocadores en el campo carlista, así como la formación de las bandas que se formaron con los restos del ejército carlista y sus destrozos y tropelías. El *Simancas,* por fin, la obra suprema de Aviraneta, llegó al real de don Carlos, y el 5 y 6 de agosto de 1839, don Carlos y Marcos

---

[37] Pío Baroja, *O. C.,* t. IV, págs. 442 y 443.
[38] Pío Baroja, *O. C.,* t. IV, pág. 475.

del Pont leyeron con suma atención los documentos que con gran trabajo habían sido llevados desde Bayona. Inmediatamente comenzaron a salir despachos para los jefes del Ejército carlista de Navarra, Álava, Guipuzcoa y Vizcaya. Era el aviso de que la traición del general Maroto había sido descubierta. El 8 y 9 del mismo mes comenzaron las sublevaciones.

> El ejército carlista de Navarra en todo el país vasco se deshacía, se convertía en hordas, en una serie de partidas de ladrones y forajidos. La rebelión triunfaba y, como un río salido de madre, como una enorme avalancha, se desbordaba, arrastrando todo lo que encontraba a su paso; el contagio se extendía con la fuerza expansiva de una peste, y lo que había sido un ejército ordenado se transformaba en una serie de bandas de ladrones y asesinos, que comenzaban a asaltar casas, a detener a los viajeros, a robarles y matarles[39].

En esta novela asistimos al final de la guerra en el norte con el abrazo de Vergara, en buena parte posibilitado por Aviraneta al precipitar el desastre final del ejército carlista, lo que después le ocasionó grandes persecuciones de Espartero celoso de su triunfo.

Por último, la novela nos conduce a Bayona con los personajes de ficción. Un epílogo nos lleva hasta Alvarito, ya viejo, que se conmueve recordando el mundo de su juventud. Después, las *Memorias de un hombre de acción* nos trasladan a Cataluña y Levante donde todavía continuaba la guerra.

III. Pío Baroja y Benito Pérez Galdós

La novela histórica, cuando en 1913 publicó Pío Baroja el primer volumen de las *Memorias de un hombre de acción,* había recorrido tanto en España como en los restantes países de Europa un largo e irregular camino. Desde que en 1814 Walter Scott publicó su *Waverley,* la novela histórica había pasado por etapas muy diversas en su valoración, tales como la de dictar una manera de hacer, por otra de tener una aceptación con

---

[39] Pío Baroja, *O. C.*, t. IV, pág. 533.

cierto despego, hasta ser rechazada de una manera terminante.

Gyorgy Lukács ha estudiado con intensidad en su trabajo *La novela histórica* el proceso de este tipo de novela y las diferencias que existen entre novela histórica y drama histórico[40]. En España, este género literario tuvo, durante todo el siglo XIX, un desarrollo importante, así como una incidencia destacada del novelista escocés[41]. Nombres como Ramón López Soler, Larra, Espronceda, José García Villalta, Juan Cortada, Enrique Gil y Carrasco, escribieron un cuerpo de obra dentro de lo que entendemos por este género, que vino a jugar un papel importante dentro del movimiento romántico. Con el triunfo del Romanticismo se exaltó la conciencia nacional, a la par que se mitificaba la individualidad del héroe. La política empapó la sangre que corría por los espíritus románticos inclinándolos hacia la Historia, fuente inagotable de ejemplos que merecían ser sacados a un primer plano, a la vez que servían como soporte de ideologías. Y las consecuencias nos son bien conocidas: la poesía volvió su mirada al Romancero, el drama romántico se nutrió de mil gestas brillantes, la novela se alzó sobre las leyendas y las versiones más o menos irreales que se guardaban en los libros de *historia*. Y al mismo tiempo, los sucesos contemporáneos, con sus conquistas y sus héroes, reclamaban la atención de este nuevo género que, por mantener lazos de parentesco con el folletín y por su enorme difusión, era un canto de sirenas al que difícilmente pudieron escapar los escritores de este momento. El conde de España, Cabrera, Zumalacárregui, *el Empecinado,* Mina, *el Trapense,* Chico, y otras mil figuras contemporáneas poblaron un sinnúmero de novelas de este tipo.

Pero dejemos aquí estas notas introductorias y veamos cómo Pío Baroja, según sus propias confesiones, fue un buen

---

[40] G. Lukács, *La novela histórica,*
[41] Ver Guillermo Zellers, *La novela histórica en España. 1828-1850,* Nueva York, 1938; José F. Montesinos, *Introducción a una historia de la novela en España en el siglo XIX,* Madrid, 1955; González Palencia, «Walter Scott y la censura gubernativa», en *Entre dos siglos,* Madrid, 1943; Allison Peers, «Studier in the influence of Sir Walter Scott in Spain», en *Revue Hispanique,* París, 1926; Francisco J. Flores Arroyuelo, *Pío Baroja y la Historia,* ed. cit., págs. 330 y ss.

aficionado a la lectura de este tipo de novelas. No en vano nos dice en cierta ocasión:

> Varias personas inteligentes, que lean, por ejemplo, a Burns, a Byron, a Walter Scott y a Dickens, se forman una idea de Inglaterra, probablemente más próxima a la realidad que leyendo las obras de los historiadores del país[42].

Baroja siempre consideró en un plano destacado al novelista histórico que acertaba a mostrar la esencia de un pueblo en unas determinadas circunstancias temporales[43].

Pero reparemos sólo en una de suma importancia, como ya hemos dicho en las primeras páginas de este trabajo. Baroja, según nos dice en varias ocasiones, leyó con gran atención *Guerra y paz* de Tolstoi, y de ella sacó numerosas enseñanzas sobre el problema del enfrentamiento con el pasado. Tolstoi, como él haría más tarde, rechazó una y otra vez la visión que ofrecían los historiadores de la campaña de Napoleón en Rusia. El historiador contemporáneo de los sucesos que da testimonio para el novelista ruso no tiene la suficiente perspectiva para ofrecer una visión completa: «Hoy está bien clara para nosotros la causa que en 1812 motivó la pérdida del Ejército francés»[44]. Estas causas, según Tolstoi, no estuvieron claras ni para los mismos rusos que en múltiples ocasiones actuaron equivocadamente. Las causas que dan los historiadores son siempre parciales y motivadas por el empeño de justificar unas acciones, no de explicarlas. Esta explicación sólo la puede encontrar el novelista, el artista, que analiza en toda su profundidad una serie de acciones que parecen independientes, pero que están tremendamente ligadas entre sí.

> Atraer a Napoleón a las profundidades del país no fue el resultado de un plan, sino el resultado del juego más complicado de las intrigas, las ambiciones y los deseos de aquellos que participaban en la guerra y que no podían adivinar que precisamente

---

[42] Pío Baroja, *O. C.*, t. V, pág. 1100.
[43] Ver Francisco J. Flores Arroyuelo, *Pío Baroja y la Historia*, ed. cit., páginas 348 y ss.
[44] L. Tolstoi, *Guerra y Paz*, Barcelona, 1952, pág. 698.

aquello había de ser la salvación de Rusia. Todo ocurrió por casualidad[45].

El novelista ha de explicar las fuerzas que rigen la casualidad. Tolstoi, que no se consideró contemporáneo ni historiador de los hechos que analizó, sí se creyó novelista con derecho a decir que era más exacto y verdadero que los historiadores, igual que se manifestó Baroja. Tolstoi puso de manifiesto, siempre que pudo, el valor de los hechos de las personas de escasa consideración social, pero que en un momento determinado pueden alcanzar mayor relieve. Baroja, como ya hemos visto, otorga un gran valor a lo que, con términos unamunianos, llamamos *intrahistoria*:

> La negativa de Napoleón de retirar sus tropas detrás del Vístula y restituir el ducado de Oldenburg tiene para nosotros el mismo valor que el deseo o la desgana del primer cabo francés que se reenganchó, porque si no hubiera querido reanudar el servicio militar y dos o tres mil cabos y soldados hubieran imitado su actitud, hubiera habido muchos menos hombres en el ejército de Napoleón y la guerra no hubiera llegado a declararse.

Baroja, sin duda, al igual que antes lo habían hecho Galdós y Unamuno, aprendió bien la lección de Tolstoi, que supo como nadie recoger la nueva visión del pasado y del papel de la historia que había surgido por obra y gracia de la novela histórica. Es suficiente constatar, solamente en unos aspectos, como hemos hecho, la considerable influencia de Tolstoi en la manera de novelar el pasado y de entender la historia de Baroja, dejando aparte consideraciones fundamentales como la importancia del pueblo como factor de la historia, por más que hubo escritores, entre ellos Galdós y Unamuno, que con anterioridad se hicieron eco de ello y lo desarrollaron en su obra.

En 1912, Pérez Galdós publicó el *Episodio nacional* número cuarenta y seis titulado *Cánovas,* con el que puso fin, obligado por la ceguera y por la depresión psicológica en que se encon-

---

[45] L. Tolstoi, *Guerra y Paz,* ed. cit., pág. 699.
[46] L. Tolstoi, *Guerra y Paz,* ed. cit., pág. 614.

traba sumido, a esta serie de novelas históricas. Un año después, como sabemos, comenzó Baroja a publicar las *Memorias de un hombre de acción*.

Pío Baroja rechazó en varias ocasiones toda relación tanto de continuador como de imitador de Pérez Galdós, aunque, sin embargo, no es difícil que podamos constatar que su obra histórica es en gran parte una consciente réplica de los *Episodios nacionales*.

Baroja, al igual que Valle-Inclán y Unamuno, no pudo eludir la presencia constante de la obra de Pérez Galdós. Era un monolito que asomaba en el ambiente y con el que tropezó una y otra vez. Baroja, sin embargo, rechazó cuantas veces pudo la figura humana de don Benito:

> Yo, aunque conocí a Pérez Galdós, no tuve gran entusiasmo ni por el escritor ni por la persona. Era, indudablemente, un novelista hábil y fecundo, pero no un gran hombre. No había en él más posibilidad de heroísmo. Nadie tiene la culpa de eso: ni los demás, ni él[47],

e igual opinó, con estilete más o menos afilado, sobre su obra:

> En uno de los *Episodios* de Galdós se pinta a Regato, sin duda por su apellido, como un doble gato. Esto es un puro infantilismo, y depende en gran parte de la idea que tenía Galdós de que escribía para un público de buenos burgueses, un poco lerdos e incapaces de mirar un libro y de tener una idea propia sobre algo, en lo cual quizá tuviera razón[48],

y en *La caverna del humorismo* uno de los personajes, hablando de los humoristas españoles, dice:

> Ahora han pasado unos años, y viene Galdós con sus hogares madrileños burgueses, sus tertulias, las salas con cómodas pesadas, con un Niño Jesús encima y cuadros dibujados con pelo. Es el amor por la vida un poco mediocre y trivial, el entusiasmo por los giros de las conversaciones kilométricas, las genuflexiones de los empleados de palacio o de los políticos, los

---

[47] Pío Baroja, *O. C.*, t. V, pág. 498.
[48] Pío Baroja, *O. C.*, t. V., pág. 1172.

donjuanes de las tiendas de telas, el discurso del frailecito amigo de la casa y el regalo del tarro de dulce de la monjita de la familia...[49].

Baroja no ocultó nunca cierto desdén, lo que no quiere decir que negara su importancia, hacia Pérez Galdós. Cuantas veces se ocupó de él desde el plano de la crítica histórico-literaria, procuró romper un mito que entonces se aceptaba como tal, y que para él, profundo conocedor de la literatura española del siglo XIX, era una equivocación: me refiero a lo que se creyó que era una innovación poco menos que revolucionaria: escribir novela histórico-contemporánea.

> No hay tal innovación. Antes que él habían escrito novelas históricas Espronceda, Larra, Patricio de la Escosura, Cánovas, Trueba, Navarro Villoslada, Bécquer y otros muchos a la manera de Walter Scott. Cierto que casi todos estos autores habían escrito relaciones de tiempos remotos; pero se habían hecho también novelas histórico-contemporáneas de las guerras carlistas y de las conspiraciones liberales, por Ayguals de Izco, Villegas y por otros muchos autores de escasa importancia, hoy desconocidos por la generalidad que tomaron como personajes de sus novelas de Cabrera a Zurbano, a María Cristina, al conde de España, a sor Patrocinio y hasta a mi pariente Aviraneta, a quien yo he intentado sacar del olvido en mis últimos libros[50].

Baroja hizo hincapié en poner de relieve una serie de cualidades de la novela de Pérez Galdós que para él eran claros defectos, así como el no haber investigado, limitándose sólo a hacer historia sobre los datos encontrados en los libros y haber levantado sus personajes sobre elementos externos.

De aquí que, para una mejor comprensión de la obra histórica de ambos escritores, convenga que comparemos una larga serie de puntos y analicemos sus diferencias y coincidencias.

El propio Baroja, en sus *Memorias,* apunta una serie de distinciones entre su obra y la de Pérez Galdós:

---

[49] Pío Baroja, *La caverna...*, ed. cit., pág. 132.
[50] Pío Baroja, *O. C.*, t. V, pág. 498.

Galdós ha ido a la historia por afición a ella; yo he ido a la historia por curiosidad hacia un tipo; Galdós ha buscado los momentos más brillantes para historiarlos; yo he insistido en los que me ha dado el protagonista. El criterio histórico es también distinto: Galdós pinta a España como un feudo aparte; yo la presento muy unida a los movimientos liberales y reaccionarios de Francia; Galdós da la impresión de que la España de la guerra de la Independencia está muy lejos de la actual; yo casi encuentro la misma de hoy, sobre todo en el campo. Como investigador, Galdós ha hecho poco o nada: ha tomado la historia hecha en los libros; en este sentido, yo he trabajado algo más; he buscado en los archivos y he recorrido los lugares de acción de mis novelas, intentando reconstruir lo pasado. Artísticamente, la obra de Galdós parece una colección de cuadros de caballete de toques hábiles y de colores brillantes; la mía podría recordar grabados en madera hechos con más paciencia y más tosquedad[51].

A lo que debemos añadir por nuestra parte algunos aspectos más y estudiarlos comparativamente.

En primer lugar tenemos el distinto enfoque en cuanto al héroe, y su consiguiente repercusión en la técnica narrativa, Baroja se vio seducido por un personaje, don Eugenio Aviraneta, lejano pariente suyo, figura histórica difusa, que se encuadraba perfectamente en el concepto que le animaba para adentrarse en el pasado, en todos esos caminos sombríos por los que apenas si alguien se había atrevido a adentrarse y que para él, como había sucedido en las novelas de su primera época, era lo que atraía con mayor fuerza su atención. Y sobre la vida de este personaje levantó el complejo tinglado de las *Memorias de un hombre de acción,* en las que historió la vida española de la primera mitad del siglo XIX. Galdós, por el contrario, se apoyó en varios héroes de ficción, creados, en parte, en función de las exigencias que requería el periodo que iba a historiar. Así, para la primera serie se apoyó en Gabriel Araceli, personaje-idea que, nacido en la pobreza, y por su esfuerzo y tesón, logra ascender hasta los más altos puestos de la sociedad. Gabriel Araceli es el pueblo, la exaltación del pueblo que lucha y vence y en el que hasta las derrotas son derrotas glo-

---

[51] Pío Baroja, *Memorias,* V, pág. 257.

riosas, pero visto desde la perspectiva de la mentalidad de la clase media española del siglo. XIX, como muy bien ha sabido ver Antonio Regalado[52]. Galdós se sintió obligado en la segunda serie a efectuar cambios sustanciales respecto a la primera. Por un lado, quiso liberarse del atosigamiento a que él mismo se obligó al escoger la forma de *memorias*, unas veces siguiendo a la novela picaresca y otras parodiándola, y, por otro lado, crear un solo héroe. En la segunda serie inventó dos personajes: Salvador Monsalud, como protagonista, y Carlos Garrote, como antagonista, con los que, con gran habilidad, puso en práctica una técnica que se ajustaba perfectamente a las exigencias del periodo que iba a novelar y en el que el pueblo, unido antes contra el enemigo común, se fraccionó en dos partes y luchó en guerra fratricida. En la tercera serie, que noveló el periodo comprendido desde comienzos de la primera guerra carlista, en 1834, hasta la boda de Isabel II, en 1846, y que vino a cerrar aproximadamente la época que noveló Baroja, destaca el personaje Fernando Calpena, que decayó en importancia, dejando muchas veces su lugar a otros personajes, y, si apuramos, al pueblo como tal, aunque esto se evidenció mucho más aún en la cuarta serie. Son dos maneras completamente distintas de componer una estructura literaria e histórica: Pérez Galdós escogió la que aparentemente ofrecía más posibilidades de libertad de movimiento e inventó un personaje que lo pudo mover como un peón por los caminos que quiso. Baroja, por el contrario, fue hacia un personaje que le iba a llevar a unos lugares; pero, por obra y gracia de su arte, supo liberarse de las cortapisas que podía suponer este encasillamiento y obrar con desenfado en una zona de sombra de la gran historia que todavía permanecía inédita.

El personaje de Pérez Galdós coincidió en la fecha y lugar en que se iban a producir los acontecimientos: Trafalgar, El Escorial y un abortado golpe de Estado entre los salones y pasillos del palacio, Aranjuez en la noche del 19 de marzo, el 2 de mayo en Madrid, Bailén, la llegada de Napoléon, Zaragoza, por hablar sólo de la primera serie. Galdós llevó los personajes

---

[52] Antonio Regalado, *Benito Pérez Galdós y la novela histórica española. (1868-1912),* Madrid, 1966.

44

de un lugar en que había sucedido un acontecimiento a otro en que iba a ocurrir otro. Baroja siguió a su personaje a los lugares donde suceden los acontecimientos, a donde a veces lo que sucede es cotidiano, y a donde si ocurre algo importante no puede participar en ello, como en el levantamiento de Riego. Galdós se fija en el suceso, Baroja en sus aledaños, lo que no es óbice para que en muchos casos profundice con intensidad. Son dos maneras completamente distintas de entender la vida: Pérez Galdós tenía mirada de hombre de ciudad, era hombre de su época y como tal lo esencial de la vida estaba radicado en la urbe, en sus tertulias, en sus ateneos, en sus parlamentos, en sus periódicos, mientras que Baroja creyó que lo genuinamente español estaba en el hombre del pueblo, en el que se enfrentaba a la naturaleza. Pérez Galdós era un centralista que miraba al campo como algo que dependía de la ciudad. Baroja era un regionalista que pensaba que la ciudad se alimenta del campo.

Muy distintos eran también los sentimientos de ambos escritores frente al paisaje tanto urbano como natural; así vemos el distinto enfoque del final del siglo XVIII, punto de arranque de ambas obras, que Pérez Galdós centra en el Madrid de Goya, de Godoy, de las majas, mientras que Baroja lo sitúa en pequeños centros urbanos del país vasco, que son los primeros en recibir el influjo de las ideas renovadoras de Francia. Para Pérez Galdós, Madrid es el centro de donde fluye la vida, mientras que para Baroja, Madrid es el lugar donde se paraliza lo mejor de los hombres de España, hasta el punto de que muchos de sus personajes apenas pueden vivir mucho tiempo allí cuando por circunstancias acuden a ella. Pérez Galdós midió siempre la sociedad española por Madrid; Baroja, que no ignoró el papel de catalizador que desempeñó Madrid en la vida española, le otorgó un papel secundario. En el primero, el pulso del estado político lo daba Madrid, como en los meses anteriores a la entrada del duque de Angulema en 1823, mientras que Baroja prefiere sentirlo en Aranda de Duero o en Cuenca.

Una sensible diferencia de comprensión de la historia es la clave que canaliza por sendas tan distintas la manera de enfrentarse con el pasado. Pérez Galdós comenzó a novelar el siglo XIX español desde fuera, basándose en elementos externos casi exclusivamente, y buena prueba de ello son las dos primeras series de los *Episodios nacionales*. Más tarde, por influencia de Tolstoi y la literatura de la *regeneración,* que se hizo bien patente en la tercera serie, sobre todo en *Mendizábal,* y más agudizada aún, por influjo de Zola y Unamuno, y el sentimiento de socialismo romántico hacia el que evolucionó en la cuarta y quinta series. Baroja, por el contrario, huyó desde el primer momento de todo lo externo para someterse a una búsqueda de resultados sin tanto relieve, pero lleno de hondura y de realidad cotidiana, que para él eran más esenciales. El periodo constitucional comprendido entre los años 1814 y 1820 fue visto por Pérez Galdós desde la lucha y enfrentamiento de los partidos políticos y las intrigas de la Corte; Baroja, desde el otro polo, se dedicó a estudiar las maniobras y los trabajos desarrollados en su mayoría en la clandestinidad por las sociedades secretas y conspiraciones como la del *Triángulo.* En la obra de Pérez Galdós hay una constante de referencias históricas que sitúan la acción en cada momento, una gran profusión de fechas y datos precisan las peripecias de los actores en el punto y hora históricos; en las *Memorias de un hombre de acción* apenas si encontramos los datos suficientes para determinar el momento del pasado escogido, viéndose obligado el lector a un constante trabajo de señalización por leves insinuaciones o por las referencias que otorgan los cuadros costumbristas que en buena parte sirven de soporte ambiental.

Según Pérez Galdós, los españoles de esos días conocían con premiosidad los resultados de las grandes victorias impulsando el esfuerzo colectivo hacia la victoria; según Baroja, las noticias, por ejemplo, entre los guerrilleros, llegaban muy de tarde en tarde, y eso cuando llegaban, imprimiendo así a la lucha de aquellos hombres reunidos por el destino bajo una misma voz de mando, un carácter muy distinto, mucho más individualista, menos colectivo, y mucho más real, donde el heroísmo desesperado se mezclaba con la congoja y el miedo, no sólo de ser muerto, sino de matar desde la defensa de un enebro o de un pino al hombre al que se apuntaba. Pérez Galdós informa cumplidamente del final de los sucesos que van a tener un nombre en la historia; Baroja apenas si repara en ellos. Mientras en Vergara, Espartero habla con voz que podía ser oída por todos los soldados, como refiere Pérez Galdós, Baroja prefiere conocer la situación y los desmanes de las bandas carlistas en su desesperada huida hacia la frontera. Los personajes del primero estuvieron en Bailén, los del segundo en los pinares de Soria.

Pérez Galdós huyó, de intento, de todo personaje que pudiera resultarle complicado e indeterminado; Baroja se fijó con preferencia en éstos, a veces con el solo fin de resaltar la incertidumbre de su carácter. Pérez Galdós huyó de personajes como Aviraneta, Chico, el conde de España, Regato... y son los fantasmas que cruzan los pasillos de los *Episodios nacionales.* Baroja centró su atención en estos hombres, y cuando tomó a los más definidos logró que quedasen diluidos, fuera de la caracterización que de ellos se tenía. Hablando de la psicología de los personajes, nos dice en sus *Memorias:*

> Yo no he pretendido nunca marchar por esos derroteros, y Aviraneta presenta, como mis demás personajes, el tipo mal determinado, que es esencialmente racional, por lo tanto, reflexivo y tranquilo. No tiene, ni pretende tener, el fatalismo de los inconscientes. Tampoco tiene por dentro ese calor del horno del norte, muy próximo a la exaltación y al misticismo, ni el crepitar de la hoguera de paja y de sarmientos del Mediodía, que brilla y no calienta[53].

El retrato que hace Pérez Galdós de Aviraneta puede quedar como modelo de su manera de entrever a estos personajes:

> Este señor Aviraneta fue el que después adquirió celebridad fingiéndose carlista para penetrar en los círculos familiares de la gente facciosa y enredarla en intrigas mil, sembrando entre ellas discordias, sospechas y recelos, hasta que precipitó la defección de Maroto, preparando el Convenio de Vergara y la ruina de las facciones. Admirablemente dotado para estas empresas, era aquel hombre un colosal genio de la intriga y un histrión inimitable para el gigantesco escenario de los partidos. Las circunstancias y el tiempo hicieron de él un gran intrigante; otra época y otro lugar hubieran hecho de él quizá el primer diplomático del siglo. Ya desde 1829 venía metido en oscuros enredos y misteriosos trabajos; por lo general, su maquinación

---

[53] Pío Baroja, *Memorias,* V, pág. 185.

era doble, su juego combinado. Probablemente, en la época de este encuentro que con él tenemos durante el invierno de 1833, las incomprensibles diabluras de este juglar político constituían también una labor fina y doble, es decir, revolver los partidos en provecho del Ministerio, y vender el Ministerio a los partidos...[54].

Pocas molestias tuvo Pérez Galdós con este hombre oscuro que, como otros de psicología imposible de determinar, habría de obsesionar al novelista vasco.

Para Pérez Galdós, el conde de España tiene interés en su actuación durante la guerra de la Independencia y su comportamiento hasta el año 1833, es decir, durante su mandato de capitán general en Cataluña; para Baroja este periodo de su vida es solamente el preludio de su última época, en la que su psicopatía llegó a unos extremos insospechados, además de que su figura alcanzó entonces un lugar de confluencia de las diversas tendencias carlistas, que en gran parte explican las maniobras de don Carlos, Arias Teijeiro, Cabrera... después del Concordato de Vergara. Qué distintas son las siluetas de este personaje trazadas en *La batalla de Arapiles* y la que encontramos en *Humano enigma* y *La senda dolorosa*.

También podría añadirse que Pérez Galdós vio a los personajes históricos con los prejuicios propios que animaron su ideología política. La mentalidad de la burguesía liberal-conservadora de la Restauración, basada en la paz y el orden, que alimentaron en buena parte los *Episodios,* le hizo ser parcial a la hora de enjuiciar a aquellos hombres. Baroja, que mantuvo siempre su independencia política, se enfrentó con los personajes históricos apoyándose en los elementos puramente humanos, dejándose llevar hacia ellos por la simpatía o antipatía que le merecían, según los iba conociendo.

Son dos maneras completamente diferentes de hacer que se comprenden perfectamente tanto si nos atenemos a la psicología de cada uno de los escritores como si nos fijamos en las fuentes que utilizaron. Ya hemos visto que Baroja manejó tantas fuentes como le fue posible conocer, fuesen de la ideología

---

[54] Pío Baroja, *Memorias,* t. V, pág. 269.

que fueran. En Pérez Galdós no ocurre lo mismo. Hinterhaüser, al hablar de este punto, dice que

> es de decisiva importancia el hecho de que todas las fuentes —ciertas o probables— de Galdós proceden del campo liberal, con una sola excepción: la biografía de Zumalacárregui, por Zugasti...[55].

Y si añadimos la intención de educación política de tendencia liberal que anegaba el espíritu del escritor canario, preocupación que en ningún momento animó el pulso de Baroja, comprenderemos perfectamente la distinta fisonomía de los personajes históricos en una y otra obra.

Otro aspecto diferencial que anteriormente hemos dejado apuntado con palabras del propio Baroja es el de las relaciones internacionales. Es una constante en la obra del autor de *Zalacaín* la preocupación por mostrar hasta qué punto Francia e Inglaterra, y en un segundo plano otras naciones europeas, han ejercido una influencia decisiva sobre España, tanto ideológica como materialmente. Para Baroja hay un oleaje ideológico constante de Europa hacia España que en gran parte es introducido por los viajeros que llegan, como muchos de sus personajes, hacen continuas salidas de la península, manifestándose también en los lugares fronterizos que hacen de rompeolas, lugares que en su obra ocupan un puesto destacado. Desde la introducción de las ideas enciclopedistas, pasando por los efectos de la Revolución francesa, las ideas liberales y hasta los movimientos socialistas y anarquistas están estudiados a lo largo de su obra. E igual sucede con las presiones diplomáticas que son vistas por Baroja tanto en las cancillerías como en los confidentes encargados de realizar comisiones clandestinas. Por último, Baroja señala las ayudas y préstamos, en su mayoría en condiciones de usura, que las Bancas de Londres y París hicieron a los liberales y carlistas jugando con los intereses patrióticos de ambos bandos. Galdós, por el contrario, apenas si se ocupa de esto hasta que estudia los acontecimientos de la Revolución de

---

[55] Hinterhaüser, *Los episodios...*, ed. cit., pág. 270.

septiembre. Para Galdós, como dice Baroja, España durante la primera parte del siglo xx fue un feudo separado de Europa.

Muchos otros aspectos podríamos estudiar comparativamente en la obra de estos dos novelistas, como la rigurosa cronología observada por Pérez Galdós y la falta de ésta en Baroja.

Eran dos maneras bien diferenciadas de ver una realidad, que correspondían plenamente a la personalidad de cada uno de ellos y a la perspectiva histórica desde la que la observaron. Pérez Galdós, hombre de su tiempo, cuando España hacía aguas por los cuatro costados, comenzó su relato con una derrota gloriosa del pueblo; Baroja, por el contrario, inició la suya relatando una victoria anónima de los guerrilleros. Pérez Galdós dio a los *Episodios* el carácter de enseñanza de la doctrina política liberal; Baroja, independiente en cuanto a filiación política se refiere, ofreció una visión personal y ajustada del pasado español. Pérez Galdós supo ver al pueblo sobre el individuo; Baroja, anarquista literario, acertó en las acciones colectivas al juzgar la función del individuo y su papel muchas veces desconcertante.

Pérez Galdós se dejó guiar de su liberalismo romántico y exaltado, fiel reflejo de un optimismo en la naturaleza del hombre y de una esperanza en el progreso de la sociedad. Baroja, que historió sin hacer profesión de fe alguna, imbuido de un pesimismo doloroso, no ocultó ni menguó su severidad a la hora de mostrar sus dudas ante el comportamiento del hombre en su avance hacia la perfección. Para él, fuera de las particularidades propias de cada época, la naturaleza del hombre permanece igual dominada por sus instintos y deseos, parecidos siempre en el fondo, aunque no en la forma. También en las *Memorias de un hombre de acción* esta concepción pesimista de la naturaleza humana está presente en cada página.

Como hemos dicho al principio del presente capítulo, estamos ante dos posturas extrañas entre sí, pero que, lejos de repelerse, se complementan y en muchos aspectos se ultiman.

IV. De un prólogo casi doctrinal sobre la novela

Por último, debemos referirnos al prólogo que Pío Baroja puso al frente de *La nave de los locos,* texto teórico sobre la novela, que en verdad hemos de ver unido a otros de sus *memorias* y libros de ensayo, cosa que rara vez se hace, y que en su tiempo tuvo una gran repercusión al ser respuesta a los postulados que sobre este problema expuso José Ortega y Gasset en su libro *Idea sobre la novela* publicado unos meses antes también en el año 1925.

Para Ortega, la novela había seguido a lo largo del siglo xix un camino que aparecía como plenamente diferenciado del que empezaba a adoptar en el xx. Para él, la novela había sido el arte de *narrar,* para más adelante convertirse en el de *describir,* y, por último, en el de *presentar,* lo que había redundado en que ésta fuese *hermética,* de tal forma que su trama se debía desarrollar en un ambiente limitado hasta el punto de hacer de ella un género moroso, lento, de escasa acción, con pocas figuras. Así como si el novelista no puediese aspirar a inventar una fábula nueva, siendo su única defensa la perfección y la técnica.

Frente a tales presupuestos, Baroja argumentó que podía enumerar un buen número de novelas que cumplían estrictamente esas reglas y que, sin embargo, el resultado obtenido era negativo, ya que eran pesadas y aburridas, mientras que, por el contrario, podía citar otras que no cumplían las condiciones anteriores y eran libros extraordinarios.

Baroja va desgranando una larga serie de temas en los que no faltan respuestas directas y agrias. En un momento dado, reparando en la consideración de Ortega de que la novela es un género concreto y bien definido, se pregunta si hay un tipo único de novela, a lo que responde negativamente:

> La novela, hoy por hoy, es un género multiforme, proteico, en formación, en fermentación; lo abarca todo: el libro filosófico, el libro psicológico, la aventura, la utopía, lo épico; todo absolutamente.

Pensar que para tal variedad ha de haber un molde único le parece a Baroja una prueba de doctrinalismo y dogmatismo, por lo que concluye afirmando que si la novela fuera un género bien definido, como un soneto, tendría técnica también definida.

Respecto a la unidad del asunto, al aislamiento del proceso de la novela de otros próximos, nos dice: «está bien siempre que se pueda realizar». Y continúa criticando la opinión que defiende la novela cerrada y hermética. Esta novela, nos dice, sin trascendentalismo, sin poros, sin agujeros por donde entre el aire de la vida real, puede ser indudablemente y con mayor facilidad la más artística, pero es sólo una posibilidad, «porque no sabemos de ninguna novela que se acerque a ese ideal».

Frente a la afirmación del ensayista de que no se puede inventar una intriga nueva, responde el novelista afirmando que no lo cree:

> Si un hombre de la imaginación de Poe viviera hoy, es muy posible que encontrara en las ideas actuales grandes elementos para urdir nuevas intrigas literarias; el que en la hora actual no haya escritores de imaginación poderosa, no quiere decir que no haya posibilidad de inventar.

Y así llegamos a una de las afirmaciones claves del novelista respecto a la razón de ser de este género, y por supuesto de sus novelas:

> Para mí, en la novela y en todo arte literario, lo difícil es inventar; más que nada, inventar personajes que tengan vida y que nos sean necesarios sentimentalmente por algo.

Pero conseguir esto, inventar tramas donde se muevan personajes con los que el lector se sienta identificado sentimentalmente, es una cosa verdaderamente difícil, es una de las claves donde radica la originalidad del artista. ¿Cómo se logra esto? Aquí pervive el secreto de la literatura, porque entre otras razones, el novelista, que ha de reflejar la vida, no tiene por qué seguir lo que dice la vida, y para mostrárnoslo se detiene Baroja a analizar cómo ha obrado un novelista por él tan admirado como es Stendhal en la construcción del personaje de *Le rouge et le noir,* Julian Sorel. Para ello compara el procedimiento seguido en la construcción del personaje literario con lo que sabemos del personaje que le sirvió de modelo, el estudiante de cura Berthet. Analiza las diferencias sustanciales que hay entre uno y otro, y dice: «Se ve que Stendhal, al aprovechar el proceso Berthet y al arreglarlo a su modo, produjo una serie de contradicciones psicológicas», que hacen que la novela sea diferente a como es la realidad. «En este sentido se ve que *Le rouge et le noir* es tan sueño como puede ser un cuento de niños, y tan lejos de la perfección sicológica como una novela de caballería.»

Por otro lado, Baroja analiza los personajes de Dostoievski donde domina lo inconsciente y, por tanto, lo instintivo, más fatal y más lógico que lo racional.

Él, al alzar literariamente al personaje Aviraneta, había seguido otros caminos, pues,

> como mis demás personajes, es el tipo mal determinado del hombre que es esencialmente racional; por lo tanto, reflexivo y tranquilo. No tiene, ni pretende tener, el fatalismo de lo inconsciente.

Frente a la novela cerrada, hermética, impermeable, lo que Baroja hace es defender su propia manera de hacer. Frente a la novela como unidad cerrada del asunto y con pocas figuras, Baroja defiende el arte de novelar abierto, con muchos personajes, pues todo lo que sea poner figuras es abrir el horizonte, ensancharlo: «En esto se nota, creo yo, la influencia de la cultura clásica y de la medieval. Lo clásico tiende a la unidad, lo romántico a la variedad»; pero esta variedad no es fruto de una ampliación, como dice Ortega según Baroja, de una fácil ampliación con una invención de detalles más o menos fútiles para dar más cuerpo.

Para Baroja, el personaje es la piedra angular sobre la que se alza ese tinglado que llamamos novela. Para él, un personaje visto o entrevisto no es como un concepto ideológico que se puede ampliar analizando sus múltiples facetas. Hay personajes que sólo tienen silueta y de los que sólo se puede escribir unas líneas; otros no, son hombres. Para Baroja, el novelista ha de salir de unos determinados personajes que lleva encima y a los que ha de dejar sueltos, por su imaginación, en una realidad palpable. Para él, la realidad es un trampolín del que parten y tornan, y es que para Baroja si hay algo necesario en la ficción, en la novela, es saber que constantemente todo se apoya en lo real:

> A los hombres nos gusta la aventura, nos parece bien ir en el barco a lo desconocido; pero nos gusta también comprobar de vez en cuando, con la sonda, que debajo de las aguas oscuras hay un fondo de rocas firme, es decir, de realidad,

nos dice en sus *Memorias*[56].

Baroja distingue varios tipos de personajes que pueblan el universo novelesco con mayor o menor intensidad, entre los que hay principales y secundarios, pero que siempre están fluyendo. Y es que Baroja supo llevar al terreno de la novela algo que es constantemente palpable en la vida, aunque apenas si tenemos conciencia de ello. Junto a nosotros, junto al personaje, siempre hay unos hombres que nos acompañan, y otros que aparecen y desaparecen de súbito, dejando en algunos casos un débil recuerdo.

Sin duda alguna, que Baroja pudiera expresar este sentimiento del dinamismo de la vida era debido a que, desde muy joven, había adoptado una actitud de espectador, la actitud del hombre que es capaz de ver lo que discurre ante sus ojos sin pasión, y en los casos que había tomado parte activa, había tenido la capacidad suficiente de reflexión sobre lo acontecido, lo que le había hecho igualmente espectador de sí mismo.

Luis S. Grangel, en su libro *Retrato de Pío Baroja,* distingue cuatro tipos de personajes en la obra de nuestro novelista: personajes espectadores (Andrés Hurtado de *El árbol de la ciencia,* Luis Murguía de *La sensualidad pervertida);* personajes abúlicos, en los que triunfa la actitud de huida (Fernando Ossorio de *Camino de perfección,* Juan Labraz de *El mayorazgo de Labraz);* personajes nietzscheanos, hombres que critican los ideales de la democracia, que abominan del poder anónimo de la masa y

---

[56] Pío Baroja, *Memorias,* t. V, pág. 269.

les repele asimismo el utopismo anarquista, al tiempo que proclaman una y otra vez el derecho de los fuertes (Roberto Hastíng de *La lucha por la vida*, Carlos Garza de los *Últimos románticos*, César Moncada de *César o nada*... y el personaje aventurero en el que el novelista proyectó todos sus sueños de acción (Zalacaín de *Zalacaín el aventurero*, Shanti Andía y Juan de Aguirre de *Las inquietudes de Shanti Andía*, Roberto O'Neill de *El laberinto de las sirenas*, Aviraneta...[57], a los que deberíamos añadir esos personajes secundarios que tan característicos son de sus novelas y que llegan a formar un auténtico paisaje humano bien definitorio. Baroja, a estos hombres les concede, aunque sea por unos instantes, la facultad de hablar, de expresarse y de contar sus problemas con las mismas posibilidades que personajes socialmente más encumbrados. Son personajes que pasan dejándose oír en momentos precisos para volver después al silencio, pero que dan un vigor y una sensación de época. Personajes que dan la sensación de que se han ido sin terminar su conversación o su discusión dejando una estela de inquietud y de corto recuerdo, que obliga al lector a entregarse sólo a este nuevo mundo que se le presenta o, por el contrario, rechazarlo un poco escandalizado por apariencia de desorden. Quizá lo verdaderamente barojiano, es decir, juego intelectual, liberal e independencia de pensamiento, cierto fondo ideal, sentimiento de insatisfacción, o sea autenticidad, está plenamente representado en estos personajes de existencia mínima con su lenguaje algebraico, un lenguaje, que no termina de mostrar la verdad que lleva en sí. Auténtica *Comedia humana* la de estos personajes barojianos que forman una tupida red en la que nos es fácil vislumbrar la vida nacional. Numerosos son los personajes secundarios que aparecen como por casualidad relacionando entre sí a una larga serie de personajes principales, llegando a dar la impresión de que todos somos peones de un juego, en el que aunque actuemos con cierta independencia se está en una constante relación y pendiente de unas circunstancias imprevisibles. Es la vida lo que pretende reflejar el espejo de Baroja.

Pero volvamos *al prólogo casi doctrinal;* en él Baroja continúa poniendo una larga serie de reparos a lo dicho por Ortega,

---

[57] L. S. Granjel, *Retrato de Pío Baroja*, Barcelona, 1953, págs. 169 y 200.

aunque al final siempre tenemos la sensación de que asistimos a una explicación sobre su obra, sobre su manera de entender y concebir la novela, y así, casi al final de él, llegamos a lo que podemos entender como la llave que abre los secretos que hacen posible que un novelista cree mundos de ficción en los que el lector se adentre y viva con pasión del mismo modo que percibe que allí viven unos personajes:

> El escritor, sobre todo el novelista, tiene un fondo sentimental que forma el sedimento de su personalidad. [...] En ese fondo sentimental del escritor han quedado y han fermentado sus buenos y sus malos instintos, sus recuerdos, sus éxitos, sus fracasos. De ese fondo el novelista vive.

Sin duda alguna, a la hora de ver desde una perspectiva acertada lo que representa el ensayo de Ortega y Gasset y el *prólogo* de *La nave de los locos* debamos valorarlos más que como un enfrentamiento de exposición de unas ideas y réplica, como dos discursos que nos hablan de dos maneras distintas de enfrentarse al problema. El ensayista, desde su talante de hombre buscador de ideas y paradigmas, el novelista desde la apoyatura de una obra bien definida y personal. Pero es que esta distinta funcionalidad de su pensamiento la encontramos también dentro de ambos discursos. Ortega trata de profundizar teniendo en cuenta los nexos de unión del lector con la novela. El novelista, sin embargo, se sitúa en el campo literario, en medio de la novela como género literario que tiene relaciones con otros géneros algunas veces, y otras se separa de ellos.

Ambos pensamientos tenían que discurrir por sendas diferenciadas. De un campo que se vuelve sobre el hombre que trata de ver, el lector, cerrándole y dominándole, pasamos a otro por el que el novelista trata de salir de sí mismo a la vida que se abre ante él.

El año 1925 podemos verlo como un año de encrucijada: por un lado, todo ese gran cuerpo que forma la novela del siglo XIX se ve abocado a la dispersión de manera de hacer que impone el vanguardismo de los nuevos tiempos. Baroja, romántico también, defiende su existencia y su pervivencia. Ortega, clásico, trata de ver en lo que se vislumbra como caminos que van a decir en el futuro. Para el novelista, su oficio era uno de los que no conocían *el metro*, para el ensayista, con fatalismo, venía a decir que la novela guardaba también unas formas.

En muchas ocasiones se nos ha presentado lo clásico y lo romántico como conceptos contradictorios. Quizás, si sabemos ver los puntos de unión que hay, en el fondo, entre estas dos maneras de enfrentarse al problema, podremos comprobar que más que pugna y enfrentamiento, hay complementariedad y compensación entre el lugar que ocupa el lector y el que pertenece al novelista, también unidos, también dos caras de una moneda.

Bibliografía

ALBERICH, José, «*La biblioteca* de Pío Baroja», en *Pío Baroja*, ed. de Javier Martínez Palacio, Madrid, 1974.

AVIRANETA, E., *Memorias dirigidas al gobierno*, Tolosa, 1841.

— *Estatuto de la confederación general de los guardadores de la inocencia o isabelinos*, Burdeos, 1834.

— *Mis memorias íntimas (1825-1829)*, Méjico, 1906.

— *Las guerrillas españolas o las partidas de Brigantes en la guerra de la Independencia*, Madrid, 1870.

AZORÍN, *Ante Baroja*, en *O. C.*, t. VIII, Madrid 1948.

BAQUERO GOYANES, M., «Discusión en 1925 acerca de la novela: Ortega y Baroja», en *Proceso de la novela actual*, Madrid, 1963, págs. 25 y siguientes.

BATAILLON, Marcel, «Para la biografía de un héroe de novela», en *Revista de Filología Española*, Madrid, vol. XVIII, c. 3, 1931.

BRIO, M., «El aprendiz de conspirador», *Mercure de France*, en *Baroja en el banquillo*, 2 vols., Zaragoza, s/f., t. II, págs. 63 y ss.

CARO BAROJA, J., Prólogo a la edición de *Las inquietudes de Shanti Andía*, Madrid-Salamanca, 1967.

— «Novela histórica y documentación gráfica (Las estampas reunidas por Pío Baroja)», en *Boletín de la Real Academia de la Historia*, t. CLXX, cuaderno 1, Madrid, 1973, págs. 51 y ss.

— «Confrontación literaria o las relaciones de dos novelistas: Galdós y Baroja», en Homenaje a P. B. de *Cuadernos Hispanoamericanos*, núm. 265-267, Madrid, 1972, págs. 160 y ss.

CASALDUERO, J., «Baroja y Galdós», en *Pío Baroja*, ed. Javier Martínez Palacio, ed. cit., págs. 219 y ss.

CASTILLO PUCHE, José Luis, *Memorias íntimas de Aviraneta*, Madrid, 1952.

CORRALES EGEA, J., *Baroja y Francia*, Madrid, 1969.

ELIZALDE, Ignacio, *Personajes y temas barojianos*, Bilbao, 1975.

FERNÁNDEZ ALMAGRO, M., *En torno al 98. (Política y literatura)*, Madrid, 1948.

— «El general van Halen o la acción por la acción misma», en *ABC*, 4-XII-1964.

FLORES ARROYUELO, F., «Aviraneta y el "Estatuto Real"», en *Homenaje a Antonio Pérez Gómez,* t. I, Cieza, 1972, págs. 239 y ss.

— «Las primeras novelas de Pío Baroja», en *Anales de la Universidad de Murcia,* vols. XXIV y XXV, núms. 1 y 4, curso 1966-67.

— *Pío Baroja y la Historia,* Madrid, 1972.

GÓMEZ DE LA SERNA, G., *España en sus «Episodios nacionales»,* Madrid, 1954.

GRANJEL, Luis S., *Retrato de Pío Baroja,* Barcelona, 1953.

HINTERHAÜSER, *Los «Episodios nacionales» de Benito Pérez Galdós,* Madrid, 1963.

IGLESIAS, Carmen, «La controversia entre Baroja y Ortega acerca de la novela», en *Pío Baroja,* ed. Javier Martínez Palacio, ed. cit., páginas 251 y ss.

LAÍN ENTRALGO, P., *España como problema,* Madrid, 1956.

LONGHURST, C., *Las novelas históricas de Pío Baroja,* Madrid, 1974.

LÓPEZ CAMPILLO, E., «Aviraneta: biología y utopía», en *Homenaje a P. B.,* ed. cit., págs. 600 y ss.

MARAVALL, J. A., «Historia y novela», en *Baroja y su mundo,* t. I, Madrid, 1961.

F. MONTESINOS, J., *Introducción a una historia de la novela en España en el siglo XIX,* Madrid, 1955.

PABÓN, Jesús, «El espadón en la novela», en *Homenaje a P. B.,* ed. cit., págs. 220 y ss.

— «Baroja y la España Contemporánea», *Boletín de la Real Academia de la Historia,* tomo CLXX, Madrid, 1973, págs. 7 y ss.

PÉREZ MONTANER, «SOBRE LA ESTRUCTURA DE LAS "MEMORIAS DE UN HOMBRE DE ACCIÓN"», EN *Homenaje a P. B.,* ed. cit., págs. 610 y ss.

PIRALA Y CRIADO, A., *Historia de la guerra civil y de los partidos liberales y carlistas,* 5 volúmenes, Madrid, 1897.

ORTIZ DE ARMENGOL, Pedro, *Aviraneta y diez más,* Madrid, 1970.

REGALADO GARCÍA, A., *Benito Pérez Galdós y la novela histórica española (1868-1912),* Madrid, 1966.

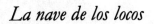

La nave de los locos

Prólogo

CASI DOCTRINAL SOBRE LA NOVELA

QUE EL LECTOR SENCILLO PUEDE SALTAR IMPUNEMENTE

¿Será hábil, me preguntaba un amigo, hablar de los procedimientos de confeccionar una novela? ¿Será oportuno exponer nuestra torpeza, nuestros tanteos a los lectores que creen que de nuestro cerebro va a salir una obra completa como Minerva, armada y hasta maquillada de la testa de Júpiter?

Hábil o no, oportuno o no, ¿qué importa? Estamos empachados de habilidad y de oportunidad, y aparecer como inhábiles y como importunos no nos preocupa gran cosa.

DIÁLOGOS DE VIAJE

Hablar con una mujer a solas está siempre bien. Aunque el diálogo no tenga el más ligero matiz amoroso, no se echa de menos una tercera persona; en cambio, se habla mejor casi siempre con dos amigos que con uno.

Al dialogar y razonar tres hombres, se completan uno a otro; dos interlocutores suelen ser poco para divagar cómoda y agradablemente; cuatro, demasiado; hay, pues, que decidirse por el trío, terceto, trinidad amistosa o como se le quiera llamar.

Hemos salido de Madrid tres amigos en diciembre, y estamos aguardando en un pueblo de la costa de Málaga a que termine la reparación de la avería del *auto*. Los tres amigos somos escritores, discutidores habituales y crónicos y aficionados a debatir ideas.

Para el que no nos conozca, debemos ser gente absurda; al que tenga conocimiento de algunos de nuestros productos y nos lleve ya catalogados como fabricantes de cosas vanas e inútiles, no le han de chocar nuestras disquisiciones.

De los tres compañeros de viaje, uno es, principalmente, cultivador del ensayo filosófico; el otro, especialista en cuestiones pedagógicas, y yo casi exclusivamente cultivador de la novela, con o sin prólogos doctrinales.

Después de comer en la fonda, nos asomamos los tres a un paseo frente al mar. El paseo corre sobre un malecón por encima de la playa. Abajo, en el arenal, descansan cerca del agua varias barcas pequeñas, dos o tres mayores con las velas remendadas y unas yuntas de bueyes. Los pescadores, bronceados por el sol, van y vienen, preparando sus redes, dando una nota de color con sus camisetas amarillas y rojas.

En el extremo de la playa, en una rinconada entre dos casas, un grupo de hombres y de muchachos se dedica al juego del país, que consiste en tirar una caña de azúcar al alto e intentar cortarla en el aire con una navaja.

Estaríamos muy satisfechos de poder hacer algunas observaciones, quizá algunas metáforas, sobre la belleza del Mediterráneo y la dulzura del clima; pero el brillante mar latino se muestra oscuro, con un color de mica, bajo el cielo encapotado. Es un día antimetafórico, y, faltos de posibilidad de apoyar en alguna base nuestra retórica, volvemos al tema que durante todo el viaje nos ha servido de motivo de conversación.

La novela

Lo que debe ser la novela y la posibilidad de una técnica clara, precisa y concreta, para este género literario, ha sido la base de nuestras discusiones.

Cuando no tenemos otra cosa mejor que hacer, cuando no nos encontramos en la duda de seguir un camino u otro, de elegir la fonda de arriba o la de abajo, cuando no tenemos la necesidad de escribir un trozo más o menos elocuente en una tarjeta postal, volvemos a la técnica de la novela.

Yo, desde hace tiempo, me hallo preocupado con esa técnica, no precisamente con la general, sino con la mía propia, y con la posibilidad de modificarla y de perfeccionarla. Ahora, esto, sin duda hacedero en teoría, no lo veo igualmente factible en la práctica, o, mejor dicho, no encuentro su eficacia, porque al intentar proyectar mis ideas técnicas sobre la construcción novelesca, se reducen a tan poco, dan un resultado tan parecido a lo inventado por puro instinto, que mis nuevos planes me desilusionan.

Tomando como motivo la técnica de la novela, los tres compañeros de viaje nos batimos con razones mejores o peores, y exponemos nuestros respectivos puntos de vista. Después, en los momentos de abstracción y de silencio, yo intento ver si llevo alguna luz a mi nuevo libro, en estado embrionario, al que voy a llamar LA NAVE DE LOS LOCOS.

Aunque algunos amigos no lo creen, no soy nunca terco en mis ideas; la posibilidad de cambiarlas, no sólo no me molesta; al revés, me ilusiona. He ensayado en literatura todo cuanto he podido ensayar. He huido de ser dogmático y he llegado a pensar, como lector de los pragmatistas, que una teoría, en la mayoría de los casos, vale más por sus resultados y por su porvenir que por sus posibles aproximaciones a la verdad.

He mirado también la literatura como un juego, por lo que tiene de desinteresado, y no me he asido a ella en general, ni a mis obras en particular con la fuerza del amor propio. Escucho siempre con curiosidad los reparos que se ponen a mis libros, y siento no me los hagan más concretos y más detallados. Tener un censor agudo y penetrante que tome la obra de uno, la diseque, señale sus deficiencias y diga: «Usted ha querido hacer esto, y no lo ha hecho por tal o cual razón», ha de ser para el escritor gran fortuna.

Claro, es muy posible que la mayoría de los defectos fundamentales de un autor sean incorregibles y no hay manera de evitarlos; pero seguramente debe haber otros a los cuales se puede poner remedio.

Aun con todas las limitaciones psicológicas, mejorar en lo posible el producto espiritual de una manera consciente, debe ser muy agradable. Yo he tenido siempre esa ilusión, aunque no la haya podido llevar a la práctica.

Si yo pudiera depurar mis obras y mejorarlas, las depuraría y mejoraría, en parte, quizá, por el público, pero principalmente por mí. Tengo el amor de las cosas por ellas mismas más que por sus resultados pecuniarios o de fama, y aunque un pesimista me convenciera de que haciendo libros peores y con algunas martingalas tendrían más éxito, yo siempre los haría lo mejor que pudiera. En todo aquello por lo que sintiera afición, creo que me pasaría lo mismo.

Las simpatías encontradas

Generalmente, cuando las personas discuten hay siempre un conflicto de simpatías contrarias que, en vez de ponerse en claro desde el principio, queda oculto de una manera no deliberada. Es posible que si en vez de discutir los interlocutores fueran psicólogos puros, sin gran fuerza vital, intentaran poner en claro sus tendencias, se explicasen solamente, se definieran y dejasen de discutir.

Hoy mucha gente, satisfecha y llena de petulancia, llama incomprensión a lo que debía llamarse, sencillamente, falta de simpatía.

Hoy le dicen a cualquiera, en serio, que no comprende la vida de un pueblo, el discurso banal de un político o las piruetas de una bailarina. Hay comerciante de Barcelona, de Bilbao o de Buenos Aires que cuando sale de su casa con su terno bien cortado y sus zapatos de charol cree que es algo que debe de admirarse y de reverenciarse. Si no se le admira cree que es porque no se le comprende; cosa ridícula, pero que así es.

Dada la vanidad grotesca de la gente, se considera el comprender sinónimo de elogiar. ¿Se elogia? Se comprende. ¿No se elogia? No se comprende.

Una persona de cultura corriente, como yo, no comprenderá el griego o el hebreo; comprenderá con mucha dificultad y parcialmente, si tiene este extraño capricho, a Kant, a Riemann o a Einstein; pero no puede menos de comprender, por torpe que sea, que la cocina francesa, las obras de Anatole France o la plaza de la Concordia están bien. No se necesita ser un lince para ello.

Lo que puede ocurrir, como me ocurre a mí, es que no tenga ese entusiasmo frenético de americano por la plaza, por la cocina, o por el escritor. Cierto que no simpatizar es lejanamente algo parecido a no comprender, pero no es lo mismo.

Si mis interlocutores y yo hubiéramos sido bastante psicólogos para comprendernos unos a otros con exactitud, quizá en vez de defender una tesis, nos hubiéramos definido cada uno a nosotros mismos con absoluta exactitud y, después de definirnos, no hubiéramos tenido necesidad de discutir.

El el fondo, toda opinión, toda tesis, es un alegato de defensa de sí mismo, de lo bueno y de lo malo que uno tiene.

Afirmado esto, claro es que uno no pretende lanzar sus ideas como si fuesen conceptos fundamentales de la literatura; a lo más que aspira es a que se consideren como puntos de vista subjetivos que pueden tener algún valor para las personas de gustos y de tendencias afines.

LA SOBERBIA

Como una especie de vicio inicial, que tiene que dar defectuosa coloración a las opiniones mías, el ensayista supone en mí un fondo nativo de soberbia por mi carácter vasco.

Según él, el vasco, en bueno o en malo, es un cerebro hermético. Lo que le nace espontáneamente en el espíritu es fuerte, pero poco perfeccionable, por no poder asimilar lo pensado por los demás. Quizá sea esto así, aunque yo no lo creo exclusivo del vasco, sino patrimonio de todas las razas campesinas, de escasa vida ciudadana y casi únicamente rurales. Además, si yo, en general, me siento vasco, a veces, por no ser una cosa sola y aunque no tenga condiciones de banquero, me siento lombardo, y a veces sólo terrestre. ¿Quién sabe a punto fijo lo que es y de qué rincón del planeta viene?

Con alguna petulancia y para demostrar mi vasquismo, es decir, mis pocas condiciones de asimilación, digo yo, hablando de nuestro tema habitual en el viaje, que en la producción novelesca de los treinta o cuarenta años últimos no he visto nada que me parezca algo nuevo en técnica o en psicología pura. Me parece que en los libros de los pasados decenios no hay apenas lección aprovechable ni gran enseñanza. No es que no haya talentos, talentos los hay siempre, pero no es época de invenciones literarias.

Cierto es, y hay que tenerlo en cuenta, que el novelista, cuando ya no es joven, lee pocas novelas, y si las lee, las lee sin entusiasmo, y le gusta, en general, más la obra de un historiador, de un viajero o de un ensayista, que la de cualquier compañero suyo, fabricante de cosas inventadas.

Quizá en parte por esto la producción novelesca de los últimos años me interesa poco y me da la impresión de algo débil, flojo y forzado, con mucho barniz y mucha purpurina para hacer efecto. Es esa producción como la ola del mar, que apenas llega a alcanzar en la playa a las que la precedieron.

Las generaciones tienen su sino, como las olas: unas avanzan más, otras no llegan ni pasan a las anteriores.

Una afirmación así, de poco entusiasmo por la obra moderna, es para algunos incomprensión y soberbia pura. Es igual. A mí la palabra no me molesta.

Esto de la soberbia produce siempre una gran cólera. El haber asegurado yo en un libro que me consideraba archieuropeo, ha indignado a muchos. Yo no he dicho esto de mi archieuropeísmo en sentido de la cultura, sino en sentido de antigüedad de raza. ¿Qué duda cabe que un vasco es más antiguo en Europa que un eslavo, que un magiar y hasta que un germano? La vanidad de la gente supone siempre que todo el mundo no aspira más que a demostrar que es muy sabio y muy genial.

Hay personas que andan constantemente tratando de leerle a uno el *Kempis,* sin duda como antídoto del supuesto y satánico orgullo.

Yo no leo a nadie el *Kempis;* primero, porque me parece una sarta de vulgaridades sin ningún interés, y luego, porque no me hace daño la soberbia ajena.

Dejando el *Kempis* a un lado, yo estoy convencido de que en estos últimos treinta años no se ha hecho nada nuevo ni trascendental en la novela. Algunos me preguntará: «¿Qué entiende usted por algo nuevo?»

Indudablemente, es muy difícil definir lo que es nuevo en literatura; es más bien una sensación que un concepto. Para mí, un pequeño matiz, una intriga más complicada, una ligera variación de la técnica me bastaría para creer en la novedad.

Fórmulas del ensayista

En nuestras discusiones, el ensayista ha ido formulando varias proposiciones generales, a las cuales él considera como necesarias para la perfección del género novelesco. Estas proposiciones son, aproximadamente, las siguientes:

La novela tiene que estar encajada en las tres unidades clásicas, hallarse aislada, como metida en un marco bien definido y cerrado.

La novela debe vivir en un ambiente muy limitado, debe ser un género lento, moroso, de escasa acción; tiene, por tanto, que presentar pocas figuras, y éstas muy perfiladas.

El novelista no puede aspirar, según nuestro dogmatizador, a inventar una fábula nueva, y su única defensa será la manera, la perfección y la técnica.

Contra tales proposiciones, mi principal argumento es el ejemplo. Cito novelas, muchas, he sido gran lector de ellas, que cumplen estrictamente las reglas expuestas, y que, sin embargo, para nosotros, de común acuerdo, son estrictamente pesadas y aburridas. Cito luego otras que, sin las anteriores condiciones, son libros extraordinarios. Un ambiente limitado, de pocas figuras, es el de *La Regenta,* de *Clarín,* y de *Pepita Jiménez,* de Valera; un ambiente ancho, extenso, y muchas figuras, tiene *La guerra y la paz,* de Tolstoi. ¿Hay alguno que ponga las novelas de *Clarín* y de Valera sobre la de Tolstoi? No lo creo.

—No importa —replica el ensayista—; las reglas pueden ser buenas, aunque el que las siga no haya tenido gracia o habilidad para saberlas emplear.

El argumento a mí no me parece convincente. Se me figura algo así como la opinión de los médicos de Molière, de que vale más morirse siguiendo los preceptos de Hipócrates que vivir malamente y sin arreglo a precepto alguno.

Si el cerrar la novela al aire de fuera constituyese un gran mérito, todos o casi todos los novelistas españoles del siglo XIX serían admirables. La mayoría han tenido gran entusiasmo por lo limitado y lo cerrado. Pensando en ellos le viene a uno a la imaginación la frase de Quevedo sobre los extremeños, a los cuales el satírico llamaba cerrados de barba y de mollera.

Unos a otros

Yo creo, quizá con malicia, que cuando contemplamos la obra ajena y vemos el espacio en que se mueve el compañero, nos parece siempre éste desmesurado y excesivo. El crítico tiende a limitar el campo del artista. El artista limitaría, si pudiera, el campo del crítico y no le dejaría más especialidad que la de dar bombos.

No hace mucho, un crítico, al hablar de los pintores de naturalezas muertas, exponían como ideal de ellas los bodegones asépticos, es decir, una pintura de objetos inertes de la Naturaleza que no encerrara poesía, ni romanticismo, ni evocación, ni nada exterior a la pintura como oficio.

Nuestro ensayista quiere también que la novela sea aséptica, es decir, que no tenga nada trascendental, nada excepcional, ni nada extraordinario.

Si el novelista tuviera que dar una pragmática al filósofo, le diría: «Nada de metáforas, que en filosofía tienen aire de abalorios. Bastante cantidad de ringorrangos y de floripondios tiene el idioma de por sí, para añadirle deliberadamente otros. Nada de orientalismos ni de color. Hay que tener en el estilo la austeridad de un Kant.»

—¿Por qué hay que tomar a Kant como modelo? —podría preguntar el ensayista.

—Con el mismo derecho que se toma como modelo de novelista a Stendhal o a otro cualquiera.

El ensayista quiere una novela aséptica; el novelista, a su vez, exigiría una filosofía aséptica.

Siempre está uno inclinado a pedir la asepsia para el vecino.

Hace algún tiempo, un profesor de Madrid decía en un periódico de provincias que la novela estaba llamada a desaparecer y que no podía interesar a los lectores modernos la vida de una familia como los Rougon-Macquart o la existencia de una mujer como madama Bovary.

Esto tiene el mismo valor, a mi juicio, que las predicaciones que oíamos hace años a algunos pobres maestros de escuelas libertarias, que nos decían, como quien hace un descubrimiento: «La bandera no es más que un trapo de colores. Morir por ella es morir por una percalina.» Claro que sí; la bandera es un trozo de tela, es un trapo, pero es un trapo que puede significar mucho aun fuera de toda apoteosis retórica y patriótica. Para el soldado que vaya despistado y perseguido por el campo enemigo y encuentre su bandera clavada en un baluarte, la bandera no es un trapo insignificante; sabe que allí está su salvación y su refugio. La bandera será para él toda la percalina de colores que se quiera, pero será una percalina de una importancia vital.

Y no es que uno sea partidario de tantas ceremonias patrióticas a base de banderas y gallardetes que hoy se estilan; pero quiere decir que todo lo que existe tiene sus puntos de vista negativos y sus aspectos positivos, unos y otros más o menos lógicos.

Generalizando el juicio simplista y un poco ramplón del profesor que niega la importancia espiritual de la novela, la literatura en general no tendría tampoco ninguna.

¿Para qué ocuparse de las aventuras de un loco que no ha existido, como Don Quijote? ¿A qué hablar de los pensamientos de un neurasténico que tampoco ha existido, como Hamlet? ¿Qué valen los sufrimientos supuestos del joven Werther ante un dolor de muelas ni las vicisitudes falsas de Robinson Crusoe ante las de un señor que ha perdido el tren? Es, sin disputa alguna, mucho más importante que *Hamlet,* que *Don Quijote* y que *Werther* un manual de cocina, al menos si es práctico, y la gente que piensa así debe preferir el calarse dignamente el gorro blanco del cocinero que no el birrete con pompón de colores del profesor.

Yo creo que la novela tiene mucha vida aún y que no se vislumbra su desaparición en el horizonte literario previsto por nosotros.

Claro que no cambia ni progresa a gusto de los jóvenes literarios ni de los pequeños judíos de París, que necesitarían cada tres o cuatro años explotar una nueva forma literaria y lanzarla como quien lanza al mercado unas píldoras o un cinturón eléctrico.

—¿Pero es que usted es partidario de la inmovilidad solemne de los mastodontes académicos? —me preguntará alguno.

—No; pero es que entre el mastodonte académico y el zángano dadaísta hay muchos ejemplares de fauna literaria que a uno le pueden parecer bien. No es obligatorio ser tan pesado como un paquidermo, ni tan ligero como una mosca.

¿HAY UN TIPO ÚNICO DE NOVELA?

Esta pregunta me viene siempre a la imaginación cuando en nuestras discusiones el ensayista habla de la novela como de un género concreto y bien definido. ¿Hay un tipo único de novela? Yo creo que no. La novela, hoy por hoy, es un género multiforme, proteico, en formación, en fermentación; lo abarca todo: el libro filosófico, el libro psicológico, la aventura, la utopía, lo épico; todo absolutamente.

Pensar que para tan inmensa variedad puede haber un molde único me parece dar una prueba de doctrinarismo, de dogmatismo. Si la novela fuera un género bien definido, como es un soneto, tendría una técnica también bien definida.

Dentro de la novela hay una gran variedad de especies. Ahí el crítico que las analice y las comprenda y no se le ocurra juzgar a una con los principios de otra, que podría ser algo como juzgar una iglesia gótica con las fórmulas del arte griego. Porque hay la novela que podría compararse a la melodía: muchas de Mérimée, de Turguenef, de Stendhal; hay la novela que tiende a la armonía, como las de Zola, las de Dostoievski y, sobre todo, las de Tolstoi, y hay... otras infinitas clases de novela.

Si existiera una técnica verdadera novelesca, a novela multiforme, debería haber técnica multiforme, es decir, a muchas variedades de novela, muchas variedades de técnica.

UNIDAD DEL ASUNTO

Respecto a la unidad del asunto, al aislamiento del proceso de la novela de otros próximos, indudablemente está bien siempre que se pueda realizar. El no conseguirlo o el no practicarlo es un defecto; de ahí que las novelas que se continúan en otras tengan siempre un aire fragmentario y poco definitivo.

La novela debe encontrar la finalidad en sí misma —una finalidad sin fin—; debe contar con todos los elementos necesarios para producir su efecto; debe ser, en este sentido, inmanente y hermética.

La novela cerrada, sin trascendentalismo, sin poros, sin agujeros por donde entre el aire de la vida real, puede ser, indudablemente, y con mayor facilidad, la más artística.

LA NOVELA DE ARTE PURO

Existe la posibilidad de hacer una novela clara, limpia, serena, de arte puro, sin disquisiciones filosóficas, sin disertaciones ni análisis psicológicos, como una sonata de Mozart, pero es posibilidad solamente, porque no sabemos de ninguna novela que se acerque a ese ideal.

Escriben, yo lo he leído en alguna parte, que cuando se estrenó *Don Juan* de Mozart, el rey o uno de los personajes de la corte dijo al músico:

—Su ópera está muy bien; pero hay en ella demasiadas notas.

A lo cual contestó el maestro con sencillez:

—No hay más que las necesarias.

¿Quién puede decir algo parecido en literatura? ¿Quién puede tener la conciencia de no haber dicho, ni más ni menos, que lo necesario? Nadie. Ni Homero, ni Virgilio, ni Shakespeare, ni Cervantes lo podrían decir, defendiendo sus obras.

73

Hay, no cabe duda, la posibilidad de esa novela clara, limpia, serena, sonriente, sin nada atormentado; pero, por ahora, vemos la posibilidad y no el camino de realizarla.

Aunque viéramos ambas cosas, la posibilidad y el camino, no sería fácil que los escritores que hemos comenzado la vida cuando triunfaban los apóstoles de la literatura social: Tolstoi, Zola, Ibsen, Dostoievski, Nietzsche, pudiéramos hacer obras claras, limpias, serenas, de arte puro.

POSIBILIDAD DE LA INVENCIÓN

—No se puede inventar una intriga nueva —dice nuestro ensayista—. El filón está agotado.

No lo creo. Ni aun en las ciencias que parecen más firmes se ha dicho la última palabra.

Carlyle, a pesar de su desconfianza en la ciencia, dice, al principio de *Sartor Resartus,* que las teorías astronómicas de Lagrange y Laplace son perfectas. Hoy se ve que no hay tal perfección.

En la literatura, tampoco creo que esté todo dicho. Si un hombre de la imaginación de Poe viviera hoy, es posible que encontrara en las ideas actuales grandes elementos para urdir nuevas intrigas literarias; el que en la hora actual no haya escritores de imaginación poderosa, no quiere decir que no haya posibilidad de inventar. Hace veinte años, ninguno hubiera pensado que en la Física pudiera aparece una teoría nueva como la de la relatividad.

—Usted mismo, con relación al teatro, supone que es muy difícil el inventar nuevos argumentos —dice el ensayista.

—Es verdad —contesto yo—; pero el teatro no es un arte puro: es un arte mixto que está condicionado por el público, por los cómicos, por las bambalinas, por el carpintero, por el sastre y por una porción de cosas más. Una obra de teatro que se escriba sin la obligación de ser representada, puede tener, naturalmente, la misma originalidad que cualquiera otra literaria.

La dificultad de inventar

Para mí en la novela y en todo el arte literario, lo difícil es inventar; más que nada, inventar personajes que tengan vida y que no sean necesarios, sentimentalmente por algo. La imaginación, la fantasía, en la mayoría de los hombres, constituye un filón tan pobre, que cuando se encuentra una veta abundante produce asombro y deja maravillado.

El estilo y la composición de un libro tienen importancia, claro es; pero como son cosas que se pueden mejorar a fuerza de trabajo y de estudio, no dan esa impresión fuerte y sugestiva de la creación fantástica.

Por la invención son grandes Cervantes, Shakespeare, Defoe y los demás novelistas y dramaturgos que han dejado tipos inmortales. Los mismos escritores célebres del siglo xix no han tenido esta suerte, y Balzac, Dickens, Tolstoi y Dostoievski, sea porque el ambiente no les haya dado posibilidades, sea por otra causa, no han podido crear tipos sintéticos, esquemas necesarios en nuestra vida sentimental, sino personajes subalternos.

Claro que esto no lo podemos decir más que muy aproximadamente, porque no sabemos el aire que tomarán los tipos de la literatura moderna cuando pasen cien o doscientos años sobre ellos; quizá se agranden, quizá se achiquen y se esfumen. No podemos predecirlo.

Novela permeable y novela impermeable

Suponemos que hay una novela permeable, algo como la melodía larga, y otra impermeable y bien limitada, como la melodía con ritmo muy marcado. Un burlón diría que la novela impermeable es para los días de lluvia y la otra para los días de sol; pero el chiste, fácil y de aire callejero, no nos impresiona.

La ventaja de la impenetrabilidad, de la impermeabilidad, con relación al ambiente verdadero de la vida, se compensa en la novela con el peligro del anquilosamiento, de la sequedad y de la muerte.

Es lo que ocurre con una maceta: la maceta porosa se confunde, en parte, con la naturaleza de alrededor; su superficie se llena de musgos y de líquenes, la tierra que está dentro y lo que vive en ella se nutre, respira, experimenta las influencias atmosféricas; en cambio, en el jarrón, en el búcaro vidriado, la planta y su tierra están bien aisladas, pero no hay movimientos de dentro afuera, ni al contrario; no hay ósmosis y endósmosis y la planta corre el peligro, por la pobreza cósmica, de ir al raquitismo y a la muerte.

En otro sentido, algo semejante ocurre con el jardín clásico y con el romántico: si el jardinero del jardín clásico exagera la tendencia a la simetría y a la unidad, hace un jardín de piedras, de jarrones, de estatuas, en donde la Naturaleza apenas se presenta más que tímidamente y enmascarada; en cambio, si el jardinero del jardín romántico exagera la naturalidad, hace perder fácilmente el carácter al jardín para convertirlo en un trozo de bosque o de selva.

La limitación está bien, pero siempre que no nos dé la impresión de una fatalidad o de un determinismo inexorable. Si llega a esto, entonces la limitación es trágica, y en nuestra época, de un trágico impertinente y grotesco.

Que un señorito de Santander tenga dificultades, por la diferencia de clases, para casarse con la hija de un pescador, está bien; pero que estos impedimentos, como en una novela de Pereda, sean tan terribles para cortar los amores y hacer de dos personas dos seres desgraciados, es un tanto ridículo.

Al fin y al cabo, el mundo es un poco más grande que Santander y que sus clases sociales, y yo supongo que el personaje de Pereda, por muy santanderino que sea, prefiera vivir con una mujer que le guste en León, en Oviedo o en Ribadeo, que no con una mujer que le parezca antipática en el mismo Santander.

La limitación me parece bien hasta llegar a gozar de las perspectivas visuales del topo, pero siempre con la esperanza de poder tener a veces el punto de vista y la mirada del águila.

Además de la permeabilidad de mis libros, otra de las cosas que me reprochan es que la psicología de Aviraneta y de los demás personajes míos no es clara ni suficiente, ni deja huella.

Yo no sé si mis personajes tienen valor o no lo tienen, si se quedan o no en la memoria.

Supongo que no, porque habiendo habido tanto novelista célebre en el siglo XIX que no han llegado a dejar tipos claros y bien definidos, no voy a tener yo la pretensión de conseguir lo que ellos no han logrado.

Respecto a Avinareta, ya veo que a este tipo, como creación mía, le faltan elementos importantes; por ejemplo, el sentido de lo patético. Yo podría suplirlo, al menos para el vulgo, con una simulación retórica; pero eso, en el fondo, no me satisface.

Respecto a que su psicología no sea clara y suficiente, yo pregunto: ¿Cuál es entre los tipos literarios modernos, actuales, el que tiene una psicología bien explicada?

Veamos un héroe histórico, pintado por Galdós en uno de sus *Episodios*. Galdós hace un tomo sobre *el Empecinado*. ¿Y qué es *el Empecinado* de Galdós? *El Empecinado* de Galdós es un pobre patán muy noble, muy bueno, muy valiente, que no sabe hablar; es decir, está caracterizado como un tipo de teatro, como un alcalde de aldea de género chico, por decir *marchemos* cuando debe decir *marchamos, dir* por *ir,* y cometer otras faltas y solecismos. La cosa no puede ser más simple ni más primaria para mí, al menos, lo interesante en *el Empecinado* sería lo interno, lo psicológico, el saber la evolución de su espíritu; no saber su manera de hablar, que, a pesar de lo que supone Galdós, yo me figuro que el guerrillero, como castellano viejo, hablaría bien, y probablemente, con corrección.

Pero vayamos a otros escritores que tienen fama de ser más psicólogos. ¿Qué mapa psicológico hay entre la producción novelesca moderna que pueda ponerse como modelo?

¿Quiénes son los novelistas actuales que han podido crear tipos que lleven como una vida independiente de su autor?

77

¿Quiénes son los que han pintado sombras que no son la proyección de sí mismos? Yo no conozco a ninguno.

Le preguntaba yo hace tiempo al doctor Simarro, en el estudio de Sorolla, pensando cándidamente que Simarro podía saber algo de esto: «¿Qué característica psicológica puede tener el héroe? ¿Qué puede haber en él de específico?» Y él contestaba: «Sólo las ideas.»

Esto, para mí, era una tontería completa, porque existen, sin duda alguna, héroes en los bandos contrarios y distintos. Si puede haber un héroe de la religión y un héroe del libre pensamiento, un héroe de la Monarquía y otro de la República, es evidente que la calidad de las ideas no es lo que hace al héroe, sino una exaltación espiritual, de origen desconocido, que se puede poner en una cosa o en otra.

¿Quién ha señalado la última razón psicológica que mueve a los hombres? Yo no lo sé. ¿Quién ha marcado, aun en el muñeco del guiñol, porque esta figura odia y la otra quiere? Yo no advierto que en la literatura haya como un modelo que se pueda poner de ejemplo de psicología clara y suficiente.

Veamos los escritores de fama de ser más psicólogos, por ejemplo, Stendhal y Dostoievski.

No cabe duda que el Fabricio del Dongo, de *La Cartuja de Parma,* una de las novelas más elogiadas de Stendhal, suponiendo que existiera, podría hacer lo que hace y podría hacer también lo contrario de lo que hace. Las acciones de Fabricio no están motivadas claramente por su psicología. Nadie, ni el más lince, leyendo la primera parte del libro, llegará a presumir lo que va a pasar en la segunda.

Respecto a Julián Sorel, de *Le Rouge et le Noir,* parece más determinado.

Se sabe cuál es el proceso que dio origen a la novela de Stendhal, denominada con este título.

Un estudiante de cura llamado Berthet (en la novela, Sorel), guapo, reconcentrado, inteligente, entra de preceptor en la familia de madama de La Tour (en la novela madama Renal); le hace el amor hábilmente y va a conquistarla cuando el marido lo nota y lo echa de casa. Berthet se refugia por algún tiempo en el Seminario, y, al salir de él, entra de nuevo de preceptor de la hija del conde de Cordón, pone sus redes para seducir a la niña (en la novela Matilde de la Mole), y el padre, al saberlo, lo echa de casa. Entonces, Berthet, desesperado y roído por el despecho, viendo por otra parte que el escándalo levantado alrededor de su nombre le impide ser cura, va a la iglesia del pueblo, encuentra a madama de La Tour rezando y la mata de un pistoletazo, como Sorel, en la novela, mata a madama Renal.

El argumento en sí y la psicología en conjunto del personaje ambicioso son mucho más lógicos en el proceso verdadero que en la novela de Stendhal. El tiro a la madama de La Tour, en la realidad, está muy legitimado. Es el despecho del seminarista al verse cogido, humillado, sin provenir. En la novela, no. En la novela, Sorel es un hombre que ha triunfado; es rico, poderoso, tiene una posición, ha enamorado a dos mujeres extraordinarias, de un tipo que no se puede encontrar más que rara vez, si es que alguna vez se encuentra en la vida. ¿Por qué va a tener despecho y rabia?

Antes de saber en dónde estaba inspirado *Le Rouge et le Noir,* siempre me produjo una sensación de cosa absurda el tiro de Sorel a madama Renal.

Se ve que Stendhal, al aprovechar el proceso Berthet y al arreglarlo a su modo, produjo una serie de contradicciones psicológicas.

Él quería hacer de su héroe el hombre inteligente, oscuro y plebeyo que triunfa sin abdicar en nada; quería que madama Renal fuese encantadora, de un encanto no corriente; que el marido fuese un imbécil, lo que dentro de las pragmáticas del romanticismo era indispensable, pero que en la vida no sucede siempre; que la señorita de La Mole fuese extraordinaria y otra porción de cosas imaginadas que no son nunca en la realidad así.

En este sentido se ve que *Le Rouge et le Noir* es tan sueño como puede ser un cuento de niños, y tan lejos de la perfección psicológica como una novela de caballería.

Si un novelista de tantas condiciones como Stendhal hubiera escrito otra novela, sin apartarse nada del proceso Berthet, haciéndole al héroe fracasado en sus amores y en su carrera, se hubiera dicho: «¡Qué pesimismo! La vida no es así.»

Si la vida es así, con raras excepciones es turbia, sin brillo. La novela quizá es la que no debe ser como la vida.

Respecto a Dostoievski, sus personajes son indudablemente claros y con una psicología claramente determinada; pero lo son así no sólo porque están construidos por un hombre genial, sino porque todos son locos e inconscientes.

En Dostoievski, lo inconsciente domina y lo inconsciente es más instintivo, más fatal y más lógico que lo racional. Así llegaríamos a una solución, a primera vista absurda, pero que no lo es, y que consistiría en afirmar que los personajes de psicología más clara y mejor determinada son los inconscientes y los locos. Los héroes antiguos clásicos, Aquiles, Ulises o Eneas, eran indudablemente sanos, limitados y mediocres; los héroes modernos, en cambio, desde Don Quijote y Hamlet hasta Raskolnikof, son inspirados y locos. Toda la gran literatura moderna está hecha a base de perturbaciones mentales.

Esto ya lo veía Galdós; pero no basta verlo para ir por ahí y acertar; se necesita tener una fuerza espiritual, que él no tenía, y probablemente se necesita también ser un perturbado, y él era un hombre normal, casi demasiado normal.

El que tiene fuerza para ser en literatura un gran psicólogo, se hunde poco a poco en la ciénaga de la patología. Ese pantano que no tiene gran cosa que ver con la ridícula perversidad, casi siempre industrial, de los escritores eróticos, está indudablemente habitado por monstruos extraños y sugestivos. El cazador de monstruos debe ir ahí.

Yo no he pretendido nunca marchar por esos derroteros, y Aviraneta presenta, como mis demás personajes, el tipo mal determinado del hombre que es esencialmente racional; por lo tanto, reflexivo y tranquilo. No tiene, ni pretende tener, el fatalismo de lo inconsciente. Tampoco tiene por dentro ese calor de fuego de turba del horno del Norte, muy próximo a la exaltación y al misticismo, ni el crepitar de la hoguera de paja y de sarmientos del Mediodía, que brilla y no calienta.

Pocas figuras

Un poco como consecuencia del gusto por la unidad estrecha del asunto y por la novela cerrada, es el presentar en ella pocas figuras. Todo lo que sea poner muchas figuras es, naturalmente, abrir el horizonte, ensancharlo, quitar unidad a la obra. En esto se nota, creo yo, la influencia de la cultura clásica y de la medieval. Lo clásico tiende a la unidad, lo romántico a la variedad.

El arte de aire medieval es esencialmente vario; el libro, el cuadro, el poema inspirado por un espíritu gótico, tiene muchas figuras. Así ocurre en la obra de Mantegna, Fray Angélico, Brueghel, Shakespeare o el Arcipreste de Hita. En la época en que triunfa el latinismo y sus reglas, la obra tiende a la unidad, y Rafael, Racine o Voltaire buscan el hacer sus composiciones con el minimum de figuras.

Nuestro ensayista nos pone como ejemplos de unidad y de variedad, no dos tipos de novela, que esto debía haber puesto, sino dos tipos de teatro: el teatro francés y el español.

A mí, el teatro francés clásico, excepto Molière, me aburre por su monotonía y por su afectación. Respecto al teatro español antiguo, no creo yo presente gran variedad de personajes vivos; por eso no me entusiasma. Hay, sí, variedad de intrigas, pero no de tipos. La intriga, sin sus tipos correspondientes, no es nada. Se pueden tomar de la Historia a cientos.

En nuestro teatro, el galán y la dama, el viejo y el gracioso, son siempre los mismos, que ocurra la acción en Babilonia o en Vallecas. Hay diez o doce personajes que se repiten, y estos personajes, con raras excepciones, no están vistos, ni en la realidad ni en el sueño, sino que están inventados sobre patrones conocidos.

EL VALOR DE DOSTOIEVSKI

Sobre el valor de Dostoievski, al cual el ensayista toma, aunque sin gran entusiasmo, como modelo de escritor de novelas, por suponer que está dentro de sus fórmulas, no estamos tampoco de acuerdo.

El ensayista considera que la lentitud, la morosidad, el que la acción de las obras de Dostoievski ocurra en un lapso de tiempo muy corto, es uno de sus valores positivos. Yo creo que no hay tal. El valor de Dostoievski, y ello, aunque reconocido y vulgar, no deja de ser cierto, está en su mezcla de sensi-

81

bilidad exquisita, de brutalidad y de sadismo, en su fantasía enfermiza, y al mismo tiempo poderosa, en que toda la vida que representa en sus novelas es íntegramente patológica por primera vez en la literatura y en que esta vida se halla alumbrada por una luz fuerte, alucinada, de epiléptico y de místico. Dostoievski echa la sonda en el espíritu de hombres mal conocidos por sus antecesores. Es un enfermo genial que hace la historia clínica de los inconscientes, de los hombres de doble personalidad, a los cuales ve mejor, porque su psicología, casi íntegramente, está dentro de lo patológico. Dostoievski es un iluminado en otro plano, pero igual que Mahoma o Santa Teresa de Jesús.

Se comprende que Dostoievski pueda ser aprovechado por los psiquiatras, porque es el hombre que ha puesto el máximo de atención en las anomalías espirituales.

Esta atención detenida, exagerada, observando y fijando con los menores detalles los movimientos de naturaleza fuertes, brutales e instintivas como la suya, tiene que dar un resultado muy sugestivo.

Que hay en él una técnica de novelista adaptada a sus condiciones, es cierto; pero es una técnica que si se pudiera separar del autor y ser empleada por otro no valdría gran cosa. Dostoievski, cuando deja su técnica novelesca y no hace más que narrar lo visto por él, como en *Los recuerdos de la casa de los muertos,* es tan interesante y coge al lector tanto como en sus demás libros.

Que la morosidad no es un valor, podría presentar para probarlo ejemplos de mil novelas pesadas, prolijas y malas.

—*El idiota* y *Los hermanos Karamazoff* son libros voluminosos, cuya acción transcurre en pocos meses —me dicen.

—Cierto —contesto yo—. También *El cocinero de Su Majestad,* de Fernández y González, es una novela larguísima, que pasa en tres días; pero esto no le saca de ser un folletín mediano.

Haciendo una comparación un tanto ramplona, a la que era aficionado un amigo, diríamos que esta máquina poderosa que es la obra dostoievskiana, que nos asombra por su agilidad y por su temple, es como un automóvil que para mi contrincante tiene, naturalmente, un motor, pero que lo más trascendental en él es la carrocería; en cambio, a mí me parece lo contrario; para mí la obra del ruso tiene seguramente su carrocería, pero lo esencial en ella es la fuerza de su motor.

Cierto que mi tesis es una tesis vulgar, porque es la más admitida; pero, a pesar de su vulgaridad, me parece la más exacta.

LA POSIBILIDAD DE AMPLIFICAR

Nuestro amigo, y en muchas materias maestro, supone que es fácil amplificar, inventar detalles para dar más cuerpo a una novela. No veo yo tal facilidad. Es decir, es fácil eso ante el profano, que no distingue muy bien la piedra del cemento armado; pero para el que ha aguzado la sensibilidad sobre este punto con la práctica del oficio, es muy difícil.

Un personaje, visto o entrevistado, no es como un concepto ideológico, que se amplía si se quiere voluntariamente. Un concepto tiene una historia filológica, espiritual y anecdótica, y una porción de derivaciones. De la coquetería, de la vanidad, del pudor o del amor propio, se puede escribir toda una biblioteca.

Tampoco un personaje es como un pueblo, que un viajero puede ver desde un auto en su vaga silueta, y un empleado que viva en él conocerlo con todas sus calles y plazuelas, con sus historias, sus chismes y sus cuentos. No.

Hay personajes que no tienen más que silueta y no hay manera de llenarla. De algunos a veces no se pueden escribir más que muy pocas líneas, y lo que se añade parece siempre vano y superfluo.

El detalle inventado y mostrenco salta a la vista como cosa muerta. Dostoievski inventa y amplifica, porque recuerda pequeños detalles como hechos de gran importancia, como un hiperestésico que es. Si no los recordara, no podría inventarlos ni amplificarlos.

Claro que hay gente que no distingue un plato de engrudo de un plato de crema, ni distinguiría un pastel hecho de serrín de otro de hojaldre, pero para esa gente está el artículo de fondo y las grandes lucubraciones de la Prensa.

El escritor puede imaginar, naturalmente, tipos e intrigas que no ha visto; pero necesita siempre el trampolín de la realidad para dar saltos maravillosos en el aire. Sin ese trampolín, aun teniendo imaginación, son imposibles los saltos mortales.

Sin base de la realidad se va al cuento fantástico de *Las mil y una noches,* bueno para los chicos, pero que aburre a los mayores. A los hombres nos gusta la aventura, nos parece bien ir en el barco a lo desconocido; pero nos gusta también comprobar de cuando en cuando con la sonda que hay debajo de las aguas oscuras un fondo de roca, es decir, de realidad.

La necesidad de la verdad del detalle la siente el novelista moderno hasta el punto de que todo lo que es engarce, montura, puente entre una cosa y otra, en el fondo arte literario aprendido, técnico, le fastidia. De ahí que para muchos, entre los cuales yo me cuento, sea más ameno y divertido leer las anécdotas de Chamfort que a Chauteaubriand o a Flaubert.

Es más: ya dentro de la vulgaridad cotidiana, casi prefiere uno el novelista de mala técnica, ingenuo, un poco bárbaro, que no el fabricante de libros hábiles, que da la impresión de que los va elaborando con precisión en su despacho, como una máquina hace tarjetas o chocolate.

La habilidad es de lo que más cansa en literatura y en el arte.

—Es tan bruto —decía un amigo mío de un cantor—, que no sabe desafinar.

En parte tenía razón. A veces una torpeza individual diverte e interesa más que una perfección, que es de todos.

Un libro de pocas figuras y de poca acción no es fácil que se halle defendido por la observación ni por la fantasía; más bien está defendido principalmente por la retórica, por ese valor un poco ridículo de los párrafos redondos y de las palabras raras, que sugestiona a todos los papanatas de nuestra literatura, que creen con su buen cerebro lleno de fórmulas amaneradas que la palabra desconocida y el runrún del párrafo es el máximo de la originalidad y del pensamiento.

No hay observación posible real sobre dos o tres figuras que llene naturalmente un libro de trescientas páginas, como no hay historia clínica, por complicada que sea (y no pretende uno que la novela haya de ser patología), que pueda tener veinte páginas de un libro corriente.

El autor de la historia clínica larga, la llena de erudición; el novelista que con pocas figuras escribe un libro grueso, lo hace a base de retórica, que es otra forma de erudición del escritor.

La pesadez, la morosidad, el tiempo lento no pueden ser una virtud. La morosidad es antibiológica y antivital. Cuando se estudia Fisiología, se ve que en el cuerpo humano hay nervios con dos y tres y más funciones; no sé si por eso al organismo se le llama economía; lo que no se ve jamás en lo vivo es que lo que se puede hacer rápidamente se haga con lentitud, ni que lo que pueda hacer un nervio, lo hagan dos.

Con el tiempo, cuando los escritores tengan una idea psicológica del estilo y no un concepto burdo y gramatical, comprenderán que el escritor que con menos palabras pueda dar una sensación exacta es el mejor.

Además, al emplear un tipo de novela pesada y morosa, habría necesariamente que proscribir todo lo que fuera gracia e insinuación ligera.

Para un espíritu impresionable, muchas veces el insinuar, el apuntar, le basta y le sobra; en cambio, el perfilar, el redondear, le fastidia y le aburre. Cada cosa tiene un punto en su extensión y en su perfección muy difícil de saber cuál es. Una cómoda, bruñida y barnizada, está bien; una torre de piedra, bruñida y barnizada, estaría mal.

Si bastara hacer detallado para hacer bien, todo el mundo construiría maravillas.

Hay que tener también en cuenta que los que escribimos y los que leemos vivimos en una época rápida, vertiginosa, atareada, que no deja más que cortas escapadas a la meditación y al sueño.

No es sólo al novelista a quien le cuesta trabajo cerrar su novela; es al lector a quien le molesta a veces el local demasiado cerrado; de ahí que el novelista que ha sido, sobre todo, lector y que mide la capacidad y la resistencia de los demás lectores por la suya, tenga en sus libros que poner muchas ventanas al campo.

Una dama amable e inteligente me escribía desde París, no

hace mucho, con motivo de *Las figuras de cera,* novela mía, que, dentro de lo que yo puedo hacer, se me figura que está bien, y en cuyo prólogo, cosa que ya no haré más, he tenido la candidez de decir que no me satisfacía.

Esta dama me escribía: «El último libro de usted me parece muy vago, y tengo que hacer grandes esfuerzos para entrar en él y tomar interés por tantos personajes.»

—Pero, querida amiga —le hubiera dicho yo—, ¿cómo no va a resultar vago mi libro, u otro cualquiera, en un gran hotel, entre el ir y venir de la gente, el tomar el auto, el ir al restaurante, el acudir al teatro y el recibir visitas, sin poder tener un momento de recogimiento y de reposo? Todos los libros resultan vagos en medio del tráfago de la vida, y esto no es defender el mío, que, por otra parte, creo que está bien.

¿A qué político que vaya a defender su gestión en el Parlamento, a qué bolsista que marche a la Bolsa a ver una cotización de la que depende su fortuna, a qué hombre a quien le van a hacer una operación grave le entretiene una novela? A nadie. Ni tampoco le entretiene al hombre que va a ver a una mujer, ni a la mujer que va a ver al novio o la modista, ni al comerciante que va a hacer un negocio, ni al industrial que tiene encima un conflicto obrero.

El libro no es un manjar propio de morralla humana, atareada y afanosa; el libro es para el que cuenta con algún tiempo, para el que tiene calma y tranquilidad y encuentra momentos de reflexión y reposo, y hoy ¡hay tan pocas personas en estas circunstancias! Porque no basta tener dinero o una preeminencia social para no estar dentro de la morralla humana. Hay la morralla rica y la morralla pobre, y esta última es quizá la menos antipática de las dos.

Yo, en Madrid, he conocido muy pocas personas que hayan leído a Balzac, a Dickens o a Tolstoi; pero lo extraño es que en París y en Londres hay también poca gente que los haya leído íntegramente. «¡Son libros tan largos!», dice la mayoría. Hoy asusta una novela de dos o tres tomos gruesos, y las que se resisten es porque hablan con detalles de duques, de príncipes y de banqueros judíos y de toda esa quincallería social que hace las delicias de los restacueros, que creen que se traspasa algo del valor mundano al valor literario, cosa que es perfectamente falsa, porque todas las joyas, las preseas, los palacios, las duquesas y los banqueros no dan nada a la literatura.

Si a la gente actual, metida en un mecanismo constante, mecanismo que llena la vida de superficialidades y no cansa del todo, se pretende arrastrarla y encerrarla en un pequeño mundo, estático y hermético, aunque sea bello, se puede tener la seguridad de que se opondrá.

Y si la novela quisiera prescindir del público, no sólo del de hoy, sino del posible de mañana, y volver sobre sí misma, tendría el peligro de convertirse en una obra de chino, como aquellas bolas de marfil, una dentro de otra, que hacían los ciudadanos del ex Imperio celeste.

LO LÍRICO Y LA NOVELA

Nuestro ensayista defiende la tesis, en parte cierta, de que la poesía lírica puede vivir dentro de la vida cotidiana con todos sus prestigios, lo que no le ocurre a la novela, que necesita para hacer efecto sus decoraciones y sus bastidores. En ese sentido la novela lleva sus bambalinas propias, como las llevaba en la antigüedad el poema épico.

El trozo lírico es como un surtidor que puede emerger en la plaza pública; la novela, como una caverna adornada que tiene dentro sus surtidores. Para mí la principal razón de la posible convivencia de lo lírico en la vida cotidiana, es su brevedad, es decir, su tamaño. Una poesía de Verlaine se puede recitar en un café. También una romanza se canta en la calle, pero no puede cantarse toda una ópera.

Hoy, además podría asegurarse que cuando la romanza se canta en la calle, en medio del tráfago de la vida ordinaria, es que es una canción de organillo o de guitarra.

El novelista es, sin duda, y lo ha sido siempre, un tipo de rincón, de hombre agazapado, de observador curioso. El que toma aire mundano, generalmente, es porque en el fondo vale poco y es un blufista cínico y desaprensivo.

El poeta, no; el poeta ha tenido su misión social, pero ahora no la tiene, y cuando quiere tomar el papel de divo o de profeta y llevar su estandarte con gallardía, generalmente, se convierte en un fantoche ridículo.

A mí, al menos, ese tipo de poeta civil italiano, que hace inflar de entusiasmo las narices de nuestras gentes del Mediterráneo, me da la impresión de una cosa desgraciada, grotesca, de un hierofante bufo que repite lugares comunes, manoseados y conocidos, con un aire enfático.

¿Hay una literatura noble?

Nuestro amigo, un poco enemigo ideológico, habla luego con fruición de que hay una literatura noble; pero qué quiere decir eso de literatura noble?, ¿literatura de aristócratas?, ¿literatura de sentimientos ejemplares?, ¿literatura de señores y no de esclavos en sentido nietzscheano? Al usar la palabra noble sentimos la impresión de que nos están dando un cambiazo de prestidigitador.

Indudablemente, él y yo debemos emplear la palabra noble en distinta acepción. Yo supongo al principio que él, al decir noble, expresa un concepto, no sólo literario, sino moral; pero al mismo tiempo sospecho luego que el ensayista da a la palabra noble un sentido de algo puramente formal, algo relacionado con la corrección de maneras. Con este último concepto yo no puedo decir, por ejemplo: *El Empecinado* era un carácter noble o Hamlet es un noble espíritu. Tendríamos que ponernos de acuerdo de antemano en lo que significa la palabra noble para entendernos.

Cuando los duques se burlan de Don Quijote, ¿quién representa allí la nobleza? ¿Don Quijote o los aristócratas? Si la nobleza es el espíritu de lealtad y de sacrificio por el ideal, indudablemente Don Quijote; si la nobleza es sólo un perfeccionamiento de formas y de manera exteriores, los duques.

Siempre sería de desear que cuando nos hablan de nobleza nos dijeran con exactitud a qué se refieren, si a la elevación del espíritu o a la catalogación de las familias en los distintos almanaques de Gotha.

Al mismo tiempo que expongo mis reparos a las teorías de mi compañero, pienso yo qué configuración podría dar a mi nuevo libro de seguir las prácticas preconizadas por el ensayista. Imagino nuevas soluciones novelescas, pero todas me parecen pobres. Al pensar en estrechar el horizonte de mi futura obra, ésta no sale ganando nada y la idea de la limitación me ahoga de antemano. Es una especie de poda que me produce disgusto.

Aun pudiéndolo hacer, ¿para qué producir una obra lamida y manoseada, como el que tiene la esperanza de llevar un cuadrito a la escalera de un museo o una página estudiada para una antología? Ya antes de emplear el procedimiento, el resultado me parece tan miserable y tan precario, que voy comprendiendo que una disciplina así no me sirve para nada.

En bueno o en malo, yo me figuro tener algo de ese goticismo del autor medieval que necesita para sus obras un horizonte abierto, muchas figuras y mucha libertad para satisfacer su aspiración vaga hacia lo limitado.

Yo supongo que hay una técnica en la novela; pero no una sola, sino muchas: una para la novela erótica, otra para la dramática, otra para la humorística. Supongo también que habrá una técnica para la novela que a mí me gusta y que quizá con el tiempo yo la llegue a encontrar.

Los oficios sin metro

Hace tiempo trabajaba en mi casa un carpintero madrileño, llamado Joaquín, que vivía en la calle de Magallanes, cerca de los cementerios abandonados próximos a la Dehesa de la Villa. Este carpintero sabía de su oficio y de otros oficios una cantidad tal de palabras técnicas, que a mí me maravillaba. Yo, de tener influencia, le hubiera enviado a la Academia Española para confeccionar el diccionario. Un día Joaquín, en una obra, estaba discutiendo con unos cuantos cocineros, pinches, pasteleros y confiteros acerca de la superioridad de unas profesiones sobre otras, y el carpintero, en el calor de la discusión, dijo:

—A mí un oficio en el que no se emplea el metro, no me parece oficio ni *ná*.

Me chocó la frase y me pareció que Joaquín tenía razón. Un oficio en el cual no se emplea el metro es un oficio sin exactitud y sin seguridad.

Ahora hay que reconocer que el oficio de novelista no tiene metro. Estamos en esto a la altura de los cocineros, de los salchicheros y de los pasteleros, y no nos parecemos nada a los relojeros, a los agrimensores, a los mecánicos, ni siquiera a los poetas, que tienen también un metro, aunque éste no sea igual a la diezmillonésima parte del cuadrante del meridiano terrestre.

Huérfanos de metro estábamos y seguiremos estándolo, probablemente, durante toda la eternidad.

Lo único que sabemos es que para hacer novelas se necesita ser novelista, y que aun eso no basta.

La impasibilidad y la no intervención

En cierta técnica de novela francesa, estilo Flaubert, se pone como dogma que el autor debe ser sereno, impasible, que no debe tener simpatía ni antipatía por sus personajes.

¿Son esta serenidad y esta impasibilidad reales? Yo creo que no. Me parece muy difícil que lo que se inventa con pasión y con entusiasmo sea indiferente. Se podrá fingir la indiferencia, pero nada más.

Una condición curiosa de Dostoievski, y que no creo que tampoco dependa de su técnica, es la inseguridad que manifiesta en la simpatía o antipatía por sus personajes. Tan pronto uno de sus personajes le parece simpático como antipático, lo que da la impresión de que el autor es extraño a sus tipos y que ellos se desenvuelven por sí solos. Este resultado, que es, en último término, de gran valor artístico, no me figuro que sea deliberado, sino más bien una consecuencia de un desdoblamiento mental, por un lado, y de otro, de premura de tiempo.

Pensando como puede pensar un latino, y un latino normal,

es imposible no tener simpatía o antipatía deliberada por los tipos inventados o vistos.

También se asegura que el autor no debe hablar nunca por su voz, sino por la de sus personajes.

Esto se da como indiscutible; ¿pero no hablaron con su propia voz, interrumpiendo sus textos, Cervantes y Fielding, Dickens y Dostoievski? ¿No interrumpía Carlyle la historia con sus magníficos sermones? ¿Por qué no ha de haber un género en que el autor hable al público como el voceador de las figuras de cera en su barraca?

Algunos suponen que esto no puede ser, porque la novela se ha perfeccionado mucho desde entonces. ¡Qué candidez!

El fondo sentimental del escritor

El escritor, sobre todo el novelista, tiene un fondo sentimental que forma el sedimento de su personalidad. Esta palabra sentimental se puede emplear en un sentido peyorativo de afectación de sensibilidad, de sensiblería; yo no la empleo aquí en este sentido.

En ese fondo sentimental del escritor han quedado y han fermentado sus buenos o malos instintos, sus recuerdos, sus éxitos, sus fracasos. De ese fondo el novelista vive; llega una época en que se nota cómo ese caudal, bueno o malo, se va mermando, agotando, y el escritor se hace fotográfico y turista. Entonces va a buscar algo que contar, porque se ha acostumbrado al oficio de contador; pero ese algo ya no está en él y lo tiene que coger de fuera.

Hay escritores que han tenido un fondo sentimental muy grande: Dickens, Dostoievski; otros lo han tenido escaso, como Flaubert, Galdós y el mismo France.

Algunos, como, por ejemplo, Zola, han sido desde el principio fotográficos y de aire turista, evidentemente muy en grande.

Todos los novelistas, aun los más humildes, tienen ese sedimento aprovechable, que es en parte como la arcilla con la que construyen sus muñecos, y en parte como la tela con la que hacen las bambalinas de sus escenarios.

Respecto a mí, yo he notado que mi fondo sentimental se formó en un periodo relativamente corto de la infancia y de la primera juventud, un tiempo que abarcó un par de lustros, desde los diez o doce hasta los veintidós o veintitrés años. En ese tiempo todo fue para mí trascendental: las personas, las ideas, las cosas, el aburrimiento; todo se me quedó grabado de una manera fuerte, áspera e indeleble. Avanzando luego en la vida, la sensibilidad se me calmó y se me embotó pronto, y mis emociones tomaron el aire de sensaciones pasajeras y más amables, de turista.

Ahora mismo, al cabo de treinta años de pasada la juventud, cuando trato de buscar en mí algo sentimental que vibre con fuerza, tengo que rebañar en los recuerdos de aquella época lejana de turbulencia.

Lo actual tiene ya desde hace mucho tiempo en mi espíritu aire de archivo de fotógrafo, de ficha fría con cierto carácter pintoresco o burlón. Esto es el agotamiento, la decadencia. Yo creo que ese fondo sentimental, que en uno está unido a su infancia o a su juventud, en otro a su país, en otro a sus amores, a sus estudios o a sus peligros, es lo que le da carácter al novelista, lo que le hace ser lo que es.

¿Qué influencia puede tener la técnica de la novela, tan desconocida, tan vaga, tan poco eficiente en ese fondo turbio formado por mil elementos oscuros, la mayoría inconscientes, de la vida pasada? Yo creo que poca o ninguna.

El acento es todo en el escritor, y ese acento viene del fondo de su naturaleza. El manantial de agua sulfurosa no olerá nunca como la marisma; allá donde haya fermentaciones, la atmósfera será fétida, y en el prado lleno de flores olorosas, el ambiente vendrá embalsamado.

La más sabia de las alquimias no podrá convertir nunca la emanación pútrida en un aroma embriagador, y todas las fórmulas y las recetas para ello serán inútiles.

EL ARTE DE CONSTRUIR

Alguno dirá: «Esto puede ser cierto; los materiales serán distintos, pero hay un arte de construir con ladrillo, con adobes o con piedras.»

En la novela apenas hay arte de construir. En la literatura todos los géneros tienen una arquitectura más definida que la novela; un soneto, como un discurso, tiene reglas; un drama sin arquitectura, sin argumento, no es posible; un cuento no se lo imagina uno sin composición; una novela es posible sin argumento sin arquitectura y sin composición.

Esto no quiere decir que no haya novelas que se puedan llamar parnasianas; las hay; a mí no me interesan gran cosa, pero las hay.

Cada tipo de novela tiene su clase de esqueleto, su forma de armazón, y algunas se caracterizan precisamente por no tenerlo, porque no son biológicamente un animal vertebrado, sino invertebrado.

La novela, en general, es como la corriente de la Historia: no tiene ni principio ni fin; empieza y acaba donde se quiera. Algo parecido le ocurría al poema épico. A *Don Quijote* y a *La Odisea*, al *Romancero* o a *Pickwick*, sus respectivos autores podían lo mismo añadirles que quitarles capítulos.

Claro que hay gente hábil que sabe poner diques a esa corriente de la Historia, detenerla y embalsarla y hacer estanques como el del Retiro. A algunos les agrada esa limitación; a otros nos cansa y nos fastidia.

¿Cómo ponernos de acuerdo los parnasianos y los no parnasianos, los partidarios de lo limitado y de lo concreto con los entusiastas de lo indefinido y de lo vago?

Es el instinto, que nos impulsa a unos a un extremo y a los otros al contrario.

OBLIGACIONES DE UN LIBRO CORRECTO

Como yo no rechazo la posibilidad de hacer una novela bien cortada, como un chaquet de sastre a la moda, pienso en las exigencias que tendría el género si pretendiese hacer de *La nave de los locos* un libro correcto, ponderado y casi parnasiano.

Lo primero que me molesta al pensar en meter mi novela en la férula estrecha de una amistad, es tener que reducir el número de persaonajes, el hacer una selección de los tipos vistos y pensados y no dar entrada más que aquellos de buen aspecto.

Tendría uno que poner en su barraca un cartel parecido al que solía haber hace años en algunos bailes de Valencia:

«No se admiten caballeros con manta.»

Tengo yo pocas condiciones para bastonero de baile o para señor de la burguesía que quiere reunir una tertulia de gente distinguida. Me parece que todos mis tipos, un poco irregulares y tabernarios (es la calificación que han merecido mis personajes de un reverendo padre jesuita), reclaman su puesto en mi tablado. ¡Qué se va a hacer! Entre mis muchos defectos, según un amigo, tengo yo el de ser anarquista e igualitario y no saber distinguir de jerarquías.

ALOCUCIÓN A MIS MUÑECOS

Al reanudar el viaje con mis amigos en el *auto* he supuesto que todos los tipos míos, medio vistos, medio pensados, observan las vacilaciones de mi espíritu un poco cariacontecidos. Así que, para tranquilizarlos, mientras el paisaje y el mar sombrío corren por delante de mis ojos, he murmurado:

—Queridos hijos espirituales: todos entraréis, si no en el reino de los cielos, en mi pequeña barraca; todos pasaréis adelante, los buenos y los malos, los imaginados y los soñados; los de manta y los de chaquet con trencilla, los bien construidos y los deformes, los muñecos y las figuras de cera. Los más humildes tendrán su sitio al lado de los más arrogantes. Nos reiremos de los retóricos y de las gentes a la moda, de los aristócratas y de los demócratas, de los exquisitos y de los parnasianos, de los jóvenes sociólogos y de los que hacen caligrafía literaria. Seremos antialmanaquegothistas y antirrastacueros. Saltaremos por encima de las tres unidades clásicas a la torera; el autor tomará la palabra cuando le parezca, oportuna o inoportunamente; cantaremos unas veces el *Tantum ergo* y otras el *Ça ira;* haremos todas las extravagancias y nos permitiremos todas las libertades.

. . . .

Así termina el prólogo del presente volumen de las *Memorias de un hombre de acción*, *Memorias* que han llegado al tomo XV, y que a esta altura presentan ya oscuridad tan grande, que no sabemos quién es el autor verdadero de los cinco o seis que se citan como tales en el transcurso de tan larguísima obra.

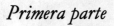

Primera parte

EN BUSCA DE CHIPITEGUY

I

La nave de los locos

Entre las estampas del almacén de *Chipiteguy,* Alvarito había visto algunas con este título genérico: *La nave de los locos.*

Eran grabados en madera de la obra célebre en su tiempo, hoy ilegible e insoportable, del estraburgués Sebastián Brandt, o Brant[1], publicada primero en alemán, en Basilea, con el título *Das narren schiff,* y luego en latín, en Lyón, rotulada *Navis stultifera mortalium.*

Durante el siglo XVI, *La nave de los locos,* del poeta didáctico y aburrido de Estrasburgo, debió parecer ligera y amena a los lectores, y sus varias ediciones corrieron por la Europa Central. La mayoría de estos libros se hallaban ilustrados con grabados en madera.

Entre las estampas guardadas por *Chipiteguy* de *La nave de los locos* las había muy viejas; algunas eran de Holbein y del Bosco. En todas ellas se comentaban las palabras atribuidas a Salomón y traducidas al latín: *Stultorum infinitus est numerus.*

Chipiteguy comentaba con fruición estas láminas y las consideraba de gran enseñanza y filosofía.

La nave de los locos, el carnaval o carro naval[2], símbolo de la

---

[1] Sebastián Brant (1458-1521) fue uno de los autores más populares del siglo XVI, siendo ésta la obra que alcanzó más difusión al traducirse del alemán al latín (1496), francés, inglés, holandés, influyendo en autores como Erasmo.

[2] F. Díez buscó el significado etimológico de *Carnaval* en *carrus navalis,* si-

gran locura de los mortales, era el barco de la Humanidad, que marcha por el mar proceloso de la vida, y en el cual se albergan los mayores disparates.

La nave de los locos era la feria de todo el mundo, de Gracián[3]; la feria de todo el mundo, en donde todo el mundo va de cabeza.

La nave de los locos podía contener los tripulantes de este planeta absurdo, que gira como un trompo alrededor de sí mismo y alrededor del sol, quien también marcha de cabeza a la constelación de Hércules, no sabemos con qué inconfesables fines.

Hermana en intención de *Las danzas de la Muerte,* así como éstas querían demostrar la igualdad de los hombres ante el sombrío esqueleto, con su guadaña y su reloj de arena, *La nave de los locos* quería probar la universalidad de la tontería y de la estulticia humana y el reino absoluto de la Dama Locura.

Grandes y pequeños, altos y bajos, reyes y mendigos, próceres y menestrales, sabios e ignorantes, santos y casquivanas, gentes de cerebro eruptivo y ardiente como el cráter de un volcán, y gentes de cráneo sólido, como hecho de hierro colado y relleno de cemento, entraban a bordo de este barco. Todos los animales bípedos, adornados con coronas o monteras, cachuchas o sombreros de copa, se alistaban, por un motivo o por otro, en la turba de los estultos.

Esta acusación de estulticia absoluta y nouménica a nadie podía ofender, y *La nave de los locos* era, al mismo tiempo, el martes de Carnaval y el miércoles de Ceniza, la risa loca y pánica de las lupercales[4] y el polvo en la frente de las iglesias cristianas.

---

guiéndole en este sentido Körting y Burckhardt. El fundamento histórico de esta interpretación estaba en la fiesta romana del 5 de marzo de la época imperial dedicada a Isis, donde varias personas disfrazadas portaban un barco que en los lugares de mar era botado en las aguas. Ver Apuleyo, *Metamorfosis,* XI, I. Sobre este problema, J. Caro Baroja, *El carnaval,* Madrid, 1965, págs. 28 y ss.

[3] Gracián hace referencia a *La feria de todo el mundo* en *El Criticón* (parte primera, crisi XIII), donde, con el pesimismo habitual en él, hace una descripción de españoles, alemanes, franceses, italianos, atribuyéndoles determinados rasgos morales: la soberbia, la codicia, el engaño, la inconstancia, se habían apoderado «a porfía de toda la redondez de la tierra».

[4] *Lupercales,* fiesta romana de invierno celebrada en el actual 15 de febrero en la cueva Lupercal en el Palatino, comenzando con un sacrificio de machos

En las estampas aparecía la Dama Locura, siempre muy guapa y sonriente, con su gorro de dos puntas, terminado en dos cascabeles; unas veces predicando desde el púlpito; otras, arrodillada en la iglesia; otras, marchando en el carro con alegres compadres y mentecatos sonrientes; otras, yendo en una barca a Narragonia (el país de la locura, en alemán macarrónico) con los locos del olfato, del gusto y de la vista.

La nave de los locos era la alegoría de las estupideces de los hombres, el anfiteatro de las monstruosidades, el estanco de los vicios, en donde se exhibían la maldad, la perversidad, las manías diversas y todas las manifestaciones más o menos alegres de la mentecatez y de la gran tontería humana.

Para *Chipiteguy* era indudable, como para su paisano Sebastián Brant, que la Dama Locura andaba suelta por el mundo.

II

ALVARITO Y MANÓN

Dejamos en *Las figuras de cera*[5] nuestros muñecos de carne y hueso, de carne y hueso literario, colocados como en un tablero de ajedrez antes de comenzar la partida, y vamos a continuar ésta.

Pasaba el tiempo en Bayona, como pasa en todas partes ese principio que algunos filósofos pragmatistas califican de no homogéneos, y *Chipiteguy* no aparecía en la casa del Reducto, Alvarito y *Manón* discutieron mucho lo que debían de hacer. Consultaron con la andre Mari y con Marcelo, y decidieron marchar en busca del viejo.

Alvarito pensó ir él solo a España; Marcelo no sabía castellano, y no hubiera podido ayudarle.

Decidido a llevar a cabo su empresa, el joven Sánchez de

---

cabríos y perros y continuando con ofrendas de pasteles hechos por las vestales con el primer trigo de la cosecha. Después, dos jóvenes, hijos de patricios, con la frente ensangrentada, reían y corrían, y azotaban a los que encontraban. Se ha creído que es un rito pastoril que se encuentra en el origen del carnaval. Ver J. Caro Baroja, *El carnaval*, ed. cit., pág. 341.

[5] *Las figuras de cera*, novela anterior de la serie *Memorias de un hombre de acción*.

Mendoza intentó orientarse, saber qué datos podría conseguir y con qué amistades podía contar. Su padre le habló mucho; pero como era su costumbre, no le dijo nada en concreto. Sabido era que el buen hidalgo no tenía el sentido de lo concreto.

El señor Silhouette le dio una recomendación para el cura de Sara, y Max Castegnaux dijo a Alvarito que en el ejército carlista había un pariente suyo, y también de *Chipiteguy,* llamado René Lacour. René había estado de oficial de Ingenieros con Zumalacárregui y servía en el batallón llamado Requeté[6]. Por entonces debía de ser capitán, si no tenía mayor graduación.

La señora Lissagaray y Rosa advirtieron a Alvarito que hacía mal en marchar a España y en exponerse a los mil peligros de la guerra, porque él no tenía la culpa de que el viejo *Chipiteguy* se metiera en asuntos difíciles y poco honrados.

Alvarito vacilaba; pero la idea de servir a *Manón* le daba nuevos impulsos.

—Nada, yo te acompaño —dijo *Manón.*

—¿De verdad?

—Y tan de verdad. No es broma, ni mucho menos. Yo no voy a bromear con una cosa que tanto me interesa; es un proyecto serio y firme.

—Eso es un disparate, un puro disparate —exclamó la andre Mari al saber la idea.

—¿Por qué?

—Porque sí. Es indudable que es comprometido y peligroso el que una muchacha joven y no mal parecida entre en la zona de la guerra, que, como se sabe, es un teatro de violencias.

—Bueno; me vestiré de chico.

—Y te conocerá todo el mundo que vas disfrazada.

Alvarito daba la razón a la andre Mari. No le parecía bien el viaje de la muchacha, aunque pensaba que acompañar a *Manón* sería para él una gran delicia.

Manón, decidida, se preparó para el viaje, y, sin ninguna pena, se cortó el pelo. Alvarito vio caer aquellos cabellos de oro con gran sentimiento, y guardó en su cartera uno de los bucles.

---

[6] Batallón de Requeté o de Voluntarios.

Como todo el mundo consideraba a Fechón cómplice en el secuestro de *Chipiteguy*, y el dependiente había desaparecido, se le siguió la pista.

Un mozo de un alquilador de caballos de la calle de las Carnicerías Viejas indicó que días antes del secuestro, Frechón tomó un coche con un caballo. Alvarito preguntó las señas del vehículo, y le dijeron que era un cabriolé amarillo, que siguió la dirección de San Juan de Luz.

Alvarito y *Manón* salieron de Bayona y fueron a San Juan de Luz. En este pueblo pararon en casa de una señora, pariente de *Manón*, que vivía cerca de la iglesia. La señora les alojó muy bien, y Alvarito durmió en una alcoba tapizada de rojo, con cortinas también rojas y dos grandes espejos.

Alvarito preguntó en dos o tres puntos por el cabriolé amarillo, y dio con él en el patio de una posada de Ciburu, en el camino de Behotegui.

La posada, próxima a la carretera, parecía una clásica posada española, con un patio grande, como una plazoleta, y un cobertizo en el fondo, debajo del cual había carros, de los que descargaban fardos, cajas y montones de cestos.

Alvarito preguntó por el cochero del cabriolé amarillo; pero no estaba. Se había marchado, según le dijeron, a Bayona, y de allí a Pau.

Alvarito y *Manón* siguieron en dirección a la frontera, y se detuvieron en la posada de Urruña. En el pueblo, *Chipiteguy* conocía a un vinatero republicano, padre de un muchacho joven. Éste, a quien habló Alvarito, se encargó de seguir la pista de Frechón y de averiguar el camino seguido por él.

Por los datos que recogió el hijo del vinatero, el cabriolé amarillo, sin pasar de Urruña, volvió a San Juan de Luz. Frechón avanzó, sin duda, desde allí a caballo. *Manón* y Alvarito pensaron que el dependiente de *Chipiteguy* no había seguido a Irún; para ir a España, no hubiera dejado el coche. Probablemente debía haberse dirigido a Sara o a Vera.

—¿Qué hacemos? —preguntó Alvarito.

—¿Qué hemos de hacer? Seguir.

—¿Estás decidida a entrar en España?

—Yo, completamente decidida.

—¿Por dónde vamos?

—Por donde tú digas.

—Por Irún sería lo más rápido —indicó Alvarito—; pero me han dicho que estos días los liberales vigilan mucho la frontera y que han traído hasta perros para guardarla.

—Dejemos entonces Irún.

—Sí, creo que será lo mejor; además, que en el campo liberal no es donde nosotros tenemos que hacer nuestras indagaciones, sino en el carlista.

—Tú decides.

—Muy bien; pero yo quisiera consultarte siempre. A mí, lo que me parece mejor es ir a Sara. Tomar aquí informes entre los franceses amigos de los carlistas, y luego, si hay necesidad, entrar en España por Vera.

—Pues, nada; está decidido. Vamos.

III

EL SÁTIRO DE SARA

Alvarito y *Manón,* desde Urruña, marcharon en coche a Sara; se detuvieron allí en la posada de un tal Harismendi y se presentaron al cura, hombre muy influyente en el campo carlista, con la esquela del señor Silhouette. Le contaron lo que les ocurría: la desaparición de *Chipiteguy,* con todo detalle; pero el cura, aristocratista convencido, el que hubiese desaparecido un trapero de su trapería no le parecía cosa de mayor importancia. Para zafarse de los dos jóvenes, les recomendó al dueño de una abacería, puesta bajo la advocación de la Purísima Concepción.

—El señor Sagaset —les dijo el cura— les informará mejor que yo.

Fueron a ver al tal Sagaset, en su tienda, un piso bajo, lleno de imágenes de yeso, de estampas de santos y de vírgenes. El tendero era hombre grande, al menos de tamaño; ancho de hombros, barba negra hasta el pecho, nariz corva y mucha corpulencia. Gastaba melenas largas; tenía los ojos claros, y la boca, sin dientes. Sagaset vestía de negro; chaquetón, sombrero de copa, pantalones bombachos y gran cadena de reloj de plata; tenía los brazos cortos, para su estatura; el vientre, abultado, y las piernas, delgadas. Era, a primera vista, hombre que pretendía ser amable, meloso, de aire hipócrita, con una sonrisa siempre suave y dulce.

Sagaset se brindó a proteger a Alvarito y a *Manón* y favorecerles en su empresa de buscar a *Chipiteguy*. Quiso también llevarlos a su casa; pero *Manón* se opuso porfiadamente.

—Es un hombre antipático, que no me inspira confianza alguna —afirmó ella, dirigiéndose a Alvarito.

—¿Por qué no? Dicen que es una buena persona. Un beato que se pasa la vida en la iglesia.

—Peor que peor.

—¿Vas a empezar a hablar como tu abuelo? —repuso Álvaro—. ¿A creer que todos los que van a la iglesia son unos canallas?

—No diré que todos; pero éste, creo que sí. A mí me ha mirado mucho; al hablarme me ha cogido la mano...

Porque cree que eres un chico.

—¡Hum! No sé. Creo que sospecha que no. Mucha gente dice que el abacero[7] es un místico y un santo varón; pero a mí no me produce confianza.

Alvarito tenía la idea de que *Manón,* con su instinto certero de mujer, conocía muy bien a las personas, por lo cual le parecía prudente no desdeñar sus opiniones.

Para la mayor parte del pueblo, Sagaset era un bendito. En la iglesia rezaba, tendido en el suelo, con los brazos en cruz. Había convencido a la gente de que se le aparecían la Virgen y los santos.

De alguna de estas apariciones contaba detalles; de otras, no, porque, según decía, los aparecidos no le daban permiso para hablar de ellos, o si se lo daban, le ponían un plazo, como si se tratase del cobro de una letra o de un pagaré.

Si *Manón* y Alvarito hubieran conocido más personas en Sara, hubiesen sabido que Sagaset andaba persiguiendo a las muchachitas muy jóvenes, y que, a pesar de su aire de beato, era un perfecto granuja. Quizá era beato y granuja sinceramen-

---

[7] Abacero: que tiene una tienda donde se venden por menor aceite, vinagre, legumbres secas, bacalao, etc.

te al mismo tiempo, cosa que puede armonizarse en muchos casos.

Un tabernero, republicano rival, aseguraba que en otro lugar donde Sagaset había vivido tuvo otra tienda de comestibles, y en vez de ponerla bajo la advocación de la Purísima Concepción, la llamó A la Bandera Tricolor, porque en el pueblo abundaban los liberales. Lo mismo le hubiera llamado A la Bandera Roja.

Con La Bandera Tricolor, Sagaset hizo quiebra; quizá Dios le quiso demostrar que aquella insignia liberal era herética y vitanda.

Para Sagaset, sin duda, no había más que una ligera diferencia entre la Purísima Concepción y La Bandera Tricolor: la Purísima era el éxito, y La Bandera Tricolor el fracaso.

Según el tabernero republicano, Sagaset, el intrigante, defendido por los curas, hacía suscripciones para toda clase de obras piadosas y se quedaba algunas veces con los cuartos; vendía medallitas, imágenes, rosarios; se dedicaba también al chantaje y había estado procesado por corrupción de menores.

No eran todo visiones en la vida del tendero de comestibles. Sagaset, el sátiro de Sara, como le llamaba el tabernero republicano, era un completo farsante y gran hipócrita, un cocodrilo místico y sentimental. Tenía una lágrima a tiempo, una frase para legitimar cualquier granujada que él hiciera y otra frase condenatoria y áspera para juzgar la conducta de los demás, que él suponía siempre, con piadosa intención, impura, sórdida y envilecida.

Manón le repitió a Alvarito que desconfiara de Sagaset y que estuviera siempre en guardia.

—Pero ¿por qué? ¿Se sabe algo malo de él?

—Yo no sé nada; pero estoy segura de que es un canalla.

—Bueno, desconfiaremos.

Al decidirse a marchar de Sara a Vera, para entrar en España, Sagaset anunció a *Manón* y a Alvarito que les acompañaría, porque quizá solos no sabrían encontrar el camino.

Sagaset alquiló tres caballos, y por la tarde, después de comer, comenzaron a alejarse del pueblo y a tomar por una senda aguas arriba de un arroyo, nacido en la frontera de España.

Al llegar cerca de un bosquecillo de robles a un prado, en

donde manaba una fuente, Sagaset dijo que allí debían sentarse a merendar.

—Tomaremos un bocado, ya que la divina Providencia es bastante buena con nosotros para proporcionarnos un modesto refrigerio —añadió el tendero.

—No veo que tenga nada que ver con esto la divina Providencia —dijo *Manón*, echándoselas de volteriana—. Es más bien la Silveri, de la fonda de Harismendi, que se ha encargado de ello.

—Eres un joven impío —replicó Sagaset, sonriendo.

Bajaron los tres de los caballos, se sentaron en la hierba y se pusieron a merendar. Después de la merienda había ido Alvarito a llenar la botella en la fuente, cuando Sagaset, agarrando con fuerza a *Manón,* la besó en el cuello.

Ella se desasió rápidamente, y, volviéndose, dio tal bofetada al sátiro, que sonó como un estampido.

Sagaset iba a volver a la carga cuando vio a Alvarito pálido, que con una pistola, sacada del bolsillo, le apuntaba. Sagaset retrocedió, haciendo un gesto de espanto.

—No le tires —gritó *Manón*.

—Era una broma —murmuró Sagaset, sonriendo e inclinándose de una manera repugnante.

—No aceptamos bromas de usted —exclamó Alvarito, con la pistola aún en la mano.

—Quita, no vayas a disparar —gritó *Manón*—. Yo le daré a este hombre lo que merece.

Y, cogiendo una vara, dio una tanda de palos al barbudo sátiro.

El hombre gritaba de manera grotesca, con gritos de gallina.

—Basta ya —dijo Alvarito; y, dirigiéndose a Sagaset, añadió—: Ahora, a pie, y sin volver la cabeza, se marchará usted a Sara. Si se vuelve usted, le mato como a un perro.

—Está bien, está bien. No hay que incomodarse —murmuró Sagaset, como si estuviese, efectivamente, encantado del giro que habían tomado las cosas.

Sagaset comenzó a marchar camino de Sara sin volver la cabeza.

—¡Qué asco de hombre! —exclamó *Manón*—. Me pareció que se me echaba un sapo encima.

Después, pasada la primera impresión del accidente, los dos muchachos se echaron a reír, recordando con detalles la escena. *Manón* se encontraba satisfecha de tener un compañero valiente y decidido como Alvarito, y éste comenzaba a sentir cierta confianza en sí mismo, confianza que jamás había tenido.

IV

EN VERA

No sabían qué hacer con el caballo del farsante místico de Sara, y le dejaron que siguiera a los otros dos.

Atravesaron, Alvarito y *Manón*, por un barranco hundido y cerrado, en donde algunos carboneros hacían arder sus hornos. Al remontar el arroyo, pasaron del barranco estrecho que corría entre dos vertientes tupidas a una altura próxima, y en ella vieron un centinela.

—¡Alto! ¿Quién vive? —les gritó éste.

—¡España! —contestó Alvarito.

—¿Qué gente?

—¡Gente de paz!

—¡Adelante!

Avanzaron Alvarito y *Manón*, y se encontraron poco después rodeados de cinco soldados carlistas harapientos.

—¿Adónde vais y de dónde venís? —preguntó el que hacía de jefe.

Alvarito contó que venían de Francia y que iban a casa de unos parientes de Almandoz.

—¿Qué es vuestra familia?

—Es familia de labradores.

—¿Son carlistas o liberales?

—Son carlistas.

Había allí cerca una barraca de madera, medio taberna, servida por un hombre con trazas de campesino, y Álvaro convidó en ella a los aduaneros carlistas y a algunos soldados de una partida volante que se habían acercado al olor de un posible vaso de vino.

Les dejaron pasar sin más formalidades, y poco después, Alvarito y *Manón* descansaban delante de una ermita, ya próxima al pueblo.

Era la ermita pequeña, baja; partía de ella un calvario; al lado se levantaba una cruz de piedra con los atributos de la Pasión; dentro se veían santos de bulto, siniestros: a la derecha, San Jerónimo, con su león, y a la izquierda, San Martín, a caballo, cortando su manto con la espada para dárselo al pobre.

Alvarito, con su fantasía, creyó que dentro estaba agazapado un hombre, pero no había nadie. La puerta de la ermita era enrejada, y a los lados tenía dos ventanas. En el dintel de la puerta se podía leer este letrero en vascuence:

Eguizu zuc, Maria,
gugatic erregu
eriotzeco orduan
ez gaitecen galdu.

(Ruega por nosotros, María, para que en la hora de la muerte no nos vayamos a perder.)

—Enseguida la muerte —dijo *Manón,* después de traducir la inscripción vasca, haciendo gala del espíritu volteriano de su abuelo.

—Es la religión —replicó Alvarito—; no se va a hablar en las ermitas de bailes o de fiestas.

Siguieron los dos muchachos su camino por un senda hundida. Caía la tarde, el cielo azul iba llenándose de nubes rojas y se oía una campana melancólica en el aire. Enfrente, la peña de Aya se destacaba a lo lejos, dentellada, en el horizonte en llamas del crepúsculo. A Alvarito le parecía aquello la gloria de un altar mayor con los ángeles en el cielo incendiado.

—Es triste España —murmuró *Manón.*

—¡Pero si apenas hemos entrado en ella! —replicó Álvaro.

Pasaron por una encrucijada con grandes árboles, en donde habían hecho su campamento unos gitanos, que en aquella hora vivaqueaban y encendían fuego. Alrededor de las llamas correteaban chiquillos medio desnudos; dos borricos pardos pacían la hierba tristemente.

Iban Alvarito y *Manón* acercándose al pueblo un poco deprimidos por el anochecer espléndido. La campaña seguía tocando en aquel aire de cristal inmóvil del crepúsculo.

—¿Por qué no hablas? —preguntó *Manón* a Álvaro.

—¿Qué te puedo decir? —murmuró él melancólicamente.

—Lo que piensas.

—Si te dijera lo que pienso no te gustaría.

—¿Por qué no? Quizá sí.

—No, ya sé que no.

Y al decir esto sentía una oleada de tristeza que le anegaba y que rimaba con la melancolía de aquel crepúsculo admirable.

V

OLLARRA

Llegaron a Vera Alvarito y *Manón,* y fueron a casa de un chatarrero, cliente de *Chipiteguy,* que vivía en la calle de Alzate. Este chatarrero se llamaba Salomón, y por aquellos días no se encontraba en el pueblo. Su mujer, a quien decían *la Salomona,* era una hembra juanetuda, baja y cuadrada, de hablar medio asturiano, medio gallego.

El portal de la casa de Salomón estaba lleno de trozos de hierro viejo, plomo y otros metales, géneros que el chatarrero negociaba con los carlistas.

La Salomona, a pesar de mantener su marido relaciones comerciales con *Chipiteguy,* no atendió gran cosa a *Manón* ni a Alvarito, y les envió a pasar la noche a una posada del barrio de Yllecueta.

Alvarito supo por el dueño de la posada que el chatarrero tenía mala fama en el pueblo. Se le achacaba el asesinato de un compañero suyo en el monte para robarle. Alvarito contó esto a *Manón,* y los dos decidieron no hablar nada a *la Salomona* del fin que perseguían en su viaje.

Al día siguiente, la mujer del chatarrero invitó a los dos muchachos a quedarse en su casa, pero ellos no aceptaron.

La Salomona sospechó que *Manón* era una chica disfrazada y se lo dijo:

—A mí no me la da usted. Usted es mujer.

—¿En qué lo ha notado usted?

—Se le conoce fácilmente. ¿Se ha escapado usted con su novio?

—No; ese muchacho no es mi novio.

La Salomona hizo un gesto de incredulidad.

Manón comprendió debía de adquirir, a ser posible, aire más tosco y más aldeano; pensó también que quizá les fuera conveniente algún criado, algún hombre del país, a sueldo, conocedor de los caminos, de las costumbres y de las personas.

A Alvarito le pareció bien la idea.

El joven Sánchez de Mendoza fue a visitar al coronel Lanz, comandante del puesto de Vera. Se presentó a él como hijo de un correligionario, y le explicó que iba a ver de rescatar a su principal, secuestrado no se sabía en dónde.

El comandante dio pasaporte para Álvaro y para un supuesto primo, Mario Ezponda, y cartas de recomendación para personas importantes de la provincia. Le hizo también que le acompañara un sargento por Vera.

Entre tanto, *Manón*, marchando por la orilla de un arroyo, por detrás de la calle de Alzate, llegó hasta un caserón viejo llamado Itzea[8]. Entre Itzea y un molino vio a un muchacho metido en el arroyo registrando con un palo los agujeros de la orilla, sin duda para coger truchas. En esto pasaron unas vacas y recentales a beber en el arroyo, y uno de los terneros se paró, hizo ademán de embestir, y asustó a *Manón*, que dio un grito.

—No hay que asustarse —dijo el muchacho del arroyo, y, saliento a la orilla, amenazó con el palo al ternero, que se alejó a galope. Luego miró a *Manón*, y le preguntó en vascuence, con rudeza:

—¿Quién eres tú? ¿De dónde eres?

—Yo soy francés. ¿Y tú?

—Yo soy *Ollarra* o *Cascazuri*.

—¿Por qué te llaman así?

—Me llaman *Ollarra (el Gallo)*, porque así llamaban a mi pa-

---

[8] Este caserón viejo llamado Itzea fue comprado por Pío Baroja, pasando a ser la residencia de la familia.

dre, y *Cascazuri* (cabeza blanca), porque, soy rubio. Yo también he estado en Francia. *Oui, monsieur, oui!*

—¿Y qué haces?

—Yo, pescar y cazar.

—¿Tienes familia aquí?

—No.

—¿Pues dónde vives?

—Ahí, cerca de este este barrio, hay un convento viejo de capuchinos, al que le pegaron fuego los negros. En él duermo.

—¿Qué negros?

—¿Eres tonto? ¿No sabes quiénes son los negros? Los liberales. El general Jáuregui *el Pastor* lo mandó.

—¿Este perro es tuyo?

—Sí.

—¿Cómo se llama?

—*Chorua* (el loco).

—¿Es loco de verdad?

—Sí, muy loco.

Ollarra saltó de nuevo al fondo del arroyo con intención de seguir sus exploraciones con su palo, cuando, mirando a una vieja asomada al ventanillo de una casa pequeña próxima, dijo:

—Esa vieja que se asoma a la ventana es bruja.

—¡Bah!

—Sí, dicen que sabe embrujar y desembrujar los colchones y las almohadas con unas tijeras que pone en cruz.

—¿Y tú crees en eso?

—Yo, no, ¡ca!

Ollarra, alto, fuerte, rubio, con el pelo dorado, la cara larga, los ojos claros, grises, y el aire serio, tenía color de hombre del Norte y expresión, sobre todo en los ojos, de hombre del Sur, cosa bastante frecuente en los vascos. Se veía en él un mozo atrevido, enérgico, despreocupado y valiente. Sonreía a veces, mostrando su dentadura, blanca y fuerte, de mastín.

—¿Por qué no vas a ver a mi amo? —le preguntó *Manón*.

—¿Para qué?

—Mi amo necesita uno que le acompañe; te pagará bien.

—¿Y qué hay que hacer?

—Viajar; ir de un pueblo a otro.

—¿Nada más?

—Nada más

—¿Dónde está tu amo?

—Ahora estará en la posada de Arotzenea o en casa de *la Salomona*.

—Bueno; vamos.

Ollarra se puso las alpargatas, y, seguido de *Chorua* y en compañía de *Manón*, fue al barrio de Yllecueta. Entró la muchacha en la posada y se encontró a Alvarito hablando con el sargento que le acompañaba. Dijo a Álvaro cómo había encontrado un mozo capaz de servirles bien en sus trabajos de buscar a *Chipiteguy*. Debían ofrecerle un buen jornal, y si llegaban a libertar al abuelo, gratificarle.

—¿Cómo se llama ese mozo?

—*Ollarra*.

—¿Usted le conoce? —preguntó Álvaro al sargento.

—Sí; es buen chico, un poco salvaje, muy hurón —contestó el sargento—. No para en ningún lado; pero para acompañarle en un viaje le puede servir a usted.

—¿Es de aquí?

—No; aquí vino con unos gitanos que hacían cestas; pero él no es un gitano; cuando se marcharon, él se quedó en el pueblo, recogido en un caserío. Luego se hizo amigo de un contrabandista, que le daba de comer.

—¿Y qué hace ahora?

—Unas veces caza, otras pesca, otras contrabandea.

Ollarra subió al cuarto que ocupaba Alvarito, y hablaron; *Manón* sirvió de intérprete, porque *Ollarra* no sabía apenas castellano ni francés.

El sargento quiso burlarse de *Ollarra*, que no le hizo el menor caso. Ya de acuerdo, y aceptado el mozo como criado o ayudante, por la tarde llevó los tres caballos traídos desde Sara por Álvaro y *Manón*, y de noche volvía a pie.

—¿Qué hay que hacer mañana por la mañana? —preguntó *Ollarra* en la posada a Alvarito.

—Hay que alquilar un coche y salir para Almandoz.

—Se necesitará dinero.

—¡Ah, claro! ¿Cuánto se necesitará?

—Según para los días que tomemos el coche.

—Para tres o cuatro.

—Creo que ya pedirán un duro al día.

—Bueno, paga lo que sea.

Y Alvarito dio a su nuevo criado diez duros.

—¿A qué hora queréis salir?

—A las ocho.

Ollarra buscó por el pueblo, hasta que encontró un carricoche en un caserío de la entrada de Alzate a Vera, y para las ocho estaba a la puerta de la posada, y poco después iban los tres jóvenes camino de Almandoz, seguidos por *Chorua.*

VI

Las habilidades de Ollarra

Ollarra se manifestó, como compañero de viaje, de muchos recursos, a veces de felices ocurrencias; pero, en general, de genio sombrío y malhumorado. Todos sus conocimientos venían de la propia fuente de la Naturaleza, sin pasar por libros. Sacaba de su boca alternativamente chirridos de lechuza y batir de alas de este pájaro crepuscular, lamentos de búhos, ladridos de perros y cantos de tordos, de ruiseñores y petirrojos. Imitaba todo con perfección. Silbaba también admirablemente aires campesinos, a los que añadía florituras complicadas.

Su canción favorita era una canción, en patuá gascón, que comenzaba así:

> Six sous costaren,
> six sous costaren les esclós.

Esta canción de melodía romántica y de letra ordinaria y vulgar, le gustaba a *Ollarra,* porque, sin duda, satisfacía al mismo tiempo su sentido musical poético y su instinto de ironía brutal y salvaje. Este gusto por tal mezcla es frecuente entre los vascos. Parece que la canción así llena como dos departamentos del espíritu: uno, el ansia romántica de vaguedad, y el otro, el instinto grosero de sátira y de burla.

Distinguía muy bien los pájaros en el aire, por la manera de volar, y conocía los huevos encontrados entre las matas y sabía a qué ave pertenecían. Con la colaboración de *Chorua*, hasta marchando por el camino en el carrichoche hallaba ocasión de cazar o de coger algo.

Ollarra compendiaba en su cabeza una serie de ideas falsas sobre las costumbres y los instintos de los animales, una historia natural fantástica.

La geografía suya era también reducida hasta lo absurdo. En el mundo había, principalmente, vascos, para él los hombres normales; gascones, tipos ridículos, capaces de comer hierbas del campo en ensalada; luego españoles, que casi todos eran curas o soldados; franceses tripudos, con bigotes amarillos, e ingleses, que todos eran serios; luego había América, una tierra rica que se disputaban ingleses, franceses y españoles.

Ollarra era de una independencia salvaje. Al oírle daba la impresión de que se había propuesto llevar la contraria a todo el mundo; lo que a la mayoría parecían virtudes, a él se le antojaban defectos.

—Es un cochino —decía de alguno—; no hace más que trabajar a todas horas.

De otro indicaba:

—No sé qué le encuentra a su padre para tenerle ese cariño.

Esos lazos naturales de padres e hijos, maridos y mujeres, hermanos y hermanas le parecían debilidades y necedades. También debía considerar como cosa ridícula .el sentir amor por la tierra. Oyéndole, parecía que lo natural en el hombre era odiar al prójimo cordialmente.

—Yo no soy ni español ni francés —decía—. De donde se viva mejor —añadía, riendo, con cierta cólera, y traducía su frase unas veces al francés y otras al castellano.

—¿Tú no saber leer? —le preguntó Álvaro.

—Yo, no; ¿para qué? Eso no sirve para nada.

—¿Cómo que no sirve?

—Yo, al menos, no he tenido nunca necesidad de leer.

—¿Así, que no has aprendido nada?

Ollarra se encogió de hombros con desprecio.

—¿No sabes la doctrina?

—¿Qué es la doctrina? ¿Ese libro pequeño que llevan los chicos a la escuela?

—Sí. ¿No te la han enseñado?

—No. ¿Eso para qué sirve?

—Enseña a amar a Dios y al prójimo.

—¡Bah! Esas son tonterías —masculló *Ollarra* con cólera, azotando con el látigo al caballo.

Durante algún tiempo, *Ollarra* había vivido en Francia, muy adentro del país, en tierra de gascones, donde no se hablaba vascuence, dedicado a pescar en un río, cuyo nombre ignoraba, y a cazar cuervos y cornejas.

Cazaba los cuervos, según contaba, con cucuruchos de papel llenos de liga, en los que metía cebo. También los cogía con anzuelos o poniendo carne de caballo o de mulo envenenada con nuez vómica.

Ollarra, huérfano de madre desde muy niño, fue protegido durante su infancia por un brujo y una bruja de Oleta, con quienes vivía.

Ollarra contó, con su acento mixto de cólera y de ironía, las mentiras y socaliñas empleadas por el brujo de Oleta para engañar a los incautos, en las cuales el muchacho tomaba parte muy importante, pues antes de entrar a ver al viejo brujo se obligaba a esperar a los clientes en un cuarto del caserío, y entre la vieja y *Ollarra,* haciéndose los tontos, sonsacaban a los crédulos sus intimidades y sus preocupaciones y luego se las contaban al brujo. A casa del hombre de Oleta solía ir gente distinguida para que les dieran hechizos.

—¿Y tu padre? —preguntó Alvarito a *Ollarra.*

—Es desertor francés y contrabandista. Ahora está enredado con una gitana. Es un puerco.

—¿Cuántos años tienes?

—No sé. Diecisiete o dieciocho. Lo mismo da uno más que uno menos.

—¿Y no tienes novia? —le preguntó *Manón.*

—Sí; ahí tengo una chica en Oleta. Ya le he dicho que me casaré con ella cuando sea mayor y tenga algún dinero; pero siempre me viene con tonterías y arrumacos, y que si la olvido o no la olvido.

—A las novias hay que mimarlas —dijo *Manón.*

—Tú qué sabes —replicó *Ollara* con violencia—. Eres demasiado chico para enterarte de esas cosas. Todas las mujeres son así: embusteras y amigas de mimos y de engaños. Bien tonto será quien haga caso de ellas.

Ollara siguió hablando en el mismo tono. Era el ímpetu, la imaginación sin freno, el orgullo desatado. Sentía pasión infantil por la aventura, no acompañada de la menor reflexión, creía que con valor y energía todo debía salir bien. Su credulidad y confianza en sus recursos, ilimitada, sin contrastar con los demás, le daban ideas no muy claras sobre los hombres. En parte les temía y en parte les despreciaba.

Manón pretendía amistarse a toda costa con *Ollarra;* pero éste la miraba con desdén; la consideraba como a un chico, y como un chico afeminado.

Alvarito iba conociendo a *Manón.* Comprendía cómo a ella, acostumbrada a dominar y subyugar fácilmente, le extrañaba y mortificaba que el joven salvaje no la tomara en cuenta.

Alvarito sentía cierta admiración por *Ollarra;* pero sospechaba de él por su carácter inquieto, soberbio y malhumorado; le creía misterioso, poco seguro y capaz de cualquier barbaridad o de cualquier traición. *Ollara,* en cambio, tenía gran curiosidad y cierta simpatía por Alvarito, toda la simpatía de que él era capaz. Se reía mucho viéndole tan torpe para las cosas materiales. Sin duda, su nuevo amo se le representaba como el tipo de la ciudad: del hombre inútil que sustituye la falta de energía con dinero.

Ollarra disfrutaba de su nueva posición con delicia. Se pavoneaba, se dedicaba a comentarios mortificantes, hacía restallar el látigo en el aire y el carricoche iba al vuelo.

El día mismo que salieron de Vera, la primera parada fue en la venta de Yanci. Durante el almuerzo, *Manón* y Alvarito se rieron viendo al perro, a *Chorua,* que se echaba sobre su amo, jugaba con él y le lamía la cara. El muchacho y el perro vivían identificados: una mirada de *Ollarra* o un silbido bastaban para que el perro le entendiera.

VII

Los Bertaches

Después de comer en la venta de Yanci, puestos de nuevo en camino en el carricoche, se acercaron a Sumbilla, pasaron a la vista de su juego de pelota, entraron en su única calle, estrecha, y una hora más tarde cruzaron por delante del puente de Santesteban, hacia Mugaire. El viento frío traía lluvia mezclada con nieve.

Al caer de la tarde entraron en la venta de Mugaire a calentarse y a merendar. Poco después siguieron el camino.

Ya de noche llegaron a Almandoz. Una patrulla carlista los detuvo y les pidió pasaportes. Los soldados les indicaron la posada de la calle por donde corría la carretera.

En el camino que sube desde Mugaire, a orillas del Bidasoa, hasta el puerto de Velate, se encuentra Almandoz. El pueblo se halla a la mitad de la cuesta.

En aquella hora todo estaba oscuro y desierto en la aldea; las casas cerradas; no se veía una luz. Se comenzaba a sentir la guerra. En la posada, ningún viajero; únicamente los amos de la casa, dos viejos, padres del dueño; una mujer joven y un muchacho. El posadero, al parecer, se encontraba en el campo carlista.

Prepararon la cena para *Manón*, Alvarito y *Ollarra;* se sentaron los tres delante de la chimenea, al amor de la lumbre. *Manón,* con su instinto, creyó adivinar gente de buenos sentimientos en los viejos de la posada y les contó a lo que iban y sus propósitos de buscar al abuelo.

—¿Ustedes conocen a los *Bertache?* —les preguntó Alvarito.

—¿Quién no los conoce aquí? —exclamó el viejo.

—¿Son dos?

—Sí; uno se llama Luis y es subteniente en el quinto de Navarra; al otro le dicen *Martín Trampa.*

—¿Qué clase de gente son?

—Son unos bandidos que tienen aterrorizado al pueblo.

—No sé para qué hablas así —exclamó la vieja en vascuence—; si lo saben te puede pasar algo malo.

118

—Que lo sepan; me tiene sin cuidado —murmuró el viejo.

—Y vosotros, ¿por qué queréis saber quiénes son los *Bertache?* —preguntó la vieja a *Manón*—. ¿Tienen algo que ver con el secuestro de vuestro abuelo?

—Sí; y sospechamos que lo tengan preso aquí mismo, en Almandoz.

—Mañana se lo preguntaréis al sargento Iribarren, que es amigo de la casa, y él os lo dirá.

Después de cenar se colocaron todos al lado del fuego, alrededor de la chimenea, y la vieja, que ya había adquirido confianza con los viajeros, les contó cómo unos meses antes *Martín Trampa* y su criado *Malhombre* entraron a la posada, de noche a robar.

—Yo estaba sola en casa —dijo la vieja—, y oí desde la cama cómo abrían la puerta. Luego, nuestro perro empezó a ladrar; pero, sin duda, le echaron algo de comer y se calló. Yo no me atrevía a levantarme y a bajar, porque pensé que si me presentaba, entre *Martín Trampa* y *Malhombre* me hubiesen acogotado.

—¿Y por qué no me llamó usted a mí, abuela? —preguntó el muchacho enfermo.

—Porque te hubieran matado a ti también.

—Ya lo hubiéramos visto.

—¡Tonto, más que tonto! ¿Qué hubieras hecho tú solo contra ellos?

—Estos *Bertache* están ya aislados y todo el mundo los odia —dijo el viejo—; ya no les queda mucho tiempo para mandar.

—¿Y es de aquí un tal Echenique? —preguntó Alvarito.

—Ese Echenique es el criado de *Martín Trampa,* a quien llaman *Malhombre. Malhombre* roba y lo dice, y hasta ahora nadie se ha atrevido con él.

—¿Tan terrible es? —preguntó *Ollarra* malhumorado.

—Sí, es muy malo.

—No quisiera más que encontrarme con él.

—¿Para qué? —preguntó Alvarito.

—Para darle una paliza que le quitara las ganas de atropellar a los demás.

A *Ollarra,* sin duda, la idea de que hubiera un matón que no fuera él le ponía frenético.

Después de cenar, *Chorua* se presentó a comer los restos de la comida, y *Ollarra* le hizo lucirse y hacer varias habilidades. Luego, el viejo trajo una botella de aguardiente. Alvarito probó el licor, que le pareció fuerte, y *Ollarra* bebió muchas copas.

—Vamos a tomar otra copa —decía—, ¡la segunda! —y se echaba a reír.

Tenía que decir la segunda, aunque fuera la sexta o la séptima, y celebraba su chiste con carcajadas. Era una gracia que imitaba del herrador del pueblo.

La vieja se llevó la botella.

Se marcharon todos a sus respectivos cuartos. Alvarito pensó estar oyendo a cada momento los ladridos del perro de la posada denunciando a los ladrones, como había contado la vieja.

Al día siguiente, al levantarse, Alvarito salió de casa y se presentó al sargento Iribarren, amigo de la gente de la posada. Al preguntarle por *Martín Trampa,* el sargento le dijo que creía que no estaba en el pueblo.

Iribarren recordaba que *Martín* y *Malhombre* tuvieron guardado a un viejo en casa del sacristán, según decían, por liberal.

—¿Y *Martín,* dónde vive? —preguntó Álvaro.

—Ahí, en una plazoleta. Esta niña le enseñará a usted la casa.

—¿Tiene familia aquí?

—Sí; me figuro que estarán su madre, su mujer y su hermana.

La niña llevó a Alvarito delante de la casa de *Martín Trampa,* y como si tuviera miedo, antes de llegar a ella echó a correr y desapareció. La casa de los *Bertache* era grande, cuadrada, de cuatro aleros, con un escudo pintado, en donde había esculpidas una cabeza de chino y las armas de la familia Arreche: un árbol con dos osos.

Alvarito llamó. Y salieron a la puerta una vieja flaca, acartonada y dura, con mantón negro y toquilla arrollada a la cabeza, y poco después, una muchacha de aire seco y suspicaz. Eran la madre y la hermana de *Martín Trampa.* Alvarito explicó que deseaba hablar con *Martín* para un asunto importante, y las dos mujeres contestaron en tono áspero que el amo no estaba en Almandoz, que había ido hacía días a Oyarzum.

—¿No saben ustedes cuándo vendrá?

—No, señor; no lo sabemos, ni nos importa tampoco —contestó la joven, y cerró la puerta.

Alvarito volvió a la posada y contó a *Manón* cómo había visto a la madre y a la hermana de *Martín Trampa*, y cómo le habían dicho que éste se hallaba en Oyarzun.

—Bueno, pues vamos a Oyarzun.

Discutieron si sería mejor volver de nuevo por el mismo camino y marchar por Lesaca, o ir por Goizueta; pero como por Goizueta el camino era peor, decidieron ir a Lesaca.

Almorzaron en Almandoz, salieron de prisa en el carricoche, llegaron al anochecer a Lesaca; pararon en la posada de Gorringo, enviaron el coche a Vera con *Ollarra* y alquilaron tres caballerías.

Al día siguiente, con una mañana de escarcha, subieron por el monte a la ermita de San Antón; comieron allá y contemplaron una gran ferrería abandonada al pie de la enorme pared de la peña de Aya.

—¿Te gustaría vivir aquí? —preguntó Alvarito a su compañera.

—A mí, no. ¡Qué horror! —dijo *Manón*—. Es uno de los sitios más tristes que he visto.

—¡Bah! Todos los sitios son lo mismo —replicó *Ollarra*—. Habiendo qué comer, lo mismo da.

—¿Así te parece a ti? —preguntó *Manón*.

—Naturalmente. Sólo a señoritas estúpidas y remilgadas se le pueden ocurrir esas tonterías.

—¡Bah! ¿Tú sabes cómo son las señoritas?

—Ya sé que son tontas y caprichosas y que hay imbéciles que les hacen caso. No sería yo de ésos.

Manón pensó que quizá *Ollarra* sospechaba que era mujer. No quiso decirle nada. *Ollarra* parecía tener mal humor y fue por el camino solo.

Cruzaron por delante de los caseríos de Arichulegui y comenzaron a bajar hacia Oyarzun.

Manón y Alvarito entretuvieron el aburrimiento del camino hablando de sus amistades de Bayona, de la tertulia de madama Lissagaray y de la extraña situación en que se encontraba.

—Si salvas al abuelo, te voy a querer mucho, Alvarito —le dijo *Manón*.

Alvarito volvió la cabeza melancólicamente en señal de duda.

—¿No lo crees? —preguntó ella.

—No.

—¿Por qué no lo crees? —volvió a preguntar *Manón* con coquetería.

Alvarito se encogió de hombros y se puso a pensar en el carácter de aquella muchacha, que tanto lugar ocupaba en su vida.

¿*Manón* le quería o no le quería? Álvaro notaba que ella le iba tomando afecto; pero le faltaba conquistarla del todo. Quedaba siempre en *Manón* como un último baluarte irreductible, independiente y caprichoso.

Tan pronto favorable, tan pronto adversa, así la veía a *Manón*. Quizá ella, con respecto a Álvaro, había decidido algo: quererle o no quererle; quizá no había decidido nada, y dejaba pasar el tiempo por si alguien llegaba a interesarle más, a arrastrarle por completo, rindiendo aquel último baluarte inexpugnable, siempre decidido a no rendirse.

VIII

Frechón y Malhombre

Al llegar a Oyarzun y entrar en la plaza, Alvarito se encontró con Frechón en medio de un grupo carlista. Se miraron los dos, sin manifestar que se conocían, y Alvarito siguió adelante.

Llevaba una recomendación para uno de los jefes carlistas guipuzcoanos y se presentó a él; explicó su objeto y habló de Frechón, a quien había visto en el pueblo, diciéndole qué clase de hombre era y acusándole de secuestrador de *Chipiteguy*.

El jefe carlista respondió que él no podía intervenir en aquella cuestión, y que Alvarito anduviera con cuidado por su cuenta. Cuando el muchacho le preguntó por *Martín Trampa*, el jefe le respondió que creía que ya no estaba en Oyarzun, sino que había marchado a Echarri-Aranaz para sus negocios de tratante.

Al volver a la posada, la posadera indicó a Álvaro y a *Manón* que al quedarse en la casa, llena de huéspedes, tendrían que ir a dormir al desván.

—¡Bah! Ya ha dormido uno en peores sitios —dijo *Ollarra*, burlonamente.

—¿Sí, eh? —le preguntó Álvaro.

—¡Uf! Ya lo creo. En cuevas y en medio del campo y con lluvia. Ahora, a vosotros quizá os parezca malo el desván, sobre todo a éste —y *Ollarra* señaló a *Manón* con desdén.

—Ya nos arreglaremos —contestó Álvaro.

Ollarra estaba acostumbrado a los desvanes. A *Manón* le hacía gracia la idea y a Alvarito no le molestaba.

Después de cenar subieron los tres por una escalera muy estrecha hasta una guardilla grande, de suelo combado y torcido. Un entrecruzamiento de pies derechos y vigas de madera sostenía el techo. Veíanse en los rincones montones de heno seco, ristras de ajos y cebollas, y en el suelo, habichuelas extendidas, puestas a secar; grandes calabazas y mazorcas de maíz. Por entre los intersticios de las tejas se advertía la claridad de la noche y algunas estrellas.

—¡Buen palacio! Para las ratas —dijo *Ollarra* con ironía.

Luego puso el farol que le dio la posadera encima de una caja, y después cogió brazados de hierba seca, preparó una cama y le invitó a echarse en ella a Alvarito. A *Manón* le empezaba a mirar con sorna.

Álvaro dijo a *Manón* que se tendiera, y ella se acurrucó en aquel nido de hierba como un gato pequeño. *Ollarra* apagó el farol, subió sobre un gran montón de heno y el perro tras él. Al poco tiempo los dos dormían. Alvarito quedó sentado y despierto.

Manón se durmió pronto; al respirar se oía su aliento suave. *Ollarra* roncaba.

Alvarito velaba muy satisfecho por proteger a la dama de sus pensamientos. Aunque sentía sueño, no quería dormirse.

Se acordó de Don Quijote cuando velaba sus armas en la venta, y pensó que él debía sentirse feliz, porque el objeto de sus cuidados no era ilusión vaga, sino una mujer tan seductora como *Manón*.

Iba Alvarito a dormirse cuando *Chorua* empezó a gruñir; se oyó crujir la escalera, y poco después se vio aparecer en el desván una sombra a la luz vaga, que entraba por los intersticios de las tejas. Era Frechón, que se acercaba. Frechón abrió la tapa de una linterna sorda y se acercó hasta ellos.

Alvarito se levantó en el acto.

—Aquí, en este rincón, no hay sitio para dormir —dijo—; estamos nosotros.

—¡Ah, eres tú! —exclamó el francés; y sin más, dio tal puñetazo en el hombro al joven, que le derribó al suelo.

Alvarito cayó sobre la hierba, sin lastimarse. *Chorua* se puso a ladrar con furia a Frechón; éste le pegó un puntapié, y el perro comenzó a chillar de un modo lastimero. *Manón* se despertó, y, cogiendo un palo, se acercó valientemente a Frechón.

—¡Canalla! —gritó.

Entonces *Ollarra*, deslizándose desde el montón de heno, furioso porque le había pegado a su perro, murmurando y blasfemando, se acercó a Frechón, y agarrándose a él, le dio una serie de puñetazos en la cabeza y en el pecho, que sonaron como redoble de tambor. Cuando ya lo tenía en el suelo, y casi sin sentido, lo dejó.

—Váyase usted —le dijo Alvarito al francés.

—¡Socorro! ¡Socorro! —exclamó Frechón.

—Pero, ¿qué pasa ahí? —gritó la posadera desde abajo.

—¡Que me matan! —contestó el francés.

La posadera subió a la guardilla, y *Manón* y Alvarito le contaron lo que había ocurrido.

—¡Hala, hala! —le dijo la mujer a Frechón—. Baje usted de aquí. Al momento.

El francés se resignó a salir de la guardilla y bajó la escalera como pudo. Luego, la posadera, sin piedad, lo echó de la casa.

Al subir de nuevo a la guardilla, entre *Ollarra* y Álvaro cerraron la puerta con una tranca. *Manón* había preparado una cama de heno al lado de la suya. Alvarito se tendió y quedó sumido en un sueño profundo.

Al día siguiente, y en vista de que no daban con *Chipiteguy*, decicieron volver por el monte, camino de Lesaca. Hacía frío, y compraron unas mantas. Estaba nevando; los montes comenzaban a aparecer blancos y en el aire gris danzaban los copos de nieve como grandes mariposas.

Al salir de Oyarzun se les acercó un hombre viejo, flaco y aguileño. Era *Malhombre*. No se dio a conocer.

—¿Van ustedes a Lesaca? —les preguntó con aire sonriente.

—Sí —contestó Alvarito.

—Yo también voy. Si no les molesto, ya iremos juntos.

—Molestar, ¿por qué?

—Yo conozco bien el camino.

—¿Es usted de Oyarzun?

—No; soy de cerca de Mugaire, y me dedico a comprar y a vender ganado.

—¿Es usted tratante?

—Sí.

—Tratante y de Mugaire. Quizá conozca usted a uno que llaman *Martín Trampa*, de Almandoz.

—Mucho.

—¿Le ha visto usted en Oyarzun estos días?

—Sí; creo que tenía un negocio entre manos con un viejo y un francés.

—¿Y hacia dónde estará ese hombre?

—¿Qué hombre?

—*Martín*.

—Creo que ha ido a Echarri-Aranaz.

Fueron los cuatro subiendo por el monte, camino de Lesaca. *Malhombre* les fue útil, porque conocía los mejores pasos. Al llegar cerca de Arichulegui les sorprendió una tempestad de rayos y truenos y tuvieron que guarecerse en una borda de ganado hasta que pasara. Luego arreció la nevada.

Malhombre se comportó como persona alegre y jovial; sabía animar a todo el mundo. *Ollarra* rechazó varias veces sus servicios, no le necesitaba para nada.

Al llegar a la ermita de San Antón entraron en la venta próxima; comieron y se arrimaron a la lumbre, reconfortándose. *Malhombre* habló mucho, y sonsacó a sus compañeros de viaje, con su habilidad de aldeano ladino, y averiguó quién era el principal de los tres y quién llevaba el dinero.

125

Al salir de la venta, ya oscurecido, *Malhombre* pidió un farol para ver bien por los senderos. Decidieron ir todos a pie, porque resultaba más peligroso marchar a caballo, y *Ollarra* fue el encargado de conducir las caballerías.

El paisaje montuoso, cubierto de nieve, con aquella luz crepuscular, era desolado y triste. Alvarito iba absorto, embebido en vagas imágenes, sin conciencia clara de que aquello fuera la realidad. Con poco más hubiese imaginado que se trataba de un sueño.

En una revuelta del camino, *Malhombre*, agarrando del brazo a Alvarito, susurró en tono amable e insinuante:

—Si quiere usted, atrasémonos un poco, tengo que hablar con usted; que no oigan lo que le voy a decir.

Alvarito, asombrado, y sin darse cuenta clara, pensó que *Malhombre* tendría que comunicarle algo trascendental, algún peligro del camino, y se fue retrasando.

De pronto sintió una mano, como una tenaza, que le oprimía el cuello.

—¡El dinero, o te mato!

Malhombre, con su zarpa de hierro, le apretaba el cuello, y con la otra mano le amenazaba con su rompecabezas. Alvarito, sofocado, murmuró:

—¡Déjeme usted! Espere usted. No me ahogue.

—El dinero.

—¿El dinero? Lo tengo en el bolsillo del pecho.

—¿En dónde?

—Aquí.

—Esto está cosido —murmuró *Malhombre*, agarrando la chaqueta de Álvaro e intentando registrarle.

—Sí.

—Y no es fácil descoserlo.

Durante este tiempo, *Manón* se había dado cuenta de que faltaba Alvarito; alarmada, al retroceder notó lo que ocurría y oxeó a *Chorua*. El perro, en dos saltos, se lanzó contra *Malhombre* y le trincó de los pantalones.

Malhombre se volvía; intentó defenderse con el rompezabezas. Alvarito, aún no repuesto de la sorpresa y del sofoco, se quedó amilanado, perplejo.

—¡Ollarra! ¡Ollarra! —gritó Manón.

Malhombre vio la partida perdida, y se dispuso a escapar; pero el perro no le dejaba tranquilo. *Ollarra*, abandonando las caballerías, se le acercaba con el garrote enarbolado. *Malhombre* sacó una navaja y le esperó.

—Déjame —gritó—. Si no te abro las tripas.

Ollarra sin oírle, se echó sobre él, y le arreó tal garrotazo en la cabeza, que *Malhombre*, dando vueltas sobre sí mismo, cayó en la nieve. El palo saltó hecho astillas.

—¿Ahora, qué hacemos con este hombre? —preguntó Alvarito.

—Dejarlo ahí —contestó *Ollarra*—; si no se ha muerto, ya se morirá.

—¿Pero, hombre?

—¡Que se muera! ¡Qué importa! ¡Hala, hala, que nieva mucho!

Cogió *Ollarra* el farol con la mano izquierda, y hostigando a las mulas con la derecha, armada del látigo, siguió su marcha, precediendo a Álvaro y a *Manón*.

Caía la nieve sobre el monte.

IX

Sueños

Al llegar, de noche, a Lesaca, y en la posada, se encontraron a una muchacha, Graciela *la Roncalesa*.

Graciela habló con *Manón* de sus amigos y conocidos de Bayona, y *la Roncalesa* experimentó por la nieta de *Chipiteguy*, que le pareció un chiquillo, gran simpatía.

Manón le contó su asunto, y *la Roncalesa* dijo:

—Yo te ayudaré a libertar a tu abuelo; y si lo tiene secuestrado *Martín Trampa*, mi futuro cuñado, le obligaré a que lo suelte.

—En Oyarzun nos han dicho que *Martín* está en Echarri-Aranaz.

—Es muy posible.

Al día siguiente salieron muy temprano, en compañía de Gabriela *la Roncalesa;* pasaron por Yanci y Aranaz, y por caminos de cabras cubiertos de nieve, abordaron, al caer de la tarde, a la venta Quemada, del puerto de Velate.

En el puerto y en los montes de alrededor, completamente nevados, las grandes hayas parecían forradas de plumones blancos.

Manón y Alvarito, no habituados a aquel ajetreo, llegaron a la venta rendidos, y decidieron, de común acuerdo, descansar todo el día siguiente. Gabriela, sin duda, acostumbrada a largas marchas, determinó salir por la mañana temprano camino de Pamplona.

Alvarito se metió en la cama tan destrozado, que no pudo dormir en casi toda la noche. Le dolían los ojos del resplandor de la nieve. Al amanecer logró conciliar el sueño, un sueño pesado y profundo...

De pronto se encontró en un cuarto misterioso, rojo, con cortinones y unos espejos, en cuyo fondo, por arte de magia, corrían abismos acuáticos y se veían paisajes nevados llenos de árboles.

Se había despertado en una alcoba lujosa, sobre una cama mullida, llena de almohadones. Al mirar al balcón vio una sombra negra; luego que alguien rompía un cristal, abría y entraba dentro con una linterna sorda. ¿En dónde estaba? ¿Qué le había pasado?

De pronto notó el ruido de una respiración próxima, y, al mirar al suelo, vio una gran serpiente, que se enroscaba en sí misma, de una manera lenta. La serpiente, grande, pesada, estúpida, con barbas y ojos tristes, más que miedo le producía asco y ganas de matarla a puntapiés.

Alvarito se tiró de la cama y arrancó un barrote con gran facilidad, y lo levantó en el aire. La serpiente, al verlo, tomó aire compungido: se puso en dos pies, se inclinó humildemente, abrió la puerta de la alcoba y desapareció...

Alvarito, entonces, se despertó de verdad; vio el cuarto encalado y pobre de la venta del puerto de Velate; la luz del día, nevado, entraba por la rendija de las contraventanas.

A Alvarito le costó bastante trabajo convencerse de que había soñado.

—Aquí no hay sillones, ni espejos, ni serpientes con barbas. ¿Quién podrá ser esta gran serpiente ridícula? ¿A quién podía representar? Quizá a Sagaset, el sátiro de Sara; quizá a *Malhombre* o a Frechón. Al último no pudo presumir a quién podría simbolizar aquel gran ofidio cómico y lacrimoso.

Segunda parte

MANIOBRAS DE AVIRANETA

I

NOTICIAS POLÍTICAS

Mientras Alvarito y *Manón,* trotaban por los caminos de Navarra, don Eugenio de Aviraneta seguía en sus intrigas políticas.

En la primavera de 1839 supo don Eugenio que un comisionado del general Maroto en París, el coronel Madrazo, se hallaba en Burdeos. Madrazo, de acuerdo con Apponyi y los demás representantes de las potencias del Norte, se dirigía al Cuartel Real con instrucciones de la Junta marotista del extranjero.

Aviraneta, sospechando la importancia del viaje de Madrazo, puso en movimiento a sus confidentes para averiguar la trama de los partidarios de Maroto.

Los marotistas pensaban exigir a Don Carlos la abdicación a favor de su hijo mayor. Después de la abdicación propondrían el matrimonio del hijo de Don Carlos con la hija de la reina Cristina, y si la reina o el pretendiente no aceptaban la combinación, amenazarían con proclamar la independencia de las cuatro provincias vascongadas, con un régimen fuerista-republicano-clerical, nombrando a Maroto presidente de la república de Vasconia, y haciendo ministros y consejeros a obispos y a curas y expulsando a Don Carlos y a su familia del territorio vasconavarro.

Todo esto de acuerdo con Francia e Inglaterra, para lo cual se pedía el beneplácito de Luis Felipe y el de lord John Hay.

Era un proyecto parecido al que el senador Garat expuso a Napoleón, proponiéndole la independencia de las provincias vascongadas de más acá y de más allá de los Pirineos, denominando a toda Vasconia, Nueva Fenicia; a los departamentos franceses, Nueva Tiro, y a los españoles, Nueva Sidón. En aquel tiempo, sin duda, los vascos eran fenicios, como luego fueron celtas, iberos, ligures, berberiscos y mongoles, según el viento que corría en la etnografía y en la lingüística.

En el proyecto separatista de los amigos de Maroto andaban mezclados varios jefes importantes vascongados: entre ellos, Cástor Andéchaga, Simón de la Torre, Alzaá, Bernardo Iturriaga, Iturbe y otros.

Las noticias alarmaron a don Eugenio. Algunos oficiales vasconavarros del incipiente partido separatista se presentaron a Maroto en Orozco, indicándole la separación, como la mejor solución para el país. Había que dar, según ellos, un puntapié definitivo al carlismo.

Naturalmente, a Maroto, la proposición no le hizo mucha gracia, no siendo vasco y sintiéndose patriota. No tenía, además, la seguridad de conservar su poder pasando de general en jefe a presidente.

Aviraneta pensó aprovecharse del momento para hacer abortar la tentativa separatista de los vascos, que él consideraba peligrosa, impidiendo que arraigara y tomara cuerpo.

Entre los carlistas se pensaba también formar un tercer grupo transaccionista con Marco del Pont, el vizconde de Mataflorida, residente en París, y otros, partidarios de atraer a Cabrera a su bando. Andaba en la combinación Zea Bermúdez, que de absolutista ilustrado había pasado a carlista y enemigo furioso de Maroto; pero la idea no alcanzaba el menor éxito.

Por su cuenta, y con otros planes más o menos fantásticos, maniobraban los carlistas extranjeros, internacionales, como Mitchell, Lichnowsky, el marqués de Lalande, el joven caballero de Montgaillard y otros[9].

---

[9] Algunos de estos extranjeros dejaron escritas sus impresiones que fueron utilizadas por Pío Baroja. Mitchell, *Le camp et la cour de d. Carlos,* Bayonne, 1839; Lichnowsky, *Souvenir de la guerre civil en Espagne (1837-1839),* París, 1844, y otros.

La mayoría de las diversas maquinaciones e intrigas se fraguaban en Bayona, y con ellas comenzaron a mezclarse las maniobras del infante Don Francisco, que pretendía la regencia de España en la minoría de Isabel II.

El infante Don Francisco, Dracón en la masonería, *Bragón* y *Bragazas* le apellidaban sus enemigos en broma, tenía muchos adictos entre carlistas y cristinos. Los empleados de la Embajada de España en París y otros clasificados entre los carlistas, como Valdés el de los gatos y el libelista Martínez López, trabajaban por él.

Es posible que el infante contara entre los suyos al abate Miñano, y que el abate, además de cristino, carlista y protestante, fuera también franciscano. Indudablemente, el abate era un hombre pintoresco y de convicciones elásticas.

En los campos se notaba ya el cansancio de la guerra. El país y las tropas comenzaban a inclinarse decididamente por la paz, cuando el Cuartel general de la reina dio la orden extraña de talar las mieses e incendiar los campos. ¿Por qué una medida tan absurda? ¿Era pura estupidez militar o había otra intención en ello?

No parecía sino que alguien del Gobierno tenía interés en que no se acabara la guerra rápidamente. Aquellas disposiciones vandálicas fueron una inyección de vida para el partido carlista, que comenzó a perder su aire mortecino y lánguido y a sentirse de nuevo agresivo y lleno de exaltación.

Los alaveses y los navarros pensaban segar en plena paz, e irritados por la pérdida de las cosechas, comenzaron a exasperarse. Fue aquella medida rara e incomprensible, de tipo bastante frecuente en las cosas de España. No se sabía a qué atribuir disposición tan desdichada: a la rutina, a la brutalidad, al rencor o a la falta de inteligencia en el mando.

Se supuso a los jefes liberales irritados con la idea de un convenio con los carlistas; se decía si tendrían la ilusión de que la campaña se hallaba próxima a solventarse por las armas; pero esto no pasaba de ser una esperanza quimérica, porque la tibieza de los carlistas en la guerra dependía, en gran parte, de la idea de que se acercaban a una transacción.

El caso fue que la medida incendiaria produjo gran encono. El general Elío pudo inflamar el ardor de sus voluntarios, que llegaron a infligir un gran descalabro a don Diego de León cerca de Cirauqui.

La cólera latente hizo que poco después los batallones navarros no quisieran adherirse al Convenio de Vergara.

En cambio, para Vizcaya y Guipúzcoa se celebró un pacto en Mandázuri, entre el comandante don Miguel Araoz y el de la línea enemiga, don Bernardo Iturriaga, lo que ayudó después a que la obra de reconciliación de los dos partidos enemigos fuera más fácil.

Por muchos de estos motivos, Aviraneta consideró oportuno el intentar lo antes posible la escisión entre Don Carlos y Maroto, y se dispuso a introducir los documentos del Simancas en el Real de Don Carlos, con lo cual pensaba, además, socavar el prestigio de Maroto en la tropa para que no pudiese el general maniobrar por su cuenta.

II

La actitud de Gamboa

Por aquellos días, Gabriela *la Roncalesa* se presentó en Bayona. Citó a don Eugenio en la posada de Iturri.

—¿Qué dice tu novio y sus amigos? —le preguntó don Eugenio.

—Están indignados con la traición que prepara Maroto.

—¿Se han convencido?

—Sí; todo el mundo dice que Maroto es masón y republicano y que tiene cautivo a Don Carlos.

—¿Y qué piensa hacer *Bertache*?

—Por ahora, esperar las instrucciones de usted. Cree él y los demás que usted les irá diciendo lo que tienen que hacer.

Aviraneta recomendó a la muchacha que se presentara al cura Echeverría o al obispo de León para explicarles con detalles el estado del espíritu de las tropas, y como ella no se atrevía a ir sola, don Eugenio mandó en su compañía a Iturri, el posadero, en calidad de carlista fingido, que luego podría darle noticias.

El obispo, inconsolable como Calipso porque habían prendido a su amigo y confidente fray Antonio de Casares, fraile inquieto y turbulento, no quiso hablar nada ni manifestar sus opiniones. Se entregaba a los cuidados de su querida amiga doña Jacinta Soñanes, alias *la Obispa*.

Respecto a Echeverría, muy farruco, dijo a Gabriela que avisara a los navarros del quinto batallón y a su coronel, Aguirre, su inmediata llegada al campo, pues pronto se pondría él a la cabeza de todos ellos para acabar de una vez con el traidor Maroto.

El canónigo Echeverría profesaba a Maroto odio frenético, uno de esos odios de cura reconcentrados e implacables.

Aviraneta, al oír a Iturri, que le contó lo hablado en las visitas, se dio cuenta clara de que el eclesiástico, impulsado por el odio, provocaría la rebelión de los navarros. Al marchar a su hotel, don Eugenio comenzó a tomar las disposiciones necesarias para dar el golpe ya meditado desde febrero.

Era tal su confianza en el plan, que escribió al ministro Pita Pizarro estas palabras:

> Ha llegado el momento crítico: la mina reventará y puede usted asegurar a Su Majestad la Reina que, tal como están atados los cabos del Simancas, el estampido va a ser tremendo; los carlistas se degollarán unos a otros y daremos fin a la rebelión.

En aquella época, y por orden venida de Madrid, Aviraneta se vio obligado a dar cuenta de sus gestiones al cónsul Gamboa, refiriéndole con detalles el estado de sus maniobras con relación al Simancas. Aviraneta explicó sus proyectos y añadió los planes que, según su criterio, podían realizarse, cómo Espartero debía cerrar la frontera para coger a Don Carlos y a dónde se debía internar después al pretendiente.

Gamboa escuchaba a Aviraneta siempre un poco asustado del maquiavelismo del conspirador.

—He de enviar de nuevo un confidente al campo carlista —concluyó diciendo don Eugenio—; pero como temo que la Policía francesa sorprenda al emisario y le quite los papeles, quisiera que usted indique al subprefecto que no molesten a mi enviado.

—Muy bien; yo le prometo a usted que así lo haré.

A pesar de la promesa, Gamboa, por envidia o por celos,

hizo todo lo contrario de lo prometido, y pocos días después, Roquet fue preso en San Juan de Luz por los gendarmes y registrado minuciosamente.

El cónsul no se salió con la suya. Aviraneta y Roquet habían pensado realizar aquel primer viaje como mero ensayo. Al francés le encontraron papeles sin importancia. Estos papeles los recogió la Policía y se los llevaron al comisario, el comisario los envió al subprefecto, el subprefecto al cónsul y el cónsul se los presentó a Aviraneta, sin duda para demostrarle su omnipotencia.

Gamboa dijo a don Eugenio cómo él mismo había indicado a la Policía la conveniencia de registrar a Roquet, sospechándole portador de cartas del obispo de León al Cuartel real. Este subterfugio hizo sonreír al conspirador con sarcasmo, pues bien sabía Gamboa por sus confidentes que Roquet trabajaba por entonces al servicio de Aviraneta.

Dos días después, Gamboa, con sonrisa que quería ser amistosa y cordial, dijo a don Eugenio:

—Por ahora no conviene que figure su nombre en las comunicaciones oficiales referentes al asunto del Simancas. Más adelante diré al Gobierno quién es el autor y el director de la empresa.

Don Eugenio, con todo su orgullo puesto en sus proyectos, pensó que el cónsul pretendía anularle; dio su conformidad aparentemente, decidiendo en su fuero interno tomar otras disposiciones.

Siguió Aviraneta comunicando con Pita Pizarro por el Consulado inglés, lo cual sospechaba Gamboa y le sacaba de quicio.

Como no tenía más remedio que enterar al cónsul de sus tramas, Aviraneta le advirtió que iba a enviar de nuevo a Roquet con un paquete de documentos a España.

Gamboa dijo:

—Creo, la verdad, lo más acertado, que usted mismo, Aviraneta, los lleve hasta Irún.

Para dar a la comisión carácter oficial, estampó el sello del Consulado al paquete que contenía el Simancas y lo envolvió en un papel con las señas del gobernador militar de Irún.

Aviraneta dio orden a Roquet de ir dos días después al caserío llamado Chapartiena de Azquen Portu, entre Irún y Behovia, donde un señor Orbegozo le entregaría los documentos del Simancas a las nueve y media de la mañana.

Al mismo tiempo escribió a Orbegozo para que le esperara un día antes en Irún, en la fonda de Echeandía.

III

A ORILLAS DEL BIDASOA

El día indicado, Aviraneta salió de Bayona de madrugada. Llevaba por todo equipaje una maletín de mano. En el coche se encontró con el caballero de Montgaillard, a quien saludó ligeramente. Al llegar a San Juan de Luz entró en la misma diligencia, y fue hasta Behovia, don Prudencio Nenín. Sospechaba Aviraneta que Nenín le espiaba por orden de Gamboa.

El comisario de Policía francés de la frontera, sin duda sobre aviso, al examinar los pasaportes de los viajeros de la diligencia, mandó que don Eugenio fuera detenido.

—¿Por qué me prenden? —preguntó don Eugenio.

—No está usted preso; sólo detenido.

—¿Y por qué?

—Usted no es Ibargoyen, como dice el pase del subprefecto, sino Aviraneta —aseguró el comisario.

—Cierto —contestó don Eugenio—; el cónsul de España y el subprefecto de Bayona han decidido extender mi pase así.

—Pues no puede usted salir de Francia.

—Llevo una misión del Gobierno, señor comisario.

—No importa; si quiere usted pasar, tiene usted que dejar aquí todos sus documentos.

—No traigo documentos.

—Abra usted la maleta.

Don Eugenio, a regañadientes abrió el maletín.

—Venga ese paquete —dijo el comisario.

Aviraneta se lo dio.

—Ahora puede usted pasar —añadió el comisario, dándole una palmadita en el hombro a don Eugenio.

Aviraneta, con aire enfadado, cogió su maletín y avanzó por

139

el puente, y al llegar a la orilla española se echó a reír. Había entregado al comisario francés un paquete de periódicos viejos, cuidadosamente atado y sellado, pero no los documentos del Simancas.

Al llegar a la Behovia española, Aviraneta se detuvo un momento en la taberna de su antiguo amigo Juan Larrumbide *(Ganisch);* charló un rato con él, le pidió que le proporcionara un carricoche, y en él marchó a Irún, a la fonda de su camarada de la infancia Ramón Echeandía.

—Guárdame estos papeles —dijo a su antiguo amigo.

Echeandía los guardó en su caja de caudales.

Poco después aparecieron en la fonda de Echeandía don Domingo Orbegozo, y más tarde, don Prudencio Nenín, acompañado del caballero de Montgaillard.

Nenín y Montgaillard, en unión del comisario francés, habían examinado, llenos de curiosidad, los papeles cogidos por el comisario a Aviraneta, y se encontraron chasqueados al ver el paquete formado únicamente por periódicos viejos.

Nenín recibió, sin duda, órdenes terminantes, porque al ver que no se incautaban de los papeles que deseaba, entró inmediatamente en España, preguntó y marchó decididamente a la fonda de Echeandía, donde almorzó en compañía de Mongtgaillard.

Aviraneta advirtió el espionaje de Nenín y del joven francés.

Después de hablar don Eugenio con Orbegozo y de darle instrucciones para el día siguiente, Aviraneta celebró larga conferencia con el gobernador de la plaza de Irún, don Valentín de Lezama.

Le contó lo que pensaba hacer con el Simancas; dijo cómo aquella colección de documentos falsos iría a parar a manos del Pretendiente; cómo se produciría la ruptura de Don Carlos y Maroto, y le advirtió, para su prevención, la conveniencia de comunicar al comandante general de Guipúzcoa, que en el plazo de una semana, lo más tarde, se sublevaría la parte furibunda del partido carlista, en Navarra, contra Maroto y los suyos, lo que produciría sucesos extraordinarios trascendentales en la marcha de la guerra.

El gobernador de Irún escuchó con gran interés las palabras de Aviraneta y no dudó de su importancia, y hasta pensó que sus planes podían ser decisivos para la solución de la guerra.

—Si algo necesita, dígamelo —le advirtió.

—Quisiera que me desembarazara usted de un espía que me ha puesto el cónsul de España en Bayona, que me sigue los pasos y me estorba.

—¿Pero el cónsul no es amigo de usted?

—Sí, es amigo, y hasta debía ser colaborador y protector; pero tiene celos de mí y trata de deslucir todos mis proyectos.

—¡Qué absurdo!

—Completamente absurdo.

—¿Y quién es el espía?

—Es un tal Nenín, Prudencio Nenín. Le acompaña un joven francés, carlista, de Bayona, que no sé si será su ayudante o sólo su amigo.

—¿Qué quiere usted que haga con ellos? —preguntó Lezama—. ¿Prenderlos?

—Por lo menos, a Nenín quisiera obligarle a que durante el día de mañana no saliera de su cuarto.

—¿Y al otro?

—Al otro, nada.

—¿Y dónde vive ese Nenín?

—Hoy ha comido en la fonda de Echeandía, lo mismo que yo; creo que allí parará.

—Muy bien; mañana mandaré dos de la Policía para que no le dejen salir a la calle.

Aviraneta se despidió de Lezama, volvió a la fonda y se acostó.

Al día siguiente, Aviraneta se levantó a las ocho de la mañana, pidió el paquete de documentos guardado por Echeandía, lo empaquetó en un hule, llamó en el cuarto de don Domingo Orbegozo, que ya estaba preparado y vestido, y le ordenó que fuera sigilosamente al caserío Chapartiena, de la orilla del Bidasoa, y lo entregara allí a Roquet. Dio las señas del francés y dijo cómo éste se presentaría a las nueve y media a recogerlo.

Salió Orbegozo, le vio Aviraneta marchar por la calle y no le siguió, para no llamar la atención. Como el asunto era para Aviraneta de gran importancia, pensó todas las probabilidades de éxito y de fracaso. Se le ocurrió pensar lo extraño de que Nenín, que tanto interés manifestaba el día anterior en espiarle, no apareciera por allí; volvió otra vez a avistarse con el amo de la fonda.

—Oye —le dijo.

—¿Qué hay?

—Ese Nenín, de Bayona, que comió ayer aquí, ¿ha quedado a dormir en casa?

—No.

Aviraneta se alarmó. El agente de Gamboa, como hombre activo, podía intentar todavía algo. Se vistió rápidamente, se puso una boina, metió dos pistolas en los bolsillos y se marchó camino de Chapartiena. Al llegar frente al caserío, le chocó ver a la puerta dos tipos franceses como de guardia. Eran, indudablemente, gendarmes vestidos de paisano.

Muy inquieto, Aviraneta marchó a toda prisa a la taberna de *Ganisch,* le llamó, contó lo ocurrido y manifestó su mucho miedo de que la Policía francesa pudiera registrar unos documentos de gran importancia traídos por él.

—No tiene nada de raro —saltó *Ganisch*—. Hace poco más de una hora que han pasado en barca el comisario francés y unos gendarmes.

—¡Qué cochina gente! ¿Qué tienen ellos que hacer en España?

—Así son; se quieren meter en todo.

—¿Tú puedes venir?

—Sí.

—¿No podrías traer más gente?

—Llevaré dos *chapelgorris* que están aquí de guardia cerca del puente.

—Pero ha de ser enseguida.

—En un momento.

Vinieron los *chapelgorris,* a quienes Aviraneta explicó en vascuence de qué se trataba. Los cuatro hombres se acercaron a Chapartiena, casa edificada entre el camino y el río.

—Por aquí —dijo *Ganisch.*

Saltaron la tapia, abrieron una puerta, recorrieron un pasillo y se encontraron en un cuarto, en donde el comisario de Policía francés de la frontera, Nenín y Montgaillard examinaban tranquilamente los documentos del Simancas, disponiéndose a copiarlos. Las tres personas, al ver a los *chapelgorris* con los sables desenvainados, a *Ganisch* y a Aviraneta, que les apuntaban con las pistolas, se entregaron sin protesta.

Aviraneta hizo registrar a los tres, y les quitaron armas y papeles.

—Nos han dado esta orden —dijo el comisario francés, excusándose.

—En España, usted no es nada —le contestó Aviraneta durante—, y aquí no le pueden dar orden alguna.

Luego, don Eugenio se sentó a la mesa y examinó los papeles del Simancas.

—Aquí falta un documento. A ver usted, señor comisario; quítese usted la chaqueta. Registraremos a todos hasta encontrar el documento.

El comisario se quitó la chaqueta. Había guardado el papel en el pecho.

—Bueno, señor comisario —le dijo Aviraneta—, está usted despachado; puede usted marcharse con sus gendarmes.

El comisario y los dos gendarmes cruzaron la huerta de la casa, desataron la barca y se fueron como perros azotados, la cola entre las piernas, a la otra orilla.

—Usted, señor Nenín, y el caballero de Montgaillard, vendrá con nosotros a Irún, y allá nos explicarán sus atribuciones para registrar estos documentos y quién les había dado orden para ello...

—Hombre, Aviraneta, yo... —comenzó a decir Nenín.

—Nada, nada. Iremos a Irún.

Montgaillard permaneció callado largo rato; luego dijo:

—Señor Aviraneta.

—¿Qué hay?

—En mis papeles hay cartas de una mujer que creo que no tienen interés político alguno. Desearía que me las devolviera.

—Se las devolveré en Irún.

De pronto, Aviraneta pensó en Orbegozo, a quien él había enviado desde la fonda al caserío con los documentos.

—¿Y Orbegozo? —preguntó—. ¿Qué han hecho ustedes de él?

—Lo hemos encerrado en un cuarto —dijo Nenín.

Efectivamente, se lo encontraron metido en un cuartucho.

Eran las nueve y media, hora de la cita con Roquet.

143

—¿Le habrá pasado algo a ese hombre? —se preguntó Aviraneta.

Un minuto después estaba Roquet en un carricoche a la puerta del caserío Chapartiena y tomaba el Simancas de manos de don Eugenio.

—¿Va usted seguro? —le preguntó Aviraneta.

—Sí; tengo escolta, que me espera poco después de Behovia; luego me acompañará el coronel Lanz desde Vera a Tolosa.

—Pero desde aquí hasta Behovia no tiene usted acompañamiento.

—No; pero no creo que en este camino tan corto me vaya a ocurrir nada.

—Sin embargo, haré que le acompañen a usted estos dos *chapelgorris* hasta pasar Behovia; de allí en adelante seguirá usted con la escolta carlista.

Montaron Roquet y los dos *chapelgorris* en el cochecito y se alejaron...

Ganisch buscó un carrucho en una casa cercana y don Eugenio llevó sus dos presos a Irún. El gobernador militar mandó meterlos en la cárcel.

Aviraneta vio los documentos de Nenín y de Montgaillard y pudo comprobar que Gamboa era su enemigo y que trabajaba en su contra. Luego examinó las cartas de Montgaillard, y encontró algunas de Sonia Volkonsky, las apartó y se las envió al joven francés bajo sobre.

Entre los papeles de Montgaillard el juez encontró documentos importantes del príncipe de Lichnowsky y sus amigos y, a consecuencia de esto, decidió enviar al francés preso al castillo de la Mota, de San Sebastián.

Al día siguiente, Aviraneta convidó a comer a *Ganish* y a los dos *chapelgorris*, sus ayudantes en el asunto del caserío Chapartiena, en una taberna de Irún de la calle de Larrechipi. Luego tomó la diligencia, y, al pasar por Behovia, el comisario de Policía francés le saludó, inclinándose ceremoniosamente.

Al llegar a Bayona, don Eugenio fue al Consulado a contar cómo habían realizado su expedición, y se encontró a Nenín y a Gamboa. Ninguno de los dos podía ocultar su mal humor y su despecho.

144

Gamboa, días antes, al saber que Lezama, por instigación de Aviraneta, tenía a Nenín en la cárcel, envió un propio al gobernador militar de Irún pidiéndole que le soltara, y así lo hizo.

Las diversas fases de la intriga trascendieron algo entre los carlistas de Bayona, y se dijo que Aviraneta había preparado una emboscada al joven caballero Montgaillard hasta conseguir hundirlo en una prisión.

Aviraneta, además de los anónimos que le enviaban habitualmente, comenzó a recibir otros amenazadores de los amigos de Sonia Volkonsky.

Desde que el caballero Montgaillard fue preso, a Sonia se la veía poco en la calle; no iba a ninguna reunión, y, por lo que se decía, frecuentaba mucho la iglesia.

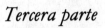

Tercera parte

CALAMIDADES DE LA GUERRA

I

EL TÍO TOMÁS Y EL ESQUELETO

Tras del sueño pesado y profundo en el cuarto de la Venta Quemada, Alvarito se levantó todavía molido del viaje y salió al camino.

Se hallaba la venta en medio del puerto de Velate, dominando un gran panorama de montañas y de barrancos. Enormes hayedos, entonces sin hojas, daban al paisaje noble gravedad. A un lado y a otro se abrían profundas hondonadas. Todo se hallaba cubierto de nieve: montes, árboles y piedras; únicamente dominaba lo blanco y lo negro.

Después de asomarse a contemplar el campo, Alvarito volvió a la venta, y vio a *Manón*, que estaba ya preparada.

—¿Has descansado de tanta fatiga? —le dijo.

—Sí. ¿Y tú?

—Yo, parte de la noche, he dormido muy mal, pero por la madrugada he quedado como un tronco.

Por la tarde permanecieron en la venta, al lado del fuego. El viejo de la casa contó cómo años antes anduvo con los realistas de Juanito de la Rochapea. Álvaro le dijo que ellos iban al campo carlista.

—¿Adónde vais?

—A Echarri-Aranaz.

—¿Sabéis el camino?

—Pensamos ir por Villava.

—Vais a tener que meteros entre los negros. Más cuenta os

149

tendría ir a Larrainzar; ahora que tiene el inconveniente de que no encontraríais el camino.

—Entonces iremos por Villava.

—No, os acompañaré yo.

Salieron al día siguiente muy de mañana. La niebla espesa cubría las hondonadas y barrancos como un mar gris; sobre este mar, los picos de los montes, con sus árboles, parecían islas.

Alvarito, *Manón* y *Ollarra* montaron a caballo; el viejo de la venta se dispuso a caminar a pie, para mostrar, sin duda, su resistencia, a pesar de sus años.

Marcharon un par de horas.

—¿Ha habido aquí alguna batalla en esta guerra? —preguntó Alvarito.

—Aquí se pegaron de firme hace pocos años el tío Tomás y *el Esqueleto* —contestó el viejo.

—¿El tío Tomás? —exclamó Álvaro con asombro.

—Sí, el tío Tomás o el tío Tomasito: era el mote que daban los carlistas a Zumalacárregui.

—¿Y *el Esqueleto*?

—*El Esqueleto* era don Francisco Espoz y Mina.

—Y usted, ¿tomó parte en la batalla?

—Yo ya era viejo para alistarme en la guerra.

—¿Y fue aquí?

—Sí, en estos barrancos que vamos cruzando.

—Pero en estos barrancos debe ser muy difícil que evolucionen las tropas —replicó Alvarito.

—Muy difícil es, claro está.

—No se encontrarían los enemigos.

—Cierto; como que las dos columnas, la carlista y la de los negros, tardaron mucho en darse la cara. El tiempo estaba como el de hoy; el campo, lleno de nieve. Por fin, los enemigos se encontraron, no podía ser por menos, y comenzó la acción y se batió bien el cobre.

—¿Quién salió mejor librado?

—El tío Tomás tenía más cabeza; *el Esqueleto* era valiente, como pocos. Lucharon como perros rabiosos el guipuzcoano y el navarro en medio de la nieve. Allí no se daba cuartel; al que caía lo atravesaban a bayonetazos.

—Y usted, ¿vio a Mina y a Zumalacárregui? —preguntó Alvarito.

—Sí.

—¿Cómo eran?

—Mina era un viejo escuálido, con patillas grises y cara de muerto; por eso le llamaban *el Esqueleto*. Iba con levita larga, capote y sombrero de copa, forrado de hule, encima de un pañuelo de colores liado a la cabeza. Montaba en una mula.

—¿Y Zumalacárregui? —preguntó Alvarito.

—Zumalacárregui —contestó el viejo— era hombre triste, flaco, de aire enfermo y de mal color, también con patillas y vestido de negro.

—¡Cuánto mejor hubiera sido que esos dos viejos arrugados hubieran estado en la cama que no matándose en estos vericuetos! —dijo *Manón*.

—Hay que defender las ideas —replicó Alvarito.

—¡Las ideas! ¡A cualquier tontería llaman los hombres ideas! —repuso *Manón*.

—¿Y cuánto duró la batalla? —preguntó el muchacho al viejo.

—Casi todo el día. Se batían con rabia. Los negros tenían buenos jefes: Narváez, Ros, y sobre todo, Oraá, *el Lobo Cano,* un navarro de por aquí, duro como la piedra.

—¿Y los carlistas?

—¿Los carlistas? Tenían también buena gente: de ellos era José Miguel Sagastibelza, coronel del quinto batallón de Navarra, nacido en Donamaría. La noche anterior a la batalla durmió en nuestra venta.

—¿Y qué tipo era?

—Así, pequeño de talla, esbelto y muy fuerte. Hablaba el vascuence bajo, con suavidad y con amabilidad; pero cuando gritaba en castellano para dar órdenes sacaba una voz como de metal. Era hombre guapo, de cara viva y muy morena, por el sol y el aire. Llevaba levitón azul, boina blanca y una cruz en el pecho.

—¿Vive aún?

—No; lo mató un inglés, un casaca gorri (casaca roja) de los de Lacy Evans, delante de San Sebastián.

—¿Y quién había más de los carlistas?

—Estaba también Guibelalde.

—¿Otro navarro?

—No; don Bartolomé de Guibelalde era guipuzcoano, de Lizarza, y había comenzado a pelear en la guerra de la Independencia con Mina. Tenía facha de buen hombre, tipo de militar, usaba bigote y perilla y hablaba muy bien el vasco.

Esto, sin duda, para el dueño de la venta debía tener mucha importancia.

—¿Y cómo acabó la batalla?

—El tío Tomás iba comiéndose a los negros, pero dejaba para lo último lo principal.

—¿Y qué era lo principal?

—¿Lo principal? Que tenía la columna de Elío preparada para cortar la retirada a las tropas de Mina. Si llega a conseguirlo, no queda un negro para contarlo.

—Y usted, ¿se hubiera alegrado? —preguntó *Manón*.

—Ahora..., ya..., no sé —dijo el viejo, encogiéndose de hombros.

—¿Y no pudo cortar la retirada a Mina? —preguntó Alvarito.

—No, porque *el Esqueleto* era un viejo lleno de marrullerías, y al saber que Elío se le acercaba a retaguardia, le escribió un despacho falsificado, como si fuera de Zumalacárregui, mandándole que inmediatamente dejara el camino de Pamplona al Baztán y se acercara a Larrainzar. Elío obedeció, dejando libre el paso del Barztán, y *el Esqueleto* se corrió por allí, llevándose sus heridos, que eran más de doscientos[10].

—Si no llega a pasar eso, hay una catástrofe.

—Hubieran muerto todos los liberales. Mina perdió su tienda de campaña y dos burras de leche que le seguían. Tenía, según decían, una tos fuerte, y los médicos le habían recomendado ese remedio.

—¿Y no quedaron heridos en el monte?

---

[10] Sobre este episodio de la guerra, Pío Baroja sigue fielmente a Antonio Pirala, que lo refiere en *Historia de la guerra civil y de los partidos liberal y carlista*, t. II, Madrid 1856, pág. 22 b. Véase de Pío Baroja, «Mina en el Baztán», en *Siluetas románticas*, Madrid, 1934, págs. 182 y ss. Hace referencia a otras fuentes como Ros de Olano, *Episodios militares*, Madrid, 1884.

—Muchos.

—¿Y los recogieron?

—¿Quién iba a recogerlos? La mayoría murieron.

—¡Qué barbaridad!

—Al terminar la tarde, por toda la extensión de campo que se extendía ante los ojos se vio un gran número de hombres muertos y de caballos y regueros negros como caminos en todas direcciones, hechos por el paso de los soldados. De noche se oyeron lamentos y gritos en medio del campo. ¿Pero quién se aventuraba entre los barrancos, llenos de nieve? Al día siguiente volvió a nevar, y no se vio ni se oyó nada.

—¡Qué asco de guerra! —murmuró *Manón*—. ¡Parece mentira que los hombres sean tan brutos!

Indudablemente pensó Alvarito era cosa brutal, de animal carnicero, morir y matar así sin piedad en medio de la Naturaleza inclemente; pero también tenía su belleza el acabar con entusiasmo por una idea más o menos abstracta. Al menos, en el campo de batalla, el ambiente era limpio; no había la peste de la ciudad, formada por todas las vilezas del vivir amontonado de las gentes sedentarias.

Había salido el sol. Su claridad iluminaba las cimas de los montes y el fondo de los barrancos, llenos de nieve. En aquellas laderas de blancura inmaculada, la luz se descomponía en colores de arco iris. Las sombras de las nubes parecían como encajes negros dibujados en lo blanco. Las sombras azuladas de las personas y de los caballos se entendían largas con el sol bajo del crepúsculo. Los árboles y las chozas parecían negros.

Alvarito podía darse cuenta clara del terreno donde se había desarrollado la batalla entre Larrainzar, Ilarregui y las ventas de Ulzama.

El viejo les mostró la piedra donde antes de comenzar la acción se celebró la misa y el sitio en donde el tío Tomás estuvo arrodillado oyéndola.

Al llegar a Ilarregui, el viejo de Venta Quemada se despidió, para volverse a su casa.

Álvaro y *Manón* decidieron descansar un momento. Desde aquellos altos se veía la llanura de Pamplona, verde, a la que bajaban caminos y senderos. Como marco a los campos de sembradura, ya brotados, aparecían los montes blancos, cubiertos de nieve. Alvarito comenzaba a tener la cabeza pesada y los ojos hinchados.

—¿Te has acatarrado? —le dijo *Manón*.

—Sí; creo que sí.

—Es la nieve —advirtió *Ollarra*—; no haciendo caso de esos catarros, se pasan enseguida.

Manón recomendó a Álvaro que montara a caballo, envuelto en dos mantas.

Siguieron el camino, pasaron por una aldea y se encontraron con un pelotón de lanceros cristinos, que abrevaban sus caballos. En las ventanas de algunas casas se asomaban los soldados con gorras de cuartel. Un cabo les salió al encuentro, y les preguntó a dónde iban.

—A Izurzun —respondieron, y los dejaron pasar.

Ya comenzaban a tomar el aire de la gente del país, envueltos en sus mantas, jinetes en sus caballejos.

Llegaron por la tarde a Izurzun. Preguntaron, al entrar en el pueblo, por la posada a un herrador, y él mismo les acompañó. El herrador, hombre enorme, redondo, sonriente, con sonrisa cómicamente maliciosa en medio del ir y venir de carlistas y de liberales y en la lucha de los unos con los otros, vivía tranquilo, sin preocuparse de lo que pasara fuera de su casa, dándole al martillo y encogiéndose de hombros ante los acontecimientos.

En la posada no había más que una cama libre, y *Manón* decidió que se acostara en ella Alvarito. Éste no quiso, y protestó; pero a lo último se acomodó a ello.

El muchacho pasó la noche febril, estornudando y tosiendo. A cada instante tenía un sueño, que apenas le duraba un minuto, y en este tiempo imaginaba una serie de cosas confusas entre montes cubiertos de nieve y trozos de hielo.

Cuando despertaba comenzaba a pensar en la batalla contada por el viejo de la Venta Quemada. No podía apartar de su imaginación a los heridos y moribundos, gritando de noche, en medio de la nieve, y recordó varias veces la frase de *Chipiteguy* de que la guerra era una suciedad abominable. Y todo aquello, ¿para qué?

De las marchas y contramarchas, de las emboscadas y asechanzas, de los muertos en los rincones, de los gritos de los fu-

154

silados, de los incendios, de los planes de los generales, no había quedado nada. ¡Nada! Cosa terrible.

Sí; la guerra era una porquería abominable y una de las más grandes locuras de la Humanidad, la más digna de figurar en La Nave de los Locos...; pero, aun así, a él le producía una gran curiosidad y una gran admiración.

II

EL VALLE DE ARAQUIL

Al tomar al día siguiente la carretera de Irurzun a Echarri-Aranaz, el aire de país devastado se fue acentuando. La impresión de los pueblos era triste: no brotaba humo por las chimeneas de las casas, no se asomaba gente a las ventanas y portales, nadie trabajaba en las huertas.

Para Alvarito, que iba marchando febril, montado en su caballejo, con la cabeza pesada y dolorida, el campo y los pueblos tomaban las más extrañas perspectivas.

Muchas casas de aquellas aldeas se veían quemadas, los techos hundidos, las paredes sucias y negras, algunas ventanas cerradas, otras tapiadas con maderas, con ladrillos o hierba. Al asomarse al interior se advertían las cocinas ahumadas, sin blanquear; si quedaba en ellas alguna mesa o banco salvados del incendio, aparecía negro de grasa o de vetustez.

En los campos no se araba con bueyes, y los aldeanos labraban la tierra con el azadón o la laya[11], mirando siempre hacia el camino, con recelo, por si aparecía alguna columna, que, carlista o cristina, era siempre enemiga. Los árboles se hallaban destrozados y desmochados; a cada paso se abrían zanjas y se cruzaban parapetos.

En todas partes era el mismo espectáculo: las calles sucias, las iglesias cerradas, los cementerios abandonados, llenos de zarzas y de cardos; en ninguna parte gente; todo silencioso, som-

---

[11] *Laya,* pala de hierro de una o dos puntas que se utilizaba en el País Vasco y Navarra para labrar la tierra a brazo, utilizando el pie para terminar de clavarla.

brío. Sólo se oían de cuando en cuando las campanadas del reloj de la torre y los sonidos de los tambores y de las cornetas.

A mitad del camino de Echarri-Aranaz se detuvieron Alvarito y *Manón* en una aldea, pueblecillo por donde había pasado toda la barbarie y toda la estupidez de la guerra. No era sólo la necesidad estratégica de ataque o de defensa la que produjo el montón desordenado y confuso de tejados abiertos, paredes agujereadas, ventanas desvencijadas y caídas, con los cristales rotos; era más bien aquello la consecuencia de la brutalidad, del rencor y de los malos instintos de la fiera humana.

Entre el agrupamiento de construcciones derruidas encontraron una casa convertida en venta, en donde entraron a comer. La casa, grande, con señales de incendio, tenía paredes de ladrillo negras muy altas, sostenidas por extraño equilibrio.

Por dentro la venta era un gran hueco; desde la cuadra se veía el tejado. En un ángulo de aquel anchurón ruinoso, vacío como la nave de una iglesia, había una cocina grande, negra por el humo; la chimenea ocupaba casi la mitad de la cocina con su gran hogar; en medio colgaba un caldero por una cadena y alrededor hervían varios pucheros de barro.

Entraron Alvarito, *Manón* y *Ollarra,* y se instalaron juntos al fuego. El posadero se lamentó de que se marchara una media compañía de soldados de la aldea. Ya muchos de aquellos pueblos se hallaban en situación tan miserable, que veían al soldado, no como gente rapaz y dañina, sino como alguien a quien podían explotar.

La posadera preparó la comida a nuestros viajeros. Álvaro, con su catarro, tenía poco apetito.

Mientras comían entró un sargento, que les preguntó si tenían papeles. Se los mostraron.

—¿A dónde vais?

—A Echarri-Aranaz.

El sargento Zamarra, así se llamaba el recién llegado, era hombre todavía joven, con los ojos brillantes, la tez muy morena y los dientes de gran blancura. Zamarra hablaba con acento aragonés, aunque dijo había nacido en un pueblo navarro próximo a Tuleda.

Alvarito le convidó a tomar con ellos un bocado; el sargento aceptó, y se sentó a la mesa. El sargento formaba en el

Quinto Batallón de Navarra, que se encontraba entonces entre Irurzun y Echarri-Aranaz.

En su cabeza, un poco confusa, Alvarito encontró lejano parecido a Zamarra con el tipo del *Patibulario* del grupo de los *Asesinos*, de las figuras de cera de *Chipeteguy*.

Alvarito y Zamarra hablaron largo rato de la campaña. Zamarra no hizo más que contar barbaridades de los liberales y de los carlistas.

—Ya no se *afusila* —decía Zamarra, al parecer, con cierto sentimiento—. Al principio a todos los prisioneros los *afusilábamos.*

No sólo se *afusilaba*, como decía el sargento, al principio, sino que se robaba, se violaba y se incendiaba. Esto era la guerra, la porquería abominable que decía *Chipiteguy*.

—¿Y los otros, los liberales —preguntó Alvarito—, fusilaban lo mismo que ustedes?

—Igual; quizá algo menos. Tenían más disciplina. Era el ejército regular. A nosotros no nos mandaba nadie. Hacíamos lo que queríamos.

En esto, sin motivo aparente, *Ollarra* se incomodó y dijo que iba a dar dos bofetadas al sargento carlista, que le estaba molestando con su petulancia y su majadería. Afortunadamente, como no sabía bien el castellano, *Ollarra* se embrolló en sus explicaciones, y *Manón* intervino con tal habilidad, que el sargento no se enteró de las intenciones agresivas del joven salvaje.

Manón le dijo a *Ollarra* que el dueño de la venta le quería convidar a una copa, y el muchacho se fue al mostrador.

Álvaro siguió hablando con el sargento. Le preguntó si en el Quinto de Navarra conocía al subteniente *Bertache*, y el sargento Zamarra le dijo que sí.

—Ese es de los más atravesados que hay en el Quinto batallón.

—Sí, ¿eh?

—Mucho; tiene muy mala sangre.

—¿Dónde estará ahora?

—¿*Bertache*? Me figuro que estará en Echarri-Aranaz. ¿Lo queréis ver?

—Sí; sobre todo, quisiéramos hablar con su hermano.

157

—A su hermano no le conozco. Si veis a *Bertache*, decidle que vais de parte del sargento Zamarra.

—Muy bien; ya se lo diremos.

Se marchó el sargento, y *Manón*, Alvarito y *Ollarra* tomaron por el camino de Echarri-Aranaz, a donde llegaron al caer de la tarde.

Buscaron alojamiento, lo que les costó mucho tiempo, y al fin instalados, Álvaro y *Manón* marcharon en busca del subteniente *Bertache*, y lo encontraron en la taberna de una cantinera, en el portal de una casa vieja, punto de reunión de la soldadesca carlista.

La taberna estaba atestada de soldados, la mayoría sucios, andrajosos y malolientes, con uniformes zurcidos, remendados con torpeza y con hilos de distintos colores, y con las botas rotas que dejaban salir los dedos de los pies. Algunos usaban alpargatas o abarcas. Muchos se componían la chaqueta o las medias con aguja e hilo, otros fumaban o jugaban a las cartas. Había dos muchachas entre los soldados, una de ellas claramente sifilítica, con granos en la cara y la nariz medio carcomida.

En un grupo se hablaba de la marcha de la guerra; se quejaban todos de que no se cobraban las pagas y se abominaba de los generales y de los hojalateros.

Bertache recibió muy ásperamente a Alvarito y a *Manón*, manifestando por su actitud su poca gana de charla; pero se humanizó cuando le convidaron a tomar café y una copa de aguardiente. Al olor del alcohol se desarrugó el ceño del oficial y mandó a la moza de la taberna que pusiera en la mesa una botella de caña.

Cuando le explicaron detalladamente a lo que iban y lo que buscaban, *Bertache* dijo que no sabía dónde estaba su hermano. Alvarito y *Manón* insistieron, y Álvaro indicó que don Eugenio de Aviraneta le había recomentado a él.

Álvaro contó su viaje a Almandoz, su entrevista con la madre y la hermana de *Bertache* y cómo no pudo verse con *Martín* ni enterarse del paradero de *Chipiteguy*.

Ellos deseaban hablar con *Martín* y resolver la cuestión del rescate.

—¿Y vosotros lleváis ahí el dinero para el rescate? —preguntó *Bertache* con un resplandor en la mirada.

—Aquí, no —respondió *Manón*—; pero está depositado en Bayona.

—¿Cuánto es?

—Treinta mil francos.

—¡Demonio! Es buena cantidad. ¿Y la darían enseguida?

—Al momento.

—Es lástima; el caso es que yo no sé dónde está *Martín*.

Después, *Bertache* se puso a hablar de los asuntos carlistas, que, según él, iban de mal en peor.

Bertache se manifestó irritado contra todo el mundo. El subteniente temía haber trabajado para otros; no sabía para quién, y esto le ponía frenético y fuera de tino. La idea de ser instrumento en manos ajenas le indignaba.

—Están jugando con nosotros —gritó varias veces con furor.

Por encima de su avidez de dinero, una sorda irritación contra la Humanidad, un fondo de exasperación y de rabia le hacía desear a *Bertache* las mayores catástrofes. No sabía si odiaba más a los carlistas que a los liberales, a los españoles que a los franceses, a los vascos que a los castellanos. Se consideraba con motivo para desear el mal a todo el mundo. Hubiera querido ser una plaga, un azote, una calamidad pública.

Volviendo a la cuestión de *Chipiteguy, Bertache* suponía que su hermano y *Malhombre* habrían tomado muchas precauciones para que el viejo no se les escapara.

—Me parece que *Martín* debe estar en Estella —concluyó diciendo *Bertache*.

—¿Y cree usted que andará por allí también *Chipiteguy?*

—Me figuro que no. Supongo que al viejo, *Martín* lo habrá llevado hacia Elizondo o hacia Urdax y lo habrá metido en algún rincón seguro.

Se despidieron Alvarito y *Manón* de *Bertache,* y al volver a la posada decidieron ir a Estella. Allí decían que se encontraba el batallón del Requeté, en el que era oficial René Lacour, el pariente de Max Castegnaux.

Alvarito, que seguía febril, se acostó temprano. Durmió mal. Soñó que se hallaba en la cocina negra de una casa ruinosa. Se veían en ella, con toda clase de detalles, distintos utensilios de cobre, de hojadelata y de loza. La cocina se hallaba ilu-

159

minada por una ventana, y desde ésta se veía batirse a soldados rígidos, como si fueran de plomo, que caían en largas filas
y se desplomaban como muñecos.

Dentro de la cocina, unos aldeanos desharrapados e insi-
nuantes indicaban a Alvarito que saliera al campo. Pero,
¿cómo salir? Custodiaba la puerta una guardia enemiga. Era
indispensable presentar documentos para pasar, y él no los
tenía.

—Tome usted —decían los aldeanos—. Esto le servirá de
documento.

Y le daban un papel cualquiera, un pedazo de periódico viejo, lo que a Álvaro le indignaba profundamente.

De pronto, por la ventana comenzaba a penetrar una columna de humo denso e irritante que le hacía toser. Sentía necesidad de salir a respirar. Se presentaba a la guardia enemiga
y pasaba por un arco como el de una puerta de las murallas de
Pamplona.

Los centinelas le detenían y perezosamente le decían con
voz suave y baja:

—No se puede avanzar. Hay esa orden.

Entonces él daba media vuelta, cruzaba un campo con árboles, agitados locamente por el viento, sobre un fondo de montañas nevadas; veía una calle estrecha de ciudad y avanzaba
por ella jadeante, hasta meterse en un portal. Luego comenzaba a subir unas escaleras, que no terminaban nunca: hala, hala,
y llegaba a la taberna de la cantinera, donde *Bertache* le miraba
con aire amenazador.

Después, *Bertache* ayudado por el sargento Zamarra, con un
hacha iba cortando la cabeza a unos cuantos muñecos...

III

PAPÁ LACOUR

Al día siguiente, Alvarito, tirando mal que bien de su cuer-
po, *Manón* y *Ollarra* salieron de Echarri-Aranaz por el túnel de
Lizárraga y comenzaron a acercarse a los pueblos del valle de
Yerri. Cruzaron varias veces una antigua calzada romana, sin

160

comprender qué podrían ser aquellos trozos de caminos abandonados.

En todas las aldeas del paso, y a medida que avanzaban hacia Estella, la miseria producida por la guerra iba acentuándose. Había lugares quemados y saqueados repetidas veces por carlistas y liberales.

Era un peligro entrar dentro de las casas; estaban plagadas de chinches, pulgas y piojos; la tiña y la sarna, cuando no la viruela y el tifus, abundaban por allí que era una bendición de Dios.

Siguieron por el camino que serpenteaba por las estribaciones de la sierra de Andía y cruzaron varias posiciones ocupadas por fuerzas carlistas, entre las cuales figuraban cuerpos extranjeros, de alemanes, ingleses, franceses, austriacos y polacos.

En las proximidades de Lezaun se encontraron con tropas del requeté. Preguntaron a unos soldados harapientos por el oficial francés René Lacour.

—Sí, hombre, sí —contestó uno—. ¡Lacour! ¿Quién no le conoce? Aquí le llaman papá Lacour. ¿Es vuestro padre?

—No.

—¡Cómo dicen que tiene tantos hijos naturales!

—Y tu madre, ¿cuántos hijos naturales tiene? —preguntó *Ollarra* al soldado.

La pregunta hubiera producido una riña a no ser porque muchos la tomaron a broma.

—Si buscáis a papá Lacour —dijo un cabo—, preguntad cerca de Abárzuza, y allá os darán razón.

Efectivamente, antes de llegar a Abárzuza se encontraron con un grupo de carlistas, entre los que andaba un fraile gordo y pesado, con los ojos brillantes, que pretendía sacar dinero a aquellos soldados harapientos.

Preguntaron a un oficial por Lacour.

—Ahora voy a verle. ¿Qué hay que decirle? —indicó.

—Dígale usted —contestó Álvaro— que aquí hay un pariente suyo francés.

—Muy bien; se lo diré.

Media hora más tarde apareció un militar grueso, rojo, canoso, de cabeza gorda, con bigote y perilla y uniforme remendado de capitán. Era papá Lacour. Lacour preguntó con voz ronca:

—¿Quién me llama? ¿Quién es ese pariente mío que pregunta por mí?

Alvarito saludó al militar y le explicó cómo *Chipiteguy* había desaparecido, cómo se creía que un hermano del teniente *Bertache* le tenía secuestrado, y cómo él, con el nieto de *Chipiteguy,* iba buscándole, para ver de rescatar al viejo.

—¿Pero dice usted nieto? —exclamó Lacour—. *Chipiteguy* no tiene nieto; tiene una nieta, por cierto una chica muy mona y muy simpática.

Alvarito se acercó a papá Lacour, y como le pareció un buen hombre, hablándole en francés, le dijo:

—Este muchachito que viene conmigo es la nieta de *Chipiteguy.*

—¿De verdad? ¿*Manón?*

—La misma. Viene disfrazada de chico. Creo que no conviene que esta gente lo sepa.

—No, no lo sabrá. Vayan ustedes a Abárzuza y pregunten por el alojamiento del capitán Lacour. Yo ahora no les puedo acompañar, porque tengo que hacer.

Siguieron las indicaciones del militar. Se acercaron al pueblo y llegaron a una casa muy limpia y muy arreglada. Una mujer salió a preguntarles qué deseaban, y al saber que buscaban a Lacour, les hizo pasar y sentarse.

Ollarra dejó en la cuadra las caballerías. Hubo un ligero conflicto, porque *Chorua,* que seguía, a *Ollarra,* se vio amenazado por un perro de lanas muy feo, que le ladró hasta ahuyentarlo.

—Basta, *Flin Flan,* basta —dijo la mujer.

Sin duda el perro de la casa se llamaba así y estaba indignado al ver la intromisión de un extraño.

Poco después vino papá Lacour, que abrazó a *Manón* con entusiasmo.

—Eh, Dominica —gritó luego el militar, dirigiéndose a la mujer que había recibido a *Manón* y a Alvarito—, ven.

La mujer que vivía con papá Lacour era una paleta castellana que el francés había conocido en un pueblo de Guadalajara cuando la Expedición Real a Madrid. Era una matrona gruesa, de cara ancha y juanetuda, ojoz azules y voz un poco chillona, de tónica muy alta.

—Esta es mi mujer, y ésta es mi sobrina; abrazaos.

Las dos se abrazaron.

—Ahora, Dominica, en la calle no hay que decir a nadie que este muchacho es una muchacha.

—No diré nada, Lacour; no tengas cuidado —contestó ella.

—No dirá nada —advirtió papá Lacour en confianza a Alvarito—; es una mujer que vale lo que pesa, y pesa bastante.

Papá Lacour estaba entusiasmado con su Dominica, y, efectivamente, a pesar de que la primera impresión era de mujer ordinaria y basta, se veía en ella, además de muy buen fondo, gran delicadeza de sentimientos.

—Bueno; ahora, querida sobrina, cuenta con detalles lo que ha pasado en tu casa.

Manón contó lo ocurrido con su abuelo.

Papá Lacour escuchó con atención, llamando de cuando en cuando a la muchacha mi pequeño amor, mi encanto y otras frases galantes por el estilo.

—Así son las chicas de mi país —dijo con entusiasmo Lacour—. Capaces de todo: de meterse en la guerra disfrazadas de hombre, de enamorarse y de mandarle a cualquiera a paseo.

Papá Lacour era todo un tipo; su cara parecía incendiada por el sol y el aire, los bigotes erizados como los de un gato, la perilla larga, rubia y entrecana. En su mano velluda aparecía un tatuaje complicado.

Lacour, gran charlatán, gran espadachín y gran borracho, había peleado con Zumalacárregui y con Iturralde al principio de la guerra, y fue él quien preparó la mina que hizo saltar las defensas de Echarri-Aranaz, construidas por los liberales. Esta empresa le dio en el campo carlista fama de buen ingeniero. Se dijo después que trató de pasarse a los argelinos liberales del coronel Bernelle, por lo cual no ascendía en las filas de Don Carlos.

Papá Lacour hablaba el castellano como un francés con giros vascos.

—Preguntaremos en Estella por el hermano del subteniente *Bertache* —dijo Lacour a *Manón*—, y si está en el pueblo nos entenderemos con él.

163

Después de hablar largo rato, la mujer de papá Lacour preparó la cena, y cenaron todos.

Luego, la Dominica llevó a *Manón* al mejor cuarto de la casa.

—Si no le importa a usted —dijo la muchacha—, yo preferiría que durmiera en este cuarto el joven que me acompaña, que está enfermo. Yo dormiré en cualquier otro lado.

—¿Es el novio de usted? —preguntó la Dominica.

—No; sólo es pretendiente.

—¿No le importará a usted dormir en el suelo?

—A mí, nada.

—Pues sacaré el colchón de mi cama al suelo y dormiremos en el mismo cuarto; hoy Lacour está de guardia.

—Muy bien.

Se arreglaron todos para pasar la noche en buena armonía, y hasta *Flin Flan* y *Chorua* llegaron a hacer amistades.

A la mañana siguiente se levantó *Manón* y ayudó en sus quehaceres de la casa a la Dominica. Alvarito estaba un poco mejor de su catarro.

A media mañana se presentó Lacour de vuelta de la guardia. Vestía chaqueta gris, pantalón del mismo color, alpargatas, gorra de cuartel vieja, el sable y una bota.

Papá Lacour tenían dos asistentes: el uno, francés, a quien llamaban *Chandarma,* y el otro, navarro, Anthica. El oficial y sus ordenanzas eran amigos y se presentaban los tres al frente del enemigo llevando cada uno una bota grande llena de morapio de Navarra o de la Rioja, a la que llamaban el biberón.

Anthica y *Chandarme* iban todos los días a casa de Lacour a recibir órdenes de la Dominica. Los tres discutían cuestiones de cocina y pensaban la manera de surtir, fuese por la compra o por el robo, la casa del capitán francés.

Alvarito dijo a la mujer de papá Lacour que ellos tenían que participar en el gasto de la casa. La Dominica rechazó la idea, se negó repetidas veces; pero a lo último se arreglaron.

A los pocos días de vivir en Abárzuza, papá Lacour dijo a Alvarito:

—Adviertan ustedes a ese muchacho que han traído de criado que no haga tonterías; le van a tomar por un espía o por un merodeador, y le van a fusilar.

164

Lacour se refería a *Ollarra*.

—¿Qué ha hecho *Ollarra?*

—Pues, nada; que como no encontraba pienso para las mulas, no se le ha ocurrido otra cosa que ir a un cobertizo que está de aquí más de dos leguas, y ha cargado con un saco de cebada y dos fardos de paja y se los ha traído.

—¿Y no le han visto?

—Sí; le han visto y le han hecho fuego, primero los carlistas y luego los liberales.

—Sí, es un bárbaro.

—Pues adviértanle ustedes lo que le va a pasar.

—Es inútil. No hace caso. Cree que la guerra es una broma.

—¡Qué tipo! Ese sí que haría un buen guerrillero.

Ollarra, siempre independiente y salvaje, con su humor extraño y vagabundo, andaba de un lado a otro cazando y merodeando, y volvía de noche a casa a dormir, como un perro.

Ollarra se iba manifestando borracho y jugador atrevido y pendenciero. Todo le parecía lícito; si no robaba a Alvarito y a *Manón,* era porque le gustaba ir con ellos y les profesaba afecto. Además, la confianza que tenían en él, y el dejarle el cuidado de los caballos, le halagaba mucho.

Manón se asustaba de los aspectos peligrosos que iba tomando el carácter de *Ollarra.*

Encontraba en *Ollarra* su tipo, o, por lo menos, uno de sus tipos. Aquel joven salvaje, guapo, fuerte, valiente, decidido, sin miedo a nada y a nadie, a quien cualquier empresa le parecía posible, le atraía. Le veía, además, desdeñoso para todo cuanto fuese sentimentalismo.

Ollara sentía gran odio por lo establecido. Lo establecido le parecía que se hallaba vigente en contra de él.

Bueno para los animales y para los chicos; a los hombres, y, principalmente, a los viejos, les profesaba un odio profundo; para él, los viejos usurpaban un lugar en la tierra que no les pertenecía.

Ollarra no sabía nada de nada; pero tenía una idea de severidad y de rigidez curiosa. Todo lo que fuera algo así como inquietud, blandura, sentimentalismo o miedo, era despreciable. De ahí, sin duda, el nombre que habían puesto a su perro, *Chorua* (el loco), como reproche a su nerviosidad y a su afecto.

Ollarra tenía un aire paradójico y de doblez, como todo el que es puramente instintivo, no de la doblez maquiavélica pensada, sino de la doblez espontánea. Tan pronto parecía querer como odiar. Nunca se había tomado el trabajo de contrastar sus sentimientos ni de armonizarlos o de ver si alguno dominaba sobre los demás. Se entregaba a la pasión que sentía en el momento, sin pensar en un posible cambio de opinión.

Tipo voluntarioso y arrebatado, quería hacer siempre lo que le daba la gana. Cuando se encontraba con algún obstáculo, enrojecía de cólera, y si lo llegaba a vencer, le brillaban los ojos con aire de orgullo.

Ollarra no tenía ningún sentido social. Quitar el dinero al que lo posee. ¿Por qué no? Llevarse la hija de éste o del otro. ¿Si se puede?, decía él. En último término, robar al vecino o destriparle le parecía también lícito. Vivía fuera de toda idea social y de consideración al prójimo, como un perfecto salvaje.

A *Manón,* en el fondo, le maravillaba. Era una naturaleza indisciplinada y rebelde como la suya, más pura en su salvajismo, menos contaminada con la civilización.

Ciertamente, por días iba tomando cariño a Alvarito, caballeresco y generoso, pero le quería como a un hermano pequeño; en cambio, a *Ollarra* le admiraba.

IV

LOS EXTRANJEROS

La sociedad de papá Lacour y su mujer era bastante mixta y turbulenta. Solían ir a su casa con frecuencia varios oficiales extranjeros a hablar, a beber una copa y a jugar a las cartas.

En Abárzuza y en las proximidades de Estella había por entonces, al mismo tiempo que compañías del Requeté, gentes extranjeras, austriacos, franceses, alemanes y polacos.

Más que legiones extranjeras, como los liberales, los carlistas tenían cuerpos de soldados de diversos países en sus batallones; de ahí que se reuniera en el Norte una extraña mezcolanza de tipos de todas partes.

La mayoría de los soldados de otros países, principalmente

los oficiales y sargentos, iban acompañados de mujeres, que les seguían. La suerte de éstas no era siempre muy buena: algunas se vieron obligadas a pasar del campamento liberal al carlista, y viceversa; otras, consideradas como botín de guerra, fueron adjudicadas al mejor postor.

Entre los amigos del capitán Lacour había uno, un teniente inglés, procedente del cuerpo liberal de Lacy-Evans, hombre amable, hecho prisionero en la batalla de Oriamendi; otro era un polaco muy mentiroso, y el tercero, un sargento francés, a quien llamaban *Gamelle*, especialista en cazar gatos, guisarlos y comerlos.

Los soldados extranjeros no valían más que los españoles, ni por su cultura, ni por su energía, ni por su moralidad. Realmente, el hombre, acostumbrado a mandar y a obedecer, como soldado, tiene ya para toda su vida una tara mental. Será siempre un hombre inferior y sin recursos. Ningún filósofo ha salido del cuartel; casi tampoco ningún aventurero.

Del cuartel no pueden salir más que burócratas, estúpidos, de cerebro rapado. El soldado, cuanto más se acerca al militar burocrático, es más mezquino, menos inteligente, más ordenancista y más fantoche.

Cuando el soldado es guerrillero, o francotirador u hombre de partida, entonces puede llegar a héroe y a hombre completo. El soldado moderno no pasa de militar y burócrata; de aquí su inferioridad y su carácter mediocre.

Los argelinos, que, con la Legión inglesa, formaban los tercios extranjeros liberales en la guerra carlista, eran grandes soldados, pero muy bárbaros y muy ladrones. Se les fusilaba por cualquier cosa. Les mandaba un francés, el coronel Bernelle, que marchaba a caballo en primera fila, con el sable desenvainado, cargando contra los carlistas, y que, a veces, le acompañaba su mujer, también a caballo, y con un látigo en la mano.

Los extranjeros de las filas carlistas, en su mayoría no pasaban de ser gentuza de mala índole. Los franceses y los ingleses eran borrachos y pendencieros; los italianos, ladrones y traidores; los alemanes, bárbaros y crueles. Casi todos ellos, y principalmente los alemanes, desertaban con facilidad; la cuestión religiosa y dinástica que se debatía en España no la sentían.

Mostraban los alemanes, con frecuencia, un furor bestial; destructores sistemáticos, si entraban en una casa, en pocas horas la dejaban hecha polvo.

Tenía la suya los caracteres de una brutalidad cósmica, sin objetivo, de algo como una plaga o una peste, muy diferente a la crueldad bien definida y concreta del latino. No era fácil saber cuál de las dos formas de crueldad podía considerarse más repugnante y más odiosa.

Los alemanes se burlaban de la religión de los españoles; cantaban con frecuencia, en su lengua, canciones anticatólicas y sucias, que aseguraban ser sus himnos nacionales.

La gente de los pueblos odiaban a los oficiales extranjeros, y más que nada, a los polacos, orgullosos, fanfarrones, llenos de petulancia, y muy crueles cuando venía el caso.

La crueldad y la maldad de los polacos era proverbial. Así habían sido también en la guerra de la Independencia, cuando vinieron con Napoleón, y entonces, el nombre de polaco producía horror en las aldeas españolas.

Alvarito y *Manón* conocieron a los oficiales amigos de papá Lacour. En el alojamiento del francés aparecían muchos tipos de soldados extranjeros, con uniforme raro, cubiertos de tricornios, kepis y chacós; de cara y nariz coloradas, con la pipa en la boca. Algunos estaban medio inválidos; otros, enfermos de calenturas, de enteritis, de sífilis y de sarna.

En aquellas reuniones todos rivalizaban en contar mentiras y heroicidades de la guerra. Si no se elogiaban directamente a sí mismos, alababan al cuerpo donde servían y a sus jefes.

Álvaro y *Manón* oyeron discutir entre ellos, varias veces, cuál sería el mejor general de Don Carlos. Unos, la mayoría, decían que Zumalacárregui; otros, que Cabrera; quiénes afirmaban que Gómez[12]; pero algunos refutaban esta opinión diciendo que la expedición de Gómez había salido relativamente bien, por casualidad; también había partidarios de Maroto y de Villarreal. Nadie sabía una palabra de geografía del país en donde se operaba, ni se manejaba un mapa mediano.

---

[12] La aventura del general Gómez atrajo la atención de Pío Baroja escribiendo sobre ella «Gómez y su expedición», en *Siluetas románticas,* ed. cit., págs. 190 y ss., y en *Memorias,* t. VI, Madrid, 1948, págs. 183 y ss.

Algunos de los extranjeros habían practicado la guerra en otros países, y, por lo que contaban, tenían los mismos caracteres de brutalidad y de maldad que en España.

Uno de los oficiales, aristócrata francés, guapo, bien vestido, de la familia de Brancas, joven realista, hacía la campaña como un vendeano, con la sonriente y amable estupidez del antiguo régimen. Brancas sonreía y saludaba como si estuviera en la corte de Luis XIV. Leía a Chateaubriand —este jorobado solemne, el más petulante de los grandes hombres de la época—, y parecía haberse amamantado con el *Qu'il mourut,* de Corneille.

Una de las veces, al francés se le ocurrió decir a Alvarito que en la guerra no se tenía miedo; papá Lacour, que oyó la frase, replicó vivamente, diciendo:

—Todo el mundo tiene miedo. No he conocido a nadie que no lo tenga, más que a los locos.

—¿Siempre se tiene miedo? —preguntó Alvarito.

—Siempre. Hay momentos en que se pierde el miedo: se distrae, se enfurece uno y se olvida; pero al oír silbar las balas otra vez, se tiene miedo, aunque se disimule.

—Y entonces, ¿cómo se tiene afición a ser militar?

—Ahí está, pues —contestó papá Lacour, con esta frase de vasco que no quería decir nada—; a pesar del miedo, esto tiene atractivo.

En las reuniones de su casa, papá Lacour bebía con exceso, y, después de beber, se dedicaba a cantar, porque creía poseer hermosa voz.

Lo mismo le daban a Lacour las canciones francesas legitimistas que las republicanas. Cantaba igualmente *Partant pour la Syrie* que *La Carmañola.* Naturalmente; no hubiese cantado *La Marsellesa,* porque la hubieran conocido los compañeros.

Este eclecticismo lo extendía a las canciones españolas y a las vascas.

Le gustaba cantar cuando estaba alegre, lo que le ocurría a menudo, el *Ay, ay, mutillá;* y si pasaba de la alegría corriente a un grado más alto de excitación, entonaba la marcha del Requeté. Como los soldados de aquel batallón iban materialmente cubiertos de harapos, la canción tenía este estribillo:

Vamos andando; tápate,
que se te ve el Requeté.

Para los momentos que le parecían solemnes entonaban una
canción de *La Dama Blanca*, que empezaba diciendo:

Chantez, chantez, joyeux menestrel;
chantez refrain d'amor et de guerre.

Por la noche, mientras se hablaba, se bebía y se cantaba entre aquella gente, alegre, brutal y presuntuosa, Alvarito solía
mirar desde la ventana el cielo estrellado del invierno y las hogueras de los vivacs.

V

PAREJAS DE SOLDADOS

Papá Lacour proporcionó la ocasión de ir a Estella con
unos oficiales carlistas. Fue Alvarito solo y estuvo dos días.
Preguntó en todas partes por *Martín Trampa*, y encontró un
posadero que le conocía. Este posadero le dijo que el tratante
había dicho al marcharse que probablemente volvería a la siguiente semana. El posadero quedó de acuerdo con Álvaro en
avisarle a Abárzuza si llegaba *Martín*.

Sin objeto en Estella, Álvaro volvió a casa de papá Lacour a
esperar allí unos días.

Aunque, en general, las visitas de Lacour eran casi siempre
de extranjeros, solían ir también oficiales carlistas, algunos ca-
sados, o por lo menos enredados con una mujer.

Alvarito y *Manón* conocieron a varios de éstos.

Los oficiales no coincidían en sus opiniones con papá Lacour, por lo cual el francés los despreciaba. Los carlistas creían
que el ejército liberal no valía nada. El *soldau scharra* (el soldado viejo), que decían con desdén los vascos, era torpe, sin aco-
metividad y sin brío. Los liberales, según ellos, habían ganado
algunas batallas por casualidad o por traición.

A Lacour le parecía ridículo denigrar al enemigo cuando el

enemigo le pegaba a uno. Hasta entonces, el ejército liberal, salvo excepciones de tropas escogidas, parecía superior al carlista, y precisamente cuando el entusiasmo decrecía entre los carlistas, empezaban a organizarse con regularidad algunos servicios en las tropas de Don Carlos.

Papá Lacour, además de su manía musical, tenía la de la estrategia. Cuando no cantaba, hablaba de estrategia. Sus ideas en arte militar se condensaban en estas frases:

—Nadie ha inventado nada en la guerra. En la guerra todo es posible y todo es imposible.

A pesar de que con la mayoría de los oficiales españoles carlistas papá Lacour no se entendía bien, distinguía por su amistad a algunos.

Uno de ellos era un riojano, subteniente, pequeño, vivo, hombre bastante bruto, alegre, aficionado a jugar, a quien llamaban de mote, por sus ojos brillantes y negros, *el Ratón*. *El Ratón* llevaba una pelliza de algún oficial extranjero, de pelos largos, aunque calva en muchas partes. Le bromeaban preguntándole si era aquélla su propia piel.

Para *el Ratón*, los asuntos de la guerra eran perfectamente aburridos y no le interesaban.

—Hay que comer, hay que vivir, y esto lo explica todo. Los liberales, ¡psch! —añadía—, a mí no me han hecho ningún daño.

Y a poco de decir esto, sacaba del bolsillo los naipes e invitaba a echar una partida a cualquier juego, pues todos los dominaba. A pesar de su habilidad, a lo último perdía. Siempre andaba derrotado y tenía la paga empeñada.

El Ratón vivía con una muchacha inglesa, rubia, muy guapa, aunque muy sosa: Betty. Betty había venido a España con su marido, según ella; otros decían con un amante, oficial de la Legión inglesa, mandada por Lacy-Evans. En la batalla de Oriamendi, su amante, o marido, murió a manos de los carlistas. Entonces los de la Legión le obligaron a Betty a tomar otro amante, cirujano del ejército. El cirujano, un metodista riguroso, aburría y fastidiaba tan profundamente a Betty, que la inglesa se alegró de caer prisionera en manos de los carlistas.

Al mismo tiempo que ella, quedaron prisioneros unos cuantos músicos, algunos soldados y tres mujeres. A unos los incorporaron a las filas carlistas, a otros los fusilaron, a los músicos los llevaron a formar parte de una banda y a las mujeres las subastaron entre los oficiales.

El Ratón tenía dinero y le gustaba la inglesa, y se quedó con ella. Los dos hicieron, con el tiempo, muy buenas migas.

—¡Qué bruto eres y qué feo! —decía la inglesa, mirando al *Ratón* con entusiasmo.

—Pero te gusto a ti, ¡recontra! —gritaba él.

—Es verdad; parece mentira —suspiraba ella.

Vivían en tan buena armonía, que cuando acabara la guerra habían pensado en casarse y establecerse en el campo, porque *el Ratón* poseía haciendas en Labastida y en San Vicente de la Sonsierra.

Con sus ojos azules, su cabello rubio y su aire distinguido, a Alvarito le pareció la inglesa completamente estúpida.

Otra pareja curiosa era la de un militar austriaco, alto, pálido, muy fino en sus modales, y una guipuzcoana blanca, rubia, alborotada, muy chillona, que había vivido la vida aventurera de la guerra, hoy con uno y mañana con otro. La Prudencia, o *Prudenschi*, era una mujer nacida para reír; nada tomaba en serio, no le importaba ni le preocupaba nada.

La Prudenschi ceceaba al hablar; pronunciaba algunas palabras con cierta dificultad y reía siempre. De ella se podía decir que su gracia consistía en no tenerla. Así como su amante se mostraba siempre muy atildado y ceremonioso, ella era todo lo contrario.

—Yo soy muy *zarpalla* —exclamaba en su dialecto donostiarra, con lo que quería decir su afición a lo vulgar, a lo ordinario y a lo chabacano.

Su gracia favorita, muy oída y ramplona, era decir, refiriéndose a su amante:

—Éste es barón.

—¿Barón con b o varón con v? —le suelen preguntar.

—Varón con todo —replicaba ella.

Tal simpleza bastaba a la *Prudenschi* para reír de manera tan escandalosa que a todos contagiaba.

La Prudenschi cantaba y bailaba muy ligera de ropa. Una de sus canciones predilectas era el *Ay, ay, mutillá*, con esta letra:

Azpeitico nescachac
camisan zuloa;
andic aguerizayo
labe zomorrua.
Ay, ay, ay, mutillá,
labe zomurrua.

(Las chicas de Azpeitia tienen un agujero en la camisa; desde allí se les ve la cucaracha. Ay, ay, muchacho, la cucaracha.)

Al cantar, danzaba moviendo el pecho y las caderas y riendo. A veces, a papá Lacour se le ocurría hacer la pareja con *la Prudenschi,* bailando el fandango, castañeteando los dedos, y lo hacía con cierta gracia francesa.

—¡Qué viejo loco! —decía *Ollarra* con algo de risa y admiración.

El amante de *la Prudenschi,* el austriaco, la contemplaba con el mayor asombro. Ella se crecía y se manifestaba más petulante y más estrepitosa. Entonces *el Ratón* lanzaba alguna de sus reflexiones de riojano chiquito y duro o sentenciaba algún refrán; como éste, por ejemplo:

—La mujer y la gaviota, cuanto más vieja más loca.

—Cállate, tú —gritaba ella—, que eres más bruto que un cerrojo.

—Si *vivirías* conmigo, ya verías tú cómo yo te domaba —decía *el Ratón.*

—¿Tú domarme a mí? ¡Ah, ja, ja, ja! A los ratones yo les trato con la zapatilla.

Y *la Prudenschi* cantaba algo o marcaba una figura coreográfica.

La Prudenschi bailaba también un baile andaluz, especie de tango, que producía gran entusiasmo en los oficiales de la casa de papá Lacour. Su falta de gracia hacía a la guipuzcoana más incitante. Su cuerpo, sin picardía natural, daba a su desvergüenza y a su cinismo aire de juego sin profundidad. Con gran frecuencia, algún oficial, si podía, la daba algún tiento.

—¡Tú, bruto, animal! ¡Tócate las narices! —gritaba ella.

La Prudenschi, a pesar de sus locuras, era mujer de buen corazón.

Su amante tenía un amigo, otro oficial austriaco, a quien le cortaron una pierna y se le gangrenaba el muñón. *La Prudens-*

chi le cuidaba y le mimaba, y hasta bailaba en el cuarto del enfermo para entretenerle.

Manón, Alvarito y *Ollarra* fueron a visitar al amputado; se encontraba muy débil, con la cara como espiritualizada por el dolor. El pobre hombre tenía un silbato para llamar cuando necesitaba algo; pero era tan sufrido, que no llamaba más que cuando no podía menos.

—¿Qué tal, como estás hoy? —le preguntó *la Prudenschi*

—Bien, estoy muy bien. La pierna cortada me duele un poco.

Alvarito y *Manón* hablaron largo rato con el austriaco para distraerle.

Al salir de la casa, *Ollarra* dijo:

—Éste me recuerda al sepulturero de Vera.

—El sepulturero de Vera era un viejo en cuya casa estuve yo de criado, ayudándole a enterrar y a limpiar las tumbas. Estaba muy enfermo y no tenía fuerza para andar; pero él decía que se encontraba muy bien. «¿Qué tal?», le preguntaban. «Muy bien, muy bonitamente, *Ederqui*», contestaba él. El último día estaba el hombre sobre una tumba, fumando su pipa. «¿Qué tal?», le preguntó el médico. «Muy bien, muy bien», dijo; y no se había alejado el médico veinte pasos cuando el enterrador se había muerto.

La Prudenschi, al oír a *Ollarra* y al verlo con su perro, sintió gran admiración por él, y hasta parece que le dijo que se quedara allí; pero él rechazó la idea desdeñosamente. *Manón* presenció la tentativa de conquista de la guipuzcoana y se alegró mucho de la actitud de *Ollarra*.

Manón se mostraba en casa de papá Lacour petulante, atrevida y llena de animación. El traje de chico la transformaba. La Dominica le arregló un dolman de húsar, con el cual estaba encantadora. Era un verdadero diablillo. Hablaba con gran atrevimiento, se burlaba de los curas y de las monjas, elogiaba a los republicanos, cantaba *La Marsellesa* y bailaba con *la Prudenschi*.

—*Manón*, mi querida —decía papá Lacour, con ironía afectuosa, manifestándose desolado, aunque rebosando de satisfacción por tener una sobrina tan brillante—, vas a hacer que nos fusilen a todos por jacobinos.

Manón coqueteaba con unos y con otros. Aunque ya los amigos de papá Lacour sabían que era una muchacha, seguía vestida de chico.

A veces, en medio de sus coqueterías, pensaba en Alvarito, y volvía a él a hablarle y a consultarle sobre cualquier cosa.

Manón veía a Álvaro demasiado seguro, y debía pensar que con él no necesitaba emplear más que rara vez las armas de la coquetería; en cambio, para los demás la coquetería sí debía ser, según ella, indispensable. Mientras bailaba con unos y con otros, miraba con el rabillo del ojo a Alvarito, como diciéndole: «Nada de esto tiene importancia, y nuestra amistad es lo principal.»

Alvarito se ilusionaba y se desilusionaba fácilmente; muchas veces pensaba que odiaba a *Manón,* y otras que la quería más que nunca y que sería capaz por ella de hacer cualquier sacrificio.

Manón, con respecto a Alvarito, tenía sentimientos menos variables; por lo mismo, quizá, que su entusiasmo era más pequeño.

Solamente la presencia de *Ollarra* le quitaba el buen humor a *Manón*. El salvajismo de su compañero de viaje la maravillaba. Aquella despreocupación del muchacho por los demás le llenaba de asombro. Para *Ollarra,* indudablemente, no había centinelas, ni líneas estratégicas, ni santo y seña. Todo ello no pasaba de ser una broma, que se continuaba porque sí. Eran maniobras, simulacros, sandeces hechas por pura pedantería.

Mientras sonaban los tiros, él buscaba nidos en los árboles, pescaba en los arroyos o cogía leña, como si los disparos nada tuviesen que ver con él.

Aquella *Prudenschi,* tan loca, tan ingenua, y al mismo tiempo, tan desvergonzada; papá Lacour, con sus estravagancias; *Manón*, coqueteando con todo el mundo; el austriaco, quejándose de los dolores en la pierna ya cortada, y *Ollarra,* tan salvaje, tan independiente y tan sombrío, daban a Alvarito la impresión de que seguía viviendo en pleno carnaval grotesco y zarrapastroso, cuyas figuras eran dignas de ocupar un lugar dentro de *La nave de los locos.*

VI

BELASCOAIN

Las gestiones hechas por papá Lacour y por el posadero de Estella para averiguar el paradero de *Martín Trampa* no dieron resultado. Se dijo que el tratante había estado en Belascoain y que quizá después marchara a Almandoz, su pueblo natal.

Alvarito y *Manón* decidieron ir a Pamplona, pasando por Belascoain.

El día de la marcha, papá Lacour les obsequió con una cena espléndida en su casa, y a la mañana siguiente, el capitán francés y su mujer besaron a *Manón* y estrecharon efusivamente la mano a Alvarito.

Lacour indicó a Álvaro que si iban a Belascoain preguntaran por el capitán Zalla, que era amigo suyo. La mujer de Lacour recomendó a *Manón* que llevara por si acaso un paquete con ropa femenina, y le dio una falda y un corpiño. Ella, por lo que dijo, se había visto obligada a pasar entre tropas disfrazada de hombre, y en momentos de peligro le convino el poder cambiar rápidamente de indumentaria. Alvarito pensó que estos disfraces los usaría la Dominica en la época en la cual no tuviese la corpulencia de entonces.

Salieron de Abárzuza con buen tiempo; pero al medio día se nubló y empezó a llover. Iban atravesando el valle de Guesalaz. En el camino, al comenzar la tarde, se perdieron, y como llovía mucho se refugiaron en una casa abandonada y medio derruida y esperaron a que pasara el chubasco.

Al ponerse de nuevo en marcha, un escuadrón de caballería cristina cruzó al galope por delante de ellos. Los caballos de Álvaro, *Manón* y *Ollarra*, asustados echaron a correr en distinta dirección por el campo y fue imposible darles alcance. *Ollarra* quería no parar hasta cogerlos, pero anochecía y pensaron dejarlos abandonados.

Iban desorientados, mojados por la lluvia, cuando toparon con un campesino que alumbraba con un farol el sendero entre las matas y las piedras.

—¿Vamos bien a Belascoain? —le preguntó Alvarito.

—Sí; yo también voy allá.

El campesino les preguntó a qué iban y se lo dijeron; luego añadió por su cuenta:

—Yo tengo un chico enfermo, y voy a ver si encuentro algún médico, aunque sea médico militar, para que lo vea; en nuestra aldea no hay más que un cirujano, y ése está ahora fuera del pueblo. Me han dicho que andan por aquí los liberales y los carlistas a tiros estos días; pero aunque anduvieran demonios, no dejaría a mi chico sin que le viera el médico.

Los tres compañeros de viaje siguieron al campesino del farol, hasta que, al llegar a unos matorrales, vieron avanzar dos sombras.

—¡Alto!

—Estamos quietos —contestó el campesino.

A la luz del farol aparecieron dos carlistas, uno de ellos con el fusil en actitud de apuntar.

Explicó el campesino el objetivo de su viaje; dijo Alvarito el suyo, y, después de enseñar los documentos y demostrar que no llevaban armas, los dejaron pasar.

Llegaron a Belascoain, y fueron recibidos por una patrulla, que les contempló con asombro. Preguntaron por la posada, y entraron en ella. La posadera, una mujer joven, les recibió estupefacta y al mismo tiempo malhumorada.

—¡A buen tiempo llegan ustedes! —les dijo—. ¿Para qué vienen ustedes aquí?

Manón explicó cómo venían desde Abárzuza mojados y cómo se les habían escapado los caballos. La posadera, poco a poco, se humanizó y llegó a sonreír a *Manón* y a Alvarito. Se sentaron los tres al lado de la lumbre, cenaron y se fueron a acostar.

A la mañana siguiente, Alvarito pudo notar que su catarro había empeorado con la mojadura del día anterior. Salió a recorrer el pueblo, y lo recorrió pronto, apenas contaba con cincuenta casas.

El pueblecillo, con su iglesia de torre baja y cuadrada, se levantaba sobre una pequeña altura a la izquierda del río Arga, cruzado por el puente construido a principios del siglo. En la orilla había una casa de baños; al lado de la iglesia, en la carretera, un atrio cubierto, donde la gente se reunía y paseaba los días de lluvia.

Alvarito vio con sorpresa que los carlistas le miraban con asombro. Preguntó por el capitán Zalla, amigo de Lacour, y tuvo la suerte de dar con él.

—¿A qué ha venido usted aquí? —le preguntó el capitán.

—Pues hemos venido a ver si encontramos a un tal *Bertache*, tratante de ganado.

Alvarito contó al capitán el secuestro de *Chipiteguy* y las gestiones que habían hecho para socorrerlo.

—Ese *Bertache* ya no está en el pueblo —dijo Zalla—. ¿Quiénes han venido ustedes?

—Un muchacho criado, un niño y yo.

—¿Y cómo han pasado?

—Fácilmente; nadie nos ha estorbado el paso.

—¡Pero no es posible!

—Para nosotros no ha habido ninguna dificultad.

—Pues lo deben ustedes sentir.

—¿Por qué?

—Porque no podrán ustedes marcharse.

—Pues, ¿qué pasa?

—Pasa que está sitiado el pueblo. El general León nos va a atacar. Todos los paisanos han de ir a trabajar en nuestras defensas. ¿Usted qué tiene? No parece que se encuentre muy bien.

—No; estoy con un catarro muy fuerte.

—Bueno; pues preséntese usted de mi parte al comandante. Se paseará ahora en el atrio de la iglesia. Le dice usted cómo está de salud, y envía usted a su criado por si hay algo que hacer.

Alvarito contó a *Manón* y *Ollarra* lo que ocurría, aunque ellos, por su parte, se habían enterado ya del asedio del pueblo.

Ollarra dijo que él había de encontrar manera de recuperar los caballos para escaparse. Sin duda, estaba cavilando en ello; pero al día siguiente se vio que no sólo no consiguió su objeto, sino que fue arrestado.

Alvarito contó a la posadera cómo *Manón* era una muchacha francesa, venida de su país para buscar a su abuelo, secuestrado por criminales. Decidieron que *Manón* se vistiera de mujer. La posadera diría en todas partes que era su sobrina.

Ya tranquilo respecto a esto, Alvarito fue a encontrar al comandante carlista de quien le había hablado el capitán Zalla. Se explicó, intimó algo con él y le acompañó hasta las trincheras. Recorrió a su lado, y con varios oficiales a caballo, la línea de fortificaciones del pueblo, el camino de Puente la Reina, el de Arraiza y las demás entradas. Todas se hallaban bien defendidas, como la casa de baños, la iglesia y el puente sobre el Arga.

Alvarito oyó silbar las balas con relativa serenidad y el comandante carlista le felicitó, dándole palmadas en el hombro.

Al volver a la posada supo el arresto de *Ollarra* por su carácter díscolo y por negarse a trabajar.

El capitán Zalla dio a Alvarito unos cuantos papeles para copiar en vista de su enfermedad y de que no podía tener otras ocupaciones más penosas.

Alvarito fue al siguiente día a ver al comandante y a presenciar por curiosidad los trabajos de fortificación en diversos puntos. En la iglesia, los carlistas trabajaban de noche para no ofrecer blanco a los cristinos, ya a tiro de fusil. Iban concluyendo un parapeto de piedra en la torre, una muralla en el atrio y las aspilleras en la casa del puente.

Carlistas y cristinos se hablaban y se insultaban desde lejos.

Según dijeron a Alvaro, hacía ya cerca de una semana que las tropas cristianas se iban reuniendo al otro lado del río. Habían transportado desde Pamplona la batería de arrastre de la Legión británica y la de montaña de obuses españoles.

Al hacerse de día, los cañones cristinos comenzaban el fuego, y les contestaban los carlistas con los de la torre y los de la casa aspillerada.

. . . .

El segundo día, Alvarito, con el comandante, esperó a que amaneciera para presenciar el fuego desde la torre.

Durante la noche se veían las luces y las hogueras del campamento de los cristinos. Ya de día, comenzaron los preparativos de las tropas de don Diego León, que iban emplazando las piezas de artillería.

A veces disparaban; el humo salía como una nube de la boca de los cañones. Las granadas sonaban como latas golpea-

179

das, al pasar por el aire, y se aplastaban en las casas con un ruido blando.

Estando Alvarito en la torre, vio aparecer un general carlista a caballo, con sus ayudantes. Sin duda, los cristinos lo advirtieron, porque arreció entonces la lluvia de balas. Los carlistas disparaban desde el parapeto de la torre, tendidos en el suelo.

El general, a poco, se retiró.

Alvarito fue a la posada, y dijo a *Manón*:

—Creo que podemos estar tranquilos. Los liberales no entrarán en el pueblo.

—Sí; pero si esto dura mucho, no será mejor.

Al día siguiente Álvaro salió a ver al comandante; pero no lo encontró en la iglesia; volvió y pasó el tiempo en casa, hablando con *Manón*.

El cuarto de ésta daba hacia el campo y tenía una solana, y desde ella se veía el río y la formación de las tropas liberales en orden de batalla.

Al amanecer comenzaron los estampidos del cañón, arreciaron los tiros y por la puerta de la solana entraron dos balas, que dieron en la pared.

Alvarito dispuso el poner un colchón colgado como una cortina en la puerta. Así lo hicieron. Al mediodía se oyó gran estrépito de cañonazos y de tiros.

—¿Tienes miedo tú? —preguntó *Manón* a Alvarito.

—A veces; no siempre.

—Yo no tengo tampoco mucho. ¿Y si nos mataran?

—Si nos mataran, ya no habría cuestión, al menos aquí —contestó Alvarito.

—¿En dónde la habría?

—En el cielo, en el infierno o en el purgatorio.

—¡Ah! ¿Tú crees eso?

—Yo, sí.

—Yo no creo en nada.

—¿No eres cristiana?

—No sé; pero no creo en ninguna de esas cosas.

En esto vino *Ollarra*, malhumorado, furioso, porque le habían tenido trabajando. Al entrar y ver a *Manón* vestida de mujer, no quedó extrañado.

—¿Te choca verme así? —preguntó *Manón*.

180

—¡Bah! Ya lo sabía —y el muchacho se encogió de hombros, como indicando que a él nada le importaba, y aseguró que iba a echarse a dormir al desván y estarse allí todo el tiempo posible.

Alvarito se preocupaba de *Manón* más que de sí mismo. A ella le conmovía tal generosidad. Alvaro resultaba leal, valiente y caballeresco. *Ollarra*, en cambio, no se preocupaba de nada ni de nadie, y, sin embargo, ella le admiraba más.

. . . .

En el portal de la casa prepararon los carlistas una ambulancia, y era para Álvaro muy desagradable y muy triste el oír los lamentos de los heridos.

Alvarito encontró en el piso alto dos observatorios: la ventana de un cuarto y un agujero de la guardilla por la que se veía el campo. Alternaba uno y otro observatorio.

La ventana daba a una de las entradas del pueblo. Abajo se veía un gran parapeto hecho con piedras, sacos y maderas. Grupos de soldados carlistas se reemplazaban para disparar desde el parapeto; otros en una esquina hacían el rancho. Se les oía hablar; no debían creer que el ataque se fuera a formalizar, ni que los enemigos pensaran recurrir al asalto. Se relevaban de dos en dos horas, y unos venían y otros iban con el fusil al hombro.

Por el agujero de la guardilla se veía a los cristinos formados y el humo de sus cañones tan pronto aquí como allá. Todo el día sonaron los cañonazos.

. . . .

Después de cenar, Álvaro se despidió de *Manón* y se marchó a su cuarto. Abrió la ventana. En la calle, oscuridad y silencio; no se hacían fuego carlistas y liberales; se oía de tarde en tarde el alerta de los centinelas y algún «¿Quién vive?» de las patrullas.

En el cielo, dramático, después de las ráfagas de viento que dominaron por la tarde, habían quedado nubes blancas y fantásticas que iluminaban la luna; a lo lejos aparecían los cerros pelados y cerca los paredones blancos de las casas y las guardillas.

—¡Bah! No pasará nada —se dijo Alvarito—; no entrarán.

. . . .

Alvarito durmió profundamente y se despertó ya entrada la mañana con un ruido terrible de cañonazos y de fusilería. Salió de su cuarto, y, al ver a la posadera, exclamó:

—¿Qué pasa?

—¡Que entran los cristinos!

Alvarito corrió a mirar por el boquete de la guardilla.

El campo estaba inundado de sol, que se derramaba brillante por la tierra; el día, claro, magnífico; los liberales avanzaban corriendo entre el polvo y el humo; con ellos iban hombres a caballo y llegaban a lo lejos sonidos de cornetas.

Alvarito marchó a la ventana del cuarto alto que daba a una de las entradas del pueblo. Era, sin duda, peligroso asomarse allí. Sin embargo, fue perdiendo el miedo y se asomó. Silbaban las balas. Abajo había hombres heridos y alguno muerto; uno se arrastraba echando sangre, a otro le faltaban las fuerzas y caía un tercero, un oficialito joven, de bigote, escapaba cojeando.

El parapeto de piedras y maderas iba desapareciendo a fuerza de cañonazos; sin duda, los carlistas no se atrevían a recomponerlo; tal era la lluvia de balas que cruzaban entre las dos casas. Algunos carlistas disparaban desde las ventanas. Viéndoles de cerca, como les veía Alvarito, se notaba cómo se estremecían los músculos de su cara por el terror.

En el suelo aumentaba el número de hombres heridos y muertos que no se podían recoger.

Un general carlista, a caballo, seguido de su ayudante, se acercó al parapeto muy pálido y gritó algo; nadie le hizo caso. El oficial ayudante bajó del caballo para dar órdenes, porque se exponía a las balas, que debían silbar alrededor de su cabeza. Luego montó de nuevo; el caballo se encabritó. A Alvarito le pareció que había sido herido; pero no debió de ser así, porque salió disparado, arrancando con los cascos chispas de las piedras del suelo.

Algunos soldados cristinos se dieron cuenta, sin duda, de la ventana abierta desde donde miraba Alvarito, y de repente la ventana y la contraventana fueron acribilladas a balazos.

Alvarito se retiró y se sentó en el suelo. No supo el tiempo que estuvo así, asustado, pensando en su peligro, en *Manón* y en los recuerdos de su vida.

De pronto oyó estrépito de puertas y ventanas.

—¡Ya están los cristinos! ¡Ya vienen, ya vienen!

Alvarito, despacio, se asomó de nuevo a la ventana. La casa de enfrente estaba ardiendo. Había caído en ella una granada e incendiado un pajar.

Por la entrada del pueblo llegaban ahora los soldados liberales, gritando, llenos de barro, con la cara negra de pólvora, empujándose unos a otros para pasar de prisa. Se entablaban luchas cuerpo a cuerpo con los que se resistían, que terminaban cosiendo a bayonetazos al enemigo.

Tocaban las campanas; se oían descargas cerradas; trozos de pared y montones de tejas caían a la calle.

Resonaban gritos por todas partes. Sonaban las cornetas. Sin duda era la embriaguez del triunfo.

. . . .

De pronto, la calle quedó completamente en silencio. Con el silencio comenzaron a oírse en la casa los lamentos de los heridos y luego gran estrépito de pasos en la escalera.

Don Diego León había tomado el pueblo. En la casa reinaba el desorden. El portal se hallaba lleno de heridos, que los sanitarios iban trasladando; el suelo lo manchaban charcos de sangre. Se oían gritos desgarradores. Los cristinos establecieron un hospital en la iglesia y en la casa de baños, y los cirujanos empezaban a cortar piernas y brazos.

Los liberales obligaban a que se abrieran todas las puertas, y estaban registrando las casas.

. . . .

Alvarito buscó a *Manón*, y la encontró tranquilamente en la cocina hablando con dos oficiales cristinos, que la galanteaban. Álvaro frunció el ceño al verlo. *Manón* le presentó como si fuera primo suyo, a los oficiales: uno, el teniente Robles, y el otro, el capitán Centurión. Los dos oficiales, muy petulantes,

183

galleaban mucho, y uno de ellos, el teniente Robles, presumía porque hablaba un poco de francés y podía lucirse con *Manón*.

Manón, según dijo, en el fragor de la batalla, llevada por la curiosidad y asomada a la solana de la casa, había presenciado la toma del pueblo. Contempló a don Diego León montado en un soberbio caballo inglés, negro, con un magnífico uniforme de húsares azul y blanco, y estaba entusiasmada con él.

—Es nuestro Murat —dijo el oficial que sabía algo de francés.

—Un Murat un poco sordo —replicó el otro.

Manón vio a don Diego, en medio de las balas, saltar a caballo por encima de las troneras de un parapeto y a los soldados cristinos atravesando el río, mientras sonaban cañones y fusiles.

Uno de los oficiales, el capitán Centurión, que se acariciaba el bigote rubio al hablar, contó cómo él, con las tropas de Azpiroz, había atravesado el Arga con el agua hasta el pecho. Una de las granadas de los liberales estalló en aquel momento, derribando la bandera carlista del fuerte en pedazos, lo que hizo prorrumpir en gritos de entusiasmo a los tiradores.

Luego contó con orgullo cómo habían matado a siete u ocho enemigos que les estorbaban el paso.

—¡Qué extraña vanidad ésta de matar —pensó Álvaro—; cosa, después de todo, tan fácil!

Relataron más hazañas de sus tropas y de su jefe.

—¿Qué van a hacer con nosotros? —preguntó Álvaro, a quienes las glorias de don Diego León y de sus soldados no interesaban mucho.

—Tendrán ustedes que venir a Pamplona —contestó el teniente Robles—; pero allá no se les detendrá mucho tiempo.

Habría que ir a Pamplona sin más remedio. A *Manón*, al parecer, no le incomodaba mucho el trasladarse a Pamplona; quizá alguno de los oficialitos que conversaban con ella no le desagradaba. Álvaro recordó el romance del marqués de Mantua que aparece en el *Quijote*, y lo recitó interiormente:

¿Dónde estás, señora mía,
que no te duele mi mal?
O no lo sabes, señora,
o eres falsa o desleal.

Y mientras Alvarito se dedicaba a sus reflexiones melancólicas, la música militar de las fuerzas de don Diego León atronaba triunfante en la aldea.

VII

PRISIONEROS

A los dos días se organizó el convoy para marchar a Pamplona. Se hizo todo con espantosa confusión. Nadie sabía su cometido, ni por dónde ir, y las órdenes contradictorias se repetían.

Los dos oficiales, el capitán Centurión y el teniente Robles, dispusieron que *Manón* marchase en un carro con dos Hermanas de la Caridad. Podía viajar así bastante cómodamente. *Manón* pretendió que Álvaro subiera también al carro, pero no se lo permitieron.

Se formó una gran fila de carretas: prisioneros, ganados, caballos, y se puso el convoy pesadamente en movimiento.

Manón intimó con las monjas, una valenciana y otra malagueña; se ganó sus simpatías y consiguió que Álvaro pudiese descansar de la caminata, sentándose a veces en el carro.

Como, al parecer, entre Ciriza, Echaurri e Ibero aparecían grandes núcleos carlistas, decidieron los cristinos llevar los heridos y prisioneros a Pamplona por Puente la Reina, retrocediendo algo en el camino.

Alvarito tuvo que caminar a pie en un grupo de carlistas, vigilado por soldados. Con la recomendación de los oficiales, le permitían acercarse al carro de *Manón*.

—¿Vas bien? ¿Tienes calor? ¿Tienes sed? —preguntaba.

Manón contestaba:

—Todo va perfectamente. Siéntate un poco.

Para no escandalizar a las monjitas, le recomendaba que se colocara junto al carretero. Álvaro entabló conversación con éste. Por la conversación del soldado conductor del carro, pudo comprender que para él las batallas o las acciones no tenían gran importancia. Lo principal consistía en trasladar aquella impedimenta pesada: los carros cargados con patatas,

185

habichuelas, heno y paja. Algunos carros iban llenos de heridos.

En el camino, al principio, se vieron muertos sin enterrar y el cuerpo de un merodeador, ahorcado, en la rama de un árbol, por los liberales. Era una visión de Danza Macabra.

El carretero mostró las bandadas de cuervos que revoleteaban en derredor.

—¿Sabe usted lo que esperan? —le preguntó a Álvaro.

—No.

—Pues, esperan que alguno de los heridos muera y lo entierren con poca tierra para caer sobre él.

Los soldados, al marchar, entonaban canciones liberales, alternando con el *Himno de Riego*. Una de las que cantaron era ésta:

> De las diez ciudades
> de Navarra bella,
> Tudela y Corella
> el ejemplo dan.

De aquí pasaban al himno que llamaban de Valladolid:

> A la lid, a la lid,
> nacionales valientes.

También se cantó la tonada semigrotesca, que decía así:

> Antiguamente, a los chiquillos
> se les vestía de monaguillos;
> pero ahora, los liberales
> a todos visten de nacionales.
> ¡Alegría, ciudadanos!
> ¡Viva la Constitución!,
> que los tiranos que nos mandaban,
> ya no nos mandan, no, no, no.

No parecía que para los soldados ocurriera nada grave ni serio.

Álvaro, al ver este largo convoy, con sus furgones, sus ganados, sus prisioneros y la tropa, pensó también en las estampas de *La nave de los locos*. Así estaban representados en aquellos viejos grabados los hombres y las mujeres, en sus carros toscos, tirados por caballos percherones, que iban al país de la locura.

Así marchaban ellos, aunque no al país de la locura, porque ya estaban en él, a un destino desconocido, presenciando a cada paso escenas dignas de una Danza Macabra y de una Nave de los Locos.

Comieron en medio del camino, y por la noche, al llegar a Puente la Reina, llevaron a los carlistas, entre ellos a Alvarito, a dormir a la iglesia. A los prisioneros carlistas harapientos no faltó quien les cantara la canción del Requeté:

> Vamos andando; tápate,
> que se te ve el Requeté.

El sacristán, compadecido, probablemente carlista, proporcionó a los prisioneros algunas alfombras, sobrepellices y capas de los curas, para emplearlas como almohadas.

Al ir a dormir Alvarito, se le acercó *Ollarra* a proponerle la fuga.

—Pero ¿y la muchacha? ¿*Manón*?

—Dejarla.

—Yo no la puedo dejar —replicó Alvarito—. Además, ¿para qué nos vamos a escapar? Nos van a llevar a Pamplona, y allí nos pondrán en libertad.

—Yo no quiero estar con estos militares ni un momento —aseguró *Ollarra* con aire sombrío—; ni con los unos ni con los otros.

Alvarito se encogió de hombros.

Durmieron en el suelo, y al día siguiente, por la mañana, les sacaron a todos de la iglesia. Alvarito fue a ver a *Manón*. Había dormido en el carro muy bien.

Se formó otra vez la comitiva, se agregaron nuevos prisioneros y más carros, y comenzaron a marchar todos camino de Pamplona.

Al llegar cerca de Legarda, hacia la sierra del Perdón, se hizo alto, y poco después corrió la voz de que cuatro prisioneros se habían escapado, entre ellos *Ollarra*.

Alvarito lo sintió mucho, porque no conociendo el país, era muy difícil que *Ollarra* pudiera escapar.

Salieron a perseguir a los fugitivos varios pelotones de caballería, y a las pocas horas los traían atados.

Traían tres de los fugitivos: *Ollarra;* un tipo de vagabundo hirsuto, peregrino o ermitaño, a juzgar por su balandrán pardo, lleno de cruces y medallas, y el sombrero grande, con una concha, y un soldado carlista, flaco, moreno y mal encarado. El cuarto, sin duda, había conseguido escabullirse entre los carrascales.

A los tres presos los iban a juzgar en consejo de guerra. Al parecer, los tres se habían resistido y herido gravemente a un soldado.

Ollarra, además, para empeorar su situación, al llevarlo delante de los oficiales, le quisieron registrar; no lo permitió, y pegó un puñetazo al teniente en el morrión y se lo tiró al suelo.

En el consejo de guerra sumarísimo condenaron a los tres fugitivos a ser fusilados al amanecer.

Cuando Alvarito se lo dijo a *Manón*, ésta quiso hablar con los oficiales conocidos y con el jefe de la columna, viejo malhumorado, que ni siquiera la recibió.

—Vete a verle —dijo *Manón* a Alvarito, con voz llena de sollozos.

Alvarito pretendió ver a *Ollarra;* pero le dijeron que dormía sobre la paja de un calabozo tranquilamente.

La noche fue horrible para Alvarito y *Manón*. Al amanecer sacaron a los tres presos y los llevaron escoltados hasta un corral, próximo al pueblo.

Era un día precioso, de sol claro y alegre; una mañana espléndida.

Al formar el cuadro, *Ollarra* reía con inconsciencia extraña; el ermitaño, de mal aspecto, conservaba un aire amenazador y sombrío; el soldado carlista, sostenido por un cura, marchaba cayéndose.

Ollarra estaba tranquilo; saludó, como si no pasara nada, a Alvarito y a *Manón*, y se puso donde le dijeron, delante de una tapia, silbando y mirando al cielo.

El ermitaño era un tipo repugnante, chato, con barbas negras, espesas, el labio belfo y los dientes puntiagudos.

Estaba atontado.

Al ermitaño le mandaron acercarse a *Ollarra*, y lo hizo con su aire siniestro; el soldado carlista tuvo que apoyarse sobre la tapia, desfallecido.

Comenzó a tocar un tambor, y un pelotón de doce hombres, con un oficial, se destacó de la tropa, y, al paso, se colocó delante de los presos.

Entonces *Ollarra* empezó a cantar su canción absurda:

> Six sous costaren,
> six sous costaren les esclós.

Había, sin duda, en su canción, desprecio y burla. Como los antiguos cántabros en la cruz, el muchacho desafiaba la muerte con su actitud orgullosa. Alvarito sintió frío en todo el cuerpo.

—¡Es un valiente! —dijo uno de los soldados, riendo.

—¡Lástima! Guapo mozo —murmuró otro.

El pelotón se colocó a cinco o seis pasos.

—¡Apunten! —gritó el teniente.

Luego levantó la espada, y al bajarla disparó todo el pelotón. *Ollarra* cayó como herido por un rayo. Alvarito dio un salto; le pareció que estallaba una mina a sus pies.

El carlista, que se había acercado a la tapia, quedó un momento en pie, y un sargento le remató de un tiro en la sien.

Manón sollozó y bajó el rostro, rendido por el dolor, y lo levantó bañado en lágrimas.

Luego desfiló la media compañía, tocando el tambor, por delante de los tres cadáveres.

—Le recogeremos para enterrarlo —dijo *Manón*.

Cuando quisieron acercarse al lugar del fusilamiento, unos cuantos merodeadores se habían echado sobre los muertos a quitarles la ropa, y alguien ordenó llevar los cadáveres lejos y enterrarlos.

El perro de *Ollarra*, *Chorua*, no aparecía; probablemente le habrían matado también.

VIII

La cárcel

Al llegar a Pamplona, Alvarito y *Manón* marcharon cada uno por su lado y se separaron con lágrimas en los ojos. Desde el fusilamiento de *Ollarra, Manón* estaba quebrantada y tenía tendencia a llorar. *Manón* se hospedó en una fonda de la plaza del Castillo.

A Alvarito, por primera providencia, lo metieron en una cuadra o calabozo inmundo de la Ciudadela. Tenía como compañeros varios carlistas aldeanos, y entre ellos un hombre sombrío, torvo, que parecía vivir en un sueño triste, hipocondriaco y amargo. Su risa sardónica cuadraba bien con su figura de cuervo, melancólica y siniestra.

Otro de los prisioneros, loco, pasaba el tiempo bailando, riendo y cantando.

—¿No hace daño este hombre? —preguntó Alvarito.

—A veces se echa sobre alguno de nosotros, y hay que separarle a puntapiés —contestó el misántropo.

La especialidad del loco consistía en cantar la letra que los soldados habían puesto a los toques de corneta, parecida a los monstruos que los libretistas ponen a la música de las canciones antes de las palabras definitivas.

Sonaba un toque, y enseguida el loco gritaba:

> Para ti, para ti las patatas.

Cuando pasaba la guardia, el loco, llevando con el cuerpo el compás, solía cantar:

> Rancho patancho
> de la catedral,
> el señor obispo
> no nos quiere dar.

Al cabo de algún tiempo se oía otro son, y el loco entonaba:

No comerás cordero, no,
no, no, no
no comerás cordero, no,
no, no, no.

El repertorio no era bastante divertido para amenizar las horas de la prisión. Aquel calabozo oscuro y siniestro de la Ciudadela, con el demente, era también un buen escenario para otra estampa de *La nave de los locos*.

A primera hora de la noche llevaron a la cuadra el rancho y tuvieron que prepararse para dormir. A Alvarito le entregaron un colchón viejo y se tendió en él en un rincón.

Al despertarse sintió que le picaba todo el cuerpo.

—¿Qué demonio tiene uno aquí? No hace uno más que rascarse —se preguntó en voz alta.

—Son los piojos —dijo el misántropo—. A eso también se acostumbra uno —añadió con terrible filosofía.

Aquello achicó la moral de Alvarito, y pensó en la vida horrible que le esperaba en la mazmorra. Por fortuna para él, el encierro no fue muy largo.

Al mediodía, a Alvarito le sacaron de la cuadra y le llevaron a declarar. Le acusaron de ser confidente de los carlistas.

Un comandante comenzó a interrogar al muchacho; cuando Álvaro respondía, el oficial hablaba con un sargento de asuntos del servicio y no se enteraba de cuanto decía Alvarito.

Álvaro explicó por qué había entrado en España desde Boyona. Pudo comprobar, con cierta sorpresa, que su padre era desconocido como carlista, pues si no, su apellido hubiera bastado de indicio a su filiación política. Después de declarar le metieron en la cuadra otra vez. Alvarito, horrorizado, pensaba en la noche que le esperaba, cuando le sacaron de nuevo del calabozo, y se encontró con *Manón*, una señora y el teniente Robles, uno de los oficiales de Belascoain.

Manón había conseguido que a Álvaro le llevaran a un pabellón, donde viviría con la familia del sargento guardaalmacén.

Le traía ropa nueva para mudarse y agua de colonia; lo mejor que le podía traer después de aquella noche horrible en el calabozo.

Al despedirse, *Manón*, triste y pensativa, dijo afectuosamente:

—¡Adiós, hasta mañana! Mañana vendré sin falta.

Alvarito fue a la fuente a lavarse, y después a mudarse; la sospecha de mantener en el cuerpo aquella población parásita, cogida en la cuadra, le duró mucho tiempo.

El segundo día de arresto y los siguientes fueron muy alegres para Alvarito. Le permitían pasear por la ciudadela, y, sobre todo, esperaba y pensaba en *Manón*. Llegaba ella, y hablaban largo tiempo. Su melancolía hacía a la muchacha más amable y encantadora. *Manón* había mandado un propio a Bayona, y aguardaba la contestación.

Una semana después, *Manón* se presentó en la Ciudadela con la andre Mari. Traía buenas noticias de *Chipiteguy;* Gabriela *la Roncalesa* lo había encontrado en Urdax, y en un mulo le condujo al Roncal, porque la frontera estaba, por el lado de Urdax, muy vigilada. *Chipiteguy* volverá pronto a su casa.

—¿Ahora irás a Bayona? —preguntó Álvaro a *Manón*.

—Sí; tú también saldrás pronto de aquí —dijo ella.

—Sí; creo que sí.

—Ya es hora de que todos volvamos a nuestra vida normal —añadió la andre Mari.

Alvarito se despidió de la andre Mari y de *Manón*. Ella le ofreció la mejilla, y él la besó conmovido. Alvarito quedó triste, esperando con ansia la primera carta. Paseaba melancólico por la plaza de la Ciudadela, se acercaba a los baluartes y miraba al cielo con angustia creciente.

Cuando pasó una semana y no recibió carta, Alvarito se desesperó.

Mientras vivía inquieto y desesperado, alguien le miraba con placer, alguien que se consideraba gravemente ofendido por él.

Había un muchacho joven en la Ciudadela, hijo del carcelero, con muy mala sangre, que siempre buscaba la manera de molestar a los prisioneros carlistas. Le llamaban *Visera* o *Viserita*.

Viserita era hijo de un sargento que hizo la campaña de Alaix contra Gómez. Alaix, años antes, había sido capitán general en Pamplona. Como al general Alaix los soldados le apodaban *Visera*, al sargento, que constantemente hablaba de él, le llamaron también así, y lo mismo a su hijo, aunque a éste más frecuentemente le decían *Viserita*.

Una de las vejaciones habituales de *Viserita* consistía en entrar en los calabozos de los carlistas entonando el *Himno de Riego* o algún otro cántico odiado por ellos. *Viserita* tuteaba a los oficiales carlistas, aunque fueran viejos, y si alguno se molestaba, le amenazaba con denunciarle.

Según decían, *Viserita* guardaba las cartas de los presos de la Ciudadela; las leía y se divertía después dando bromas a los interesados sobre lo que les escribían sus mujeres o sus madres.

Alvarito había provocado la envidia del hijo del carcelero hablando en francés con *Manón*, y después, no haciéndole suficiente caso, y *Viserita* se vengó.

Las cartas que vinieron de Francia para Alvarito no llegaron a su poder. Ponían el nombre y debajo Ciudadela, Pamplona. *Viserita,* con malicia, borraba Pamplona y ponía Menorca, y la carta marchaba hacia el Mediterráneo.

El no recibir cartas de *Manón* puso a Alvarito en un estado de inquietud tal, que cayó enfermo.

Los dos oficiales conocidos en Belascoain estuvieron a verle.

Poco después, el juez militar ordenó la libertad, y el capitán Centurión y el teniente Robles se lo llevaron a su casa de huéspedes.

Alvarito hizo un esfuerzo, y escribió una carta a su hermana, pidiéndole noticias de *Manón* y diciéndole fuera a verla.

Luego cayó en cama febril y su conciencia se perdió en el delirio.

IX

FANTASÍAS

Una enfermedad es como el viaje hecho por un mar de dolor, de angustia y de melancolía, con islas extrañas, canales misteriosos y acantilados cortados a pico. Un dolor se parece a veces a la nube ensombrecedora del horizonte; otro, al escollo peligroso por delante del cual se ha de pasar.

La enfermedad es también Nave de los Locos, con tripulaciones de sombras gesticulantes y disparatadas; es un carnaval del cerebro con bacanales furiosas y fantásticas zarabandas.

Cuando el espíritu pierde sus frenos, los colores, los sonidos y los dolores se convierten unos en otros, una punzada se trasforma en imagen luminosa y desagradable, la pulsación de una arteria en rumor de cataratas o en molino donde se muelen piedras sin ningún objeto.

¡Cuántas veces, al cerrar los ojos, a Alvarito se le convertía la retina en extraño calidoscopio! ¡Cuántas veces le vino a la imaginación el río oscuro de Bayona y se sintió arrastrado por la corriente y envuelto en sus aguas negras y sombrías!

En ocasiones pensaba encontrarse en estado de lucidez extraordinaria, consecuencia única de la fiebre, y creía resolver y comprender muchas cosas hasta entonces para él completamente oscuras.

Una porción de sueños sombríos y espantosos le sobrecogieron en aquella temporada. Algunos de estos sueños se confundieron, se esfumaron y llegaron a borrarse; otros, no; quedaron grabados fuertemente en su espíritu, como la huella de un buril en el metal.

Uno de los sueños, sobre todo, tardó mucho tiempo en olvidarlo. En este sueño se encontraba preso en un calabozo inmundo, con hombres horribles y famélicos, astrosos, tristes y amarillos, como figuras de cera.

De pronto comprendía la posibilidad de escapar, y por una aspillera estrecha, metiendo el cuerpo con grandes dificultades y apuros, salía al glacis de la muralla y echaba a correr por un foso lleno de agua negra y fangosa.

Atravesaba arcos, galerías, corredores; miraba desde el parapeto de una torre parecida a la de la iglesia de Belascoain y salía por una poterna estrecha a un pueblo misterioso, de calles angostas análogo a las del barrio de Bayona.

Marchaba por una calle igual a la de los Vascos, pero muy distinta en detalles, cuando de pronto veía a un hombre dentro de una tienda, un hombre gris, con gabán gris y anteojos.

¿Era el *Voceador* del crimen de las figuras de cera o el señor Silhouette? No lo sabía, y se empeñaba en averiguarlo. Debía de ser el señor Silhouette, porque en la tienda, y siguiendo las prácticas de su oficio de empresario de pompas fúnebres, tomaba las medidas de unos muertos colocados simétricamente sobre una mesa y veía si coincidían con las de unos ataúdes.

El hombre del pelo gris, gabán gris, y anteojos, salía a la calle, y al ver a Alvarito manifestaba una gran repulsión e intentaba alejarse, escabullirse de su lado. Álvaro marchaba detrás de él con una rabia de sabueso de policía, irritado por producir tanto desprecio.

El hombre del gabán gris corría mucho, y cuando llevaba gran delantera, se paraba y espiaba desde una esquina. Álvaro iba decidido, con cólera, hacia él, y el hombre, entonces, le volvía la espalda y marchaba de prisa con un movimiento burlón e insultante.

Por fin, aquella figura gris entraba sin ruido en una casa negra.

Esta casa Alvarito la conocía muy bien, aunque no recordaba su nombre. Parecía la casa del Reducto; pero se diferenciaba de ella en ser más alta, más sombría y tener muchas más ventanas.

El hombre misterioso comenzaba a subir una escalera. Alvarito iba detrás. Eran unas escaleras interminables. Alvarito conocía muchísimo estas escaleras. No había visto otra cosa. Estaban llenas de puertas y se abrían en lucernas pálidas que parecían ojos. Se llegaba a un rellano y venía otro, y después otros...

De pronto, el hombre gris se detenía en un descansillo, abría una mampara verde con un óvalo de cristal, que daba a una sala con unas cortinas, unos espejos y una alfombra. En la sala misteriosa, un señor melancólico, de negro, con una carta en la mano, la metía rápidamente en una carpeta.

El hombre gris abría otra puerta; Álvaro le seguía y se encontraba con otro señor que repetía la misma operación: cogía una carta de encima de la mesa y la guardaba con cuidado.

Por último, el hombre gris abría una tercera puerta y por ella se veía un campo con un río, y luego al joven *Ollarra*, que caía desde lo alto de una tapia y se rompía en pedazos en el suelo.

La indignación de Alvarito al ver estas fantasías iba en aumento. Dispuesto a aplastar al hombre gris, se lanzaba sobre él y le cogía, y al agarrarle se encontraba con sorpresa que no tenía más que ropa.

Desesperado, le entraban ganas de llorar, y entonces veía al *Voceador* con su traje gris, parecido al señor Silhouette, y a todas las figuras de cera alineadas en el almacén de *Chipiteguy*.

Alvarito sintió intenso deseo de tirarlas al suelo y de patearlas; pero notó que alguien le sujetaba los brazos y se despertó bañado en sudor.

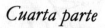

Cuarta parte

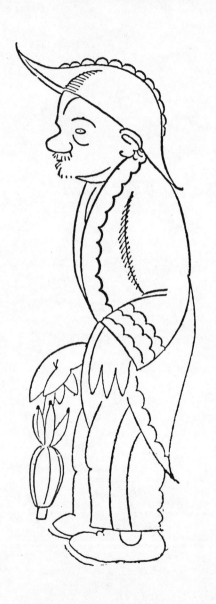

VUELTA A BAYONA

I

Noticias

Cuando Alvarito se encontró mejor, lo bastante bien para salir a la calle, se sintió muy melancólico.

Todas las ideas y preocupaciones tristes se agolparon en su imaginación. Lo visto y lo imaginado, la realidad y el sueño, le parecieron igualmente horribles pesadillas.

Alvarito recordó también las estampas de *La nave de los locos,* de casa de *Chipiteguy,* y pensó que considerar el mundo como absurdo y zarrapastroso carnaval no es una locura, pues lo visto por él en el viaje más parecía una serie de extravagancias carnavalescas que otra cosa.

La Dama Locura se paseaba por los rincones de España, asolados y destrozados por la guerra; pero la Dama Locura de los campos españoles no era mujer fina y sonriente, graciosa y amable, como la de las estampas de Holbein, sino una mujerona bestial, que, negra de humo y de pólvora, borracha de maldad y de lujuria, iba quemando casas, fusilando gente, violando y matando.

Ya comenzaba Alvarito a encontrarse bien, cuando recibió carta de su hermana Dolores y de su padre.

Su hermana le contaba las últimas noticias de Bayona. *Manón* le había escrito varias veces a la Ciudadela sin recibir respuesta. *Manón* preguntó después en Pamplona por Álvaro, y le contestaron que se encontraba bien. *Manón*, probablemente ofendida con Alvarito por su silencio, aceptando la proposición de su abuelo, se había marchado a un colegio a París.

Alvarito se desesperó. ¿Por qué causa no recibió las cartas? Pensó en averiguarlo; pero ya, ¿para qué? El mal estaba hecho. Alvarito se sentía fatalista y deprimido.

—Es el Destino —se dijo a sí mismo.

Al recuperar las fuerzas volvió a Bayona. En casa le encontraron muy flaco y muy triste.

Su hermana Dolores le contó cómo *Manón*, preocupada con su silencio, había llegado a creer, sin duda, que él tenía algún motivo contra ella y que por eso no la quería escribir.

Alvarito se desesperó.

—¡Qué se va a hacer! —se dijo—. Es el Destino adverso.

Días después Álvaro recibió una de las cartas de *Manón*, que venía devuelta, y en cuyo sobre estaba borrado Pamplona y puesto Menorca. ¿Quién podía ser el autor de esta mala obra? ¿Qué causa podía tener de enemistad contra él? No lo comprendía.

Al día siguiente, Alvarito fue a la casa del Reducto, y *Chipiteguy* le recibió conmovido y le abrazó llorando. El viejo parecía más débil, más impresionable y más sentimental que antes.

Se contaron sus respectivas aventuras.

Chipiteguy había andado tres meses en España de un lado para otro, maltratado por sus carceleros.

En Almandoz, el sacristán, que le vigilaba, le reprochaba a cada paso el sacrilegio de haber robado las cruces de las iglesias y le hablaba constantemente del infierno, que le esperaba muy próximo, porque le quedaba poco tiempo de vida. Él se justificaba diciendo que le habían encargado de llevar las custodias a Francia, y aseguraba que sus enemigos no querían más que sacarle dinero. Cuando llegaba *Malhombre*, le amenazaba.

De Almandoz, *Chipiteguy* fue llevado a Zugarramurdi, y allí le tuvieron una semana metido en la cueva de las lamias[13], en

---

[13] La cueva de las brujas de Zugarramurdi fue descrita por Pío Baroja en *La dama de Urtubi*, Madrid, s./f., págs. 68 y ss. Sobre las brujas de este pueblo y del proceso que se siguió, véase Julio Caro Baroja, *Las brujas y su mundo*, Madrid, 1961, págs. 247 y ss. Baroja hace referencia a las lamias, animales fabulosos con figura de mujer que aparecen en la mitología grecolatina, y en la vasca. Véase J. Caro Baroja, *Algunos mitos extranjeros y otros ensayos*, Madrid, 1944, páginas 29 y ss.

compañía de unos prisioneros liberados, la mayoría muchachos jóvenes.

De Zugarramurdi, trasladado a Urdax, vivió varias semanas, enfermo y muy miserablemente, en un granero, hasta que Gabriela *la Roncalesca* le montó en un mulo y lo llevó en distintas etapas hasta un pueblo del Roncal, y desde allá pudo entrar en Francia.

Chipiteguy quiso que Alvarito volviera a su casa.

—Pero si ha cerrado usted la tienda y no hay nada que hacer —dijo Alvarito—. ¿Para qué quiere usted que esté aquí?

—No importa, ven; todavía tenemos que hacer. Además, vivirás conmigo.

El viejo mandó a la andre Mari que pusiera el cuarto de Alvarito en el segundo piso, y como si estuviera más contento que de ordinario, entonó su canción de bravura. *Atera, atera;* pero la voz, cascada, temblaba al cantar.

Desde que el viejo *Chipiteguy* volvió de su cautiverio de Urdax se encontraba enfermo y malhumorado. La gota, exacerbada, le producía grandes y agudos dolores; sufría con los cálculos, le ahogaba la tos y se quejaba de todo.

Su suspicacia había aumentado de tal manera, que la menor cosa le producía desconfianza.

Chipitiguy adquirió carácter de viejo maniático.

A la andre Mari y a la Baschili las reñía a cada paso; únicamente trataba bien a Alvarito.

De *Manón* hablaba poco, y si algún extraño comenzaba a referirse a ella, cortaba enseguida la conversación. Unas veces daba a entender que la muchacha se hallaba en París en un colegio, otras que estaba en casa de unos parientes.

Alvarito se enteró entonces por primera vez de que una hermana de *Chipiteguy*, bastante más joven que él, servía desde hacía muchos años de ama de llaves en una familia aristocrática parisiense. Al parecer, la señorita Dollfus tenía gran ascendiente en la casa. Alvarito no sabía sus señas. De saberlo, hubiese escrito a *Manón*, por si acaso vivía allí.

Chipiteguy pasaba horas y horas en sus almacenes, en donde aún quedaba mucho género. A veces, aunque pocas, pedía a Alvarito que le ayudase.

Mientras el viejo revolvía todas sus antiguallas, se dedicaba al soliloquio. Alvarito le escuchaba con gran interés. Muchas veces el viejo daba la impresión de un sonámbulo o de un loco.

Un día le encontró sentado registrando unos cajones y con un gran cesto delante.

—Haremos liquidación de todo —mascullaba el viejo—: cruces..., insignias de estos miserables, Orleáns y Borbones, que son capaces de vender a su pueblo y a su madre..., al cesto... ¡Hem! ¡Hem! Paparruchas teatrales de Bonaparte y compañía..., al cesto... Uniformes, espadines, tricornios y bonetes de cura..., al cesto. Es lo que debía hacer la sociedad, coger los trastos de la religión y de la Monarquía y echarlos a la basura. ¡Hem! ¡Hem! Es donde debían de estar...; pero esto haría la sociedad si tuviera sentido común... ¿Y cuándo la sociedad y el hombre han tenido sentido común? Nunca. ¿Y cuándo lo tendrán? En el mismo tiempo. Es decir, nunca jamás. Es como yo. Igual que yo. ¡Hem! ¡Hem! ¿Quién anda ahí? ¿Anda ahí alguien?

El viejo se levantó, miró por los rincones del almacén, se asomó a la puerta y volvió a sentarse.

—Parece que no hay nadie —murmuró gruñendo—. Sí, la sociedad es como yo. Yo le he dicho a mi nieta: *Manón*, no me escribas, no te ocupes de mí. Tienes que vivir en una sociedad estúpida, que si sabe que eres la nieta de un trapero, te lo echará en cara y te despreciará. Pues bien, que no lo sepan esos miserables. No te ocupes de mí, olvídame. ¡Hem! ¡Hem! Y ella, ¿qué ha hecho? Ella ha tomado al pie de la letra la recomendación, y no se acuerda de mí, que la quiero con toda mi alma, y no me escribe. ¡Ah, viejo imbécil! ¿De qué te ha servido la experiencia? ¡Hem! ¡Hem! ¿No sabías que las mujeres son así, crueles, indiferentes, duras para los débiles y humildes para los fuertes? ¿Es que creías que tu nieta iba a ser una excepción a la regla? Lo que te pasa es justo castigo a tu imbecilidad. ¡Hem! ¡Hem! Podías haber pensado en ti antes que en ella, y entonces ella te hubiera contemplado, te hubiese mirado como a un viejo amable, con quien hay que ser cariñoso. Se hubiera casado con algún buen muchacho, como Alvarito, y hubiéramos sido todos felices. Pero las ambiciones nos han perdido. Yo las tenía por ella y para ella. Me he permitido la estupidez de ser generoso, de no pensar más que en ella. ¡Hem! ¡Hem! Ahora sí creo que anda alguien. ¿Qué diablos me quieren? ¿Quién me busca? No, pues no hay nadie, será alguno en la calle que grita o algún carro que pasa.

El viejo escuchó atentamente. No se oía nada.

—Tengo alucinaciones —exclamó con tristeza—. ¡Qué le vamos a hacer! Ya no me queda más que un resto de vida, que es como un harapo sucio y roto. ¡Hem! ¡Hem! Si aún tuviera fuerza, saldría, con el saco al hombro, a gritar: «¡Atera! ¡Atera!» por las calles, y alguno al verme diría: «Ese trapero tiene una nieta que es una princesa»; pero no tengo fuerza, soy tan viejo y tan estropeado como estas antiguallas que me rodean, y a mí me tendrán que echar el primero al cesto de la basura. ¡Hem! ¡Hem!

En todos sus soliloquios, que repetía con frecuencia, el viejo *Chipiteguy* se mostraba siempre así, misántropo, hipocondriaco, más anticlerical y más antimonárquico que nunca.

II

Lo que hacía Aviraneta

Alvarito fue a visitar a don Eugenio al Hotel de Francia con la esperanza de que el conspirador supiese algo de *Manón*; pero Aviraneta se encontraba preocupado con los acontecimientos políticos y no se enteró de lo que le contó Álvaro de *Chipiteguy* y de *Manón*.

—Vivimos en plena intriga —le dijo don Eugenio—. Hace unos días ha venido a visitarme Valdés el de los gatos en compañía de Pedro Martínez López, el del folleto contra María Cristina. ¿Sabe usted lo que me proponían?

—¿Qué?

—Trabajar en favor del infante Don Francisco, para hacerle a este señor regente. Me negué a ello. Valdés, en la conversación, quería convencerme de que los dos éramos compadres y de la misma escuela, pero yo puse los puntos sobre las íes. Valdés me oyó con una sonrisa amable, Martínez López estaba malhumorado porque yo no le hacía caso. Valdés quiso demostrarme que había sido liberal toda su vida. «Habrá sido en secreto», le dije yo. «¿Así que no puede usted trabajar por el infante Don Francisco?», me preguntó. «No.» «¿No quiere usted tampoco trabajar con el marqués de Miraflores en la Embajada de París?» «¿Va a la Embajada Manuel Salvador?» «Sí.» «Pues donde vaya él no iré yo, porque es el hombre que más odio.» Y ahí tiene usted al marqués de Miraflores, nuestro embajador en París, llenando la Embajada de antiliberales y de carlistas, de gentes como Valdés, que trabajan por el infante Don Francisco, y de otros, como Salvador, que siguen siendo carlistas, y que será muy difícil saber a quién sirven y a quién traicionan.

Alvarito escuchó a Aviraneta un poco cariacontecido. ¡Estaba tan lejos el mundo del enamorado del mundo del político!

—¿Qué le importará que sea regente el uno o el otro? —pensó Alvarito—. Probablemente todo ha de seguir igual. ¡Cuánto más importante sería que me diera noticias de *Manón!*

Álvaro se despidió de don Eugenio, desilusionado.

En aquellos días se encontraba Aviraneta en plena actividad, en el dominio de todos los hechos necesarios y de todas sus facultades; las disposiciones que daba a sus agentes eran claras y precisas, sin vaguedades ni confusiones.

Conocía el tablero en que tenía que jugar la partida, conocía a los enemigos y a los suyos; sabía sus cualidades y defectos; sabía excitar su vanidad e insinuar sus propias ideas a los demás.

Pocos días después de la marcha de Roquet, cuando Aviraneta suponía ya inoculado el virus de la rebelión entre los carlistas y marotistas en Navarra a consecuencia del Simancas, don Eugenio comunicó sus instrucciones a los comisionados de la línea de Andoain para que allí se hiciera campaña a favor de Maroto, desacreditando a Don Carlos y ganando el espíritu de los sargentos a favor de la paz.

Por entonces se volvió a presentar de nuevo Gabriela *la Roncalesa* en Bayona, y fue a casa de don Eugenio a darle noticias y a pedirle instrucciones.

Aviraneta preguntó dónde estaba *Bertache.* Ella le dijo que en aquel momento debía encontrarse en Elizondo.

—Entonces, lo mejor sería que fueras a verle.

—¿Qué le digo?

—Dile que siga haciendo propaganda en contra de Maroto y de los demás generales castellanos, y que cuando el coronel Aguirre, que está en San Juan de Pie de Puerto, dé el aviso, intente arrastrar a todos los sargentos y soldados de influencia del Quinto de Navarra para que se subleven. Iturri, el posadero, será el encargado de enviar a *Bertache* el dinero que se necesite.

—Bueno —dijo Gabriela—. Pasado mañana estoy aquí.

Al mismo tiempo que a *Bertache*, se envió dinero a García Orejón, a Zabala y a otros para que provocaran la insubordinación de los batallones navarros.

A los tres días, Gabriela volvió. Se había visto con *Bertache* en Elizondo, y éste necesitaba instrucciones, porque, según él, los acontecimientos se precipitaban.

Gabriela dio nuevos informes a don Eugenio. *Bertache* y la mayoría de los oficiales y sargentos del Quinto de Navarra estaban repuestos del espanto producido por las primeras medidas de Maroto. Se hallaban dispuestos a entablar la lucha contra el general francamente.

Respecto a García Orejón, perseguido por Maroto, se había refugiado en el pueblo de Gabriela, en el Roncal.

—¿Qué piensas hacer ahora? —preguntó don Eugenio a *la Roncalesa*.

—Voy a volver.

—Bueno, pues diles a *Bertache* y a los demás que se sabe positivamente que Maroto está ya en tratos con los cristinos.

—¿Sí?

—Sí; su plan consiste en entregar a Don Carlos y a la familia real al general Espartero, que fue compañero suyo.

—Mejor sería que escribiese usted todo eso.

Aviraneta lo escribió. Les inducía a los oficiales a desacreditar a Maroto por todos los medios y a trabajar en ganar los sargentos y en ponerse a la defensiva. Aviraneta explicaba lo ocurrido y lo que iba a ocurrir, y como los antiguos avisos suyos se cumplieron, los nuevos se consideraron como indudables. Al parecer, los oficiales y sargentos, al saber las noticias, manifestaron gran indignación contra Maroto, y se prepararon a defenderse.

205

Gabriela volvió del campo carlista rápidamente con recado verbal de *Bertache*. El oficial del Quinto de Navarra pensaba que don Eugenio había adivinado desde hacía tiempo los planes ocultos de Maroto; todos los jefes y oficiales de los batallones navarros, ya alarmados por los fusilamientos de Estella y la expulsión de los personajes del Cuartel Real, se veían amenazados por un desastre y estaban dispuestos a intentar algo contra Maroto, mas les faltaba dirección y jefe.

Bertache esperaba que Aviraneta les indicase inmediatamente qué debían hacer. Unos días después Aviraneta tuvo una conferencia en Bayona con Duffeau, el secretario de Maroto, y por él supo que Espartero y Maroto estaban en negociaciones para hacer la paz.

¿En qué condiciones? ¿Sobre qué bases? Eso es lo que no pudo adivinar.

Duffeau era un jefe de batallón francés. En otoño de 1883 se presentó en el cuartel general de Maroto. a donde llegó sin recomendaciones y sin dinero.

Maroto, brusco con los extranjeros, se negó varias veces a verle; pero, al fin, le vio, conferenció con él y le hizo su secretario particular.

Duffeau se puso en relación con el intendente Arizaga; hombre listo, corrido y cínico, y entre los dos empujaron a Maroto hacia el convenio.

III

ROSA, DOLORES Y MANÓN

Alvarito fue a visitar a Rosa y a madama Lissagaray, y les preguntó por *Manón*. Le contestaron ellas con indiferencia. Estaba en París, escribía muy poco a su abuelo, y, por lo que se decía, frecuentaba la alta sociedad. ¿Sus señas? No las sabían o no las querían decir.

Si refiriéndose a *Manón* se mostraron madre e hija indiferentes, en cambio con Álvaro estuvieron muy amables. Todos los arrumacos, todas las amabilidades de Rosa y de su madre no podían conseguir que Alvarito olvidase a la nieta de *Chipiteguy*.

Rosa se ruborizó con mucha frecuencia al hablar con el muchacho. No parecía sino que había pasado algo entre los dos desde que no se veían.

Dolores llamó la atención a su hermano sobre ello.

—Rosa está muy interesada por ti —le dijo.

Alvarito oyó la observación con indiferencia.

Otros días fue Álvaro a visitar a Rosa y a madama Lissagaray con la esperanza de encontrar noticias de la parisiense.

Dolores intervenía con habilidad impidiendo que se mentara a *Manón*, y al mismo tiempo intentaba que su hermano tomara actitud más apasionada con Rosa.

Unos días después, Dolores dijo que entre madama Lissagaray y ella habían pensado si Alvarito podría ir de dependiente o de encargado al bazar El Paraíso Terrenal. Álvaro no tenía ocupación en casa de *Chipiteguy*.

Álvaro contestó que lo consultaría con el trapero. Al viejo le pareció la idea muy bien.

—Trabaja si quieres en el bazar —le dijo—; pero ven a comer y a cenar conmigo. El cuarto seguirá también siendo tuyo en esta casa.

Alvarito estaba encariñado con la casa del Reducto. Le parecía suya, por guardar para él los más bellos recuerdos de su vida.

El despacho de El Paraíso Terrenal, a donde fue a trabajar días después, era mucho más limpio y arreglado que el de *Chipiteguy*.

Alvarito desconocía la teneduría de libros, pero según madama Lissagaray esto no importaba gran cosa. Ellas necesitaban principalmente un hombre de confianza.

Mientras trabajaba llevando las cuentas en El Paraíso Terrenal, Álvaro soñaba con *Manón*, su compañera de aventuras. El viaje hecho a través de Navarra tomaba en su imaginación proporciones de algo lejano, admirable y maravilloso. Aquella estancia en Abárzuza, papá Lacour con su mujer, *la Prudenschi, Ollarra*, el Ratón. ¡Qué tipos!

Muchas veces Rosa le estudiaba con mirada fija, y al verle absorto, dedicado al trabajo maquinal y con el alma ausente, hacía una mueca de tristeza.

Por entonces, Dolores recibió dinero de París. Se lo enviaba, según decía en la carta, una señora española para que pusiera un taller por su cuenta. Alvarito pensó si sería *Manón*.

Dolores alquiló una tienda pequeña en la calle Mayou, y para adornarla Alvarito pidió a *Chipiteguy* dos bustos de cera, el de la *Española* y el de la *Dama Bonita,* que colocaron, cubiertos de bordados, en el escaparate.

Algún tiempo después, Alvarito, con el corazón destrozado, supo que *Manón* se iba a casar en París con el vizconde de Saint-Paul.

La andre Mari le dijo que debía olvidar a su sobrina.

—*Manón* se casa por ser vizcondesa y por figurar. Olvídala.

—No es eso siempre fácil.

—Pues haz un esfuerzo. *Manón* es una mujer sin sentimientos. Tú debías casarte con Rosa.

El viejo *Chipiteguy* decía lo mismo.

—Tú debías de casarte con Rosita.

Álvaro le oía siempre con tristeza.

En su pequeño círculo, todo el mundo iba viviendo bien y mejorando un poco, menos *Chipiteguy* y Alvarito, los dos unidos por su entusiasmo por *Manón*.

El viejo, a fuerza de cariño por su nieta, ni había querido que viniera a Bayona antes de su boda, y pensaba satisfecho que brillaba en París, aunque el tenerla lejos le entristecía.

Alvarito se encontraba siempre mal.

Algunas veces que el viejo habló de *Manón*, él le preguntó:

—¿Dónde está ahora?

—¿Para qué quieres saberlo? Nos ha olvidado, olvidémosle nosotros a ella.

—¿Por qué se queja usted? —le preguntó una vez con rudeza Alvarito—. ¿No ha sido usted mismo el que le ha mandado que no se acuerde de usted y que no le escriba?

—Yo le he recomendado eso, es verdad, porque era su conveniencia —contestó humildemente *Chipiteguy*—. ¿Pero tú hubieras hecho eso aunque te lo recomendaran? No; yo por su bien he cortado nuestras relaciones para que no le reprochen sus nuevos amigos que es la nieta de un trapero. En ella estaba no seguir el consejo tan al pie de la letra. ¡Qué se va a hacer! Es ingrata. Es dura de corazón.

—Pero usted la llamará alguna vez.

—No, no la llamaré aunque me esté muriendo en mi rincón. No la llamaré. Le he dado todo, pero no quiero nada de ella. Todas son así, Alvarito, igualmente egoístas, vanidosas y volubles. No tienen corazón. Frialdad, orgullo, coquetería, deseo de lucir y triunfar. Nada más. Ha sido para ti una suerte no casarte con ella. Te hubiera hecho desgraciado.

—Triste suerte —pensaba Alvarito.

Una noche soñó que se hallaba en el entresuelo de El Paraíso Terrenal, en la parte del bazar llena de juguetes. Estaba arreglando las muñecas con sus ojos azules, metidas muy alegres en sus ataúdes de cartón; los polichinelas, con sus trajes multicolores y sus platillos; los conejos blancos, que tocan el tambor; los caballos fogosos, con sus crines de estopa y sus ojos brillantes; los soldados de plomo y las arcas de Noé, cuando de pronto un barco de marfil que colgaba del techo se movió y comenzó a navegar por el aire. En el barco iban unas muñequitas de porcelana, muy bonitas y adornadas: *Manón*, Rosa, *Morguy* y su hermana. Todas, al pasar, le saludaban amablemente; pero en una de las vueltas, al deslizarse el barco por delante de sus ojos, *Manón* había desaparecido. ¿Dónde estaba? ¿Dónde se había ocultado? Entonces a él no se le ocurría más que recitar el romance del marqués de Mantua:

> ¿Dónde estás, señora mía,
> que no te duele mi mal?
> O no lo sabes, señora,
> o eres falsa o desleal.

IV

LAS PREOCUPACIONES DE CHIPITEGUY

El viejo *Chipiteguy* iba sintiendo remordimientos de no haber tenido en cuenta el entusiasmo de Alvarito por su nieta, y quería sincerarse con él, repetirle que con *Manón* hubiera sido desgraciado, porque era ingrata, voluble y olvidadiza.

Álvaro, la mayoría de las veces, no contestaba, pensando en sí mismo y en su vida aniquilada. Comprendía que no había esperanza para él. Quizá hombres de naturaleza más exuberante podían poseer almas más propicias para el entusiasmo amoroso y después de uno vivir con otro; pero él comprendía que toda su fuerza espiritual, toda su capacidad de ilusión, la había puesto en la nieta de *Chipiteguy* y que ya no volvería a sentir otro entusiasmo parecido.

¿Qué iba a hacer él ya en la vida? No tenía esperanza alguna. Ya no podía aspirar más que a la tranquilidad, al reposo, a vivir sin angustia.

La melancolía ahogaba el resentimiento en Alvarito, la tristeza le impedía tener rencor; no así en el viejo, que, uniendo odio y cariño por *Manón,* insistentemente se mortificaba y ensanchaba su herida; deseaba hablar de su nieta, tan pronto bien y tan pronto mal.

Cuando *Chipiteguy* no hablaba de *Menón* volvía a sus manías, que por momentos iban aumentando.

Decía a cada paso que la gente sospechosa rondaba la casa del Reducto.

Una noche, Alvarito creyó ver a Frechón muy tapado, con gabán y bufanda, en el puente de barcas del Adour y luego en la plaza del Reducto, mirando la casa de *Chipiteguy* como si la estudiara.

—¿Estás seguro de que era él? —preguntó el viejo cuando contó Álvaro lo que había visto.

—No del todo seguro, porque era de noche. Si otra vez le veo, ¿qué hago? ¿Le denuncio?

—No; aumentaremos la vigilancia.

Chipiteguy mandó poner barras de hierro en puertas y ventanas y dio nuevas instrucciones a Quintín y a Castegnaux.

Unos días después les despertó, por la mañana, un gran alboroto.

—¿Qué hay, qué pasa? —gritó *Chipiteguy* espantado.

No pasaba nada. Era *Abadejo,* el loco de la vecindad, que después de reunir todas las latas y botes de conservas encontrados en la calle, y de atarlos con cuerdas, corría, gritando furiosamente, haciéndose la ilusión de que llevaba un tropel de caballos.

Otra vez el susto se lo dieron a *Chipiteguy* varios chiquillos de la vecindad, que pasaron al anochecer dando aldabonazos en las casas.

V

Proyecto de nuevo viaje

Alvarito pasó así, triste, ensimismado y deprimido, varios meses. Su mal humor habitual, su aburrimiento, le impedían el gusto por todo.

A medida que se mostraba menos amable, los demás le trataban mejor. Tenía una tristeza melancólica, inquieta y sin calma. Lo único agradable para él era leer. Pero d'Arthez le prestaba libros y él se los tragaba. La literatura, y sobre todo la Historia, le entretenían mucho.

Sus ideas iban cambiando y comprendía que las absolutas verdades de antes podían muy bien no ser ciertas o llegar a lo más a verdades pasajeras. El carlismo suyo, herencia de su padre, descompuesto y evaporado, le parecía una de tantas cosas con mucha fachada y por dentro vacías.

Al comienzo de la primavera, don Francisco Xavier Sánchez de Mendoza recibió una carta de España. Acababa de morir el padre de su mujer, abuelo materno de Alvarito, en Cañete. Debía haber dejado alguna herencia. ¿Cuánto? No se sabía.

—¿No te parece que sería conveniente que Álvaro fuese allá? —preguntó don Francisco a su mujer.

—Sí, sí, todo eso es cierto, pero yo no sé si esa fortuna de Jega que cobrarse gran cosa.

—Tú has dicho muchas veces que tu hermano Jerónimo estaba rico, y hasta que había encontrado un tesoro.

—Sí, eso se contaba en el pueblo; pero yo no sé la verdad que hay en ello.

—Decías también que había alquilado un castillo.

—Sí, sí, todo eso es cierto, pero yo no sé si esa fortuna de Jerónimo es de verdad o es pura fantasía.

—Algo habrá cuando se habla de ello.

—Es posible, pero yo no quiero que Alvarito se exponga inútilmente y pierda el empleo que tiene en casa de madama Lissagaray. Todo aquel país debe de estar muy mal con la guerra.

—¡Bah, por allí no ocurre nada! Cree que más peligros que los que ha pasado en Navarra no se le presentarán.

—Sí, es cierto; pero no siempre se sale bien de los peligros.

Sánchez de Mendoza preguntó a su hijo qué le parecía el proyecto de ir a Cañete.

—Bien, muy bien —contestó con indiferencia Álvaro.

Al muchacho no le disgustaba la perspectiva de otro viaje aventurero. Sin datos fehacientes no creía gran cosa en la fortuna de su tío Jerónimo. Le había nacido cierta desconfianza por las grandezas de la familia.

Don Francisco Xavier habló a madama Lissagaray, y ella dijo que esperaría a Álvaro el tiempo necesario y le reservaría el empleo.

Madama Lissagaray notaba que su hija, muy interesada con Alvarito, no era correspondida; que éste seguía pensando constantemente en *Manón*. Un viaje largo, y hasta un tanto peligroso, convenía a Alvarito y también a su hija.

Que el muchacho volvía con la misma pasión, o que no volvía, ella haría lo posible para que Rosa olvidara sus amores con la ausencia. Si volvía curado, la cuestión se hallaba resuelta.

Chipiteguy dijo a don Francisco Xavier que a Alvarito le convendría un viaje largo, pues le creía enamorado como un loco de su nieta *Manón,* que los había trastornado a todos.

Chipiteguy dio a Alvarito mil pesetas para el viaje; Álvaro comenzó sus preparativos; su madre le hizo grandes recomendaciones para que no se expusiera y para cuando viera en Cañete a su hermano Jerónimo. Su padre le dijo que debía acercarse a su casa de Iniesta, cerca de Minglanilla.

—No es una gran casa —advirtió el hidalgo—, quizá a ti no te guste; pero yo tengo la idea de que no está mal. Es una casa de pueblo, naturalmente.

El buen hidalgo, ensalzador de los esplendores de su casa solariega cuando nadie podía verla, en el momento que su hijo pensaba visitarla, iba quitando hierro y encontrándola sin grandes méritos.

Alvarito compró el mapa de España en una librería y días después se dispuso a salir.

Comprendió por instinto que el andar, el deambular, el de-

212

jar de ver el sitio de sus amores, le curaría seguramente de sus penas. «¡Adelante y con valor!», se dijo a sí mismo.

¡Vengan lluvias, nieves, tormentas y temporales! ¡Venga un buen catarro o una buena fiebre! ¡Venga el peligro de una emboscada! Eso me curará definitivamente de mis melancolías.

¡A digerir la tristeza, a seguir el camino más largo!

Esta idea no le impacientaba, sino que le agradaba.

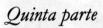

Quinta parte

RASTROS DE LA GUERRA

I

Un domingo de Carnaval en Vitoria

El mayoral iba gritando:

—*¡Coronela! ¡Coronela!...* ¡Ya, ya!...

La diligencia, con su cochero y sus zagales, marchaba por las llanuras de Álava, arrastrada por siete mulas, con sus cascabeles correspondientes. Alvarito contemplaba desde la ventanilla la tierra alavesa, con sus montañas grises y redondas y sus valles anchos, con su aire hidalguesco y guerrero. Aquellas explanadas le parecían un escenario natural para batallas. Al contemplar el país pensaba si en esta cañada o en aquel barranco habría tropas en acecho.

Así como Álava es tierra clásica para la guerra de batallas campales, la Navarra de la montaña es más para la guerrilla, para el corso, y Guipúzcoa para la partida.

La diligencia marchaba llena de bote en bote.

Aquello podía considerarse como la Caja de Pandora o el Arca de Noé. Había una mujer con un gato en una cesta, un cazador con dos perros, una niña con un canario, un aldeano con hortalizas, una señora con un tiesto, dos frailes que, según dijeron, vivían en comunidad privada, a pesar de que legalmente no existían ya en España conventos; un cura y otras varias gentes de tipo y de carácter mal definido. Los hombres, como si se hubieran puesto de acuerdo, tosían, fumaban y escupían.

Alvarito estaba cansado, rendido ya del viaje.

217

—En Vitoria voy a bajar —pensó.

No tenía mucho interés por Vitoria. Ya conocía en parte el país vasco. Ansiaba conocer Castilla, la tierra suya y la tierra de sus ascendientes.

Su billete servía hasta Vitoria, y decidió quedarse allí.

Por consejo del empleado de la diligencia, no sacó de la estación de parada todo su equipaje, sino un maletín pequeño.

Le chocó la serie de dificultades que le puso la policía para entrar en la ciudad; pero con paciencia y algunas pequeñas propinas salió del paso.

Fue a hospedarse a la fonda Nueva. Se lavó, se arregló un poco y después salió a la calle.

Era domingo de Carnaval. Hacía un tiempo espléndido y había máscaras. La gente, después de los años tristes de la guerra, sentía, sin duda, ganas de divertirse.

En el paseo de la Florida, después de misa mayor, paseaban muchas chicas bonitas, de aire vivo y decidido, tocadas con mantillas negras; había máscaras elegantes y zarrapastrosas, jóvenes peripuestos y oficiales muy petulantes.

Por la tarde, el paseo estuvo más animado, y Alvarito se divirtió de lo lindo, cruzando las miradas con las chicas guapas, viendo a la cocinera disfrazada de hombre con sus poderosas caderas, contemplando las zanganadas del oso que se tiraba al suelo o del hombre del *alhiguí.*

Al anochecer, antes de sonar el Ángelus, en esa hora dionisiaca del crepúsculo de Carnaval, Alvarito marchaba trastornado detrás de una modista vitoriana que le magnetizaba con sus miradas.

Hubiese podido, si hubiera sabido alemán, recordar las estrofas que el poeta revolucionario Julius Petrus Guzenhausen, de Aschaffenburg, escribió en un ejemplar de *La nave de los locos,* que guardaba *Chipiteguy,* y que decían así:

«¡Carnaval! ¡Carnaval! Eres de las pocas cosas trascendentales legadas por el pasado. Junto a ti, las fiestas religiosas, las académicas y las patrióticas no son más que pobres farsas insubstanciales. El sacerdote revestido con sus hábitos, el académico con su frac, el militar con su uniforme, el diplomático con su espadín, parecen más serios que las máscaras con su careta, y no lo son, no lo han sido nunca.

»¡Carnaval! ¡Carnaval! Eres antiguo como el hombre. Tus raíces se hunden en la animalidad del troglodita ardiente y fiero, llegan al rojo gorila o al moreno chimpancé. Cuando el simiandro vivía en la selva había ya organizado tu culto: se disfrazaba unas veces de animal y otras de hombre. Lo tienes todo: la risa, el arte, el disimulo, el miedo, lo inseguro, la inquietud, la perfidia humana, los sentimientos ancestrales...

»¡Carnaval! ¡Carnaval! Los imbéciles, cada vez en mayor número, te odian; los pedantes abominan de tus fiestas. Creen que en ellas hay un bajo histrionismo cuano en ti es todo Naturaleza.

»¡Carnaval! ¡Carnaval! Los pintados y los teñidos y los encorsetados, los graves puritanos y los sesudos moralistas temen tus gritos y tus actitudes pánicas. Tus farsas desenmascaran las farsas solemnes que ellos quieren conservar; tus risas descomponen la seriedad estólida del funcionario lógico y petulante.

»¡Carnaval! ¡Carnaval! A tu lado, las religiones y sus templos son de ayer, la academias son de ayer, los títulos son de ayer, la ciencia y el arte son de ayer, y en cambio, tú en una forma o en otra, eres eterno.»

En el momento de más entusiasmo y de más excitación en que Alvarito comenzaba a sentirse dionisiaco y elocuente, casi tanto como Julius Petrus Guzenhausen, de Aschaffenburg, sonaron las campanas de la queda, los alguaciles obligaron a quitar la careta a todos y la fiesta se acabó tristemente.

Alvarito se fue a la fonda, cenó, y como no tenía ganas de acostarse, decidió ir al teatro. Representaban *Treinta años, o la vida de un jugador,* melodrama truculento y lacrimoso, traducido del francés, no muy propio de un Domingo de Carnaval. La sala estaba elegante y vistosa, muy bien iluminada con candilejas y quinqués de petróleo.

En los palcos y plateas se lucía la aristocracia del pueblo: chicas bonitas, mamás gruesas llenas de joyas, señores viejos y jóvenes civiles y militares.

Tocó la orquesta y comenzó la función.

Al melodrama, terrible y de sentimentalismo absurdo y enfático, la manera de representarlo le hacía más grotesco. El jugador, héroe del melodrama, hombre bajito, disimulaba la pequeñez de su estatura con zapatos de tacón muy alto; estaba pintarrajeado como una careta, llevaba barba rubia postiza, que le temblaba al hablar con su voz de falsete, y miraba con una insistencia cómica al apuntador. La mujer del primer galán, legítima al parecer, en la realidad y en el drama, embarazada de ocho meses, declamaba lloriqueando con hipo angustioso. El padre del jugador parecía un energúmeno, daba miedo y hacía reír al mismo tiempo, y únicamente el traidor era gracioso y resultaba simpático, a pesar de su maldad melodramática.

Alvarito ya comprendía que el melodrama era malo y que no lo representaban bien; pero le hacía efecto, y muchas veces le daba ganas de llorar. En los palcos veía algunas mujeres que se secaban disimuladamente los ojos con el pañuelo.

En la butaca, al lado de Alvarito, un hombre con aire mixto de ciudadano y de lugareño hizo algunas observaciones muy atinadas y muy sensatas acerca de la comedia y de los cómicos, y Alvarito le dio la razón.

Salió el muchacho del teatro, y, al entrar en la fonda, se encontró con el vecino de la butaca.

—¿Se aloja usted aquí? —le preguntó.

—Sí, señor.

—¿Parece que somos vecinos en el teatro y en la fonda?

—Así parece —contestó Alvarito.

—Bueno, pues adiós. Buenas noches, que duerma usted bien.

—¡Adiós!

Al día siguiente, al levantarse de la cama y al ir a desayunar, se encontró Alvarito de nuevo con el vecino de la butaca. Era hombre ancho, de cara redonda, picada de viruelas, con ojos claros y expresión un poco ruda, de ingenuidad y de franqueza.

Le parecía a Alvarito que aquel tipo mixto de ciudadano y lugareño respiraba lealtad y buena fe.

Charlaron los dos largamente. El vecino dijo que era comerciante en Almazán. Le llamaban el señor Blas *el Mantero*. En los últimos años realizó un buen negocio de mantas con el ejército, y comerciaba también en lanas. Probablemente aquél sería su último viaje, porque pensaba retirarse.

A la hora de comer se encontraron de nuevo en la mesa Alvarito y el señor Blas. *El Mantero* produjo al joven Sánchez de

220

Mendoza bastante confianza para contarle su vida, sus amores y sus proyectos.

Al oírlo el señor Blas, dijo a Alvarito:

—Perdone usted, joven, que le haga una observación.

—Usted dirá.

—Creo que lo que piensa usted hacer es algo peligroso. Usted piensa ir a Madrid, de Madrid a Cuenca y de Cuenca a Cañete, ¿no es eso?

—Sí.

—Pues no creo que sea prudente. Hasta Madrid, y quizás hasta Cuenca, no le pasará a usted nada; pero de Cuenca a Cañete puede ser otra cosa. Por la parte de Castilla la Nueva y de la Mancha, por tierras donde ande todavía la guerra, no vaya usted, a no ser que tenga usted algún conocido, y si lo tiene, avísele usted con anticipación.

—¿Cree usted que sea peligroso?

—Sí; la guerra todo lo estropea y lo echa a perder, y para el que no es del país, andar en parajes extraños con guerra es mal negocio.

—¿Usted qué cree que debía hacer?

—Yo le voy a proponer a usted una cosa. Que venga usted conmigo a Almazán, y de Almazán vaya usted a Cañete.

—¡Hombre!

—Si desconfía usted, no venga.

—No; ¿por qué voy a desconfiar? Pero me parece que se pierde mucho tiempo haciendo ese viaje por ahí.

—¡Ah! Si tiene usted prisa, no le digo nada.

—No, prisa no tengo.

—De aquí a Almazán tardaremos una semana. De Almazán a Cañete, por Teruel, puede usted ir en un par de días; pero quizá le pueda acompañar algún conocido de confianza. Yo le ofrezco a usted una mula que tengo libre, usted paga sus gastos y yo los míos. Usted se preguntará, pensando en mí: «¿Qué puede salir ganando este hombre con ir conmigo?» Nada; tener un compañero de viaje amable.

—¡Muchas gracias!

—Ya se sabe lo que dice el refrán: «Compañía de dos, compañía de Dios.» Con que piénselo usted. Yo mañana me voy.

—Le agradezco a usted mucho el ofrecimiento.

—Nada, nada. Usted esta noche me dice sí o no, y tan amigos.

—El caso es que traigo equipaje bastante grande, una maleta y un maletín, que no creo que serán fáciles de llevar en un mulo.

—Pues si me quiere usted hacer caso a mí, no lleve usted más que el maletín. Una muda o dos, y basta.

—¿Y qué hago con la maleta?

—La devuelve usted a su casa. Usted no sabe lo molesto que es llevar equipaje; que aquí la aduana, que allí los consumos..., el policía que necesita ver si lleva usted papeles sospechosos. Es un martirio. En cambio, con el maletín va usted mejor, lo puede usted llevar en la mano. ¿Qué se le estropea a usted una cosa? La compra usted en el camino, y adelante.

—Sí, creo que tiene usted razón.

—En fin, usted piénselo.

II

EL SEÑOR BLAS, EL MANTERO

Alvarito pensó en el ofrecimiento del señor Blas, y consultó su mapa. Era indispensable dar un rodeo bastante grande para seguir el itinerario del *Mantero;* él no tenía prisa. El señor Blas parecía buena persona y hombre perfectamente enterado. Por otra parte, el viaje en diligencia se le antojaba incómodo y de una estupidez extraordinaria.

Alvarito se decidió por seguir el itinerario del señor Blas; envió su maleta grande a Bayona, se quedó con su maletín, y por la mañana siguiente salía en su mula camino de Miranda de Ebro.

El señor Blas, gran compañero de viaje, servicial, amable y decidor, no se impacientaba. Conocía muy bien todos los pueblos del trayecto y de todos sabía un gran montón de historias y anécdotas.

Fuera de la carretera principal, por donde rodaban las diligencias, los demás caminos de herradura estaban imposibles, descuidados, deshechos, llenos de baches, con relejes profundos y en parte borrados por las matas y las hierbas parásitas.

En leguas enteras, sobre aquellos caminos formados por cantos de río, los caballos y los mulos apenas podían andar. En algunas partes, los arroyos cruzaban las carreteras. No se pisaba más que lodo o polvo, lodo donde se hundían ·los caballos hasta los corvejones y polvo que se levantaba en nubes espesas.

Alvarito se sorprendió de este abandono.

—Es la guerra —dijo el señor Blas—. Cuando vaya usted por el Mediodía verá que allí los caminos son todavía peores. Toda la parte de Castilla que vamos a cruzar se puede recorrer con relativa seguridad, porque ya no hay carlistas, aunque quedan malhechores sueltos que pretenden dar a sus fechorías de bandidos un aire político. En todo queda el rastro de la guerra: miseria, hambre, desorden, peste; pero no hay gran peligro de ser acometido.

Alvarito vio que en casi todos los pueblos un poco granados por donde pasaron *el Mantero* visitaba a sus corresponsales para preguntarles si deseaban algo.

—Veo que cultiva usted su clientela —observó Alvarito.

—Amigo, ya se sabe —contestó el señor Blas sentenciosamente, y añadió—: en esta vida caduca, el que no trabaja no manduca.

El señor Blas se manifestaba como hombre alegre, expansivo y bien avenido con la vida.

En todas las posadas y paradores de los pueblos castellanos viejos donde se detuvieron, entre Miranda y Burgos, oyeron relatar hazañas del cura Merino, de Balmaseda y del *Empecinado*.

Fuera de los asuntos cotidianos de comprar y de vender, era lo único que interesaba.

Al principio, la incomodidad del alojamiento hizo quejarse a Alvarito a solas; pero se acostumbró, como se acostumbra uno a todo, al frío de las posadas y mesones y a dormir casi siempre vestido.

En los primeros días el viaje fue monótono. La llegada a Burgos por la mañana y la vista de la ciudad, con su aire severo, las agujas caladas y grises de su catedral y sus casuchas pequeñas alrededor, produjeron a Alvaro gran impresión. Creía asomarse a la Edad Media.

El Arlanzón lo encontró muy pequeño. Acostumbrado a Bayona, con sus dos ríos, y a Burdeos, que también había visto, con el magnífico Gironda, los pueblos de España, con sus riachuelos, le daban la impresión de secos. No se veía agua por ningún lado: montes secos, tierra seca, todo seco.

En Burgos, el señor Blas y Álvaro fueron a una posada de la calle de la Calera, y después Álvaro cruzó el puente y se acercó a la catedral.

Tenía idea vaga del arte gótico, cogida en el *Magasin Pittoresque* y en *Nestra Señora de París,* de Víctor Hugo, idea no sólo vaga, sino también oscura.

Entró en la catedral y se quedó maravillado. No sabía gran cosa de aquello, y se fue acercando a un sacristán o pertiguero con la idea de hacerle algunas preguntas.

El pertiguero peroraba comentando una corrida de toros, en el centro de un grupo de mendigos y de granujas.

El taurófilo sacaperros, no contento con las explicaciones verbales, se puso a marcar las suertes de *Paquiro Montes,* con la capa en una mano y la pértiga en la otra, y, después de agitar la capa, dijo, convencido:

—Ni Jesucristo lo hace mejor.

Esta invocación de Jesucristo en una cuestión de tauromaquia le dejó a Alvarito asombrado y le quitó el deseo de hacer ninguna pregunta al pertiguero.

Al oírlo, pensó en *Chipiteguy,* y supuso que al viejo seguramente le hubiera parecido que la *Dama Locura,* con su gorro de cascabeles, no andaba muy lejos de por allá.

Al salir por una de las puertas, Alvarito se vio acosado por una nube de mendigos pedigüeños, y escapó, después de luchar a brazo partido con ellos.

Eran tipos de mendigos extraordinarios. Un ciego arrodillado, inmóvil como una estatua, con la cabeza hacia arriba y un platillo en la mano, exclamaba con voz dramática:

—No hay prenda como la vista, Santa Lucía bendita les conserve este precioso don.

Otro vendado, con úlceras en las piernas, andando con dos muletas, gritaba:

—Tengan lástima y compasión de este pobre baldado.

Un tercero, sin duda mudo, aullaba y agitaba una campanilla y mostraba un plato para que echaran en él la limosna.

Aquella nube de mendigos desharrapados producía verdadero terror.

Alvarito, volviendo a la posada, creía observar que la gente tomaba el sol y hablaba mucho en los corros y trabajaba poco.

—Veo que aquí hay mucho vago —dijo al señor Blas.

—Esa es una planta que abunda más cuando más al Mediodía se va. Quizá sea cuestión de clima.

Permanecieron en Burgos dos días, y por la tarde del segundo salieron camino de Lerma. El señor Blas contó a Alvarito su vida y sus trabajos con grandes pormenores.

En Lerma se hospedaron en el parador de las Diligencias; y aunque el señor Blas tenía un amigo, no quiso ir a su casa.

—¿Por qué no va usted? Si es por mí, no tenga usted escrúpulo. Yo iré al parador solo —dijo Alvarito.

—No; ya he estado en casa de ese señor varias veces, y hay que seguir el refrán: «Al amigo y al caballo no hay que cansallo.»

Fueron los dos compañeros al parador, y el señor Blas a visitar a sus clientes.

A medida que andaba y trajinaba, Alvarito notaba dos efectos, muy importantes para él: soñaba poco y pensaba menos en sus penas. No era, naturalmente, la curación, pero sí el apaciguamiento, especie de insensibilidad en su herida, que se le producía al perder el espíritu su concentración; al esparcirse en la Naturaleza y al preocuparse por los mil detalles del camino.

III

RECUERDOS DE MERINO Y DE BALMASEDA

Durante el viaje, Alvarito fue reflexionando y comparando. En el camino de Lerma comenzó a llover. Álvaro pensó que la lluvia parecía más fea en Castilla que en Vasconia. Aquellos días lluviosos, suaves, de los alrededores de Bayona; aquella lluvia mansa sobre los prados verdes no era la de los campos castellanos. En cambio, en Castilla encontraba el sol más dorado, más hermoso.

Al llegar a Lerma, Álvaro, a quien no le molestaba, después del ajetreo de los días anteriores, pasar unas horas quieto, se sentó en la chimenea de la cocina de la posada a oír hablar a los arrieros y tratantes, que iban y venían de pueblos lejanos.

La gente, a pesar de que debía de estar ya cansada de hablar de la guerra, seguía ocupándose de ella con apasionamiento. Se debía haber discutido mil veces las aventuras y los hechos de Merino y de Balmaseda. Era el romancero de la época, sobre todo de los campos. En las ciudades, la literatura corriente estaba más influida por la política.

Los viejos de los pueblos, como para demostrar la superioridad de su tiempo, hablaban de la guerra de la Independencia, de la francesada, como decían ellos; pero la guerra civil apasionaba más.

Acabada la tarea de Lerma, Alvarito y el señor Blas tomaron el camino de Aranda, camino largo, pesado, que recorrieron, en parte, a fuerza de hablar, de discutir y de contarse todas las historias que sabían. No pudieron llegar hasta Aranda, porque en algunas partes el camino estaba infranqueable, por lo fangoso, y se detuvieron cerca de Gumiel de Izán en el mesón del *Galgo*.

Mientras esperaban la cena siguió Alvarito contando al señor Blas la vida de alguno de sus conocidos en Bayona, y entre ellos citó varias veces a don Eugenio de Aviraneta.

—¡Caramba, don *Ugenio!* —dijo un hombre que estaba en la cocina—. Yo le conozco mucho.

—¿Usted le conoce?

—Sí; aquí en Aranda estuvo de regidor y de jefe de la *Melicia* nacional hace más de quince años. Yo he sido *meliciano* con él.

—¡Hombre! ¡Qué extraño!

—Sí. Algunas barbaridades hicimos juntos; pero también nos las dieron buenas.

—Es raro que encuentre uno aquí gentes que conocen a los amigos de Bayona —exclamó Alvarito.

—Este mundo es un pañuelo —dijo sentenciosamente el señor Blas.

—¿Y qué hace ahora don *Ugenio?* —preguntó el ex miliciano.

—Está en Bayona.

—Aquél siempre andará con sus intrigas y sus maquinaciones. Es *atravesao,* de la piel del diablo.

El ex miliciano habló con cierta ironía de la Milicia nacional de su tiempo, de la campaña de Cataluña en 1823, a las órdenes de Mina, y del antiguo entusiasmo por la Constitución, cuando Minuissir, un italiano, teniente coronel del regimiento de Barbastro, preguntaba a su tropa:

—Barbastro, ¿cuál será tu suerte?

Y los soldados contestaban a coro:

—Constitución o muerte.

El antiguo miliciano se reía al recordar tales cosas.

Al día siguiente, Alvarito y el señor Blas fueron a Aranda, pueblo convertido en barrizal con la lluvia del día anterior. En la posada, con pretensiones de fonda, les sirvieron café con leche y pan, y Alvarito, creyéndose en casa de *Chipiteguy,* dijo al mozo:

—Deme usted también un poco de manteca de vaca.

—Aquí no se gasta eso —contestó el mozo con rudeza.

Y una vieja añadió:

—Esa es comida de protestantes.

—¿De protestantes? —exclamó Alvarito, asombrado.

No veía la relación ente el protestantismo y la mantequilla; pero, pensando en ello, comprendió que, así como el catolicismo es fundamentalmente aceitoso, el protestantismo está más bien impregnado de manteca.

Alvarito comentó con el señor Blas la molestia que produce en la gente el tener costumbres que no son las suyas.

—¿Qué quiere usted? —dijo *el Mantero*—. Costumbre buena o mala, el villano quiere que vala o que valga, que es igual.

Realmente, la costumbre antigua y rutinaria tiene, indudablemente, grandes ventajas y comodidades.

Por la noche, el señor Blas llevó a Alvarito a un café, con honores de casino, de la plaza. Se reunían allí arrieros, capataces de fincas y aperadores, unos carlistas y otros liberales. Estaba también un relojero, el señor Schültze, suizo que conoció a Aviraneta en su época de regidor constitucional, y un farmacéutico, el señor Castrillo.

227

Se habló de la guerra y, principalmente, de Merino y de Balmaseda. De Merino, Álvaro había oído a su padre y a los carlistas de Bayona relatar varias anécdotas, pero no de Balmaseda, cuya existencia ignoraba.

Uno de los contertulios del café, un arriero, contó rasgos de la vida de este cabecilla.

—Balmaseda es de Fuentecén —dijo—, pueblo que está en el camino entre Aranda y Nava de Roa. Yo soy de un lugar de al lado y he oído contar muchas historias de su vida.

—¿Qué tipo es? —le preguntaron.

—Es un tipo extraordinario; tiene una estatura de gigante, unas fuerzas de toro y la piel atezada y negra.

—¿Usted le ha conocido?

—¡Si le he conocido! Ya lo creo. Juan Manuel, así se llama Balmaseda, es un frenético, un loco. Siempre ha querido ser el primero a toda costa; por eso se puso contra Basilio en la expedición que mandaba éste, y luego contra Maroto. En sus proclamas hablaba siempre de exterminar a los traidores, de destruir la infame canalla y de acabar con la anarquía. Si entraba en un pueblo, Balmaseda fusilaba a todo el mundo, aunque hubiera dado palabra de respetar la vida de los prisioneros. Dejaba a los soldados que saquearan libremente. Se robaba, se violaba a las mujeres y se acababa incendiando todo.

—¿Tan bruto era? —preguntó Alvarito.

—Sí; desde mozo fue así —dijo el arriero—. Una vez, siendo Juan Manuel muchacho, riñó con un tío de su pueblo, el *tío Freilón*, y le pegó un puñetazo en la cara que le saltó tres dientes. Antes de comenzar la guerra andaba escapado por sospechoso; cuando volvió a su pueblo se metió en casa de don Diego Gibaja, su enemigo; le cogió el mejor caballo y se lo llevó. Luego, en la guerra, cuando entró en el pueblo, fusiló a muchos de sus amigos porque no eran carlistas; les mató las mulas, los caballos y hasta los gatos, y les quemó las casas.

—Pero eso no es un hombre, sino una fiera, un animal salvaje —dijo Alvarito.

—Pues así era él —replicó el arriero—. Cuando entró en Fuentecén vio impasible cómo fusilaban a un amigo con quien antes de echarse al monte jugaba al tresillo; cómo mataron a un mozo que había estado de criado suyo y cómo violaron a una muchacha, amiga de su familia, y luego la mataron de un culatazo en la cabeza.

—Allí ya se sabía cuál era la *consinia* —dijo un aldeano—: afusilar a todo Cristo.

—Era un tío muy bragado —añadió un viejo.

—Sí; pero a pesar de todo —dijo Castrillo, el farmacéutico—, cuando vino el *Manco,* don Saturnino...

—Otro que tal baila, que ha sido traidor a todos —saltó uno con aire de labrador.

—Bien, eso no tiene nada que ver; pero don Saturnino *el Manco* le dio una paliza a Balmaseda en Campisábalos, que lo dejó turulato y por poco no le coge, y eso que llevaba menos gente que el otro.

Los carlistas no hicieron mucho caso de las palabras del farmacéutico.

—Juan Manuel es un hombre que no puede resistir la contradicción —indicó un aperador carlista.

—Entonces, ¿cómo obedecía a Merino? —preguntó el relojero suizo.

—Merino le tenía miedo.

—Merino ha sido siempre un pastelero —dijo el farmacéutico liberal—; con toda su apariencia de hombre terrible e intransigente, se ha acomodado a todo.

—Con Balmaseda estaba de acuerdo por su crueldad —replicó el suizo.

—¿Y qué hace Balmaseda ahora? —preguntó uno.

—Pues dicen que se va a Rusia.

Alvarito, indignado, oyendo aquellas fechorías de Balmaseda, pensaba que no podía nadie enorgullecerse de ser carlista, de ser español, ni aun siquiera de ser hombre.

Sin embargo, era necesario reconocer que a la mayoría de las personas que iba viendo en España les parecía mal la crueldad de la guerra, la gente no tenía instintos tan fieros, y todos se daban cuenta de la barbarie de los cabecillas.

¿Cómo, sin embargo, habían ocurrido crueldades de aquella clase hacía tan pocos años?

El tiempo transcurrido no era bastante para que los españoles cambiaran de sentimientos. ¿Es que la gente, en tiempo de guerra, es distinta a la que vive en tiempo de paz?, se preguntó

Álvaro. ¿Es que hay dos clases de gentes? Sería difícil averiguarlo. Todo país es, indudablemente, un enigma, porque cada hombre lo es también. Quizá la Naturaleza hace emisiones de locos y emisiones de cuerdos, como el Estado fabrica billetes de Banco de distintas clases o monedas de distinto cuño, que luego se recogen o se pierden. Tales alternativas de brutalidad y de dulzura quizá sean de influencia cósmica, como los periodos glaciares en las épocas prehistóricas.

Al retirarse del café para ir a la posada, el señor Blas le dijo a Alvarito:

—Un consejo. Cuando llegue usted a un pueblo que no conozca, no haga comentarios. Oír, ver y callar. Aquí no importa que se haya corrido usted un tantico de la lengua, porque este pueblo es ya grande; hay gente de un partido y de otro, y, además, a mí me conocen; pero en otro lado, chitón.

IV

PUEBLOS DE CASTILLA

De Aranda fueron a Sepúlveda, en compañía de un comerciante de paños, amigo del señor Blas, que se llamaba García de Dios.

El señor García de Dios, alto, de cara muy larga, de caballo, la barba negra, huesudo, anguloso, con las manos cuadradas y los pies grandes, hubiera parecido enérgico sin la boca, con el labio belfo, de hombre débil.

—¡Anda, Dios! —le decían, en broma.

Era el señor García de Dios perezoso y poco activo, un dios de sábado bíblico.

A mitad de camino el señor Blas, García de Dios y Alvarito se detuvieron a comer en la posada de un pueblo. Charlaron largo rato entre ellos y con la moza rubia, muy guapa, que, por la expresión, el color del pelo y de los ojos, se le hubiese tomado por alemana.

Dejaron la posada, y al salir oyeron gritos. Volvieron la cabeza, y vieron un chiquillo que corría hacia ellos con los pies desnudos y llevando algo bajo el brazo. Se detuvieron.

—Esta manta que se han dejado olvidada —gritó el chico, y se la entregó al señor Blas.

Alvarito fue a dar unos cuartos al chico, que, sin esperar, se volvió corriendo al pueblo.

—Y luego dirán que los españoles somos ladrones por naturaleza —exclamó Álvaro.

—Todas las gentes pobres que marchan mal tienen mala fama —contestó el señor Blas.

—Así que para tener buena fama no es lo principal obrar bien, sino tener fuerza —preguntó Alvarito.

—Por lo menos, en la práctica, así es —contestó *el Mantero,* sin dar mucha importancia a la frase suya, que encerraba una profunda filosofía bastante inmoral del éxito.

Hablaron *el Mantero* y el señor García de Dios de sus asuntos de comercio con gran discreción y hablaron también de cuestiones familiares. Al oírlos, se preguntaba Alvarito:

—¿De dónde brotan esos hombres feroces y violentos de la guerra? ¿Por qué si hay en España una mayoría de gente como el señor Blas y el señor García de Dios no pueden imponerse a los frenéticos y a los locos?

Se podía encontrar, indudablemente, en España pobreza, abandono en las cosas materiales, egoísmo e indiferencia; pero no parecía que el número de la gente feroz y salvaje fuera tan grande para poder dominar el país.

Al llegar a Sepúlveda, el señor Blas y su amigo García de Dios se quedaron en el mesón de *la Gallarda,* donde acostumbraba a ir *el Mantero* de Almazán. No había sitio allí, y Alvarito fue llevado a una casa de la plaza, cerca del arco, que era antigua entrada del pueblo, a una posada frecuentada casi exclusivamente por el señorío. A Alvarito le dieron un cuarto desde el cual se veía la torre de la antigua muralla, con el reloj flamante que acababan de poner.

En el comedor, Alvarito conoció a una señora joven, sevillana, muy remilgada y muy redicha, acompañada de un niño. La señora se encontraba en Sepúlveda con su padre y su chico, y como estaba aburrida de la soledad y deseosa de hablar, entabló conversación con Álvaro.

Por lo que contó, su padre era un individuo vizcaíno que, de vuelta de América, se había establecido en Sevilla. Ella estaba casada con un rico propietario de Marchena.

Su padre, con la manía de los negocios, había ido a Sepúlveda para ver si compraba una finca. Siempre andaba en movimiento, era su pasión; a ella, en cambio, le gustaba la tranquilidad. Y si le acompañaba a su padre era porque estaba muy viejo, y no quería dejarle solo. Ella no deseaba más que volver a Marchena. ¡Ay! Su Marchena.

—Mi chico *etaba* en un colegio del Puerto —le dijo a Álvaro con una volubilidad de canario—; pero no tiene *afisión a estudiá.* Muy bien, hijo mío, le he contestado yo, ¿para qué te *va a calentá la cabesa? Tenemo* una hermosa posesión en Marchena y otra en el Arahal (el Arahá pronunciaba ella); allí hay *pájaro y flore. Dejémono de cuidao, y vamo* a la posesión, pero mi padre no quiere.

—Se aburrirá.

—Eso *e,* se aburre.

Entró el padre de la andaluza, un tipo curioso, hombre pesado, asmático, sombrío, vestido de negro, con el pelo blanco, la cara triste y cetrina y las cejas enmarañadas, con aire de desolación profunda. El hombre hablaba con acento vizcaíno, en el que se enredaban algunas palabras pronunciadas a la andaluza.

La señora le presentó a Alvarito. Éste se mostró un poco seco con el viejo, y el vizcaíno, por eso quizá, le apreció más. Para el viejo los *negosios* era lo único importante en la vida; donde no había *comersio* no se podía esperar nada. En su desdén por todo lo que no fuera dinero, no sabía ni los nombres de los pueblos donde estuvo en América, y dijo repetidas veces que había vivido largo tiempo en *Guandalajara,* de Méjico.

—Si la cuestión única en la vida es ganar dinero —pensó Alvarito—, la cosa tiene poco interés.

La norma de vivir para ganar dinero le parecía a Alvarito demasiado estúpida para tenerla en cuenta. Este absolutismo del dinero no podía ser buena tesis más que para judíos, y para vizcaínos enriquecidos en América.

Álvaro pensó que parecía mentira que de aquel hombre rudo, torpe y pesado, como hecho con un tronco de árbol y vestido con la más dura de las telas, hubiera salido aquella mujer vaporosa, insubstancial y ligera. Al verlos juntos y saber que eran padre e hija se hubiese pensado en una mariposa hija de un elefante o en un megaterio padre de un mosquito.

Comieron en la mesa redonda, y en la comida apareció un procurador y anticuario de Atienza, llamado don Matías Raposo, que venía a tratar de negocios con el vizcaíno. Hablaron mucho, pero al parecer, no se pusieron de acuerdo. Cuando no tenía argumento que oponer el viejo vizcaíno, decía:

—Sí, sí..., pero no.

El señor Raposo, hombre de unos cincuenta años, pequeño, gordito, ya cano, afeitado, con anteojos, un poco barrigudo y con la sonrisa maliciosa, hablaba con ingenio.

Al ver que no había posibilidad de llegar a un acuerdo con el vizcaíno en el negocio de la venta de las fincas, se puso a charlar con la andaluza y con Alvarito.

El señor Raposo, por lo que dijo, era soltero y tenía mucha afición a la lectura. Estaba formando una gran biblioteca en su casa, comprando libros de algunos conventos cerrados por la desamortización. En alguna época, según dijo, le llegaban los libros a carros, y él los examinaba, quedándose con los interesantes y vendiendo los demás.

El señor Raposo sabía mucho de cosas populares, y para demostrar sus conocimientos recitó romances antiguos: el de Baldovinos, el del marqués de Mantua, el de don Gaiferos y Gerneldo, el de Fontefrida y de la Bella Malmaridada.

A Alvarito le produjo gran placer el oír aquellos romances que no conocía.

Después se habló de la guerra, del distinto carácter que había tomado ésta en el Norte, en el centro y en Levante, y el procurador, hombre culto, hizo un paralelo entre Cabrera y Zumalacárregui, que a Alvarito le produjo cierta sorpresa.

—Cabrera es, indudablemente —dijo el procurador—, un hombre de suerte y de genio.

—¿Cree usted?

—Sí, él es el hombre del Mediterráneo, como Zumalacárregui lo era del Cantábrico.

—¿Quién de los dos sería más valiente?

—Tenían un valor distinto. El valor de Cabrera es frenético, el de Zumalacárregui era sereno.

—Y de talento, ¿quién cree usted que tuviera más?

—También son dos clases de talento distinto. El ingenio de Cabrera es agudo y brillante; el de Zumalacárregui profundo y tranquilo. Cabrera se confiaba en la intuición; Zumalacárregui, en la intuición y en la reflexión. Cabrera veía como fin el hacer un efecto; Zumalacárregui, el conseguir un resultado.

—Cabrera era, indudablemente, más cómico —dijo Alvarito.

—Sí, un hombre para seducir a la multitud —repuso el señor Raposo—, un improvisador. Zumalacárregui era un organizador y un técnico.

—¿A quién compararía usted a Cabrera? —le preguntó Álvaro.

—Lo compararía con un artista como Ribera o como Salvador Rosa.

—¿Y a Zumalacárregui?

—A Zumalacárregui con un matemático y también con San Ignacio de Loyola.

La andaluza, a quien aburría esta conversación, quiso convencer a Alvarito que debía ir a Marchena y dejarse de cuidados; pero Álvaro no se convenció de que Marchena fuera la panacea universal.

Al día siguiente vio Alvarito con gusto que al señor Blas y a él se les unían García de Dios y el señor Raposo.

En el camino, el procurador recitó nuevos romances a cual más expresivos y pintorescos.

Llegaron a Riaza, pueblo limpio, frío, con mucha agua por las calles, una plaza bonita y un paseo agradable, el paseo del Rasero.

Comieron en la fonda de la plaza todos, menos el procurador. Éste se presentó después, y dijo que iba a llamar al dueño, ex soldado de la facción.

Efectivamente, se presentó el dueño, y el procurador, con mucha habilidad, le hizo hablar de su campaña con Merino y de la expedición de don Basilio, durante la cual Balmaseda, al pasar por allí, pretendió avanzar hasta La Granja y apoderarse de la reina Cristina, y quizá fusilarla; pero don Basilio no quiso, y riñeron y se insultaron, llamándose el uno al otro bandido, ladrón, timador y estafador.

El señor Raposo celebró mucho y con gran malicia su manera de sonsacar al fondista.

En la fonda de Riaza comía en la misma mesa un señor flaco y bastante raído, con aire de militar retirado. Al principio dio la impresión de hombre muy veraz y muy severo, pues lo contado por el fondista le pareció sospechoso de falsedad.

De Riaza, los cuatro compañeros se dispusieron a tomar el camino de Ayllón, y el militar retirado fue también con ellos. Llovía, el camino se hallaba lleno de lodo y las mulas, a veces, metían las patas en los charcos hasta el vientre.

Poco a poco, el militar retirado, tan severo con las narraciones del fondista, se reveló como charlatán frenético, y, sobre todo, como mentiroso de marca mayor. Conocía, según dijo, a todo el mundo; había visitado todos los pueblos.

—¿En Bayona? ¿Si conozco Bayona? —preguntó a Alvarito—. No conozco otra cosa. He vivido allí muchos años.

A pesar de sus conocimientos no recordaba a ninguna persona ni ningún detalle del pueblo.

Las naciones de Europa, el militar, las tenía al dedillo; las de América, lo mismo; allí había peleado él contra los insurrectos; de África conocía las costas y el interior; de Asia, India, la China y la Siberia; de Oceanía, Borneo y las Filipinas.

Alvarito notó que al tratar de los distintos países no decía más que frases vagas y lugares comunes.

El señor Raposo, que lo había calado, se divertía preguntándole por los pueblos más lejanos.

—¿Conoce usted la Cochinchina?

—¡Uf!..., si la conozco... Es admirable, magnífica, maravillosa... Aquellos ríos tan anchos, aquellas montañas...

Al llegar a Ayllón, el señor Blas tuvo marcado interés en separarse del militar retirado y no entrar en su compañía en la fonda.

—Es un hombre muy mentiroso —dijo a Alvarito—, y no puede ser más que un petardista.

—¿Usted cree que miente?

—La cuestión sería saber si ha dicho alguna vez algo de verdad —contestó *el Mantero*.

El señor Blas calculó que si sumaban los años que aquel señor permaneció en distintas ciudades del mundo, llegarían a más de doscientos, y él no parecía pasar de cuarenta a cincuenta.

El señor Raposo dijo que iba a comer en casa de un amigo del pueblo. El señor Raposo se escabullía siempre a las horas de comer.

En Ayllón quedaban algunos recuerdos de la guerra carlista; hacía poco tiempo aún que al entrar Balmaseda se llevó todo el dinero del pueblo.

El señor Raposo se reunió con Alvarito, *el Mantero* y García de Dios después de comer.

—¿Saben ustedes? —les preguntó.

—¿Qué pasa?

—El militar retirado que se me ha acercado a pedirme tres duros.

—Y usted, ¿qué ha hecho?

—Pues nada. Me he reído un poco de él y no se los he dado.

Por su vitola, el procurador no parecía hombre a quien se le pudiera sacar dinero.

Pasearon por Ayllón, pero como llovía se guarecieron en un cafetucho de la plaza.

—En este pueblo —dijo el señor Raposo— vivió el condestable don Álvaro de Luna, y aquí predicó también San Vicente Ferrer un sermón célebre, mandando que los cristianos no se mezclasen con judíos ni con moros, que los unos llevasen tabardos con una señal roja, la rodela bermeja, y los otros, capuces verdes con medias lunas claras, para ser conocidos desde lejos.

Se discutió con motivo de esto acerca de los judíos y los moros. El procurador simpatizaba con los judíos; le parecían muy justas y naturales las ideas de éstos sobre la prepotencia del dinero. Verdad es que, por su tipo, un naturalista hubiera clasificado al señor Raposo como un *pajarracus semiticoide*.

El señor Blas también había oído decir que la expulsión de los judíos y de los moros fue perjudicial para la industria y la agricultura de España. García de Dios no tenía opinión formada; Alvarito, tampoco, pero se inclinaba a creer que la expulsión era defendible en parte y que la permanencia de los judíos y de los moros hubiera africanizado más el país.

El señor Raposo creía que los judíos habían influido en España en la aristocracia y en parte del pueblo, dándoles algunas de sus condiciones.

Al día siguiente domingo, fueron los cuatro a Atienza y comenzaron a ver al mediodía la silueta grave de aquella ciudad, asentada sobre un cerro, bajo una aguda peña coronada por el castillo. El día estaba frío y el sol pálido iluminaba los tejados grises del pueblo.

Al llegar, el señor Raposo se marchó a su casa, García de Dios se despidió y *el Mantero* y Alvarito fueron a hospedarse a la posada llamada del Cordón, por ostentar en su portada un gran cordón de relieve tallado en la piedra sillar y varias inscripciones góticas. Esta casa fue, según se decía, antigua lonja de los judíos.

El Mantero preguntó maliciosamente al dueño de la posada por el señor Raposo, y el dueño les dijo que el procurador era de una roña y de una avaricia increíbles.

—¿De verdad?

—Usted no sabe. En su casa no se come ni se enciende el fuego.

—Pues él dice que compra antigüedades y libros...

—Sí, para venderlos.

—¿Pero tan avaro es?

—No tienen ustedes idea.

Al parecer, el señor Raposo resultaba hermano espiritual del licenciado Cabra, y el posadero contó detalles de la sordidez del procurador, que más que de avaro parecían de loco.

Después de comer, el señor Raposo se presentó en la posada para ofrecerse a acompañar a Alvarito por si quería ver el pueblo y el castillo. Sin duda, el procurador deseaba lucir sus conocimientos arqueológicos.

Salieron de la posada. La tarde estaba desapacible, fría; corría un viento helado. Cruzaron varias calles, y al subir hacia el castillo, en la cuesta, vieron a un cura sentado en el repecho con un bastón en la mano, en actitud pensativa. Era un hombre de cara sombría y desesperada.

—¿Qué hace este cura aquí? —preguntó Alvarito.

—Es un cura loco —dijo el procurador—. Se suele sentar en las piedras del camino y pasa así el tiempo hablando solo tristemente.

Alvarito le contempló con curiosidad y con pena.

Subieron al antiguo castillo, levantado en el cerro, sobre una roca caliza, y Álvaro escuchó las disertaciones del procurador. Le mostró los muros, las puertas, la plaza de armas, los arcos y los torreones.

Desde lo alto del castillo explicó el señor Raposo la extensión antigua del pueblo, hasta dónde llegaban los distintos barrios y dónde caía la judería.

Como hacía frío allá arriba, Alvarito no preguntó nada, y a la menor insinuación del señor Raposo de bajar al pueblo, aceptó, y fueron los dos a refugiarse en el casino de la plaza.

Más de lo que contó el procurador, le impresionó a Álvaro aquella figura trágica del cura sentado sobre una peña en la tarde helada. ¡Qué estampa para *La nave de los locos!*

Entraron en el casino del pueblo, que ocupaba el piso principal de un viejo caserón de la plaza.

Para el señor Raposo regía la costumbre inveterada por principios de no tomar nada más que cuando le convidaban, y Alvarito le convidó.

Como día de fiesta, la sala del casino estaba llena de gente y llena también de humo.

El señor Raposo calificó a los reunidos allí de gente vulgar, inculta, sin ningún carácter. Había algún tipo curioso, como un liberal, alto, de grandes barbas, anticlerical frenético. Este hombre se echaba al campo a caballo, con su carabina y sus pistolas y desafiaba a todo el que no profesara sus ideas, como si estuviese en tiempo de la caballería andante.

Aquel hombre exaltado luchaba rabioso con la indiferencia del ambiente. Cuando no tenía con quién reñir, se lanzaba en su caballo, a galope, a rienda suelta, por cualquier barranco o pedregal, a riesgo de romperse la crisma.

El señor Raposo indicó a Alvarito otro tipo, de bufón y de jugador de ventaja. Se llamaba Sarmiento de apellido y por apodo *el Capitán.*

El Capitán era un viejo alto, con la nariz gruesa y roja, bigote rubio, cano, y ojos tiernos. Andaba siempre metido en chanchullos de casas de juego y de casas de citas. No era mala persona, pero sí muy cínico; parecía el hazmerreír de todo el mundo.

Alvarito preguntó qué decía, y el señor Raposo le explicó que *el Capitán* trabucaba a propósito todas las frases hechas para hacerlas más cómicas. Así decía, por ejemplo: «Yo me lavo las manos como *Mahoma.*» «Se marcha usted por los *forros* de Úbeda.» «Es un país donde se *asan* los perros con longaniza.»

Alvarito escuchaba a los unos y a los otros. Tenía ya idea de la pobreza del país, pero esto no le chocaba tanto como la sequedad espiritual y la agresividad de la gente, el poco afecto que se mostraban los unos a los otros y le malevolencia con que se atacaban.

Cuando Álvaro volvió a la fonda y contó al señor Blas cómo había pasado la tarde, *el Mantero* dijo:

—Si desea usted quedarse aquí, por mí no le importe. Yo seguiré solo.

—No, no; yo voy con usted. Por ahora me ha ido muy bien en su compañía, y quiero seguir.

La perspectiva de nuevas conversaciones eruditas con el señor Raposo ya no le seducían.

V

LA MONJITA DE ALMAZÁN

A pesar de la lluvia, al día siguiente, día de mercado, salieron el señor Blas y Alvarito de Atienza; caminaron durante algún tiempo con campesinos de clásica silueta, sombreros redondos y capas pardas, y mujeres con el refajo en la cabeza, jinetes en mulos y borriquillos.

Comieron en el camino, sobre un ribazo, y al comenzar la tarde se les echó encima una niebla espesa y fría. El sol comenzó a languidecer rápidamente y fue quedando como un disco de color naranja y luego blanco como una luz pálida, en el horizonte gris amarillento, hasta que al fin desapareció. La niebla fría picaba en la cara.

Se encontraron en el camino con unos arrieros que iban de Madrid a Navarra, y, unidos a ellos, siguieron marchando en medio del mar de niebla, en el cual no se veía a tres metros de distancia.

—Estamos cruzando en este momento el Campo de las Brujas, de Barahona —dijo el señor Blas[14].

—Siento no verlo —exclamó Alvarito—; debe ser curioso.

—No; no es más que una gran llanura, pedregosa y desierta —replicó *el Mantero*—. Antes se conservaban por aquí las ruinas de un pueblo llamado Hoyos, con su picota y su horca[15].

—¿Y por qué se llama esto el Campo de las Brujas? —preguntó Alvarito.

—Pues no lo sé —contestó el señor Blas—. A muchos se lo he preguntado, pero nadie me lo ha sabido decir.

—¡Demonio, hace frío por aquí! —murmuró Alvarito.

—Ya se sabe; ya lo dice el refrán —replicó *el Mantero*—: «En el campo de Barahona, vale más mala capa que buena azcona»[16].

—Lo cual quiere decir que en estos campos hace frío, pero no hay peligro.

—Eso mismo que usted dice.

—Entre la niebla y el viento, aquí se hiela uno.

—Hay que seguir otro refrán que sirve para todos los tiempos —añadió el señor Blas.

—¿Y cuál es?

—Es éste: «Si quiere vivir bueno y sano, la ropa del invierno llévala en verano.»

La niebla seguía espesándose; no se veía a dos pasos de distancia. Había que ir despacio. Al llegar, horas más tarde, a una casa del camino, el señor Blas dijo:

—Yo, por mi gusto, seguiría adelante hasta Almazán, pero

---

[14] El campo de Barahona (Soria) tiene fama de ser punto de reunión de brujas, y sirvió como tal a don Diego de Torres Villarroel al escribir *Las brujas del campo de Barahona. Pronóstico que sirvió para el año 1731,* en *Obras,* t. X, Madrid, 1975, págs. 142 y ss. Goya, al pintar varios de sus cuadros que sobre el tema de las brujas hay en el Museo Lázaro Galdiano, sin duda alguna, tuvo presente este texto, así como el folklore aragonés sobre este motivo.

[15] La picota era un rollo o columna de piedra que había a la entrada de los pueblos en los que se exponía la cabeza de los ajusticiados para que sirviera de escarmiento. Pueblo de horca era aquel que tenía derecho y jurisdicción para castigar delitos hasta con penas capitales.

[16] *azcona:* arma arrojadiza a modo de dardo.

todavía nos faltan tres leguas largas, y cuando oscurezca, con esta niebla y con el camino perro, lo vamos a pasar muy mal. Así que, si usted no tiene prisa, nos quedaremos por esta noche en la venta.

—A mí me parece muy bien.

—Bueno, pues vamos a la casa del Duende.

—¿Así se llama?

—Así se llamaba... por lo menos antes.

—¡Demonio!

—¿Le da a usted miedo?

—No mucho. ¿Y a usted?

—A mí, tampoco gran cosa.

—¿Es que había duendes en esta posada?

—Allá donde vive alguna viudita alegre y guapa, o alguna muchacha ligera de cascos, siempre se dice que aparecen duendes; pero en estos campos, desde que la gente usa escopetas ya no hay duendes.

Entraron en la venta, llevaron las caballerías a la cuadra y fueron a la cocina, donde lucía gran fuego, y sobre una pala de hierro, teas de resina para alumbrar, que echaban humo irrespirable. Cenaron, se tendieron a dormir en el pajar y se despertaron muy de mañana con las voces de uno que gritaba:

—¡Eh! Arrieros, a levantarse, que está amaneciendo.

Se presentó un día hermoso de sol; montaron en sus mulas, y, sin darse prisa y descansadamente, llegaron a Almazán para la hora de comer.

El señor Blas quiso hospedar a Alvarito en su casa; pero el muchacho se negó a ello. La familia del *Mantero* no parecía tan abierta y tan expansiva como él; sin duda, éste era hombre de mejor pasta, y, además, los viajes le habían dado un carácter de libertad y benevolencia. Alvarito fue a la fonda.

Comió, y después marchó a dar un vistazo por la ciudad.

Almazán, con sus murallas, al lado del Duero, con su hermosa plaza con soportales, sus puertas, sus cubos y torreones, presentaba agradable aspecto. Vio las iglesias, el palacio de la plaza, de sillería roja; anduvo por la parte alta del pueblo, metiéndose por las callejuelas. Contempló las casas de adobes, torcidas y derrengadas, de color arcilloso las tapias de los corrales, con bardas de ramas revocadas con manteo de barro y paja.

Luego salió por una puerta al puente, cruzó el río y se alejó un poco para contemplar la ciudad en conjunto.

Enfrente aparecía el pueblo con varios campanarios puntiagudos, la parte de atrás de un gran palacio de piedra amarilla y la muralla dorada. Desde el muro bajaba un talud verde hasta el río y se veía una alameda, de follaje nuevo, brillando al sol. Por el puente pasaban algunos carromatos y recuas de mulas y de caballos que llevaban los chicos a beber al río.

Un viejo de anguarina parda le pidió limosna. Alvarito le dio una moneda de cobre y le hizo algunas preguntas. El viejo, idiota o escamón, no quiso contestar, y Alvarito volvió al pueblo y entró en casa del señor Blas.

El Mantero no sabía nada de la ciudad. No le interesaban ni las iglesias ni lo arqueológico.

—Y en ese hermoso palacio de la plaza, ¿quién vive? —preguntó Alvarito.

—Ahora no vive nadie —le contestó *el Mantero.*

—Pero, ¿de quién es?

—No sé; aquí le llaman únicamente el palacio.

En la calle preguntó a dos o tres, y nadie lo sabía ni tenía la menor curiosidad por ello.

Alvarito sacó en consecuencia que en la mayoría de los pueblos de España no quedaba aristocracia, o que, si quedaba, nadie se cuidaba de ella. Realmente, los pueblos vivían como si la aristocracia no existiera.

Notó el señor Blas, *el Mantero,* que Alvarito no era recibido en su casa amablemente, y le dijo, sin duda como compensación, que le llevaría al convento de Santa Clara para presentarle a su sobrina.

—Le gustará a usted —añadió.

—Pero, cómo, ¿es una monja?

—Sí.

—¿Y quiere usted que me guste?

—Hay que entender; no digo que le guste para que le haga usted el amor, sino para hablar con ella.

El convento de religiosas de Santa clara, en Almazán, no muy grande, estaba muy bien situado y tenía una hermosa huerta y balcones y galerías que daban al río.

El señor Blas y Alvarito entraron en el convento, pasaron a un patio empedrado con losas y un corredor blanco.

Al entrar en el locutorio, sonó la esquila, y cuatro o cinco religiosas salieron escapadas por una puerta, con un ruido de faldas que daba la impresión de una fuga de fantasmas.

—¡Qué brujas! —dijo el señor Blas, y murmuró después;

Aleluya, aleluya,
padre vicario,
que suben las monjas
al campanario.

Luego, sentándose en un sillón antiguo, e indicándole otro a Alvarito, añadió:

—Siéntese usted; las monjas se escapan, pero están deseando que se venga a visitarlas. Algunas son muy alegres.

A Alvarito no le dieron semejante impresión. Las caras que vislumbró tenían un aire de estupor petrificado, duro e inexpresivo, como si la vida, retirándose de aquellos rostros, sólo dejara una máscara helada. No había en conjunto en la casa más que siete u ocho monjas.

En el locutorio, grande y blanqueado, con tres ventanas altas y enrejadas, colgaban en las paredes cuadros negros y, en medio de un testero, un crucifijo. Alrededor había varios sillones fraileros y sillas de cuerda de esparto; en el suelo ruedos blancos. Olía allí a húmedo, a cerrado.

De pronto se abrió la puerta, y apareció la superiora, Sor María de los Ángeles, con la sobrina del señor Blas, la hermana Visitación, todavía novicia.

La superiora vestía hábito gris oscuro, toca blanca, un cordón también blanco en la cintura, velo negro en la cabeza, sandalias y un escudo de la Concepción en el pecho. Era gruesa, de cara que parecía de cera, los ojos negros y una sombra de bigote sobre el labio.

La sobrina del señor Blas, la hermana Visitación, llevaba velo blanco alrededor de la cabeza, sin duda distintivo de su noviciado. La hermana Visitación era agraciada y gentil. Se adivinaba tras de su hábito un cuerpecito esbelto y bien formado.

El señor Blas contó a su sobrina las peripecias de su viaje con Alvarito, y le instó a éste para que explicara sus impresiones de la guerra.

Alvarito relató sus aventuras con sencillez, narró lo visto por él, recalcando los detalles crudos. La novicia hizo reflexiones acerca de la barbarie, de la sensualidad y de las pasiones de la gente, entregada al mundo, al demonio y a la carne. Se oía con gusto su voz dulce, suave, y si a veces se le podía reprochar cierta tendencia a la petulancia y la pedantería, quedaba como velada por su gracia natural.

Luego, incitada por la madre superiora, mujer un poco absurda, que deseaba se luciese su novicia, la chica recitó de memoria capítulos enteros de *Los desengaños místicos,* del padre Arbiol[17].

Toda aquella sabiduría amanerada, de confesor, en estilo académico y florido, en boca de una muchachita aldeana, en aquel convento triste, tenía aire tan absurdo y antinatural, que Alvarito contempló a la vieja superiora y a la novicia, pensando si a alguna de las dos, o a las dos, se les aparecerían de repente los cascabeles de la *Dama Locura* de *La nave de los locos.* Se despidieron de las monjas.

El señor Blas condujo a Álvaro a casa de un arriero para que le llevara a Medinaceli, y le recomendó a un comerciante de este pueblo.

Al día siguiente, por la mañana, el joven Sánchez de Mendoza paseó, contemplando el mirador del convento y pensando en la gentil novicia y en su mística sabiduría. Fue luego a despedir al señor Blas, quien le apretó efusivamente la mano, y emprendió su camino.

---

[17] El padre Arbiol fue un famoso autor de tratados místicos. Su obra más famosa fue la titulada *Desengaños místicos a las almas detenidas, o engañadas en el camino de la perfección,* Madrid, 1724.

VI

PUEBLOS Y CAMPOS DE CASTILLA[18]

Hay en España tierras sin más variedad que la del color de las estaciones y de la luz del cielo; no hay en ellas dibujo, no hay accidentes; son como el mar, como el desierto; sugieren ideas de misticismo, de unidad, de monoteísmo. En primavera, verde claras; en el verano, verde más oscuras; son en el otoño doradas, y en la época del barbecho, negruzcas o rojas.

Sobre su extensión monótona vierte el cielo unas veces la luz de un azul uniforme, otras el resplandor de sus nubes blancas y la claridad cernida de horizonte encapotado. Toda su variedad proviene del contraste entre el color del suelo y el color del aire.

La tierra recorrida por Alvarito no era igual, ni monótona ni uniforme; no semejaba a un mar de distintas entonaciones, según la luz; era una región convulsa, violenta, con dibujo caprichoso y siempre distinto; un terreno vario de forma y de color, verde y gris y con las entrañas teñidas de ocre.

El fondo del horizonte lo cerraba con frecuencia una línea de montes bajos, largos, grises; una ola de piedra en la juventud del planeta, que limitó después seguramente la hondonada de algún gran lago.

Al marchar en su camino, el viajero veía sucederse valles de tierra fértil, montes con matorrales y con encinas, cerros grises, áridos, plomizos, con vetas amarillas y bermejas y laderas blancas y yesosas.

Tras de la aridez, tras de los terrenos con aire estéril, como sembrados de sal por alguna maldición bíblica, tras de las ramblas con juncales y los descampados llenos de piedras y de espejuelos, con algunos pobres cardos secos, venía la tierra cultivada y el olivar triste y dramático; tras de los montes erosionados en cárcavas profundas, las huertas a orillas de un arroyo; tras de los cerros secos e infecundos, los campos cuadricula-

---

[18] Descripción clásica de Castilla, común a Azorín, Machado.

dos, los rectángulos, de un verde luminoso, del trigo y de la cebada.

Alvarito recogía con cariño las impresiones de aquella tierra áspera, violenta y cambiante.

Por la mañana, al levantarse y al prepararse para salir de la aldea, cantaban los gallos en los corrales, sonaba la campana de la primera misa, corría vientecillo frío y sutil y el sol doraba las piedras del cerro próximo, como si las pusiera candentes.

Los labradores salían con arados y yuntas; algunos burros, con sus serones, atados a las rejas, miraban con ojo observador; recuas de mulas aguardaban a la puerta del mesón, y la diligencia, desmantelada y polvorienta, esperaba en la plazoleta o en la rinconada a que un mozo le quitara el barro, echándola cubos de agua.

En las calles del pueblo sorprendía el aroma de la retama y de la jara, salido de los hornos de cocer el pan, y el olor de orujo de las alquitaras.

Luego, al comenzar a marchar por la carretera, si se quería echar una última mirada al pueblo, se le veía dorado al sol, con la torre de la iglesia triunfadora; los tejados, las azoteas y las guardillas, brillantes e incendiadas...

Avanzaba la mañana; se cruzaba con galeras y con recuas por el camino polvoriento; rebaños de ovejas blancas y negras se esparcían por el campo.

Al mediodía, el sol, en el cenit, brillaba con todo su esplendor. Era difícil encontrar una sombra para descansar. Se comía, se tendía un momento a mirar al cielo y se experimentaba como la embriaguez del abismo azul. Se sentía sed de beber el espacio, envidia de las águilas, viajeras solemnes de las alturas.

Cuando el calor apretaba, el aire parecía vibrar en los contornos de los montes y de los árboles. Los cuervos pasaban graznando y las urracas volaban y saltaban agitando su larga cola.

Por la tarde, el dorado del campo se acentuaba y las sombras comenzaban a alargarse. El castillo, en la punta del cerro, amarilleaba; la silueta borrosa del pueblo, en la falda de una colina, con su espadaña, se esfumaba en la vibración de oro, tembladora de la luz. Los arroyos de agua medio estancada, blanco verdosa, brillaban en alguna presa, y los chopos, unos con aire de plumeros erizados, otros torcidos y sin ramas, como grandes látigos, bordeaban sus orillas.

Avanzaba el día, y el sol iba declinando. El campo, en los cerros pedregosos, parecía de corcho; la tierra mostraba sus entrañas más sangrientas a la luz de la tarde. La línea de los montes lejanos, bajos, largos, grises; la ola de piedra de la antigua hondonada, límite de un lago en otro tiempo, iba quedando azul.

Los pastores, harapientos, con sus anguarinas y sus mantas pardas y negras y sus cayados blancos, aparecían en actitudes inmóviles y reposadas.

Las lomas grises, pedregosas y áridas, tomaban color de cobre, y sobre el cobre y el oro viejo de las colinas se destacaban los riscos como castillos ciclópeos, amarillos y rojos, formados por calizas coloreadas.

El río, como un espejo, reflejaba el cielo, entre cerros parduzcos, y volvía a parecer después en la amarillez del campo.

Al caer de la tarde, el labrador, arando con sus mulas o con sus bueyes en la soledad, tomaba aire solemne, y, al destacarse a contraluz, se le veía, como a las yuntas, gigantesco.

Los pastores llevaban a beber a sus rebaños a los arroyos, y mientras las ovejas se desparramaban en la barrancada del río, el pastor y el zagal las vigilaban inmóviles, en su actitud triste y misteriosa.

Luego venía el alargarse las sombras y la fantasmagoría de los crepúsculos; venía el horizonte de naranja y de grana; las nubes, incendiadas, como islas de metal fundido; los archipiélagos de fuego, los peces grises, las ballenas y los dragones.

La luna llena aparecía sin color en un cielo pálido, azul, con alguna nubecilla opalescente; otras veces salía enorme por encima de una loma, como una cara inyectada, y otras se presentaba de improviso en lo alto con aspecto de piedra helada y rota.

Las humaredas tenues brotaban de las chimeneas de los pueblos, metidos en las hondonadas y estas humaredas flotaban en el aire, se complicaban con la frialdad y con la negrura de la noche y se convertían en nubes.

Luego comenzaban a brillar las estrellas. Al acercarse al pueblo en donde se había de dormir, se amontonaban en confusión los carros y las recuas, los labradores montados en burros y las mujeres jornaleras, en los caminos, llenos de barrizales. El viajero sentía la angustia y el temor de entrar en la posada.

—¿Qué me deparará la suerte? —se preguntaba.

Dentro del pueblo, el viento, frío, comenzaba a soplar por las encrucijadas.

En la calle, pedregosa, pasaban las mujeres, llevando cántaros en la cabeza, riendo y hablando en alta voz.

La posada aparecía como un zaguán negro y prolongado por un pasillo también negro.

Los arrieros iban y venían, llevando el pienso a sus mulas, alumbrándose con un candil.

Los domingos, esta llegada al anochecer al pueblo desconocido era más triste aún. Algunas muchachas, ataviadas de día de fiesta, aparecían en la carretera; en los corrales jugaba la gente a las cartas; grupos de hombres se amontonaban a las puertas de las tabernas; algunas parejas paseaban en la plaza; había rumores de guitarras, gritos en las callejuelas y retumbaban las campanas a cada paso.

Luego, fuese día de labor o de fiesta, la noche era grave, triste y silenciosa. Corría un vientecillo helado, y de tiempo en tiempo se repetía el canto melancólico de los serenos.

VII

Feria en Sigüenza

El arriero con quien fue Alvarito de Almazán a Medinaceli no era hombre amable y jovial como el señor Blas, sino, por el contrario, malhumorado y antipático. Quiso explotar al viajero, cobrándole más de lo justo; pero Álvaro se resistió con energía y con tranquilidad, y, a pesar de las amenazas embozadas del hombre, no pagó más que lo ajustado.

Vio Alvarito claramente que el consejo del señor Blas de no ir nunca a ninguna parte sin amistades era bueno, y comprendió cómo no le convenía marchar solo por aquellos pueblos. Valía más ir despacio que no exponerse a ser engañado o robado.

La persona a quien le recomendó el señor Blas en Medinaceli era un botero. Al ir a visitarlo, Alvarito no lo encontró, y en la botería le dirigieron a un hombre, dueño de una tiendecilla con baratijas, estampas, marcos y objetos de escritorio.

El comerciante le recibió con estúpida e injustificada suspicacia, como si no quisiera dar las palabras de balde, cosa que tan poco vale en España, y lo único útil que le dijo fue que el camino estaba seguro, que podía marchar en un carro hasta Sigüenza, pues iban a esta ciudad arrieros, sobre todo los miércoles y sábados, que eran días de mercado.

Alvarito dio un paseo por el pueblo antes de retirarse a la posada.

Medinaceli le pareció pueblo frío, de alrededores pelados, con montes a lo lejos de extrañas siluetas.

Hacía día de viento seco y polvoriento.

Álvaro vio el arco romano, que la gente llama el Portillo; la torre de la parroquia, convertida en baluarte, y en el cementerio, resto de una fortaleza, con grandes muros exteriores y matacanes, contempló las maniobras de una rata, sin duda antropáfaga, que corría por entre las tumbas abandonadas.

Luego pasó por delante del Humilladero y recorrió el paseo de la Luneta, contemplando el paisaje. El cielo se presentaba gris, el horizonte turbio, las nubes blancas y pesadas. Aquella tierra le pareció a Alvarito más triste y más desolada bajo la atmósfera sin transparencia y la polvareda que venía en el aire.

A lo lejos se oían los tañidos de una campana, melancólicos y angustiosos.

Después de separarse del señor Blas, Álvaro se sentía más solo y más triste.

Pensó que su espíritu se mostraba en aquel momento con color parecido al del ambiente: gris, descolorido. En este cuadro gris oía sonar en sus oídos la voz de la monjita novicia de Almazán, tan graciosa y de tan infantil pedantería. Se sentó en un banco, y sintió frío.

Las ráfagas de viento le traspasaban el cuerpo. Se dirigió a la posada a calentarse al lado del fuego.

Le contaron en la cocina cómo Cabrera, a mediados de la guerra, penetró en el pueblo; cómo fingió prender al obispo de

Pamplona, confinado allí por el gobierno de la reina por sospechoso, y le mandó con escolta a la corte de Don Carlos.

Nuestro viajero se levantó muy temprano, y en un carro comenzó a bajar la cuesta del cerro de Medinaceli. Llegó a Sigüenza antes del mediodía.

Le acompañaba un prestidigitador y su criado, que iba a dar funciones en el pueblo.

El prestidigitador, llamado en los carteles Merlín, hombre de unos cincuenta años, moreno, de ojos brillantes, el pelo negro y rizado y la cara roja de borracho, hablaba por los codos. El criado, Severo, a quien su amo llamaba *Severísimo* en broma, era flaco hasta transparentarse, afilado y narigudo.

Las relaciones entre amo y criado tenían un carácter extraño; por el motivo más fútil reñían y se insultaban.

Sigüenza, a lo lejos, con su caserío extenso, las dos torres grandes, almenadas, como de castillo, de la catedral, y su fortaleza en lo alto, le produjo a Alvarito gran efecto.

El arriero llevó al prestidigitador, a su criado y a Álvaro a una posada de la calle Travesaña Baja, donde él paraba. La posada, medio derruida, ostentaba este letrero, escrito con letras negras en la pared:

SE GISA A LA PERFEZION

A Alvarito le llevaron a un cuarto grande y destartalado, frío como el Polo Norte, con telas de araña en el techo.

En las proximidades de la catedral, en la plaza mayor, en la calle de Guadalajara, había gran mercado y muchos puestos de todas clases: herramientas para el campo, pucheros, cazuelas, ropas, mantas, alforjas de colores muy vivos, loza basta y bujerías. Con estos baratillos alternaban verduleras con hermosas coliflores, cardos y alcachofas, y muchos aldeanos con corderos y ristras de ajos al hombro.

Pasaban los hombres con calzón corto, pañuelo en la cabeza o zorongo, y otros con grandes capas pardas, sombrero de pico, abarcas y un cayado blanco de espino en la mano.

Alvarito creía que sólo en Aragón llevaban los hombres este zorongo, resto del turbante; pero, sin duda, la morería en España ocupó una zona de acción más extensa de lo que él pensaba.

Las mujeres traían varios refajos de campana, hechos con bayetas rojas y amarillas, y algunas se echaban uno por encima de la cabeza.

En las puertas de las posadas se agrupaban burros blanquecinos, con aire de viejos sabios, cubiertos con sus albardas. Subían hacia el pueblo arrieros, con recuas de seis o siete mulas de aire cansado. Entre la multitud correteaban, muy vivos y animados, los estudiantes de cura, con su hábito y su tricornio.

Álvaro entró en la catedral; le pareció enorme, majestuosa. Le produjo verdadero asombro. En un reborde de poca altura, a todo lo largo de la nave lateral y del triforio, había una fila de sillas y de reclinatorios, verdes y rojos. Algunas pocas viejas rezaban arrodilladas, bisbiseando.

En el fondo de una capilla se veía una puerta abierta, con dos escalones para subir. La capilla parecía llena de misterio. En el altar había abierto un libro rojo. Vio también Álvaro, en otra capilla, la estatua funeraria de un doncel leyendo un libro.

Era del sepulcro de un comendador de Santiago muerto por los moros en la vega de Granada.

Álvaro oyó un sermón sorprendente. El predicador, cura joven, se esforzaba en exponer un tema de Teología oscuro, propio de Seminario. Para aclarar sus conceptos, que ninguno de los fieles, la mayoría pobres aldeanos, entendían, soltaba de cuando en cuando frases en latín de algún padre de la Iglesia.

Con un poco de malicia se podía pensar que el predicador se burlaba de la gente. A Alvarito le vino la idea de que por encima de la tonsura del sacerdote, iban a aparecer los cascabeles de la *Dama Locura*.

Casi lo temió un momento, pero se tranquilizó pronto; sin duda, el cura no se daba cuenta de lo lejos que andaban sus tiquismiquis oratorios de la imaginación de los fieles, o si se daba cuenta, no le importaba gran cosa, y, en medio de sus disquisiciones metafísicas, no pensaba más que en la buena comida que iban a servirle en casa del deán.

Alvarito salió de la catedral. Fue a la posada, comió sin gran *perfezión*, el parador de la calle Travesaña no legitimaba su letrero, y salió a la calle. Estuvo contemplando la plaza Mayor, con sus casas antiguas, algunas con las piedras carcomidas. El pueblo parecía poca cosa al lado de su iglesia y como si se hubiese construido sólo para legitimar la catedral.

Callejeó y se alejó del centro hacia el castillo. Algunas viejas hilaban en los portales. La tarde estaba fría; el cielo azul, con algunas nubes grises y blancas; el sol, muy amarillo, iluminaba las torres y los remates de las casas.

En todas las calles se veían edificios desplomados, que, sin duda, no se había tratado de restaurar. Volvió a la plaza Mayor. Mendigos llenos de harapos, de calzón corto, con largas greñas y tufos por encima de las orejas, le importunaron. Uno de ellos, vagabundo, con aire amenazador, ennegrecido por el sol y la lluvia, le persiguió largo rato; otro, un viejo, con sombrero alto, cayado en la mano, abarcas, anguarina llena de remiendos y una alforja en el hombro, le agarró del abrigo.

Se deshizo como pudo de los pedigüeños y entró de nuevo en la catedral. Ahora cantaban vísperas. Alvarito no las había oído nunca. Era algo terrible y solemne, con ese aire de majestad y de venganza de los cultos romanos y semíticos. En aquella enorme iglesia, helada, aquellos cantos le dejaron sobrecogido. Salió al claustro, y después a una gran terraza con una verja, con puertas de hierro monumentales.

Después bajó al paseo del pueblo, a la Alameda, y se sentó en un banco, al sol, cerca de una estatua de piedra de un hombre arrodillado.

Pasaron algunos estudiantes de cura en fila, con su manteo y su tricornio.

Unos chiquillos, que andaban jugando, comenzaron a gritar: «¡Cuá, cuá, cuá!», imitando el graznido de los cuervos.

Alvarito quedó asombrado ante esta manifestación anticlerical de un pueblo de clerigalla, del que decía un cantar satírico que todos sus habitantes eran hijos de frailes y de curas.

—A veces parece que ya no va a haber religión en España —se dijo—; a veces parece todo lo contrario. Realmente, mi país es un tanto enigmático.

Comenzaron a doblar las campanas; al cesar éstas en su sonido se oía el murmullo del arroyo. Alvarito veía a un lado y a otro lomas rojizas, sangrientas, y otras de color de ocre. El sol comenzó a ponerse sobre los árboles del paseo, coloreados por el fuerte verdor de las hojas nuevas.

Alvarito se dirigió al centro del pueblo, frío, helado, desierto, y después a la posada. Luego, buscando un sitio en donde charlar, se metió en la cocina.

Allí, además de un viejo, padre de la posadera; del prestidigitador Merlín y de su criado, se calentaban a la lumbre el sacristán y un estudiante de cura, con su tricornio destrozado y el manteo hecho jirones.

Alvarito preguntó por las ideas y costumbres del pueblo, y el sacristán, un hombre pequeño, le dijo:

—Aquí, todo el mundo, gracias a Dios, es carlista.

En Sigüenza habían entrado, al principio de la guerra, Balmaseda con su gente, y después Cabrera y Quílez.

El sacristán carlista, a quien llamaban de apodo *el Feotón,* porque era de familia de *feotas,* tenía unas opiniones bastante raras para todo el mundo y hasta para un carlista de Sigüenza.

Habló de un pasquín, que él conceptuaba muy ocurrente, puesto hacía años contra María Cristina en la puerta de la catedral, que terminaba así: «Fuera esa vil mujer, y que se vaya a su país a soldar calderas.»

El Feotón sabía quién redactó el pasquín; pero no quería decirlo.

Era curiosa la idea de los carlistas sobre María Cristina. La llamaban la calderera, la piojosa, la zarrapastrosa, y, probablemente, gente de buena fe, creía que, en su tierra de Nápoles, María Cristina anduvo con algún oso o con algún mono tocando la pandereta.

A Don Carlos lo consideraban como un héroe; los liberales eran, naturalmente, todos masones y vendidos al diablo; los extranjeros, hambrientos y miserables, que no conocían el pan blanco. Creían también que ellos engrandecerían a España restableciendo la Inquisición y las fiestas religiosas, terapéutica sencilla y fácil de llevar a la práctica.

Ciertamente, se comprendían algunas de sus ideas; por ejemplo, su mala opinión acerca de María Cristina. Aquellos buenos españoles, acostumbrados a ver desde lejos en el rey una persona respetable y casi santa, se encontraban de pronto gobernados por una extranjera, que se enredaba, además, con un guardia de Corps hijo de un estanquero.

Cierto que tales contubernios no eran nada raros en los Borbones para el que vivía cerca de ellos. Estos buenos Borbones siempre se distinguieron por su rijosidad y parte por su estupidez y su mala fe, a pesar de lo cual produjeron siempre, sobre todo en los franceses, un gran entusiasmo. Había que reconocer que nunca se había llegado hasta entroncar públicamente con el estanco como en la época de María Cristina.

El viejo contó cómo en el invierno de 1812, Espoz y Mina venció en Sigüenza a los franceses, mandados por el general Abbe, y cómo un mes después, en el Rebollar fue sorprendido *el Empecinado* por los franceses del general Guy, que llevaban como jefe de Estado Mayor o don Saturnino Abuín, *el Manco,* antiguo segundo del *Empecinado,* pasado a los franceses. Don Saturnino derrotó a su antiguo jefe, y le hizo perder mil doscientos hombres.

El Empecinado estuvo a punto de caer prisionero, y se salvó echándose a rodar por un barranco.

Alvarito pudo notar que para los carlistas intransigentes, como para el *Feotón,* los héroes de la guerra de la Independencia no eran simpáticos, porque para ellos el mérito máximo consistía en defender, no España, sino el trono y el altar, sobre todo el altar.

Alvarito se acostó cerca de la medianoche y se despertó tarde. Una chica cantaba a voz en grito, y unos burros rebuznaban encandalosamente. Se vistió, y fue a la calle. En la plaza había mucha gente.

Quedaban todavía restos de la feria, y entre los puestos de pucheros y de baratijas un hombre sostenía un cuadro o estandarte con figuras y otro las explicaba con un puntero. El estandarte o cartel sostenido en el palo, por un lado llevaba pintada la Fiera Corrupia o la llegada al mundo de la gran bestia del Apocalipsis, y por el otro, las escenas de la vida de Candelas, el ladron, célebre, subdivididas en muchos cuadros, desde su primer robo hasta que le agarrotaron en el Campo de Guardias, de Madrid.

El del puntero vendía papeles verdes y rojos y explicaba las escenas del cartel. En la llegada de la Fiera Corrupia al mundo se amontonaban muchas de las tonterías y absurdos del Apocalipsis, con mil y un presagios para el porvenir, a cual más ridículos.

En la vida de Candelas había menos necedades[19].

El del puntero comenzaba su relación, dirigiéndose a los padres que *tenían hijos,* poniéndoles el ejemplo de Candelas, de adónde conducen la mala conducta y las malas compañías. Al final, señalando la última escena pintada, el hombre recitaba estos versos con voz mortecina y triste:

> Ya lo sacan de la cárcel,
> lo llevan por la carrera,
> hasta llegar a la plaza,
> donde turbado se queda.

A Alvarito le recordaban aquellas pinturas horribles las figuras de cera de *Chipiteguy,* y las contempló largo rato. Después estuvo oyendo las explicaciones de un charlatán que vendía todo a real y medio la pieza. Era, indudablemente, un hombre listo. Mientras tenía en la mano una cosa cualquiera le daba un aire de ser buena y al ir a otras manos, como por arte de magia, se convertía en algo sin valor. Los aldeanos, a pesar de su cazurrería y de su desconfianza, se quedaban maravillados, como pensando en qué consistiría este sortilegio.

Miraban lo que habían comprado atentamente; a veces hacían un gesto de desagrado o de resignación. Quizá algunos no protestaban para no pasar por tontos y otros dejaban con malicia que el compañero cayese en el mismo lazo que ellos.

Alvarito oyó muy entretenido al hombre del baratillo.

Al volver a la posada preguntó al viejo padre de la posadera cómo iría más seguro y mejor a Molina de Aragón.

—Aquí para —le dijo el viejo— un arriero, a quien llaman por mal nombre *Malos Ajos,* porque es bastante mal hablado y mañana por la mañana va a Molina.

---

[19] La vida de Luis Candelas en pliegos de cordel y en boca de feriantes que contaban historias al tiempo que apuntaban con un puntero en dibujos, así como en novelas populares, folletines, e incluso en el teatro. Antonio García del Canto, *Luis Candelas y los bandidos de Madrid,* Madrid, 1887; Carlos de Palomera y Ferrer, *Dramas sangrientos,* Madrid, 1868.

—¿Es buena persona?

—El viejo se encogió de hombros.

—Creo que sí; no sé que haya robado a nadie. Al menos con trabuco. Quedarse con algo, si ha podido, me figuro que se habrá quedado. Va también con él ese estudiante de cura que estaba ayer aquí que se llama Tiburcio Lesmes. Ése sí que es un buen peje; un granuja de marca mayor. Suele llevar siempre barajas marcadas, e invita a jugar y le saca los cuartos a cualquiera; pero otras fechorías no hará, porque es cobarde como una liebre.

Habló Alvarito a *Malos Ajos,* quedó con él de acuerdo, y por la mañana entró en su carro para ir a Molina en compañía del arriero y de Tiburcio el estudiante.

A la salida del pueblo se encontraron con un lañador, con su taladro y sus alicates, sus alambres, un berbiquí y un saco. Era hombre muy desharrapado, muy sucio, con una manta destrozada y calañés en la cabeza. Sus ojos claros y su tez oscura le daban aire gitano. Era de los que gritan: «A componer tinajas y artesones, barreños, platos y fuentes.»

El lañador, conocido de *Malos Ajos,* pretendió entrar en el carro.

Alvarito notó que olía muy mal, y se lo dijo, lo que produjo la cólera y el refunfuñamiento del gitano.

El *tío Malos Ajos* era un pedante. La enfermedad de la pedantería es frecuente en Castilla, y, además, incurable.

El *tío Malos Ajos* había tañado a Alvarito, considerándolo un infeliz, a quien podría explotar, y, como mala persona, se decidió a ello sin escrúpulo.

—Hace usted bien —dijo el arriero a Alvarito— en ir con gente de confianza, porque este camino es poco seguro. Aquí, no muy lejos de Sigüenza, cerca de la venta del Puñal, entre Grajanejos y Almadrones, mataron hace un mes a un amigo mío.

—Por esa misma época —dijo el estudiante Tiburcio— un grupo de vagabundos y de ladrones desvalijaron una casa de aquí cerca.

Al poco rato, *Malos Ajos* añadió, señalando un recodo:

—Ahí mismo mataron a un viejo que volvía de la feria.

—¿Ahí? —preguntó Álvaro con indiferencia.

—Ahí mismo. Un poco más lejos le robaron a un recluta que volvía al pueblo.

—Y en aquel cerrillo, según dicen —agregó el estudiante—, se le apareció un fantasma a un ermitaño.

Alvarito notó la intención de asustarle, y se puso en guardia.

—¡Bah! —dijo de pronto—. Yo no tengo miedo a los ladrones; al revés, estoy tan desesperado, que me alegraría que salieran para matarme con alguien. No me pueden robar, no llevo un cuarto en el bolsillo.

—¿Y cómo sale usted de casa sin dinero? —preguntó el estudiante.

—El dinero lo tengo que recoger en Molina. No llevo un cuarto; en cambio, tengo unas pistolas que hay que verlas.

El arriero, el estudiante y el gitano se miraron uno a otro con sorpresa.

Comieron en el camino. Dos o tres horas antes de llegar a Maranchón, el cielo comenzó a ponerse negro como la tinta, y empezó a relampaguear y a tronar. La tormenta fue de gran violencia.

Gruñía la tempestad, silbaba el viento y los rayos iluminaban el campo con sus zigzags cárdenos. Con redoble de lluvia y de granizo llegaron a un parador solitario, se acogieron corriendo a él y se metieron en la cocina.

Alvarito observó que tanto el *tío Malos Ajos* como Tiburcio Lesmes y el lañador gitano eran muy cobardes; temblaban cuando tronaba fuerte. Alvarito se acurrucó en un rincón, y notó poco después que el estudiante intentaba investigar en sus bolsillos. Comprendiendo que la mansedumbre resultaría peor que la violencia, a la segunda investigación se levantó y pegó un puntapié al estudiante, que comenzó a chillar. Luego se abrochó bien la chaqueta, y se dispuso a hacer como que dormía.

Poco después, el estudiante le dio una palmada en el hombro.

—¡Eh! Usted, joven —le dijo—, ¿quiere usted echar una partida de naipes? —y sacó unos naipes.

—No —contestó Alvarito.

—¿Y por qué no?

—Porque no me da la gana, y porque estoy cansado.

El *tío Malos Ajos,* sorprendido de la entereza de Alvarito, le miraba con asombro.

Jugaron *Malos Ajos,* dos arrieros y Tiburcio a las cartas, y al final del juego se acusaban unos a otros de tramposos y de jugadores de ventaja.

Después de cenar, el ventero dijo que disponía de pocas habitaciones. Tiburcio tendría que dormir en el mismo cuarto que Álvaro. Álvaro aseguró que prefería dormir en el pajar.

El ventero le mostró el pajar a Alvarito, y éste entró sin luz y se tendió en el suelo.

Había un agujero en la pared por donde entraba el viento helado.

—¡Qué frío hace aquí! —exclamó Álvaro.

—Esta es la venta del Mal Abrigo —dijo un arriero que estaba tendido en el suelo, con la cabeza liada en una manta.

Alvarito se deslizó hacia un rincón, y se dispuso a psar la noche sentado.

A poca distancia de él cuchicheaban dos personas en murmullo apenas perceptible, como el de un chorro de agua lejano.

¿Quiénes podían ser?

Alvarito aguzó el oído. Le parecieron las voces de *Malos Ajos* y el gitano. Uno de ellos decía que Alvarito era un tonto, que iba a cobrar unos dineros en Molina y que lo debían de coger y meterlo en cualquier lado y mandar a alguien a cobrar.

Alvarito, inmediatamente de oír esto, salió despacio al corral, se acercó al carro de *Malos Ajos,* cogió su maletín, abrió la puerta y salió al camino.

Realmente, aquélla era la venta del Mal Abrigo, como decía el arriero, si es que no era el puerto de Arrebatacapas.

Valía más ir por la carretera.

Tronaba, pero no llovía; las estrellas comenzaban a aparecer en el cielo. El aire venía cargado de olores aromáticos.

—Adelante —se dijo—. Cuanto más lejos, mejor, adelante.

Fue marchando de prisa por un páramo estéril y pedregoso, muy contento, hasta llegar a un pueblo: Maranchón.

Entró en una posada; junto a un hermoso fuego se calentó, y se fue a la cama.

Durmió de un tirón hasta muy entrada la mañana.

En Maranchón, pueblo de vendedores de caballos y de cerdos, se tiritaba de frío.

Quedaban también allí recuerdos de Balmaseda. En 1836, el cabecilla, después de sorprender a la guarnición liberal del pueblo, se dedicó a una terrible matanza.

A la mañana siguiente, el arriero *Malos Ajos* y Tiburcio se presentaron a Alvarito en Maranchón y le preguntaron por qué causa se marchó, dejándolos.

—Nada; tenía ganas de andar.

—¿Vendrá usted con nosotros?

—No; voy a seguir solo.

—¿Por qué? ¿Tiene usted miedo?

—No tengo que dar explicaciones.

La insistencia de los dos le convenció de su imprevisión de fiarse de gente desconocida. Alvarito se fue a ver al alcalde del pueblo, chalán que había estado en Bayona, quien le dijo que cortara toda relación con los dos tunantes y que unos días después podría seguir su viaje con un arriero de confianza.

VIII

REFLEXIONES SOBRE LAS FONDAS MODERNAS Y ASÉPTICAS

En el prólogo de este libro hemos fantaseado, con más o menos ingenio, sobre la pintura, la novela y la filosofía aséptica, y ahora divagaremos un poco acerca de las fondas españolas, donde la asepsia tiene, indudablemente, más objeto que en los bodegones pintados y en la literatura.

Los franceses, con su habitual petulancia, nos han hablado de la pobreza y miseria de las posadas españolas y de las ventas; pobreza y miseria indudablemente ciertas, aunque quizá sin los colores que les han dado ellos, llevados por la visión amanerada, que es peculiar y característica de nuestros vecinos.

La verdad es que todos los pueblos meridionales han sido natural y espontáneamente sucios, quizá por el clima, quizá por la raza, quizá por profesar la verdadera religión, que es, como se sabe el catolicismo. Sea por lo que sea, es lo cierto que los hábitos de limpieza en Europa han venido del Norte, de Inglaterra, de Holanda y de Escandinavia.

Cuenta un escritor francés que en el libro de viajeros de una fonda española un cura escribió esta sentencia: «Piensa que muerto serás comido por los gusanos»; y el escritor añadió: «Y vivo, por las pulgas.»

Nadie duda de la exactitud de los hechos. Los gusanos y las pulgas, y otros parásitos aún más desagradables, son una realidad en todos los países latinos y católicos. Sin embargo, es posible que esta anécdota sea tan verdadera como la otra del que llegaba a una mísera venta española y decía:

—Yo quisiera tomar algo.

Y el ventero le contestaba:

—Pues tome usted asiento.

Los dos chascarrillos pueden servir de contribución al conocimiento de la España pintoresca.

A pesar de las pulgas, de los demás parásitos y del tome usted asiento de las ventas y mesones de nuestro país, hay que convenir que son casi más odiosas las fondas españolas modernas, con sus pretensiones de asepsia y desinfección, que las antiguas.

Esta fonda moderna española aséptica, con su aire anglojesuítico, es de una antipatía perfecta. Todo en ella es rapado, mezquino y desagradable.

Algunas poseen el aire de clínica económica. Parece que, en vez de llevar el manjar sangriento al comedor, lo van a llevar a uno al quirófano a abrirle en canal.

Todo se acerca a estar bien en nuestras modernas fondas asépticas; pero nada está bien del todo.

El comedor, en sitio oscuro y mal ventilado, con luz de acuario; el mantel, medio húmedo y de blancura gris; las alcobas, en los sitios más sombríos, a veces con ventanas a patios o a pasillos, como si el viajero fuera un plato de carne que se puede meter en una fresquera. El retrete no huele mucho, pero huele bastante para que se note su existencia; las criadas son malhumoradas; el amo o el ama, adustos, como si temieran que los huéspedes se fuesen sin pagar. Todo es aséptico, de economía y sordidez que dejan frío.

Los españoles actuales que frecuentamos estas fondas nos sentimos con el corazón tan aséptico como ellas.

Es extraña la pedantería que se desarrolla en una fonda española moderna. Todo el mundo aparece afectado, engolado, desdeñoso, de una manera tan absurda, que se siente vergüenza de pertenecer a una especie zoológica tan ridícula como la del viajero.

El mérito parece que está en decir: «Yo desdeño a los demás y los demás no me desdeñan a mí.» Esa es la gran preocupación. El que puede fruncir los labios con más desprecio; el que puede demostrar que cuando escribe una carta no se ha enterado de que existe otro ciudadano a su a lado; el que prueba de una manera palmaria e irrefutable su majadería, es el que bate el *record*.

Alguien dirá: «¿Es que en los hoteles de otros países la humanidad es más amable o más simpática?» No. Indudablemente, en todas partes el género es el mismo; el matiz es lo que varía. Se puede asegurar que todos los hoteles y fondas nacionales son aburridos y monótonos.

Sólo cuando el hotel es internacional empieza a ser divertido, porque se convierte en algo como una fiesta de circo o una jaula de monos.

El francés, petulante, hablando en falsete; el alemán, sin cogote, con la cara lustrosa, como untada con tocino; el inglés, con aire de perro; el yanqui, amojamado; el español, inoportuno y exigente; el suramericano, triste y amulatado; el judío, aguileño; las mujeres de los diversos tipos, pintadas, con pieles, gasas, joyas, todo esto es un espectáculo ameno y contradictorio.

Pero nuestros hoteles y nuestras fondas no son espectaculares, sino sombríos, siniestros, de una gravedad y de una seriedad funeraria. Se sube, se baja, se entra en el cuarto, como si se fuera a acompañar un entierro.

Si hay ascensor, no se puede prescindir de él. El subir unos escalones se considera no sólo como un trabajo ímprobo, sino como una ofensa.

En los comedores de estas fondas triunfa el comisionista, que emplea el palillo desdeñosamente, como si fuera algo que nos regocijara a los demás el ver que se saca piltrafas de carne de los agujeros de los dientes. Al lado del comisionista, triunfante con su palillo, como una hiena sentada en un cementerio, está el que toma píldoras, o polvos, o bicarbonato. En las alcobas vemos las etiquetas pegadas a las paredes por los viajantes que han pasado por allí, muchas anunciando específicos para la tuberculosis, para la tiña o para la sarna; siempre cosas alegres.

Los americanos, sobre todo, son gente que, cuando vienen a España, nos reprochan nuestro provincialismo y nuestro abandono.

Yo he llegado a pensar que actualmente tenemos demasiados escaparates lujosos, baños, inodoros, asfaltos y ascensores; en cambio, no nos distinguimos gran cosa por nuestro ingenio. Al extranjero le interesa, naturalmente, más nuestra higiene que nuestro ingenio; pero a nosotros nos puede interesar más nuestro ingenio que nuestra higiene.

España es pueblo proletario y algo zarrapastroso, que a veces tiene simpatía e intuiciones geniales. Los extranjeros quieren que dejemos nuestra intuición y nuestra simpatía a un lado y que seamos españoles asépticos.

Es un plan que indudablemente nos seduce poco. Eso de no poder pasar de guardas de monumentos, porteros de nuestras catedrales o de las baratijas de yeso de la Alhambra, es un poco triste. Yo creo que es preferible ser séptico e infeccioso y divertirse lo más posible.

A mí, al menos, la asepsia no me entusiasma del todo; creo que prefiero la infección. En el género fonda me gustan más que estos hoteles asépticos y funerarios aquellas fondas clásicas, grandes, sucias, con el suelo torcido, las sillas rotas, las cortinas llenas de polvo, el sofá desvencijado, con durezas terribles; las estampas de santos y las cómodas ventrudas, con un niño Jesús con su bola de plata en la mano.

En una fonda aséptica actual sabemos que encontraremos comida más o menos auténtica, un cuarto, café con achicoria y sociedad distinguida de viajantes de comercio o de millonarios, que no se diferencian nada de los viajantes.

En la fonda española clásica, séptica e infecciosa, había sorpresas. Se buscaba una comida regular, y se encontraba una aventura política; se iba detrás de un guiso de carnero, y se salía enamorado de la criada; se oían gritos en el cuarto de al lado, y se averiguaba que había un loco furioso; se miraba por un agujero de la pared, y se veía una mujer muy guapa; salía uno al balcón, y se encontraba con un loro o con un mono de algún indiano venido a España en compañía de una negra.

Un poco de suciedad, con simpatía y gracia, es más agradable que esta tiesura de ahora, con su asepsia y su pedantería correspondiente; y no es que defienda uno lo antiguo por amor al turismo y a la chatarra de lo pintoresco. No.

Sin duda, no podemos ser cuidadosos, minuciosos, meticulosos. No lo seamos. ¿Qué importa? ¿Que el extranjero nos denigra un poco? ¿Que el rasta americano se crea superior a nosotros porque la porcelana de sus comunes es superior a la nuestra? Nada de eso nos debe preocupar.

Si la fonda aséptica se generaliza y aumenta aún más en antipatía, en aspecto funerario y en pedantería, nuestro grito va a llegar a ser éste: «¡Viva la fonda séptica y la novela séptica e infecciosa donde se encuentran cosas inesperadas y vaya al diablo la teoría microbiana!»

IX

EL CURA ADMIRADOR DE CABRERA

Molina de Aragón es un pueblo de cierto empaque aristocrático, con casas hermosas, calles bastante anchas y una gran fortaleza que volaron los franceses en la guerra de la Independencia, dejando de ella solamente varios torreones, altos y dramáticos.

Llegó Alvarito a Molina y fue a parar a una fonda de la plaza en donde le destinaron a una alcoba y un gabinete de papel rameado, con un loro charlatán en el balcón y una jaula dentro con dos canarios.

En medio del cuarto había un velador, y, sobre él, algunos números encuadernados del *Semanario Pintoresco Español,* de *El Museo de las Familias* y de *El Paronarma*[20].

---

[20] Estas son las revistas literarias más importantes de ese momento. *El Seminario Pintoresco* comenzó a publicarse en 1836. Véase Georges Le Gentil, *Les Revues litteraires de l'Espagne,* París, 1909.

Alvarito habló largo tiempo con la dueña de la casa y con sus hijas y logró inspirarlas confianza. La dueña, muy charlatana, le contó antiguas historias del año 1823, cuando estuvo en Molina el conde de España y mandó fusilar al general Bessieres.

Alvarito empezaba a saber tratar a la gente. Sabía ser amable y cortés, sin presentarse como el forastero que va a pedir o a sacar algo.

En general, quien visita los pueblos tiene que dar la impresión de que va a algo concreto, y a poder ser, con un fin interesado y egoísta, porque eso se comprende bien por todo el mundo, y hasta presta cierta respetabilidad.

Si en una aldea a una persona se le ocurre decir que no lleva más objeto que ver el paisaje o la silueta de una montaña, se expone a que le tomen, por lo menos, por asesino.

Alvarito consultó el mapa para ver si podía ir directamente desde Molina a Cañete, en dos o tres jornadas, por el monte, pero el camino era frecuentado y recorrido por restos de partidas carlistas. La dueña de la fonda le recomendó fuese a Teruel con algún arriero, y de allí, por la carretera, a Cañete. Debía esperar, por lo menos, dos días.

En el comedor de la fonda de Molina, Alvarito conoció a un abogado, joven y melenudo, a quien no le interesaba nada de cuanto pasaba a su alrededor, y que vivía soñando en Madrid y, sobre todo, en París.

El abogadito creía ver la ciencia completa del mundo en Balzac, de quien tenía muchas novelas. Trastornado por aquella literatura aristocrática, quería imitar a los personajes favoritos de sus libros, y se dedicaba a vestirse elegante, a cuidar de sus melenas y a llevar siempre las manos enguantadas. Era afectado y repipiado hasta más no poder. Gesticulaba con ademanes de madama y a cada paso se miraba a sus manos, que sin duda por algún motivo especial le encantaban. En la fonda, y al parecer también en el pueblo, se reían de sus levitas, de sus melenas y de sus guantes.

Un prestigio de la casa, y también de la ciudad, era el cura don Juan Juvenal. En la hora de comer, Alvarito no vio a este cura porque había ido a un pueblo próximo a echar un sermón. De don Juan Juvenal se hablaba con gran entusiasmo.

De noche, Álvaro encontró a don Juan en el comedor de la fonda.

Era el clérigo un hombrecillo moreno, feo, de ojos negros muy brillantes como el azabache, las cejas cerdosas, salientes; la tez pajiza, de hombre enfermo, el labio belfo y los dientes amarillentos y ennegrecidos; una fisonomía atormentada, pero de gran expresión.

El cura, sin duda enfermo del estómago, comió muy poco, tomó bicarbonato, después café y habló por los codos con voz chillona. Se expresaba con facilidad y elocuencia, pero siempre había en sus palabras un deje de pedantería de seminario.

Se puso a hablar ante los huéspedes, y entre ellos el abogado balzacquiano, un poco *ex cátedra*, observando el efecto producido por sus palabras en un forastero como Álvaro.

El clérigo tenía la costumbre de inclinarse en la silla cuando estaba en el comedor, de balancearse y apoyar la cabeza en la pared, con lo cual había dejado una mancha oscura y grasienta en el papel.

El abogado le gastó varias bromas estólidas sobre un poema que al parecer escribía el cura, cantando las hazañas de Cabrera.

Don Juan, con gran ingenio y con muchos textos, defendió la tesis de que los principes debían de ser ignorantes para ser buenos, y los grandes capitanes, bárbaros y crueles. Aquella paradoja le permitió hacer gala de memoria y erudición.

El abogado le llevaba la contraria sin ninguna gracia, y le recordó que no sabía multiplicar. El cura se jactó de ello. Al parecer, don Juan, en vez de multiplicar, sumaba repetidas veces.

Dijo luego el cura que los escritores defensores de causas justas y sensatas se hacen aburridos a la larga, porque al cabo de algún tiempo sus doctrinas se convierten en lugares comunes.

La afirmación le pareció un enorme sofisma a Alvarito, pero no dijo nada en contra.

En vista de que no hablaba, don Juan Juvenal, interpeló a Alvarito de una manera un tanto grosera e insolente, y Álvaro contestó con discreción y prudencia.

Como el abogadillo balzacquiano se marchó a una tertulia,

don Juan, familiarmente, invitó a Alvarito a ir a su cuarto a charlar y a fumar un cigarro.

En el cuarto del cura, un cuarto de bohemio, se veían los hábitos colgados en clavos, y entre ellos una guitarra. Amueblaban la habitación una mesa, un sillón frailero, una estantería llena de libros y muchos legajos de papeles y cartas sobre una consola, sobre el sofá, sobre las sillas, entre botas, cajas de puros, peines y botellas de tinta vacías.

En el suelo se amontonaban las colillas y los periódicos. La confusión y el polvo indicaban que el cura era hombre descuidado y poco limpio. Hablaron, o, mejor dicho, habló don Juan. Una mezcla de familiaridad, de candidez y de grosería, que al principio de tratarle no era muy agradable, demostraba lo muy plebeyo de su carácter.

Al cabo de cierto tiempo se llenó el cuarto de tal manera de humo de tabaco, que comenzaron a picarle a Alvarito los ojos.

Mientras tanto, el clérigo hablaba sin parar. Había pensado componer un poema con la vida de Cabrera, pero no sabía cuándo lo comenzaría. Sentía gran entusiasmo por el caudillo tortosino, y a todos los actos del cabecilla quería darles aire mesiánico y simbólico.

Don Juan Juvenal se explicaba, sin duda, con mucho ingenio; citaba con frecuencia en latín, y tenía una gran admiración embozada por el gongorismo, admiración que disimulaba como si le produjera risa. Era un retórico y un dialéctico, lleno de argucias y de malicia conceptuosa.

Le gustaba llamar a la Virgen sacro asombro animado y epítome de Dios; a las nubes, cándidas holandas del ambiente; a los ángeles, océanos cerúleos del Empíreo, y a los apóstoles, participios del verbo que se perora.

Todas las ingeniosidades y frases felices de Góngora, de Argensola, de Quevedo, citadas en la *Agudeza y arte de ingenio,* del padre Gracián, le encantaban.

Le hubiera gustado escribir un libro y llamarlo: *Silva de varia lección.*

Se veía que el clérigo era hombre asombrado de tener ingenio, como quien encuentra un filón que no sospecha. Naturalmente, abusaba de su ingeniosidad. Ya se sabe que el mendigo a caballo lo hace galopar hasta la muerte.

266

—Todo el mundo tiene cualidades y defectos —dijo don Juan—; los defectos son muchas veces como las conteras de las cualidades. Ahora, que en muchos hombres todas son conteras.

Envolviéndolo en frases de retórica conceptuosa, hizo un gran elogio de Cabrera.

El cura explicaba el que muchos carlistas no comprendieran la superioridad de Cabrera por torpeza de meollo del vulgo.

—Cuando una fruta empieza a madurar o se halla del todo madura —dijo—, el inteligente afirma: «Ya está»; pero el público no la encuentra madura hasta que no empieza a podrirse.

Esto le ocurría a Cabrera, según él. Pasados veinte o treinta años, todo el mundo le admiraría.

Cabrera tenía algo de azote de Dios; su paso se hallaba señalado en muchos versículos del Antiguo y el Nuevo Testamento. ¿Que se le atribuían crueldades? Eran ciertas; las mismas que los escritores latinos y griegos atribuían a los bárbaros del Norte que iban a regenerar el mundo.

Don Juan Juvenal variaba fácilmente de opinión; tan pronto se manifestaba partidario de los bárbaros como de los romanos de la decadencia. En su astucia oponía, como dice Gracián, frase que a don Juan debía parecer admirable, a juzgar por las veces que la repetía, la milicia a la malicia.

Cabrera poseía, según el cura, el don de la adivinación; la víspera de la batalla de Maella había dicho: «Mañana morirán Pardiñas (que era el jefe de la fuerza enemiga) y uno de los que están aquí.» Y así sucedió.

El clérigo contó algunas ocurrencias de Cabrera, que Alvarito se atrevió a calificar de fantochadas.

—¡Ah, claro! —replicó don Juan—; así tiene que ser. *Totus mundus excercet histrionem;* ha dicho o le han hecho decir a Petronio, frase que no hay necesidad de traducir, porque se entiende. Un buen político, un buen caudillo, ¿qué necesita ser? Un buen histrión. Es lo primero, lo trascendental.

Alvarito se sentía un poco mareado de oír exponer teorías tan contrarias al buen sentido de un *Chipiteguy.*

El cura siguió diciendo que allí mismo, don Juan Palarea, el médico, el guerrillero de la guerra de la Independencia, infligió un golpe terrible a Cabrera en los alrededores de Molina, haciéndole más de quinientos muertos, otros tantos heridos y rescatando trescientos prisioneros, que los carlistas cogieron en Terrer; pero esto no era nada para el gran campeón de Tortosa. Las desgracias hacían crecer al adalid del trono y del altar, al gran Macabeo que cruzaba el fuego sin peligro, como las salamandras.

Don Juan habló de las hazañas de Cabrera y, entre ellas, de sus fusilamientos, como si también fueran hazañas.

En Nogueruelas, en Alcotas, en Ulldecona, en El Hornajo, había fusilado soldados y nacionales a cientos; en algunos lados obligándoles antes a cavar su sepultura. En otra parte, después de mandar desnudar a cincuenta soldados, había mandado que los persiguieran a sablazos y a lanzadas.

Había cometido otras fechorías del mismo orden. En Codoñera fusiló a dos niños; en Valderrobres, a tres mujeres; en Gandesa, a Joaquina Foz de Beceite, embarazada, por tener un hermano liberal; en Maella sacó cuarenta heridos del hospital para fusilarlos en la plaza; en Villahermosa mandó matar a siete niños menores de diez años. Cuando abandonó Cantavieja, ordenó pegar fuego a los hospitales, llenos de heridos cristinos, y al retirarse hacia Francia y pasar el Ebro, echó al río algunos nacionales que llevaba prisioneros.

El cura contó otro rasgo de humorismo de Cabrera. Habían sido cogidos y llevados a Morella un joven oficial cristino y veinticinco soldados para ser fusilados sobre la marcha. Cabrera fumaba, apoyado en un balcón de su alojamiento que daba a la plaza. La hija del dueño de la casa se acercó a Cabrera y pidió a don Ramón que no fusilara al oficial cristino, a quien conocía.

—Está bien; no se le fusilará —dijo Cabrera secamente.

Los veinticinco hombres fueron fusilados y el oficial no. Al día siguiente, Cabrera llamó al oficial y luego a la muchacha.

—Matadlo a bayonetazos —dijo a sus soldados, mostrándoles el oficial; y, volviéndose a la muchacha, añadió irónicamente—: ya ve usted que he cumplido mi promesa de no fusilarlo.

El cura afirmó que la guerra había que hacerla así: con crueldad, aterrorizando al pueblo.

Alvarito se retiró a su cuarto mareado; le parecía que el vaho de la sangre llegaba hasta él. ¿Qué país era el suyo? ¿Era un país o el patio de un manicomio? Se sintió avergonzado de ser español; creyó que si le hubieran dicho que era de un pueblo de antropófagos no le hubiera producido esto más repugnancia.

Era cierto que en la guerra de la Vendée y de la Chuanería los franceses habían hecho cosas tan horribles; pero esto no era ningún consuelo.

Le empezaba a parecer su país un pueblo de locos, de energúmenos, de gente absurda.

No era la *Dama Locura* fina, sonriente y burlona de una *Nave de los locos,* amable, la que se había paseado por España, sino una mujerona repugnante y bestial, con instintos fieros, una diosa caníbal, adornada con las calaveras de los enemigos.

Al entrar Alvarito en la cama se sintió turbado; soñó varias cosas, y entre los sueños se le apareció la Fiera Corrupia del cartel de la feria de Sigüenza. Era un gran dragón, de una tela impalpable, con tres cabezas, alas y uñas afiladas. Se movía a impulsos del viento. Sus ojos tomaban alternativamente una expresión feroz y sardónica, como los ojos del cura. El viento, cada vez más fuerte, producía tal temblor en el dragón, que Alvarito temía que lo envolviera a él por completo.

Al fin, el viento llevó el cartel de la feria por el aire, y Álvaro se encontró en el paseo de la Luneta, de Medinaceli...

Al día siguiente compró en una papelería un librito que el año anterior acababa de publicarse en Valencia y que se titulaba: *Vida y hechos de Ramón Cabrera*[21].

En este libro se acusaba a Cabrera de fatuo, de presuntuoso y de ignorante, y se insistía mucho sobre sus crueldades.

Un día después volvió a la misma tienda a preguntar si había algún libro más sobre Cabrera. No lo encontró y habló con el dueño de la papelería. Éste le dijo que la gente de Molina no participaba del entusiasmo del cura Juvenal por Cabrera. A la mayoría de los mismos carlistas les parecía su crueldad horrible, aunque algunos la legitimaban por el fusilamiento de su madre. Otros muchos carlistas no tenían gran entusiasmo por

---

[21] Este libro apareció en Valencia en 1868 firmado por *un emigrado del Maestrazgo.*

Cabrera, porque no era del país; algunos creían que su segundo o su tercero valían más que él.

Esa opinión que incita a pensar que los segundos deben ser los primeros es muy frecuente tratándose de todas las personas que figuran. Quizá en el fondo, tal simpatía por los segundos procede de un sentimiento de justicia, quizá sólo de envidia y de rencor.

Sexta parte

NOTICIAS DE FRANCIA

I

GÓNZALEZ MORENO

Alvarito escribió a su familia, a Rosa y a sus amigos desde distintos puntos del camino, y en Molina de Aragón recibió varias cartas y periódicos. Le contestaron Rosa, su hermana Dolores y D'Arthez. Le contaban todos las mismas historias aunque con distintos detalles. D'Arthez le daba más pormenores sobre el convenio de Vergara y el fin de la guerra en el Norte.

Uno de los empleados del almacén de vinos de su padre, según le decía, había presenciado la muerte del general González Moreno.

Fue el empleado a ver de cobrar varias facturas a Urdax; se hallaba en un caserío cuando oyó gritos, y, temiendo la llegada de los liberales, se subió a la guardilla. Desde un agujero vio el alboroto de los soldados del 11 batallón de Navarra, que empezaron a amotinarse. Se hablaba en contra del general Gónzalez Moreno; se decía que quería escaparse a Francia con las maletas llenas de oro. El empleado vio al general con su levitón negro y su cara larga, siniestra y cetrina, una cara de cuervo, entrar y salir en la casa del gobernador de Urdax, Iribarren, con su mujer y otras señoras.

Se decía que el general había pedido pasaporte y escolta, y que el comisario de la frontera ponía dificultades.

Poco a poco comenzaron a reunirse, delante de la casa del gobernador, grupos de soldados, furiosos.

—Ahora se van con el dinero —decía uno.

—Dinero de la traición —añadió otro.

—Ya se llevan todas nuestras pagas.

—Sí; ellos, ahora, vivirán bien en Francia y nosotros nos moriremos de hambre.

—¡Canallas! Todos son iguales.

Al aparecer González Moreno en la calle, el grupo de soldados comenzó a gritar:

—¡Mueran los traidores! ¡Muera Moreno! ¡Muera Maroto! ¡Viva Elío!

Moreno quiso interpelar a los que le increpaban, y levantó el bastón en el aire; un soldado se lo arrancó de la mano, otro se atrasó, le apuntó y le disparó un tiro.

El viejo general cayó; los carlistas le remataron a bayonetazos y a culatazos, y le arrastraron por el suelo.

D'Arthez contaba las distintas versiones que circulaban acerca de los instigadores de la muerte de González Moreno; quiénes decían que la instigación había partido de Maroto; otros, de los absolutistas puros. Se aseguraba también que el intendente Arizaga, que estaba en Añoa cuando mataron a Moreno en Urdax, fue el inductor de la muerte del que los liberales llamaban el verdugo de Málaga. El intendente Arizaga pasó la frontera, en compañía de dos hijos de Maroto, y declaró en la Aduana de Behovia que llevaba una maleta llena de onzas de oro.

A Gónzalez Moreno le mataron los carlistas sin instigación misteriosa alguna. Al menos, así lo pensaba D'Arthez.

González Moreno, según decía D'Arthez, era un general sin genialidad ninguna y sin simpatía, muy enemigo de las tropas de voluntarios y de los guerrilleros.

Viejo antipático, misántropo, gruñón, andaluz, a quien molestaba oír hablar vascuence, se manifestaba muy déspota.

Los vascos y los navarros le tenían mucho odio porque les trataba con desdén.

Era Gónzalez Moreno como la representación del burócrata, palaciego y ordenancista, en medio de aldeanos irritados y furiosos.

Pedro D'Arthez hacía reflexiones sobre la terminación de la guerra carlista. Creía que España, ya libre de la teocracia y de la cuestión de la legitimidad, se orientaría en pocos años hacia la República.

A Alvarito le chocó mucho el que alguien pensara en la República con relación a España. En su viaje no había oído hablar a nadie de ello.

II

Las mujeres y Aviraneta

Por aquellos días, a juzgar por las noticias que le mandaban, tuvieron los bayoneses el espectáculo de ver pasar por la ciudad a los jefes carlistas, que algunos gozaban por entonces de cierta fama en Francia; quién le había visto a Merino, y reconocido por los grabados, muy flaco, muy arrugado, con cara de vieja, vestido con levita, pantalón azul y sombrero de copa; otro había identificado a Villarreal, con su aire de enfermo; al barón de los Valles, muy rozagante; a Elío, al duque de Granada, a Valdespina o al príncipe de Lichnowsky. Se hablaba mucho de todos, con detalles; sabían sus condiciones personales, si tenían o no talento, y en Bayona se les conocía tanto como en España.

Un domingo de septiembre Bayona se transformó en un campamento carlista. A las once y media de la mañana, dos compañías francesas llegaron, batiendo marcha, conduciendo a la Subprefectura al séquito del Pretendiente. A la cabeza de las compañías iban varios oficiales montados a caballo.

Se vio al infante don Sebastián, con aire sombrío y huraño, vestido de uniforme y con la espada al cinto; al parecer, se opuso a entregar sus armas al jefe de Policía francesa, quien no insistió, al ver la negativa, por comprender que el desarme del infante era una pura fórmula.

A la misma hora entraban en el parque del castillo de Marrac de tres a cuatro mil carlistas desarmados, escoltados por tropa francesa. Se fueron todos tendiendo en la hierba, cansados e indiferentes. Los hombres y las mujeres de Bayona acudieron a verlos con curiosidad.

—No son tan negros —decían las francesas.

—Ni tan feos.

—Algunos están muy bien —añadían otras.

—Ya han acabado ustedes la guerra —les dijo un señor francés, viejo, hablando en castellano.

—Sí, afortunadamente —contestó un navarro.

—Mucho traidor hemos tenido y gente falsa —añadió un vasco.

—Déjate de eso, que ya ha pasado —replicó un castellano—. La cuestión es que nos den de comer.

—¿Nos darán de comer? —preguntó otro.

—Sí, sí —les contestó una dama española, probablemente carlista—. ¿Qué, tienen ustedes mucha hambre?

—Mucha.

En la plaza de Armas, cuando la gente veía pasar los restos del malparado ejército carlista, el señor Sánchez de Mendoza, padre de Alvarito, que estaba acompañando a Dolores y a Rosa, conoció entre el público a don Eugenio de Aviraneta.

Se le acercaron tres mujeres: María Luisa de Taboada, la señora de Vargas, que había conocido a don Eugenio en tiempo de la guerra de la Independencia, y Sonia Volkonsky. Las tres miraban furiosamente a Aviraneta. María, de pronto, se destacó, se acercó a él, dio una palmada en el hombro al conspirador, y le dijo con voz sorda:

—¡Infame, traidor! Esa es tu obra.

El señor Sánchez de Mendoza, cuyo espíritu estaba siempre en babia, se quedó asombrado.

Después de decir esto, la señorita de Taboada se reunía con Sonia y con la señora de Vargas, y las tres se metían en un grupo de carlistas.

Unas semanas después se dijo, con relación a la señorita de Taboada, que iba a entrar en un convento de carmelitas, de Bayona. Se había hablado antes de que María iba a casarse con el general don Bruno Villarreal. Se suponía que Villarreal aceptaría el convenio de Vergara; pero no lo aceptó, y se quedó sin ningún destino.

Villarreal estaba tísico y tenía vómitos de sangre, lo que no le impidió vivir bastante tiempo.

María de Taboada no quería un marido enfermo, y se metía monja.

El odio de las tres mujeres contra Aviraneta sirvió de pasto a la conversación en casa de madama Lissagaray. Se sabía que María Luisa había colaborado con Aviraneta en sus intrigas y se suponía que estaba descontenta. De Sonia Volkonsky se sospechaba que su hostilidad provenía del asunto del caballero de Montgaillard, que seguía preso, y, con relación a la señora de Vargas, se pensaba que la causa del odio debía ser muy antigua.

<h3 style="text-align:center">III</h3>

<h4 style="text-align:center">Aviraneta y Merino[22]</h4>

El señor Sánchez de Mendoza, que tuvo por la mañana la sorpresa de oír el ex abrupto de María Teresa de Taboada a Aviraneta, escuchó por la noche una conversación en la fonda de Francia, que le sumió en el colmo del estupor.

Había ido Sánchez de Mendoza por la tarde a visitar al ex ministro carlista Cabañas, su antiguo jefe en las oficinas del Real, quien le convidó a cenar. Don Francisco Xavier escuchó las opiniones del ex ministro con gran atención y recogió sus confidencias en su pecho como en un vaso sagrado.

Al terminar la cena, Cabañas dijo a Sánchez de Mendoza:

—Yo estoy un poco cansado, y me voy a la cama. ¿Usted podría en un momento repasar unas cuentas?

—Sí, señor; ya lo creo, con mucho gusto.

—Entonces, yo me marcho. Pida usted algo, si quiere, aquí.

—Muy bien; pediré un café.

Se marchó el ex ministro Cabañas, y el señor Sánchez de Mendoza quedó en un rincón del comedor, medio oculto por un gran armario, haciendo números.

No había nadie en la sala más que Aviraneta, que estaba cenando de espaldas a él. Sánchez de Mendoza pensó en acercar-

---

[22] En la segunda novela de la serie *Memorias de un hombre de acción*, titulada *El escuadrón del «Brigante»* Baroja hizo una magnífica descripción de la vida de los guerrilleros de la zona del Duero y montes de Soria capitaneados por el cura Merino.

se a don Eugenio; pero la frase de infame traidor que había oído por la mañana, dirigida a Aviraneta, le contuvo. No sabía qué fondo podía tener aquello. Pero de todas maneras no le pareció oportuno acercarse a él.

En esto se abrió la puerta de cristales del comedor de la fonda, y apareció un viejo pequeño, vestido de negro, muy atezado, con levita larga y sombrero redondo.

El viejo se sentó a una mesa, y llamó imperiosamente, dando con un cuchillo en el plato.

Era un viejo flaco, calvo, con un pañuelo negro en la cabeza y algunos pelos grises en las sienes; los ojos hundidos en las órbitas, la expresión dura y sardónica y la boca de labios finos.

Aviraneta, al ver entrar el viejo, debió de mirarlo, y el viejo se acercó a él.

—¿Eres tú, Eugenio? —le preguntó con sorpresa.

—Yo soy, don Jerónimo.

Sánchez de Mendoza comprendió, al oír el nombre, que aquel viejo era el cura Merino, el célebre guerrillero, el paladín esforzado del trono y del altar.

—No creí que te vería ya —dijo Merino.

—Yo tampoco a usted —replicó Aviraneta.

—Ya hace treinta y tantos años que nos conocemos.

—Es verdad. ¿Va usted a cenar?

—Sí. Tomaré un par de huevos. ¿Tú quieres cenar?

—He cenado ya. ¡Gracias! Tomaré otro café.

Merino encargó su cena. Echó los huevos a un vaso, y se puso a tomarlos con un poco de pan. Después comió una manzana, bebió un vaso de agua, encendió un cigarro y comenzó a fumar. Sus ojos brillaban como los de un aguilucho bajo las cejas espesas y cerdosas; los pocos dientes, amarillos, de su boca mascaban el cigarro.

—¿Qué haces aquí, si se puede saber? —preguntó don Jerónimo.

—Veo lo que pasa.

—¿Y qué te parece?

—¡Qué me va a parecer! Bien. ¿Y a usted?

—A mí, mal. ¿Sigues siendo revolucionario?

—Sí. ¿Usted sigue siendo servil?

—¡Servil! Nunca lo he sido.

—Cierto; fue usted liberal en algún tiempo.

—No es verdad.

—A mí me habló usted en Madrid, hace veinticinco años, de trabajar por la Constitución.

—Siempre he aborrecido la canalla.

—No sé a qué llama usted la canalla.

—A los liberales, a los cristinos, a los que quieren cambiar la religión y la forma de un país porque sí —repuso Merino con cólera.

—Yo llamo canalla a ese pobre imbécil de Don Carlos —replicó Aviraneta—; llamo también canalla a esos aristócratas grotescos, con los cuales usted se mezcla; usted, el cura de Villoviado, guerrillero y pastor; usted, plebeyo, unido con esa gente ridícula, como un perro de ganado con perrillos falderos; llamo también canalla a esa tropa de curas y de frailes que quieren jugar a los grandes generales...

—¡Con qué gusto te fusilaría! —exclamó Merino, pegando un puñetazo en la mesa.

—Yo también le hubiera fusilado a usted cuando le cogí preso en Tordueles. Si no lo hice no fue por falta de ganas. Ahora, ya no. ¿Para qué? Ya no es usted nadie.

—¿Y tú?

—Yo, nadie tampoco, pero veo la realidad.

—Crees verla.

—No; la veo, y unas veces me río y otras siento tristeza. Pensar que gran parte de esta guerra se ha hecho por la legitimidad, ¡la legitimidad de Don Carlos!, del hijo de una mujer como María Luisa, que reconoció en Roma que ninguno de sus hijos era de su marido.

—¿Y eso qué importa?

—Nada; a mí, nada; pero me da risa y tristeza.

—Todo eso está en la significación —arguyó Merino—. ¿A mí qué me importa de quién es hijo Carlos V? ¿Es que hay alguna diferencia entre una bandera roja, una negra y otra blanca, que la que le da el teñido? El pedazo de algodón o de hilo es igual, y, sin embargo, los unos nos agrupamos alrededor de una y morimos por ella, y los otros también. Esa bandera es la idea. Me extraña que no lo comprendas.

—Sí, lo comprendo, lo comprendo. Una cosa tan estúpida y tan bestia como esta guerra tiene que tener una razón.

—¿A ti te parece estúpida y bestia?

—Completamente.

—¿Sólo por nuestra parte?

—No, por las dos partes. Los unos y los otros han hecho mil bestialidades y mil torpezas.

—Los liberales las han hecho mayores.

—Y ustedes también.

—Yo he hecho lo que han hecho todos.

—¡Bah! ¿Qué ha hecho usted? Asesinar, matar, para mayor gloria de Dios. Si se mira usted las manos, las tiene usted que ver llenas de sangre.

—¿Y tú?

—Yo no soy cura. Yo no predico que todos somos hermanos. Además, he predicado más noblemente que usted. Usted ha sabido escaparse como un conejo cuando le perseguían, ha defendido usted a un pobre mentecato en su derecho al trono. Poco haber para pasar a la Historia.

—¿El tuyo es mayor?

—Yo, al menos, he vivido con entusiasmo ideas nobles, que serán las del porvenir; he peleado con *el Empecinado,* que valía más que usted, al menos como hombre, porque tenía más corazón y más alma. Sí, he peleado con *el Empecinado,* a quien asesinaron los amigos de usted de una manera miserable, he acompañado a lord Byron en Grecia. Ahora peleo por la libertad.

—¡Gran mérito!

—Para mí, grandísimo.

—Como militar, has fracasado, Eugenio.

—Sí; es verdad. Entre nosotros los liberales y entre ustedes ha habido siempre un ambiente de intrigas y de zancadillas, en el cual una persona digna no podía vivir ni prosperar.

—En otro país hubieras avanzado más.

—Seguramente.

—¿Ves? Eres enemigo de España.

—No.

—Sí, eres enemigo de España, indisciplinado y soberbio. Todos los vascos os creéis que no necesitáis para nada de los demás. Os bastan vuestros fueros, no queréis ni rey ni Roque.

—Se puede vivir con República.

—No me importa que seas republicano; lo que no acepto es tu antiespañolismo.

—¿Yo antiespañol?

—Sí. Recuerda en la guerra de la Independencia. Tú querías hacer la guerra de distinta manera que los campesinos: querías lucirte, hacer el faraute, tener conferencias con los franceses. Yo, no; yo quería lo que quería el pueblo, porque soy más demócrata que tú.

—En ese sentido no digo que no.

—En todos.

Los dos hombres estuvieron un momento callados, contemplándose atentamente. Sánchez de Mendoza los miraba desde su escondrijo presa del mayor asombro. Las palabras de Aviraneta le tenían trastornado.

—Has de reconocer que en la guerra he marchado más lejos que tú —dijo Merino.

—No lo dudo. Ha sido usted un buen militar; el grado de general se lo ha ganado usted con sus puños.

—¿Lo reconoces?

—¿Cómo no reconocerlo? Pero ha puesto usted todas sus condiciones en una mala causa. Dentro de cien años, España será liberal, todo lo liberal que pueda ser España. Quedarán lejanamente los nombres de Mina, del *Empecinado,* de Espartero, de Zurbano..., del cura Merino, ¿quién se acordará? Nadie.

—Es verdad. Nadie se acuerda de los vencidos.

—De algunos, sí.

—Somos enemigos irreconciliables, Eugenio, y, sin embargo...

—Ese mismo sin embargo digo yo.

—¡Adiós, Eugenio!

—¡Adiós, don Jerónimo!

Ninguno de los dos se alargó la mano, pero los dos se pusieron de pie, rígidos, duros, implacables. Aquellos dos pajarracos siniestros se contemplaron un momento pensativos. Don Francisco Xavier los miraba con una estupefacción creciente. Alvarito quizá hubiera pensado que tanto el uno como el otro eran muy dignas figuras de aparecer en *La nave de los locos.* Después de un momento de silencio, Merino tomó la palabra:

—Ya, probablemente, no nos volveremos a ver, le queda a uno poco que vivir.

—Todavía está usted bien.

—No. Esto va para abajo. No tengo miedo a la muerte.

—Ya lo sé.

—¡Adiós!

—¡Adiós!

El cura Merino salió del comedor; Aviraneta dio un paseo cabizbajo, y se marchó a su habitación.

Sánchez de Mendoza se levantó, e hizo delante de un espejo varios gestos de asombro.

El cura Merino salía al día siguiente de Bayona hacia su destierro de Alençon, donde murió tres años después.

Todas aquellas historias le interesaban a Alvarito; pero, naturalmente, le hubiera interesado mucho más que le proporcionaran algunas noticias de *Manón*. Ni Dolores ni Rosa, en sus cartas, mentaban a la nieta de *Chipiteguy*. Parecía como si hubiera desaparecido del planeta.

Séptima parte

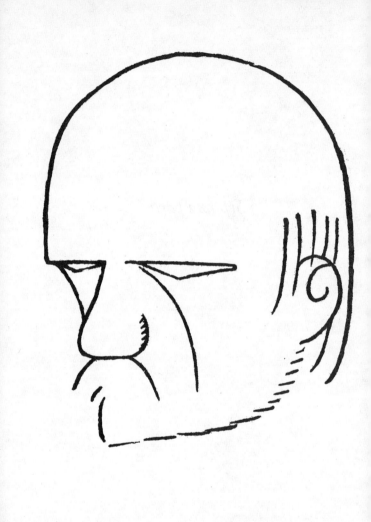

LOCOS Y CUERDOS

I

EL PEINADO

La dueña de la fonda de Molina y don Juan Juvenal el cura, le recomendaron a un arriero. El arriero iba a Albarracín. Se llamaba Antonio Gómez, *el Peinado*.

—*El Peinado* no es hombre simpático —advirtió el cura a Alvarito—; es un manchego muy pagado de sí mismo, pero hombre de confianza. Eso sí, muy pedante. Le dirá a usted que la *diferiencia* que hay entre una cosa y otra es grande, y si usted le dice que sí, que, efectivamente, que la diferencia es grande, él le corregirá y volverá a decir *diferiencia,* para que usted se fije bien y tome nota. Le dirá también aptitud por actitud, ojepto por objeto, etcétera, etcétera.

A Alvarito esto no le importaba gran cosa; no iba a tratar con un arriero de asuntos gramaticales.

Llamaron al *Peinado*. Alvarito se entendió con él respecto al precio, y al día siguiente salieron juntos.

El Peinado, hombre pequeño, moreno, de cara juanetuda, pelo negro entrecano, frente estrecha y color oscuro; usaba bigote grueso y patillas cortas. Muy sabihondo, muy redicho, de gran sentido práctico sanchopanceso y de gran seriedad, no reía nunca.

El Peinado se manifestaba muy puntilloso, con una idea de la honra exageradísima, muy mala opinión de las mujeres y no muy buena de los hombres. Tipo con alma de seminarista o de leguleyo, para él el refrán a tiempo o el juego de palabras oportuno constituía una victoria. Los triunfos en la conversación envanecían al *Peinado* y los consideraba de gran importancia.

Era también el arriero el hombre de los distingos.

—¿Esto es así o no? —le preguntaban.

—Puede que sí y puede que no —contestaba él, puntualizando y echándoselas de ingenioso.

—Pero, ¿es bueno o es malo?

—Según. Es bueno y malo. Es bueno en tal caso y malo en tal otro.

Todos aquellos distingos y sutilezas impacientaban e irritaban a Alvarito, que recordaba el buen sentido tranquilo de *Chipiteguy.*

El Peinado, muy partidario de los refranes, como el señor Blas, recordaba, sobre todo, con fruición los mal intencionados y crueles.

Al comenzar el viaje, hablaron Álvaro y el arriero manchego de la fonda de Molina, y *el Peinado* contó que la dueña estaba reñida con su hijo, y para explicar las disensiones de la familia añadió:

—Ya se sabe que humo, gotera y mujer vocinglera, echan al hombre de su casa fuera.

El Peinado siempre hacía el comentario malévolo. Poco después de salir de Molina, al pasar por una encrucijada del camino, en el puente del río Gallo, al parecer lugar de mala fama, dijo con intención aviesa:

—Aquí, desde tiempo inmemorial, se asegura que suelen apostarse los ladrones.

—¡Bah! No tengo miedo a los ladrones —saltó Alvarito—. Lo que me choca es que los arrieros que andan por estos caminos tengan siempre tanto miedo.

El Peinado protestó, y dijo que él no conocía el miedo.

—Pues yo creía que estaba usted asustado —le replicó, con sorna, Alvarito.

—Se lo advertía a usted.

—¿Para qué? Si se presentan ladrones en ese sitio es inútil advertirlo de antemano, a no ser que quisiera uno renunciar al viaje, y yo no pienso en ello.

—*El Peinado* contempló a su compañero con sorpresa.

Alvarito, acostumbrado a viajar sin premura, se iba olvidando de todos sus asuntos y preocupaciones; ya apenas recordaba nada; *Manón* se le presentaba como una imagen borrosa; lo próximo era la jornada del día, el comer, el cenar, el dormir...

Hablaron mucho *el Peinado* y Álvaro. El arriero, además de su tendencia conceptuosa, manifestó un espíritu agresivo en coplas contra los pueblos. Al hablar de las mujeres de Molina, *el Peinado* cantó:

> Carlistas, las de Molina
> las de Sigüenza, valientes;
> bonitas, las de Brihuega,
> y p... las de Cifuentes[23].

Estas chicas de Cifuentes, aunque probablemente sin más culpa que las de otros pueblos, tenían mala fama, y en otra relación del *Peinado,* Alvarito le oyó decir:

> No compres mula en Tendilla,
> ni en Brihuega compres paño,
> ni te cases en Cifuentes,
> ni amistes en Marchamalo.
> La mula te saldrá falsa,
> el paño te saldrá malo,
> la mujer te saldrá p...
> y hasta el amigo contrario.

El Peinado advirtió con malicia que los de Cifuentes, en vez de decir: «Ni te cases en Cifuentes», decían: «Ni te cases en Sigüenza.»

Verdaderamente, la hidalguía castellana andaba muy por los suelos en estos dichos.

Todavía *el Peinado* recitó otra relación desacreditadora, que decía así:

---

[23] Pío Baroja, observador perspicaz de la vida social española, en numerosas ocasiones, nos muestra rasgos caracterizadores de los pueblos como este de los motes o *seudogentilicios,* de los que llegó a teorizar J. Caro Baroja en «El sociocentrismo de los pueblos españoles», en *Razas, pueblos y linajes,* Madrid, 1957, páginas 265 y ss.

En Sayatón,
en cada casa un ladrón;
en casa del alcalde,
los hijos y el padre;
en casa del alguacil,
hasta el candil.

Musa, tan fríamente agresiva, no era muy del gusto de Alvarito, quien, ante todo, deseaba el sentimiento poético y popular o si no la alegría un poco loca y estruendosa.

II

LOS GUERRILLEROS DE PALILLOS

Orihuela del Tremedal es un pueblo blanco, con aire andaluz o valenciano, con bastantes calles y la plaza con una fuente en medio.

En un cerro próximo se alza un famoso santuario, quemado por los franceses en tiempo de la guerra de la Independencia. Los tremedales o tembladeras son lugares cenagosos de turbas que tiemblan y engañan, pues parecen firmes, y en ellos puede desaparecer a veces hasta un hombre a caballo.

Poco antes de llegar a Orihuela, Alvarito y *el Peinado* vieron en el camino un hombre y una mujer, los dos de negro; él, andando a pie, con una guitarra cruzada en la espalda, y ella, montada en un borrico. Tenían un poco el aspecto de las figuras clásicas de la huida a Egipto.

En vez de niño, la vieja llevaba un saco negro en los brazos.

Al acercarse a ellos, Alvarito y *el Peinado*, el hombre les pidió una limosna. Era ciego, de aire trágico y terrible, la cara llena de cicatrices, el aspecto enfermizo y un pañuelo atado con cuatro nudos a la cabeza.

La vieja, vestida de negro, arrugada y seca como un sarmiento, miraba con sus ojos brillantes como dos azabaches.

Alvarito dio al ciego una moneda de cobre, siguieron marchando y llegaron a Orihuela. La posada de Orihuela era grande, encalada, con zaguán ancho, seguido de un pasillo y puertas azules. *El Peinado* conocía a la posadera; la encargó la comida, y se fue a dar de comer a sus mulas a la cuadra. Entre tanto, Alvarito anduvo por la posada y bajó al zaguán.

Al poco rato apareció el ciego del camino con la vieja. Llevó ella el borrico a la cuadra, el hombre dejó la guitarra en un rincón, se sentó en un arca del zaguán e hizo rápidamente su tocado. Se quitó el pañuelo de la cabeza, se puso chaqueta nueva, se caló un sombrero de zaranda, alto, ya destrozado, y comenzó a picar tabaco con un cuchillo.

Alvarito le observó: era hombre flaco, esquelético, amojamado, la cara atezada, negruzca, un ojo turbio y el otro como una cicatriz; patillas entrecanas; el pelo gris, fuerte y lustroso. Hablaba de manera muy insinuante, vestía traje negro, raído, pantalones cortos y alpargatas.

Emanaba algo extraño aquel tipo, y Alvarito preguntó a la posadera:

—¿Quién es este hombre?

—Es un hombre que canta y toca la guitarra. Además, es saludador.

—¿Saludador? No sé lo que es eso.

—Los saludadores curan las enfermedades de las caballerías y de las personas con oraciones y con ensalmos.

—No lo sabía. Es un tipo raro.

—Antes ha sido guerrillero con *Orejita* y *Palillos*.

Alvarito contempló al saludador carlista con gran curiosidad. Se acercó a él y le dijo:

—¡Eh, buen amigo! ¿Quiere usted tomar algo?

—Si me convida usted...

—Sí, le convido; ¿qué quiere usted tomar?

—Tomaré pan y vino y un poco de queso.

—Muy bien. Me han dicho que es usted saludador.

—Eso dicen; y usted, ¿es de aquí?

—No, señor; yo vengo de camino.

—¿De dónde viene usted, si se puede saber?

—Vengo de Francia.

—De Francia. ¡Qué lejos!

—Sí. ¿Usted ha sido guerrillero?

—Sí, señor; yo he sido soldado de *Palillos*.

—¿*Palillos*, dice usted? —exclamó Alvarito—. No he oído hablar nunca de él.

—¿No ha oído hablar de *Palillos?*

—No.

—El ciego saludador comenzó a comer el queso y el pan que le trajo la posadera, cortándolos con una navaja en pedazos pequeños.

—Pues *Palillos* ha sido muy famoso —dijo el ciego—. *Palillos* padre, don Vicente Rugero, era un viejo muy ladino; tenía una partida muy bien organizada y muy militar. Ya lo creo. Y no piense usted que era fácil entrar en ella.

—¿No?

—No. Para entrar en la partida se necesitaban muchas condiciones. Había que tener menos de treinta años, ser fuerte, buen caballista, estar acostumbrado a la vida del campo y no tener parientes ni amigos entre los cristinos.

—Y usted, ¿qué edad tiene?

—Yo, treinta y siete. Parezco más viejo, ¿verdad?

—Sí.

—Las desgracias.

—Y los jefes, ¿también tenían que ser tan jóvenes?

—No; los jefes podían ser más viejos. Al que entraba en la partida se le hacían muchas preguntas, y luego se iba a comprobar lo que había dicho, y si algo no resultaba cierto, no se le admitía.

—¿Y tenían ustedes paga?

—Sí.

—¿Llevaban ustedes uniforme?

—Todos íbamos igual. Se llevaba calañés alto, de pana o de terciopelo negro, adornado con algunas carreras de botones, medallas, cintas rizadas y un plumerito negro. La mayor parte usaba patillas. Se vestía marsellés corto, guarnecido de cinco botonaduras de monedas de plata, pesetas o reales columnarios. Algunos jefes lucían doblillas de oro, y, en vez de calañés, boina blanca o sombrero redondo con funda de hule. Se gastaba calzón corto, de pana o de terciopelo negro; ancha faja para el puñal y los cachorrillos; polainas de cuero y zapatos de una pieza. En el arzón del caballo se ponían las pistolas y el trabuco.

El saludador explicó a Alvarito las acciones en que tomó parte, casi todas ellas en la Mancha. Ninguna pasaba de ser una requisa como de carabineros. Si encontraban un enemigo fuerte para medirse con ellos, huían rápidamente.

—Cuando *Palillos* se proponía sacar contribuciones en una comarca, dividía su caballería en partida de treinta a cuarenta hombres —siguió diciendo el ciego—; ocupaban todos los lugares en un espacio de seis a ocho leguas cuadradas. Cada paisano debía suinistrar todo lo necesaio para un jinete y un caballo. Los pueblos se veían obligados a entregar a *Palillos* la misma contribución que pagaban al Gobierno de la reina. Entrábamos nosotros en un lugar, y lo primero, para que nadie tocase a rebato y diera señal de alarma, nos apoderábamos de la torre de la iglesia y poníamos en el campanario un centinela. El centinela observaba cuanto pasaba a larga distancia, y si veía algo tocaba la campana, y, según las campanadas, nos entendíamos. Era como la línea del telégrafo de señales del Gobierno. Así, don Vicente Rugero sabía con rapidez si aparecía el enemigo y por dónde. La mayoría de las partidas tenían jefes propios, que no se ponían de acuerdo más que para cobrar las contribuciones.

—¿Y eran famosos estos jefes?

—Entre nosotros, sí; a todos ellos los conocíamos por sus apodos. Teníamos a *Palillos, Orejita, Parra, la Diosa, Chaleco, el Rubio, el Presentado,* Cipriano *el Veneno, el Arcipreste, Matalauva, Escarpizo, Peco, el Perfecto,* Manolo *el Pare Pare, el Apañado, el Feo de Buendía, Perdiz, Cuentacuentos, el Curita de Bujalance, el Mantequilla, el Barba, Cuatrocuartos,* Calero *el Bombi, Sin Penas* y otros[24]. Se vivía sobre el país, y cuando una comarca no podía dar lo suficiente para alimentarnos, íbamos a otra.

—¿Y estaban ustedes bien avenidos unos con otros?

—No. Yo sólo tenía un poco de confianza en *el Manquillo,*

---

[24] Sobre los guerrilleros, véase José Gómez Arteche, *Juan Martín El Empecinado. La guerra de la Independencia bajo su aspecto popular. Los guerrilleros,* 3 vols., Madrid, 1886. De algunos, aparte de los más famosos, hay estudios particulares, como E. Vasco, *D. Francisco Abad Moreno (Chaleco),* Zaragoza, 1909; Domingo Gascón, *La provincia de Teruel en la Guerra de la Independencia,* Madrid, 1908; Juan Arzadun, *Los guerrilleros en la Guerra de la Independencia,* Madrid, 1910. Muchos de estos guerrilleros hicieron la guerra civil en el lado carlista. Véase A. Pirala, *Historia de la guerra...,* ed. cit., t. I, págs. 155 b y 208; sobre Eugenio Barba, Valiente, Adame *el Locho,* Vicente Rujero *Palillos...*

que estaba conmigo a las órdenes del capitán Calero, porque *el Manquillo* era un hombre que, como yo, hacía su agosto por si venían los tiempos malos.

—¿Así que no había muchas amistades entre los guerrilleros?

—Pocas. Abundaban los granujas y los perdularios que hacían daño sin aprovecharse nada. *El Manquillo*, no.

—¿Ese era algún manco?

—Sí. Al *Manquillo* le faltaba la mano derecha y tenía para sustituirla un gancho de acero en la muñeca cortada, que parecía un colmillo de jabalí, y que lo manejaba con gran habilidad. *El Manquillo* era capaz de saquear una casa en cinco minutos.

—¿Y qué le pasó a usted para quedarse como está? ¿Fue en alguna batalla?

—No; la cosa es un poco larga de contar.

—Si no tiene usted nada que hacer, cuéntela usted. Mi compañero de viaje no viene, y nuestra comida no debe estar arreglada.

—Bueno: entonces que me traigan otro poco de queso y de pan y un vaso de vino.

El saludador comenzó a comer despacio y a beber el vino a sorbos, y luego empezó así su narración:

—Como le he dicho a usted, he sido yo siempre muy arreglado y amigo del ahorro, y como comprendía que la guerra no había de durar siempre, guardaba mis dineros para la vejez. Tenía una casa en Pinarejo, en la Mancha, que me costaba muy poco, y había llevado allí a mi madre, a mi mujer y a una sobrina suya, moza muy guapa, la Teodora. Mi mujer estaba muy enferma, tísica, desde hacía algunos años, y el cirujano decía que no tenía cura. Los vecinos contaban que yo me entendía con la Teodora, mi sobrina; pero no era verdad. Ahora, si mi mujer se hubiera muerto, yo me hubiera casado con ella. ¿Usted no tendrá un cigarro?

Alvarito le dio un cigarro al ex guerrillero, quien lo encendió despacio, y, después de unas chupadas, siguió así:

—Yo no hablaba a nadie de la partida de mi casa de Pinarejo, ni de la gente de mi familia. No sé cómo, pero el *Papaceite*, *Perdiz* y el *Cuentacuentos* averiguaron dónde yo tenía la casa y hasta que guardaba dinero. Aquellos hombres me tenían a

292

mí rencor porque veían que no gastaba locamente como ellos.

Éstos contaron al capitán Calero, a quien llamábamos *Calerito,* lo que ocurría.

Calero empieza a rondar mi casa, habla con la Teodora, se entiende con ella y un día se lleva el saquito de monedas de oro, que yo había guardado a costa de tanto esfuerzo, y a la chica.

—¿Y se casó con ella? —preguntó Álvaro.

—No; el capitán Calero estaba casado; pero era hombre joven, buen mozo, y la engañó y trastornó a la sobrina de mi mujer. Le dijo que yo era un avaro, un roñoso, que mientras los demás gastaban con los compañeros, yo ahorraba como un miserable, y la convenció para que entre los dos cogieran mis ahorros y se los gastaran alegremente.

Supe que hubo francachelas en que tiraron el dinero, y después la Teodora y el capitán fueron a vivir a una casa de Santa María de los Llanos.

La primera vez que me encontré a solas con Calero, le dije:

—Devuelva usted ese dinero.

—Es tan tuyo como mío —me contestó él—; además que ya nos lo hemos gastado alegremente.

—Devuélvame usted lo que queda, porque si no, lo vamos a pasar mal.

—Lo pasarás mal tú —contestó él.

Entonces yo le agarré del brazo y él se separó y me dio un golpe con el mango de la pistola en la cabeza. No le maté porque había gente delante.

Fui a mi casa de Pinarejo y le dije a mi mujer lo que pasaba. Ella, celosa, replicó que yo quería vengarme porque estaba enamorado de la Teodora. Le contesté que no. Ella me replicó que pasara la noche con ella.

Todas las horas de aquella noche las pasé desvelado y pensando.

Por la mañana, al despertar, miré a mi mujer; había tenido un vómito de sangre y estaba muerta.

Me levanté, cogí el trabuco y lo cargué con balas cortas y con bolas de cera.

—Y con bolas de cera, ¿para qué? —preguntó Alvarito.

—Dicen que al que se le tira así, arde. Después arreglé mi caballo y salí al camino de Santa María de los Llanos.

Busqué la casa del capitán Calero, llamé en ella y encontré a mi sobrina; la dije lo que tenía que decirla y pregunté por el capitán.

—No está —me contestó ella.

—¡Bah! Me han dicho que sí. Dime dónde está, porque tengo que hablar con él.

—Registre usted la casa si quiere, y verá usted cómo no está —replicó ella.

»—Recorrí toda la casa con mi trabuco en la mano, hasta llegar a una alcoba, cerrada con una puerta ligera.

—¿No hay nadie aquí? —pregunté.

—No.

—¿Lo juras?

—Sí.

»—Cogí mi trabuco y disparé sobre la puerta. La puerta se abrió y apareció el capitán, malherido, echando sangre.

—¡Me has matado! —dijo—. ¡Toma!, y me disparó a boca de jarro su trabuco.

»—Me llevaron al hospital de Quintanar de la Orden, y allí pasé más de dos meses.

—¿Y Calero? —preguntó Alvarito.

—Se murió.

—¿Y de la sobrina, qué fué?

—No sé; escapó. Anda haciendo mala vida por ahí. Ya ve usted; yo, que tenía la vejez asegurada... Es el sino de las personas.

—No había en el ex guerrillero ni asomo de remordimiento ni idea de que podía haber obrado mal.

III

EL OFICIO DE SALUDADOR[25]

El guerrillero, con un sentido práctico de manchego cuco, al salir del hospital, casi ciego, y no pudiedo practicar ningún oficio, se echó al camino a tocar la guitarra, y luego se hizo saludador. Tenía varios ensalmos para sanar las vacas y el ganado. A las personas las curaba con agua; pero él no daba ni el agua siquiera, porque sabía que dando el agua los médicos podían denunciarle.

El saludador no creía absolutamente nada de sus prácticas misteriosas; pero consideraba que así como de guerrillero robó lo posible, como saludador debía engañar a toda persona cándida para creer en sus embustes.

Aquel hombre no sentía la tendencia natural y espontánea del campesino de dar a las cosas una explicación sobrenatural y mística. El ex guerrillero consideraba todo en la vida natural, justificado y determinado, y si engañaba a los demás, lo hacía a sabiendas.

—¿Pero usted cree que puede curar con sus oraciones? —le preguntó Alvarito.

—La fe es la que salva —contestó aquel hombre que no creía en nada.

—¿Y cómo ha comprendido usted su virtud de saludador? —le volvió a preguntar Alvarito.

—Porque me lo han dicho.

—¿Y en qué lo han conocido?[26].

---

[25] Saludador o embaucador que se dedicaba a hacer curaciones, principalmente de la rabia, así como aplacar tempestades, ahuyentar plagas, por medio de prácticas misteriosas en las que la religión jugaba su papel. Se decía que tenían la gracia por haber nacido el Viernes Santo o ser el séptimo de los hijos de un matrimonio que todos eran varones. Ver Francisco J. Flores Arroyuelo, *El diablo en España*, Madrid, 1985, págs. 188 y ss.

[26] Los saludadores afirmaban que eran familiares de Santa Catalina o Santa Quiteria para evitar persecuciones. Para conocerse decían que tenían una señal en el paladar, de ahí que utilizasen con frecuencia la saliva o el aliento para cu-

—Me han asegurado que yo soy de los pocos que tiene la rueda de Santa Catalina en el paladar.

—¿Y qué es la rueda de Santa Catalina?

El ex guerrillero no contestó a este punto; luego dijo:

—Algunas gentes comprenden quiénes son saludadores y quiénes no.

—¿Cómo?

—No sé. Yo dicen que sirvo para saludador. Mi abuelo fue zahorí, y con la vara de avellano, terminada en una horquilla, indicaba dónde se debía cavar para encontrar agua, o minerales ricos, debajo de la tierra.

—¿Y cómo sabía eso?

—Porque las dos ramas de la horquilla se torcían cuando la vara se encontraba cerca del agua o del mineral.

—¿Y usted lo vio?

—Yo, no, señor.

—¿Y usted no sirve para zahorí?

—Yo, no.

—¿Y, en cambio, sirve usted para saludador?

—Eso dicen: que tengo mucha virtud.

—¿Y qué hace usted? ¿Cómo cura usted el ganado?

—Unas veces, soplando; otras, recitando oraciones en latín.

—¿Usted las entiende?

—No; pero dicen que por eso no dejan de tener eficacia.

—¿Y usted cree que cura de verdad?

—Eso aseguran. ¿Usted dónde vive?

—Yo vivo en Francia, en Bayona.

—¡Hombre! ¡En Bayona! Yo he oído decir a uno de la partida que en Bayona se venden demonios familiares, metidos dentro de una caña, con los que se consigue lo que se quiere. ¿Será verdad?

—Yo no he oído nunca eso —contestó Alvarito.

—Yo lo he oído, pero no comprendo lo que pueda ser.

La madre del saludador se acercó a su hijo a decirle que le llamaban. La mujer no parecía mucho más vieja que él; era harapienta, escuálida, siniestra, de color amarillo oscuro. Sin

---

rar. En numerosos ayuntamientos, hasta el siglo XVIII, hubo una plaza de saludador para la que tenían que someterse a varios exámenes.

duda colaboraba en los engaños de su hijo. ¡Qué par de figuras de cera y qué par de personajes para una *Nave de los locos!*

Llegó *el Peinado:* Alvarito se separó del saludador y fue a comer al piso principal, en compañía del arriero, a un cuarto grande, blanqueado, con un friso de añil y vigas azules en el techo.

IV

EL TEJEDOR DE ALBARRACÍN

A la vuelta de un camino, Alvarito divisó Albarracín a lo lejos, sobre cerros blancos y amarillentos, en un cielo azul, tachonado de nubes como bloques de mármol.

Cuando Álvaro vio Albarracín desde larga distancia, le dio la impresión de que debía de ser ciudad importante y grande.

Pararon en una posada de las afueras, y Álvaro se lanzó a subir por la principal calle de Albarracín, y se encontró, con sorpresa, con un pueblo vacío. Era día de fiesta, Jueves Santo; no se veía un alma por ninguna parte.

Pensó si la gente se hallaría en la iglesia; pero, no; en la ancha nave habría quince o veinte personas en conjunto; entre ellas un vendedor de carracas, con una especie de percha en la mano izquierda y en la derecha una carraca grande.

Llegó a la parte alta de la ciudad, donde se terminaban las casas. Aquel pueblo trágico, fantasmático, erguido en un cerro, con aire de ciudad importante, con catedral y sin gente en las calles, ni en las ventanas, ni en las puertas, le produjo enorme sorpresa.

Bajó de nuevo por la misma cuesta, contemplando algunos miradores en las aristas de los edificios y las rejas con sus adornos y sus clavos. Dos o tres mujeres, vestidas de fiesta, con pañoletas de color, y tres o cuatro hombres, formaban en conjunto toda la población vista por él en Albarracín.

Marchó a la posada, comió y, en compañía del *Peinado,* fue después a un café pequeño, en donde se reunían docena y media de personas.

Estaban el boticario, hombre ya viejo, de aire cansado y

burlón, con un gorro griego en la cabeza, y el maestro de escuela, tipo famélico y mal vestido, que parecía representar el pedagogo descrito por Villegas burlonamente en un epigrama:

> Aquel que con tanta gloria
> anda enseñando el Francés,
> la Gramática y la Historia,
> y los dedos de los pies.

El Peinado conocía a todos y presentó a Álvaro en la reunión.

Entre ellos charlaba un hombrecillo flaco, chato, tostado por el sol, con calañés en la cabeza, de mal aspecto, con los ojos torcidos, que parecía un chino. Este hombrecillo sorbía de cuando en cuando un poco de aguardiente de una copa.

El hombre aquél hablaba muy bien. *El Peinado* dijo que era de oficio tejedor. Le llamaban *el Epístola*. Había vagabundeado por España y vivido y trabajado en Lyón.

Quizá por cierto aristocratismo estético, después de todo natural, Alvarito se figuraba que un tipo pequeño, feo y negro no podía ser tan inteligente como el bien hecho, guapo y rubio.

Cometía *el Epístola*, al hablar, faltas no raras en hombre sin cultura. Decía, como *el Peinado*, *diferiencia* y *ojecto*, y pronunciaba muy a menudo *Ingalaterra*.

En la conversación, el tejedor se confesó sansimoniano, cosa para Alvarito poco recomendable. Álvaro concebía todos los sansimonianos como Palassou, el zapatero melenudo, vecino suyo, de la calle de los Vascos; es decir, como un tipo ridículo y extraño.

El Epístola explicó cómo las desigualdades humanas venían de la desigualdad económica, y cómo el ideal de la justicia distributiva sería la realización del programa sansimoniano, encerrado en esta frase: «A cada uno, según su capacidad; a cada capacidad, según sus obras.»

—Todos creemos —replicó Alvarito un poco rudamente— que la fortuna no nos da lo que merecemos; ¿quién va a calcular nuestros merecimientos y nuestras obras?

—Tiene usted razón, caballero —dijo *el Epístola*—; pero es el ideal.

Aquel hombre, aquel obrero, era un metafísico amigo de divagar, de disertar sobre las cosas de la vida. A pesar de que en ciertas cuestiones no estaba bien enterado, se veía que discurría como persona muy inteligente y que valía la pena de oírle.

Según *el Epístola*, uno debía vivir para todos y todos para uno. El individualismo constituía la muerte de la sociedad. La sociedad, cuanto más viva, era más colectiva y sentía más su cuerpo como algo único.

Alvarito se quedó asombrado al oír a aquel hombre explicarse tan bien.

El tejedor indicó cómo creía él iba a transformarse la agricultura y la industria en España.

El boticario del pueblo dijo repetidas veces al *Epístola:*

—Aquí todos somos perezosos, descendientes de los moros, y tú no nos convencerás de que debemos trabajar ni pensar.

Según el tejedor, la guerra carlista era en el fondo la lucha del campo contra la ciudad.

—La ciudad quiere cambiar, agitarse y hacer ensayos —dijo—; el campo es siempre partidario de la inmovilidad, y lo viejo, por ser viejo, le parece respetable y adorable.

—¿Y no es así? —preguntó socarronamente el boticario.

—Para mí, no; lo nuevo, sólo por ser nuevo, es siempre mejor.

La guerra había venido muy bien, según *el Epístola*, a los locos impulsivos, aventureros y sanguinarios, que no tenían ya Américas que explotar. Todos estos tipos de españoles a la antigua seguían una línea de ambición individual. Espartero, Zurbano, Narváez, León, los carlistas convenidos en Vergara, y aun los no convenidos, como Cabrera, en seis o siete años lograban convertirse en personajes.

La guerra carlista había sido una sangría; todo el elemento activo de España se lanzó al campo, a prosperar ellos y a destruir el país.

—Se ha matado lo que se ha podido —siguió diciendo *el Epístola*—; se ha quemado igualmente con profusión; ahora España no tiene ganas de trabajar, ni ideal ninguno. ¿Qué quiere usted que hagan estos guerrilleros? Si pudieran, inventarían otra guerra por un quítame allá esas pajas, y el hijo del carlista aparecería como republicano o como cualquier cosa; la cuestión, naturalmente, sería pelear, no quedarse en un sitio, andar de una parte a otra y probar la suerte.

—¿Usted no cree mucho en las ideas? —preguntó Alvarito.

—Las ideas han sido un pretexto: la legitimidad, la religión, cierta tendencia de separación en las pequeñas naciones abortadas como Vasconia y Cataluña; pero, en el fondo, barbarie. Después de estos fulgores de locura y de fanatismo, como un cuerpo enfermo después de la fiebre, España ha quedado casi muerta, y el individualismo se ha ensanchado de tal manera que no se nota la sociedad. Desde que la Iglesia ha perdido su asentimiento universal, todo el mundo tira a Robinsón en esta tierra. El pobre se muere en un rincón sin ayuda ninguna, el rico se encierra en su propiedad a tragarse lo que tiene sin ser visto, el obispo ahorra su sueldo para la familia y el cura recoge las migajas del suelo. De tragadores ahítos y de lameplatos hambrientos sin placer y sin gusto, de esta clase de gente se compone hoy España. Nuestra tierra es un organismo desangrando y anémico, no por esta guerra, sino por trescientos años de aventuras y de empresas políticas. Es, además, país pobre, sin ríos navegables, sin lluvia suficiente. Es lo primero que debía reconocer España ante el mundo, que es un pueblo pobre, zarrapastroso, que se zafa de todos los compromisos y que quiere vivir para él solo. Nuestra casa es una casa mísera que ha gastado mucho y tiene que vivir ahora en la máxima estrechez. Además, no conocemos nuestra tierra. Ahora vamos sabiendo un poco de Geografía de la nación.

El Epístola bebió un sorbo de aguardiente y siguió diciendo:

—¿Qué ha pasado para que haya este vacío en la aldea y en la pequeña ciudad española? En estos pueblos, si se ha fijado usted, no hay sociedad, no hay jardines, no hay libros, no hay religión, no hay amores, no hay complicaciones, no se come ni se bebe bien. España no tiene cabeza. Madrid no se nota apenas en las provincias, y las provincias no notan Madrid más que cuando hay asonadas y pronunciamientos. Se ve que nuestro país es un cuerpo débil, con la cabeza débil.

—Es la guerra.

—Claro, es la guerra. Todo el elemento vivo y enérgico se ha empleado en estos últimos años en la guerra. No se sabía lo que iba a pasar; pero había ilusiones que se han desvanecido.

Los compradores de bienes nacionales, aunque por un lado desean que no haya frailes, por otro los quieren, y esto va a terminar por favorecer nuevas comunidades, probablemente a los jesuitas, que por otra parte no tienen derecho a recuperar nada. Hoy, los conventos están vacíos; los exclaustrados piden limosna y nadie los atiende; si va usted por los pueblos de España, verá usted que todos los conventos están convertidos en cárceles y cuarteles. Aquí, a este pueblo, corresponden un obispo, ocho canónigos y quince benefiaciados. Casi todas las plazas están vacantes. ¿Esto quiere decir que no hay religión? Yo creo que estamos como los enfermos débiles que han perdido mucha sangre. No tenemos idea clara de lo que queremos.

—Indudablemente, la despoblación de España influye mucho en este marasmo —dijo Alvarito.

—¿Pero esto es un efecto o una causa? —preguntó el boticario.

—No lo sabemos —contestó *el Epístola*—. Dos pueblos, a tres o cuatro leguas, están tan aislados el uno del otro, que no tienen apenas relaciones. Únicamente los carreteros y los guerrilleros conocen un poco el país; los que vivimos en los pueblos, a más de tres leguas a la redonda ya no sabemos cómo es nuetra tierra. Con esta escasez de asuntos en la vida, el español actual está irritado. Las enemistades de los pueblos tienen los motivos más nimios. Un chico que haya tirado una piedra a un perro, un hombre que no haya saludado a otro, una mujer que haya cedido en la iglesia la silla a una vecina y no a otra, es motivo suficiente para enemistades que duran años. El que lee un periódico ya es un hombre ocupado.

—Es lo que me parece terrible de las aldeas españolas —dijo Alvarito—. No hay nada que hacer; es el vacío.

—Hay gente que vive una vida tan pobre, tan mísera, que no tiene huerta, ni libros; se pasa la vida haciendo solitarios o matando moscas. Ni comer ni beber —agregó *el Epístola*.

—¿Aquí se come poco también?

—Poco, y se guisa menos. Alguien ha dicho que el hombre es el animal que guisa. Nosotros, los de estas regiones, debemos ser poco hombres, porque guisamos poco.

—Pero yo creo que aquí no faltarán cocinas.

—No, claro es, pero guisoteamos poco; se hacen cosas frías en una sartén, se comen verduras y ensaladas y se acabó. El único placer es el de la fruta, cuando la hay. Para gente que vive así, naturalmente, una ocasión de guerra es algo admirable.

El Epístola siguió hablando, divagando, siempre con originalidad. Alvarito le miraba a veces asombrado: que aquel hombre chato, feo, moreno, con aire de chino, sin cultura, que no había leído más que unos cuantos periódicos en toda su vida, se explicara de una manera tan original, le parecía un fenómeno maravilloso, algo como un milagro.

V

LA CASA DEL GENERAL

Al día siguiente de llegar a Albarracín, el boticario invitó a Alvarito a ir a la casa mejor del pueblo, la del general Navarro. Era una visita casi oficial para los forasteros distinguidos. La casa de Navarro, en la calle Mayor, daba por la parte de atrás a la muralla y dominaba las rocas del río sobre el barranco del Guadalaviar.

Era una casona grande, con habitaciones inmensas, blanqueadas, con zócalos azules y vigas del mismo color en el techo, con los suelos de ladrillo rojo y algunos de tierra mezclada con cal. Tenía patios, corrales, escaleras estrechas, un pozo y una porción de rincones y cobertizos. La cocina de la casa, inmensa, con el suelo de tierra apisonada, y una chimenea enorme, estaba cimentada sobre una piedra de la antigua muralla del pueblo.

Ocupaban el primer piso varias salas, y entre ellas una grande, medio biblioteca, con huecos de balcones a una galería. En la barandilla de hierro de ésta, el padre de Navarro había hecho muescas con números y letreros para indicar hasta dónde llegaba el sol en diferentes épocas del año y a distintas horas.

En este salón-biblioteca, el general Navarro tenía algunos libros de Geografía y de Historia de América, varias obras que trataban de la guerra de la Independencia española y distintos mapas en las paredes con cruces pintadas, rojas y azules, indicadoras de la marcha de los ejércitos y de las batallas.

El general pretendía haber sido hombre importante, y guardaba todos los documentos de bandos y órdenes firmados por él en su vida pública en varias carpetas.

El salón tenía un aire oficinesco y burocrático; los sillones, las sillas, el sofá, las mesas y dos armarios, todo era negro.

Desde la galería de esta sala se veía muy abajo el álveo del Guadalquivir, como un barranco con calizas de ocre amarillento; el río, verde en el fondo, con un color gelatinoso, y las orillas con muchas huertas.

Don Joaquín Navarro, hombre viejo, derecho, estirado, con peluca, con el bigote y la perilla teñidos, vestido de negro, había llegado a mariscal de campo. Militó en la guerra de la Independencia a las órdenes del conde de España, y después, en América, con Canterac.

El general estuvo largo tiempo separado de su mujer y después reñido con su hija por haberse casado ésta con un pobre hombre sin recursos.

Don Joaquín Navarro se sintió artista al volver a su casa, retirado, y pintó en las paredes muchos frescos sin maestría, pero con cierta gracia.

Representó varios paisajes con molinos y puertos y una batalla naval entre ingleses y españoles. Se retrató también él mismo en uno de sus frescos en actitud amanerada, como la mayoría de los héroes de la guerra de la Independencia, jinete en un caballo encabritado al lado del puente levadizo de una fortaleza española en América. Todas aquellas pinturas produjeron gran admiración en el pueblo.

Otras originalidades caracterizaban al general. Arregló en la casa un teatro y una capilla.

Como don Joaquín tenía ideas propias, mandó construir una especie de canal de albañilería entre la capilla y su alcoba para oír misa desde su cuarto, y, quizá desde su cama. El general oía misa canalizada.

Don Joaquín Navarro se sentía un sátrapa, un bajá.

A veces daba funciones de teatro en su casa, sintiéndose gran señor, y recibía a las damas y a los caballeros con una cortesía pomposa de virrey español en América.

El general Navarro, absolutista acérrimo, no sentía simpatía por el carlismo. Los desórdenes producidos por los carlistas le irritaban y la genialidad de Cabrera le ponía fuera de sí. Un Gobierno burocrático, despótico de palo, hubiera encantado a Navarro. Para él, la ordenanza, la disciplina, era lo principal.

Dos años antes, cuando Espartero estuvo en Albarracín, quiso albergarlo en su casa, pero el caudillo liberal pasó de largo. Desde entonces Navarro fue enemigo de Espartero. Cabrera y Espartero le parecían lobos de la misma camada. El general, como el hombre de más significación de Albarracín, a pesar de no tener ningún cargo, creía que su categoría en la milicia le daba autoridad y que debía ejercerla.

En el pueblo vivía un compañero de armas de Navarro, militar retirado de América y Filipinas: el comandante Cañizo, hombre viejo, solitario y silencioso.

El comandante, viudo, con una hija, muchacha muy bonita, vivía en el barrio alto.

Cañizo, hombre de sonrisa triste y tez amarillenta, era partidario decidido de la renunciación.

—¡Psch! Lo mismo da, todo es igual —decía—. Para lo que va a vivir uno...

Solía ir por las tardes a casa de Navarro, pasaba al despacho, leía algún periódico, contemplaba el Guadalaviar horas y horas y las huertas próximas al río.

Cuando oía al general Navarro hacer alguna descripción enfática de las batallas de América, Cañizo se burlaba y se encogía de hombros.

—Allí no ha habido más que política —murmuraba—. Todo lo que se ha hecho como estrategia o táctica militar no ha valido nada.

El general, impulsado por su egoísmo, vivía alejado de todos los cuidados familiares y caseros. Algunos le reprocharon su indiferencia y le echaron en cara el mal fin de sus nietos.

Fue un verdadero drama la vida de los nietos de Navarro, hijos de la hija del general y de un pobre hombre oscuro, secretario del Ayuntamiento de un pueblo de la provincia de Cuenca. Los nietos eran dos, Antón y Pedro. Uniendo el apellido del padre y de la madre, se llamaban Gómez Navarro.

Pedro, el mayor, se caracterizó por su prudencia y por su

genio apacible; el menor, Antón, se mostró siempre decidido y violento, partidario de exageraciones y de locuras.

Al morir el padre de estos niños, los dos, con su madre, marcharon a Albarracín, a la casa del general, y poco tiempo después, cuando contaban el uno doce y el otro quince años, quedaron huérfanos. El general les puso para su cuidado una criada vieja.

Desde la infancia existió rivalidad entre Antón y Pedro.

La hija del general, madre de los niños, aseguró un día, estando enferma, que en un sueño se le reveló que su hijo mayor, Pedro, iba a ser obispo y santo. Por este sueño se envió a Teruel a estudiar en el Seminario al hijo mayor.

Pedro pasó en el Seminario dos años, y al comenzar la guerra volvió a Albarracín sin deseo ninguno de seguir la carrera de cura.

Antón, mientras tanto, muchacho de gustos violentos, jugó en la casa a los soldados, hizo pistolas y cañones con llaves viejas y con saúcos, y llegó a ganar la simpatía del abuelo, toda la simpatía posible en un viejo egoísta que detestaba a los chicos.

Cuando Pedro volvió del Seminario, después de muerta su madre, se manifestó tranquilo y con deseos de establecer algún pequeño comercio. Antón seguía siendo bárbaro y arrebatado, y quería en todas ocasiones mandar.

El general no se ocupaba de sus nietos, nadie les atendía, el pueblo marchaba a la ruina y la época era detestable para intentar ninguna empresa.

La vida de los dos mozos en aquella época fue casi salvaje: iban a cazar a las tierras de los madereros, se pasaban los días en el campo y reñían a todas horas.

Por aquel tiempo, Pedro y Antón fueron rivales. La hija del comandante Cañizo, entonces un poco más joven que ellos, era muy bonita, y los dos hermanos se enamoraron de la muchacha.

Pedro tuvo éxito, se casó con la chica y se la llevó a Teruel, donde consiguió un pequeño destino.

Quedó en el pueblo Antón exasperado, humillado, sin saber qué resolución tomar. La guerra estaba terminando. Algunos jóvenes se alistaban en la partida de Vicente Herrero, *el Organista,* natural de Gea de Albarracín, cabecilla latrofaccioso, muy relajado de costumbres. En esta partida abundaban los granujas.

Antón se decidió, supo que Herrero se hallaba en Cañete, se presentó a él y le hicieron teniente.

Seguía el odio de los dos hermanos. Pedro, alistado en la Milicia nacional turolense, se distinguía por su entusiasmo liberal. Antón alardeaba de su carlismo.

Un día, Antón supo que Pedro había ido a Albarracín a ver al abuelo a comunicarle que tenía un hijo. Inmediatamente el oficial carlista salió de Cañete con ocho de los suyos, esperó a su hermano en una de las hoces del río, lo cogió y lo fusiló con los que le acompañaban.

VI

El campo

Por entonces, en casa del general Navarro, Alvarito conoció a un profesor del Instituto de Teruel. El profesor pasaba en Albarracín las vacaciones de Semana Santa. Era botánico, cazador, bibliófilo y, principalmente, hombre de gran curiosidad por todo cuanto fuese del dominio de las ciencias naturales.

El señor Golfín, hombre moreno, atezado, de barba negra y anteojos, se hallaba curtido por el sol y el aire. Conocía la flora y la fauna del país admirablemente, aunque, según su opinión, no la conocía bastante bien.

El señor Golfín invitó a Alvarito a hacer excursiones en su compañía. Cuando finalizara la Semana Santa marcharían los dos a Teruel.

Con el profesor, Álvaro visitó los alrededores. Estos aledaños de Albarracín eran despoblados, desnudos, de una terrible soledad.

El profesor mostró a Alvarito las murallas de la ciudad antigua, y juntos recorrieron las colinas de peña caliza por donde pasa el Guadalaviar desde las sierras Idúbedas.

Todo aquel campo tenía un aire desolado como pocos; era una tierra de anarquismo cósmico, bronca y maravillosa; un paisaje para aventuras de caballeros andantes; despoblado, desierto, sin aldeas, con barrancos dramáticos llenos de árboles, con cuevas sugeridoras de monstruos y endriagos. La tierra de las proximidades de Albarracín, según dijo el profesor, se iba haciendo cada vez más fría, sin saber por qué, y la vida desaparecía paulatinamente de los contornos. Unos días después, el señor Golfín y Álvaro se alejaron de la ciudad, hacia el país de los madereros. Allí no se notaba la guerra, ni la guerra ni la paz, porque aquello parecía un lugar desierto y abandonado.

Alvarito vio cómo los madereros arreglaban los riachuelos para conducir la madera cortada y cómo los descargaban en carros especiales para llevar árboles enteros.

Pasados unos días de excursiones, el profesor y Alvarito, en dos caballejos, se dirigieron camino de Teruel.

Charlaron de muchas cosas. El profesor no tenía la genialidad del *Epístola* ni su facundia, y lo que sabía, lo sabía a fuerza de estudio.

El señor Golfín le habló de su familia, procedente de Cáceres; de los Golfines, dueños, en la parte vieja de la ciudad extremeña, de un gran palacio. Según el profesor, el apellido Golfín procedía, probablemente, del alemán Wolf (lobo) o de Wölfin (loba)[27].

El señor Golfín llevaba en el bolsillo un libro, sacado de alguna casa albarracinense, que se titulaba *Gobierno general, moral y político, hallado en las fieras y animales silvestres,* por el padre fray Andrés Ferrer de Valdecebro, natural de Albarracín. El profesor leía, a veces, trozos de este libro, impreso en Barcelona a finales del siglo XVII, y le parecía tan disparatado, que se quedaba atónito.

El señor Golfín indicaba a Álvaro los árboles y las plantas con sus nombres científicos. Alvarito no tenía memoria para recordar tanto dato; quizá no sentía tampoco mucha afición por estos conocimientos.

En el campo veían las sabinas como árboles, el junípero, el boj, el cantueso, el romero, el tomillo. Nubes de cuervos y de

---

[27] Los Golfines fueron uno de los bandos de Cáceres junto a los Ovandos, Ulloas, ... En Cáceres hay dos palacios de los Golfines, de Arriba y Abajo. En el segundo residían los Reyes Católicos cuando moraban en la ciudad.

chovas revoloteaban por el aire, y a veces pasaba el quebranta-huesos blanco, la abubilla y la oropéndola.

El señor Golfín daba grandes explicaciones a Alvarito sobre la geografía y la constitución de los terrenos.

Era el profesor un poco aficionado a las fantasías geográfi-cas. Así, muchas veces, Alvarito le oía decir:

—Si los Pirineos estuvieran de Norte a Sur, toda la vida es-pañola sería distinta.

Otra vez decía:

—Si en España tuviéramos una región con lagos, nuestra psicología, probablemente, no sería la misma.

El profesor y Alvarito se hicieron muy amigos; durmieron en la paja de los desvanes y comieron en el campo, sentados sobre la manta, extendida, mientras tenían ante los ojos una de las decoraciones más extraordinarias de la vieja España.

Para comer al mediodía, como el sol apretaba ya mucho, so-lían buscar la barrancada de algún río, y allí, en el prado, con yezgos y lechetreznas, o en el juncal, con matas redondas, se detenían, contemplaban las rocas, altas, amarillas y rojas, algu-nas llenas de cuevas.

Veían las peñas con aire de murallas quebradas, con altísi-mos escarpes, llenos de pinos y de robles; las hoces, con reco-dos misteriosos, y los resaltos, en donde nacían confundidos el espliego, la jara, la retama y el tomillo. Después de comer, el señor Golfín se dedicaba a las explicaciones científicas.

A veces subían por una calzada de piedras, detrás de alguna recua de mulas con sus arrieros, y se oían las campanillas de las colleras y los cascos de las caballerías, que echaban chispas.

El ver los pueblos al amanecer y al anochecer, el salir de la aldea cuando los campesinos vuelven a sus hogares cantando, el entrar por la calle del pueblo cuando van los labriegos a sus faenas, todo ello es, sin duda, materia propicia para filosofar sobre la vida y sus horizontes.

Los campesinos, por lo que notó Alvarito, estaban ya hartos de no poder coger sus cosechas; muchos, al principio, quizás habían deseado la guerra, pero ya ansiaban la paz de cualquier manera que fuese.

Era difícil, sin verlo, suponer la miseria de aquellos pueblos, su vida estrecha y de tan poca substancia.

El tiempo no le sobraba al profesor; aún estaban lejos, y tuvieron que apresurarse y marchar en línea recta a Teruel, montados en sus caballerías. Como en la célebre estampa del gran Durero, en donde va el caballero tranquilo, cercado por la muerte y el diablo, así marchaba Alvarito, pensando vagamente en la vida dejada atrás, en su familia y en su dama.

VII

LOS ORIGINALES DE TERUEL

—Como ve usted, Teruel —dijo el profesor Golfín— es una ciudad colocada en la meseta de una colina y casi rodeada de barrancos. La superficie de la muela en que se asienta la urbe es irregular y ofrece su punto más alto en la plaza de la Judería.

En tiempo de la guerra carlista tenía Teruel todavía murallas, con sus aspilleras correspondientes; explanadas y garitas en los ángulos; las puertas, en número de siete, estaban guardadas por la Milicia nacional. El señor Golfín y Alvarito necesitaron dar explicaciones a los milicianos para entrar en la ciudad.

Alvarito fue a hospedarse a una fonda de la calle de los Ricos Hombres.

Teruel es una ciudad en donde la meseta hispánica se va asomando a Levante; es un punto en el cual la tierra, seca, áspera y ruda, se acerca a la huerta fértil y bien regada. El Turia pasa por cerca del cerro, en donde se encuentra la población.

Alvarito suponía que Teruel sería un poblacho sin carácter; pero se quedó un poco sorprendido al ver la plaza de la Catedral, las varias torres airosas y ornamentales, la plaza Mayor con sus tiendas, y el acueducto con los arcos, con cierta grandeza, como obra de romanos.

El señor Golfín le habló del arquitecto o maestro de obras francés que supo levantar la torre mudéjar de San Martín cuando se caía, porque se le desgastaban los cimientos, apuntalarla con vigas y reparar su base.

El señor Golfín invitó a comer en su casa a Álvaro, y conoció a su familia y a una muchacha turolense, amiga de la hija del profesor, rubia, pequeña, un poco desdeñosa, muy redicha y muy perfilada.

Con la hija del señor Golfín y con su amiga paseó Alvarito por los arcos de la plaza Mayor, produciendo la curiosidad del público, formado por militares y por estudiantes.

El señor Golfín tenía amigos, compañeros del profesorado; pero no estaba muy satisfecho de ellos, porque no consideraban la ciencia con la seriedad necesaria. Uno, profesor de Física, hombre de unos sesenta años, encorvado, con la cara arrugada, curtida, de mal color, los ojos pálidos y el bigote blanco, amarillento, caído, contaba este rasgo de humorismo suyo, que lo repetía a todos los conocidos, y que producía la estupefacción del señor Golfín.

—Antes —dijo el profesor de Física a Alvarito—, nuestra ciudad se estaba poniendo en ridículo. Llegaba el verano, venían las temperaturas máximas de toda España y se leía en el periódico: «Máxima, en Teruel, cuarenta grados a la sombra.» Entraba el invierno, se cogía el periódico, y se leía: «Mínima, en Teruel, doce grados bajo cero.» Desde que yo estoy ocupado de las observaciones meteorológicas, ya no pasa esto; ni el termómetro sube ni baja tanto, y Teruel no se pone en ridículo.

Otro de los amigos de Golfín era el señor González Carrascosa, el arqueólogo. El señor Carrascosa estudiaba los monumentos de la provincia de Teruel, pero sólo los de la provincia; los demás no le interesaban nada. Alguna vez que había estado algún arqueólogo en Teruel, el señor Carrascosa, como hombre amable, le acompañaba por todas partes y le servía de cicerone, hasta dejarle, como él decía, en los límites de la provincia. Más allá de los límites de la provincia, el mundo no le interesaba.

Con el señor Carrascosa, Alvarito contempló la iglesia donde se encuentran el amante y la *amanta,* como se dice en el pueblo: la torre de San Martín, con sus mosaicos, sus arabescos y fayenzas, y el arco ojival, una de las entradas del pueblo; vio también el antiguo colegio de jesuitas, entonces convertido en cuartel, y su iglesia magnífica, de gusto barroco, con unos decorativos miradores, y el cuadro de *Las once mil vírgenes,* de Antonio Bisquert, en la catedral.

En una de aquellas visitas, el señor Carrascosa le presentó a un pintor bajo, moreno, de color bronceado, pelo y barba negrísimos y muy velludo. Este pintor, de origen valenciano, se llamaba Fúster. Fúster trabajaba en un desván grande del colegio de jesuitas, donde tenía su estudio. Vivía pintando algunos estandartes para las iglesias de los alrededores, quemadas durante la guerra. Al conocer a Alvarito, le invitó a ir a verlo.

Alvarito fue al estudio, y Fúster le enseñó sus estandartes y algunos retratos que pintaba, de colores muy violentos, que le sorprendieron.

Estando allí apareció un señor alto, al parecer extranjero, aunque conocía muy bien el castellano, que se puso a hablar con el pintor. Este señor era hombre de edad indefinible, muy esbelto, ojos claros y grises, la nariz bien hecha, la cara larga, la mandíbula grande, la mano fina y aristocrática. Habló con gran elegancia, y Alvarito quedó muy sorprendido por las ideas, que a él le parecían nuevas, que tenía sobre la guerra y sobre el arte.

Cuando el señor se marchó, Alvarito le preguntó al pintor:

—¿Quién es este hombre?

—No sé; es un señor recién llegado, que quiere comprarme un cuadro.

Fúster tenía aire de salvaje, era hombre violento, expresivo y tan velludo, que, según él mismo contaba, una muchacha le había dicho una vez: «*Chiquio,* por poco no naces burro.» Fúster sentía gran entusiasmo por su arte, y momentos de desilusión y de tristeza.

Alvarito intimó rápidamente con él, y le vio pintar sus santos y sus retratos.

Alvarito quedaba muy sorprendido al ver los colores que empleaba Fúster. Él no veía aquellos verdes ni aquellos amarillos que ponía el pintor velludo en las caras de las personas.

—Yo me figuro lo que es pintar —decía Fúster—; pero no pintaré nunca.

—¿No se empeñará usted en poner colores que no hay? Yo no veo ese verde en las caras —indicó Alvarito.

—Usted dice que no ve ese verde en las caras; pues lo hay. ¡Qué desesperación!; la gente no ve las cosas como uno las ve. A mí me gustaría buscar el carácter de las figuras; pero ahora no puede usted pintar a una mujer, ni siquiera a un hombre, tal como es, sin que crean que le han afeado y le han puesto más viejo. ¿Usted ha visto la familia de Carlos IV, pintada por Goya en Madrid?

—No; no he estado en Madrid.

—Pues allí están pintadas gentes de la familia real, con sus narices, con sus colores, con el parche en la sien de una vieja fea con aire de lechuza. Ahora, no; ahora no puede usted pintar así. La hija del zapatero tiene que ser una ninfa, el mondonguero debe aparecer como un prócer, el carnicero quiere que le retraten de levita.

El pintor acompañó a Alvarito a ver la antigua techumbre de la catedral, con artesonados y pinturas ocultas desde hace tiempo por una bóveda moderna.

Fúster llevaba una vela, la encendió. Vieron las pinturas con su luz. Estaban representados todos los oficios, hasta la ramera y el verdugo.

Después de contemplar con atención aquellas tablas pintadas, el pintor y Alvarito salieron al tejado de la catedral. El pintor llevaba un poco de pan y queso y una botella de vino para merendar.

—Lo que me atormenta —dijo Fúster— es la idea de que la pintura no tiene objeto; nadie cree que haya en ella problemas. Yo viviría a gusto en un convento, estudiando a los maestros y viendo si podía añadir algo a su obra. Pero, ¿para qué? Cabrera sí tiene objeto, y Mendizábal también; pero la vida de un pintor no se comprende, es una estupidez; lo mejor sería tirarse desde aquí a la calle y acabar de una vez.

Entre frase y frase desesperada, el pintor daba un tiento a la botella.

En España todo tenía que ser así —pensó Alvarito—; todo roto, desgarrado y triste.

Mientras hablaba el pintor, Alvarito contemplaba los tejados del pueblo y la luz del sol en las torres de ladrillo. Al mismo tiempo ponía en claro las sensaciones que se experimentan en el tejado de una catedral.

Quizá Alvarito había soñado alguna vez en sentarse sobre una roca negra en el Atlántico, junto al cabo Norte; en cruzar un canal de Venecia oyendo a un gondolero cantar una barcarola; en pasar en una gabarra por uno de los canales de Rotterdam o de Hamburgo; en mirar desde una villa napolitana los pinos que se destacaban en el Mediterráneo azul. Quizá soñó en cruzar el mar de los Sargazos o el cabo de Hornos en un velero, o en ver bailar a las cortesanas de la reina Pomaré, púdicamente desnudas; lo que, sin duda, no había soñado nunca era en merendar en el tejado de la catedral de Teruel una tarde de primavera.

VIII

CAÑETE

Desde Teruel, Alvarito escribió a su tío Jerónimo, preguntándole cuándo y cómo podría ir a Cañete.

El tío le contestó diciéndole que se acercase a Salvacañete, a donde él enviaría un amigo que le acompañaría a su casa.

Alvarito se concertó con un arriero para hacer el viaje. Desde aquella parte del bajo Aragón, la meseta hispánica se lanza con avidez a buscar el mar y el clima del Mediterráneo. A las pocas horas de salir de Teruel se está en plena huerta de aire valenciano. Alvarito pasó por Villel, el pueblo ilustrado por el nacimiento de Calomarde; cruzó el rincón de Ademuz, y, dejando las tierras fértiles y templadas, por Vallanca fue a Salvacañete.

Salvacañete se encuentra en un alto, en un terreno quebrado, poblado de pinos, robles y encinas. Salvacañete era por entonces la frontera del liberalismo en la provincia de Cuenca. Unos años antes, en marzo de 1836, se batieron allí los liberales con los carlistas al mando de Forcadell, quien, después de seis horas de acción, tuvo que retirarse. Unos y otros dejaron en el campo muchísimos muertos.

A pesar de su guarnición, la mayoría de la gente de Salvacañete era carlista; los movilizados liberales de las aldeas inmediatas, reunidos en el pueblo, hacían que las fuerzas cristinas tuviesen allí un núcleo considerable. El boticario, miliciano y geólogo, era de los jefes de los movilizados. Las patrullas liberales iban cogiendo por los campos a los carlistas y curas escapados, y operaban en combinación con la partida móvil del marquesado de Moya. Entre ellas prendieron al cabecilla *Potaje,* uno de los últimos que campeaban por allí, y le metieron en la cárcel.

Alvarito fue a parar en Salvacañete a la posada de un tío Blas, hombre que en 1836 había estado a punto de ser fusilado, y a quien le quedó de miedo un tic nervioso.

Alvarito esperó la llegada del enviado de su tío, viejo grueso y alegre, llamado por mal nombre *el Lechuzo* o el *Chuzo.* En compañía del *Lechuzo,* y a caballo, tomó Álvaro el camino de Cañete, por sendas y vericuetos, y llegó dos días después.

Cañete, como muchos de los pueblos españoles, no tenía más que nombre. En gran parte de nuestras cosas hay esto sólo: nombre, etiqueta a veces muy sonora; debajo, nada o casi nada. Es un fenómeno característico de todos los pueblos viejos.

Alvarito creía que iba a encontrarse con una hermosa ciudad, y se halló sorprendido al ver un pueblo mísero, con casas amarillentas, derruidas, con calles como barrancos, pedregosas y sin aceras. Álvaro en su casa había oído hablar a su madre de Cañete como de una Babilonia, llena de complicaciones y de atractivos. Alvarito sintió ganas de reír; pero al mismo tiempo le dio tristeza. Pensó en la extraña ilusión de su madre, en el espejismo raro de recordar como un pueblo espléndido aquel pueblo pobre, destartalado y derruido.

Cañete, lugar de señorío de don Álvaro de Luna, con su gran castillo antiguo, propiedad de los condes de Montijo, no era más que un montón de piedras y de casuchas miserables. Un año antes lo fortificaron los carlistas, considerándolo como una de sus principales fortalezas de la Mancha. Para ello, para restaurar la antigua muralla y construir baluartes nuevos, fueron más de dos mil soldados.

En Cañete se habían reunido muchas familias carlistas de los contornos, como en Moya se hallaban acogidas la mayoría de las familias liberales de la comarca.

Cañete se hallaba rodeado de una muralla de piedra muy sólida, de diez varas de altura y más de tres de grueso, con torreones de argamasa de trecho en trecho.

Había dos entradas principales en el pueblo: la puerta de la

Virgen, próxima al camino de Boniches, y la de las Eras, que daba al camino de Ademuz y al de Tragacete.

Dominando el pueblo, se destacaba el fuerte de San Cristóbal, con unos cañones ya viejos.

Entraron en Cañete Alvarito y *el Lechuzo* por el camino de Ademuz, y tuvieron que sufrir un interrogatorio muy minucioso en la puerta.

El Lechuzo, al llegar a Cañete, llevó a Alvarito a casa de su tío Jerónimo. El tío Jerónimo era un tipo raro, flaco, denegrido, de unos cincuenta a sesenta años, con los ojos claros y el bigote blanco, corto. Recibió a su sobrino con cierta suspicacia, y, después de invitarle a lavarse y a desayunar, le sometió a un interrogatorio.

—¿Qué tal está tu madre? —le preguntó.

—Bien, muy bien.

—¿Y tu padre?

—Bien.

—¿Está empleado?

—No.

—¿Dónde vivís ahora?

—En Bayona.

—¿En Francia?

—Sí.

—Aquello es muy pobre, aunque la gente es muy trabajadora. ¡Si allí tuvieran este sol y esta tierra!

Alvarito pensó que cualquier barrio pobre de Bayona era más rico que todo Cañete y sus contornos; pero no dijo nada. La casa de don Jerónimo era fea, vieja, encalada, sin ninguna comodidad.

Alvarito no sabía que su tío estuviese casado. Poco después conoció a su mujer, la Bruna. La Bruna era alta, corpulenta, con los ojos negros, rasgados, de facciones casi griegas, la boca pequeña, cuerpo grueso, fofo y grasiento. La Bruna tenía una hija, la Dámasa, muy bonita, morena, con los ojos como de azabache, la piel de color de limón y los brazos delgados y un poco negros. Alvarito, aunque comprendía la belleza de un tipo así, no le gustaba. Con la figura de *Manón* grabada en el alma, para él no existía belleza, sino rubia y sonrosada.

Alvarito averiguó al momento de llegar que la Bruna había sido antes la querida de su tío.

No tuvo don Jerónimo que discutir con el amor como en el *Diálogo entre el Amor y un viejo,* de Rodrigo de Cota, pues más que nada vio en su matrimonio una cuestión de vanidad.

La Bruna, de viuda, estaba enredada con don Jerónimo, y al mismo tiempo con un contratista. La Bruna quería casarse y dio celos a los dos amantes, al uno con el otro, y don Jerónimo se adelantó y se casó con ella.

Alvarito quedó sorprendido los días siguientes de las conversaciones y de las ideas de su tío. Sospechó si andaría mal del caletre. El pobre hombre vivía en un constante delirio de grandezas; creía que el mundo entero le envidiaba. Todo lo próximo a él le parecía extraordinario.

Hablaba de los alrededores del pueblo y de las hoces del Cabriel como de algo único, maravilloso y desconocido.

Alvarito sentía gran interés por averiguar qué habría de cierto en el tesoro de su tío, y cuando éste le dijo si quería ir a ver su museo, fue con mucha curiosidad.

Don Jerónimo tenía alquilada cerca de su casa otra grande, medio derruida, con una azotea, y allí se dedicaba a mil extravagancias.

A esta casa la llamaba él, unas veces, su museo, y otras, su observatorio. Su azotea le parecía magnífica, extraordinaria, con unas vistas como no había otras en el mundo.

En la cerca de la azotea, don Jerónimo hizo con clavos varios relojes de sol y pintó después con pintura blanca y encarnada los signos del zodiaco. En los ángulos de la terraza sujetaba molinos de papel como los de los chicos y pretendía con ellos medir exactamente la velocidad del viento.

Tenía también unas veletas de cartón. Decía que él había inventado una veleta admirable. La novedad de la veleta de su invención consistía en que serviría para el interior de una casa, pues tendría un vástago giratorio que atravesaría el tejado y tendría otra flecha en el cuarto donde se estuviera. Así, desde la cama se podría sabe si soplaba viento Norte o Sur.

Ahora, qué ventaja había en esto, él no lo decía.

Don Jerónimo tenía un higrómetro, formado con una palangana agujereada y una botella, y un anteojo corriente, muy malo, con el cual se veía todo envuelto en los colores del arco iris. Pretendía hacer con aquellos útiles observaciones astronómicas y meteorológicas. A este anteojo sostenido por un trípode de cañas, le llamaba su telescopio.

Don Jerónimo apuntaba sus observaciones diarias en un libro antiguo.

Día 25 de marzo: Viento flojo del Noroeste. Buen tiempo.

Esto creía que en el porvenir tendría un gran interés.

El tío Jerónimo aseguró a Alvarito en serio que alguna vez publicaría él sus estudios astronómicos, su teoría acerca del Universo y acerca de la electricidad celeste y de los fluidos magnéticos, para dar en la cabeza a ciertas gentes presumidas.

Aquellas frases de la electricidad celeste y los fluidos magnéticos le encantaban, le daban sin duda una impresión vaga, poética.

La electricidad celeste y los fluidos magnéticos eran, según él, la causa de muchas cosas inexplicables. Hablaba de la electricidad celeste y de los fluidos como de personas de la familia. La electricidad celeste subía; el fluido magnético bajaba, se combinaba con el oxígeno o con el nitrógeno de la atmósfera; lo mismo le daba. La tal electricidad y los tales fluidos tenían un extraño dramatismo, que don Jerónimo manifestaba con sus gestos y sus ademanes.

Él notaba la fuerza de los fluidos en todo: en las estrellas, en los relojes de sol, en las veletas de cartón y en los molinos de papel. De cuando en cuando, don Jerónimo echaba una cometa al aire, y con esto adquiría nuevos datos para el estudio de la electricidad celeste y de los fluidos magnéticos.

—Hoy tiene mucha fuerza el fluido —decía seriamente.

—¿Y en qué lo nota usted? —le había preguntado alguno entre cándido y burlón.

—Lo noto en todo —contestaba él categóricamente.

Don Jerónimo creía que el mundo le envidiaba los tesoros encerrados en aquella casona derruida, y, como precaución, en la puerta puso un artificio con unos cañones de fusil que se disparaban si alguien pretendía entrar violentamente. No le bastaban, sin duda, los fluidos para defender la casa.

A pesar de esto, uno entró una vez forzando la puerta y no le pasó nada, porque no dispararon los cañones de fusil.

—¿Qué te parece esto? —le preguntó su tío, a Alvaro, mostrándole su azotea—. ¡No habrás visto nunca una casa así!

—Sí, es extraño.

—Extraño, algo más que extraño.

Un día, el tío Jerónimo quiso mostrar a Alvarito su tesoro; le bajó a la cueva y le enseñó a la luz de un farol una caja llena de piritas de cobre. Álvaro conocía aquellos minerales porque se los había mostrado idénticos varias veces el señor Golfín.

—¿No serán piritas de cobre? —preguntó Álvaro.

—¡Bah! Veo que no entiendes nada de esto —replicó don Jerónimo, cerrando la caja con desdén.

—¿Usted ha mandado analizar esos minerales?

—Yo, no. ¿Para qué?

Indudablemente, así no había decepciones.

Álvaro pensó que su tío era un hombre extraordinario que cambiaba la realidad a su gusto. Una palabra le bastaba para fantasear.

¡Qué bien hubiera ido en el carro naval, en *La nave de los locos,* con su manto negro, lleno de estrellas de plata, y su cucurucho en la cabeza, estudiando con un telescopio de cartón las diversas manifestaciones de la electricidad celeste y de los fluidos magnéticos!

La vida en la casa de don Jerónimo no fue agradable para Alvarito. La mujer de su tío, la Bruna, se mostraba siempre muy bestia, de mal genio y de malos instintos. Era una mujer de burdel, holgazana, caprichosa, rencorosa; tenía envidia y odio a su hija, al ver que ésta iba llamando la atención al hacerse una muchacha bonita.

La Dámasa, al revés de su madre, se manifestaba como una chica modosa, sensata, muy discreta, con ese fondo de sabiduría de las razas viejas. Trabajaba durante todo el día, siempre dispuesta a hacer cuanto le mandaran, como *la Cenicienta* de la casa.

A veces el mal humor y la grosería de su madre le hacían saltar las lágrimas a los ojos. Esta muchachita, morena, con sus hermosos ojos negros y la tez trigueña, ya cerca de los veinte años, solía jugar como una niña con las chicas de la vecindad.

Alvarito solía hablar con ella; le preguntaba si no pensaba casarse.

—Mejor se vive de soltera que de casada —contestaba ella con cierta malicia amable—; más tranquila y más inocente.

En la vecindad de don Jerónimo, en varias casas blancas, bajas, vivían unas mujeres a las que llamaban en gitano *las Chais.* Allí acudían los soldados carlistas y solía haber grandes zambras. Uno de los puntos fuertes en el leno de *las Chais* era *el Lechuzo,* el acompañante de Alvarito desde Salvacañete. *El Lechuzo,* viejo truchimán libertino, alegre a su modo, parásito proveedor y contertulio de *las Chais* y jugador de ventaja, vivía en el lupanar como el pez en el agua.

La Bruna, muchas veces, cuando estaba incomodada, decía a su hija:

—A ti te voy a poner a servir en la casa de *las Chais,* por melindrosa.

La Bruna sentía gran curiosidad por lo que ocurría en aquellas casas blancas, regentadas por *la Celestina, la Pintada* y *la Saltacharcos.*

Para ella, tal mezcla de soldadismo y de prostitución formaba un ambiente muy simpático. Se robaba en el campo, se gastaba el dinero con las mujeres; todo ello era una combinación lógica y perfecta en su género.

Al poco de llegar, Alvarito pudo comprender que la Bruna, su tía, estaba enredada con un joven sargento, a quien llamaban *el Tronera.*

El Tronera era pequeño, menudo, de mal color por las tercianas, de unos veinticinco años, la mirada clara, la sonrisa burlona, petulante y desdeñosa. Había sido mancebo de botica y se manifestaba siempre sañudo y de intenciones aviesas. No se le ocurría cosa buena; quería hacer su pacotilla para después de la guerra, y todos los procedimientos le parecían lícitos.

Álvaro sintió un profundo desprecio por la Bruna; le chocaba su maldad, su bajeza. El odio que tenía por su hija le hería a él profundamente.

Realmente, la humanidad, como espectáculo, es algo poco grato —pensó Álvaro—; es más agradable contemplar los montes o el mar que el fondo encanallado de las pasiones del hombre.

El Tronera hizo amistades al principio con Alvarito y le llevó a distintos puntos donde se reunían los carlistas: cafés, cantinas y tabernas. Había en aquellos rincones un ambiente de matonería muy desagradable. El matón valiente es una cosa odiosa; el cobarde es uno de los personajes más ridículos y desagradables que se pueden topar.

Irritación, rabia, pedantería se encontraban únicamente en las reuniones de los carlistas. Parecía que representaban alguna comedia guiñolesca, con bravucones y matamoros; quién sacaba su puñal por cualquier cosa y quién se limpiaba las uñas con la punta de la navaja.

Entre su tío, loco y absurdo; la Bruna, perversa y mal intencionada, y *el Tronera,* canallesco y matón, vivía la Dámasa oscuramente, trabajando, cuidando a veces de los niños de las casas cercanas y jugando con ellos.

Una de las veces, al entrar en la casa, Alvarito encontró a la muchacha con un chico pequeño de la vecindad en los brazos, que sin duda tenía fiebre.

—¿Tienes frío? —le preguntaba ella.

—Sí —contestaba el niño, acurrucándose en el regazo de la muchacha.

IX

LOS JEFES

A pesar de la pobreza y de la miseria del pueblo, a Alvarito no le daban las gentes la impresión paralela de sequedad y de estupidez. Quizás eran menos brutos de lo que hubieran sido en la aldea de Francia, de Inglaterra o de Alemania. Ciertamente había algunos tipos como encanijados, resecados, con un color terroso, tan mezquinos, que, por no tener, no tenían ni nariz, y que para mirar abrían la boca como los tontos.

A los tres o cuatro días llamó a Álvaro el gobernador de la plaza de Cañete, don Heliodoro Gil, para interrogarle. En el interrogatorio, Alvarito estuvo muy hábil. Dijo que, prisionero de los liberales en Pamplona, al volver a Bayona le dieron los carlistas una misión confidencial. Después de realizada pensaba presentarse a sus jefes.

Al visitar al gobernador, éste se hallaba en compañía de un ayudante joven, el capitán Barrientos.

Don Heliodoro hizo muchas preguntas a Álvaro. Se notaba que creía que las cosas marchaban mal. Luego, los dos militares le acompañaron a ver las defensas del pueblo. Cabrera había fortificado Cañete un año antes, al volver de su expedición a las provincias de Cuenca y Guadalajara. En aquel mismo año salió una columna carlista al mando del cabecilla Chambonet, saqueó los pueblos de las orillas del Tajo y volvió con muchos alcaldes presos y con cientos de cabezas de ganado. Cabrera dio la orden de perseguir con severidad a las autoridades de los pueblos que festejasen el Convenio de Vergara.

La guarnición de Cañete tenía siete compañías del batallón del Cid y dos del segundo de Cataluña, y víveres para una larga defensa. La fortaleza del castillo contaba con varios cañones de a cuatro, quizá no muy buenos.

A pesar de sus soldados, de sus murallas y de sus cañones, el gobernador de la plaza no estaba muy tranquilo. Veía que los liberales iban rodeando la comarca, y no tenía mucha confianza en su gente.

Al terminar la visita, Alvarito se despidió del gobernador y se fue a su casa. Le contó a su tío Jerónimo cómo había recorrido el castillo y la muralla.

—¿Así, que has visto las defensas de Cañete? —dijo don Jerónimo—. Son formidables. Además, tenemos todo el terreno minado. Ríete tú de Numancia y de Sagunto. Aquí acabaremos todos o venceremos.

Por la tarde, el capitán Barrientos fue a buscar a Alvarito y le invitó a cenar en su compañía. Álvaro aceptó y marcharon los dos al alojamiento del capitán. De sobremesa hablaron largamente.

—¿Qué hay de eso de que el terreno de Cañete está minado? —le preguntó Álvaro.

—Nada. Es una fantasía. ¿Quién le ha dicho a usted esta bola?

—Mi tío Jerónimo.

—¡Don Jerónimo! Está loco

—¿Cree usted de verdad?

—Sí, hombre, sí; completamente loco. ¿Usted ha visto su observatorio?

—Sí.

—¿Y duda usted de que esté loco?

—A veces, ¿quién sabe?, hay gente que parece loca y no lo está.

—Pues ése sí lo está.

Hablaron de don Jerónimo; pero al capitán no le interesaba mucho este asunto y pasó a otra cosa.

Barrientos quería enterarse de la opinión de Alvarito sobre la guerra, y le hizo mil preguntas acerca de lo que se pensaba en Bayona del porvenir del carlismo. Álvaro, al principio habló con precaución; pero viendo que el capitán Barrientos no se recataba con él en decir francamente sus ideas, expuso también sus opiniones con libertad. Él creía que el carlismo marchaba mal y que después del Convenio de Vergara no podría esperarse más sino que le hicieran unos buenos funerales.

—Yo creo lo mismo —repitió varias veces Barrientos.

Al día siguiente, por la mañana, el capitán se presentó de nuevo a Alvarito y hablaron. Barrientos confesó que estaba buscando una ocasión para escaparse de Cañete. La guerra que se hacía allí le asqueaba.

El capitán no tenía condiciones de militar, y menos de guerrillero. Le gustaba leer y tenía libros de Historia y de Literatura. Hablaron Alvarito y Barrientos mucho de la guerra.

—En las provincias Vascongadas y Navarra —dijo el capitán—, la guerra ha sido bárbara; en Castilla la Vieja, Merino y Balmaseda le han dado un carácter más fiero; en Cataluña, más cruel aún, y al acercarse a Valencia y a la Mancha, ha sido lo peor de lo peor. Aquí ya no se respeta la palabra, todo se hace con una saña repugnante. Esta es una guerra de moros; se desnuda a los prisioneros para matarlos a lanzadas, se desnuda a las mujeres para apalearlas y violarlas, se fusila a los chicos. Esto es, sencillamente, una porquería.

—Es la escuela de Cabrera.

—Sí, Cabrera, con sus lugartenientes catalanes, valencianos y manchegos, han deshonrado la guerra y el país. Aquí es corriente cebarse en los cadáveres, mutilándolos y sacándoles los ojos.

—¡Qué horror!

—¡Es un asco! Como le digo a usted, es una guerra de moros.

—Pero parece que en todas partes la guerra es más o menos lo mismo —dijo Alvarito.

—No; allá, en el Norte, la guerra ha sido una guerra de fanatismo, inspirada por los curas; ésta es una guerra de ignorancia, de crueldad y de botín.

El capitán Barrientos estuvo largo tiempo contemplando el suelo; luego, dijo:

—La vista de la sangre derramada es una de las cosas más desmoralizadoras para el pueblo. Todas las tradiciones de dulzura y de piedad, formadas por el tiempo y por la razón, se rebasan como el agua rebasa el obstáculo de una presa, y enseguida aparece el hombre tal como es, con toda su barbarie y su crueldad nativa.

—¿A usted le parece un fenómeno general?

—Sí. Creo que si a todos los hombres se les sometiera a esa prueba de la sangre, se quedaría uno asombrado de ver tanta gente feroz y sanguinaria.

—¿Cree usted?

—Sí. Se ve que la mayoría de los hombres tienen un instinto homicida y fiero que les hace recrearse en las convulsiones y en la agonía de los demás.

—¡Es horrible!

—Y a medida que la crueldad y el instinto sanguinario se excitan —siguió diciendo Barrientos— crece con ellos también la lubricidad. En toda esta gente, la crueldad y la sensualidad marchan a la par. Las mujeres han tenido y tienen aquí, durante la guerra, mucho miedo a salir al campo; cuando las han cogido, no se han contentado con violarlas, sino que han concluido por matarlas.

—Es extraño; no parece que la gente sea uno a uno tan salvaje.

—Es el contagio. Basta que a uno se le ocurra un acto cruel para que los demás lo repitan y se desarrolle ese fondo de brutalidad innato en el hombre.

—Una guerra así es peor que una peste.

—Mucho peor. Sobre esta desdichada España se han lanzado en estos últimos años los asesinos, los ladrones, los aventureros y todos los detritus que han venido del mundo.

—Y usted, ¿cómo ha podido soportar esto? —preguntó Alvarito.

—Yo entré engañado —repuso Barrientos—. Tenía en la cabeza una idea caballeresca y ridícula; creía que la guerra sería para los héroes; pero vi claramente que era para los asesinos y para los ladrones, para los que ansían matar y robar sin peligro. Es el ladrón y el asesino listo, que ven la impunidad de asesinar y de robar, el que se encuentra en la guerra a su gusto. Es también el hombre mediocre el que puede prosperar en épocas así.

Por toda España, según el capitán Barrientos, se veía cómo habían fermentado los gérmenes del robo y del asesinato. Ya perdida la guerra por los carlistas, la gente levantisca se resistía a la paz y a la vida normal. Sólo los soldados del ejército organizado, los de Maroto, Villarreal, etc., querían la paz, pero los cabecillas de las partidas pequeñas no la querían.

—Son bandidos; lo mismo les da una cosa que otra —concluyó diciendo Barrientos.

—Pero aquí forman ustedes parte del ejército regular —repuso Álvaro.

—A medias. Ha habido una época en que sí; teníamos el carácter de una guarnición, pero lo vamos perdiendo. Las partidas van mandando, y el gobernador, por debilidad, deja hacer crueldades inútiles, y a medida que esto lo notan, los de la partida se hacen más fuertes.

—¿Pero hay aquí partidas?

—Sí; sobre todo hay una que nos da mucho que hacer —contestó el capitán—. A unas cuantas leguas de aquí hay un pueblo que se llama Beteta, en el partido de Priego. Está en terreno muy quebrado, muy abrupto y fácil de defender, y Cabrera lo fortificó el año pasado. En Beteta se ha formado una partida de verdaderos bandidos que aterrorizan a las gentes de los alrededores. Los manda *el Cantarero,* que tiene como lugartenientes al *Adelantado,* de Cañete, y a *Navarrito,* de Albarracín.

—¿Al nieto del general?

—Al mismo. ¿Conoce usted al general?

—Sí, he estado en su casa.

—Es un fantoche.

—Completo.

El Cantarero de Beteta es un hombre ya viejo que no piensa más que en reunir dinero; *el Navarrito* es hombre muy violento y que mató a su hermano; *el Adelantado* se caracteriza por ser muy mujeriego y andar siempre de zambra en zambra. Los demás guerrilleros son gente digna de estos jefes: ladrones, asesinos; algunos muy conocidos por sus fechorías. Entre ellos están *el Pastor, el Veneno, el Bizco, Caparrota, la Rosa, el Baulero, el Aperador, el Garboso, Chispilla* y algunos más.

—Gente distinguida.

—Son todos ellos de una violencia y de una crueldad terribles; dignos del patio de un presidio. *El Garboso, el Pastor* y *el Veneno* llevaron, no hace mucho, a un pobre viejo nacional pegándole y pinchándole en la plaza de un pueblo, y le hicieron arrodillarse y poner el cuello en un tajo. El viejo era valiente, y gritó: «¡Viva la nación! ¡Viva la libertad!» *El Garboso* le cortó la cabeza a hachazos.

—¡Qué barbaridad!

—Fue un espectáculo repugnante. En esta partida del *Cantarero,* que tiene su punto de refugio en Beteta, hay varias mujeres, cosa no muy común en esta guerra.

—Sí, es verdad; no se ha hablado de guerrilleras.

—En cambio, como sabe usted seguramente, las mujeres tomaron parte muy importante en la guerra de la Independencia.

—¿Y usted cree que ha sido una ventaja grande?

—Grandísima, porque de haber intervenido ellas, la guerra hubiera tomado aún mayor ferocidad. Hay varias mujeres en la partida del *Cantarero,* entre ellas *Juana la Pintada,* Vicenta Serra y la principal, la que las capitanea a todas, *la Rubia de Masegosa. La Rubia* es la querida del *Adelantado.* Esta *Rubia* tiene una idea romancesca y le gusta montar a caballo y tomar aires de amazona. Es una mujer que no es fea, tiene la tez blanca, la boca pequeña, los ojos de almendra y el pelo negro. Yo la he visto. Cuando se enfurece se le crispa el labio y muestra un colmillo blanco, con una fiereza de animal rabioso. Llama cobardes a todos, y quiere ver derramar sangre. Cuando *el Garboso* y *el Pastor* decapitaron al viejo nacional, se sortearon entre todos para ser verdugos, y, al parecer, *la Rubia* entró en el sorteo, porque se consideraba con fuerza bastante para cortar la cabeza de un hombre con un hacha.

—¡Qué bestia!

—*La Rubia de Masegosa* vio también cómo violaron a una

muchacha, que se había burlado de ella, y luego la mataron clavándola una estaca en el vientre.

—¡Cuánta brutalidad!

—Ahora hay otra cosa. Esta partida del *Cantarero de Beteta* está en contra de nosotros. Nos tienen por tibios. Ellos, probablemente, si los pescan los liberales serán fusilados, porque son todos bandidos; en cambio, nosotros, no; somos militares, y seríamos tratados como militares. Aquí, en Cañete, el representante de la partida del *Cantarero* es *el Tronera,* que quiere que la guarnición cometa toda clase de brutalidades para ponerse como fuera de la ley, y entonces hacerse solidaria de la partida del *Cantarero.* Don Heliodoro no comprende esto, y, como no lo comprende, yo voy a buscar la salvación por mi cuenta.

—Hace usted bien.

—No se lo diga usted a nadie.

—No tenga usted cuidado.

Cómo el capitán iba a buscar su salvación, no se lo indicó claramente a Alvarito.

X

ESCAPATORIA

Conversaron otras veces el capitán Barrientos y Alvarito, y quedaron de acuerdo en que debían marcharse juntos de Cañete; Alvarito volvería a Bayona; Barrientos quería dejar el pueblo y las filas carlistas.

Alvarito le habló a su tío:

—Si tiene usted que darme algo de la herencia para mi madre, démelo usted.

Don Jerónimo refunfuñando, le entregó dos mil pesetas. Según él, era todo lo que correspondía a cada hermano.

Alvarito habló en casa de que se marchaba.

—¿Se va usted? —le preguntó la Dámasa.

—Sí.

—Yo también quisiera irme.

—¿Por qué?

—Mi madre me trata muy mal, y la vida se me está haciendo muy triste.

—Pero, ¿tiene usted sitio donde ir?

—Tengo tíos en San Clemente, y ellos me recogerían.

—Bueno, pues nada; veremos la manera de salir de aquí.

Alvarito contó a Barrientos cómo la Dámasa quería marcharse también de Cañete.

—Hará bien —dijo el capitán—. La tratan de muy mala manera. Su madre es una bestia como hay pocas.

Decidieron los tres escaparse del pueblo. Barrientos dijo que unos días más tarde podría él contar con caballos. Los apostarían cerca de la puerta de la Virgen, montarían y marcharían a Pajaroncillo.

La Bruna y *el Tronera* enterados de que don Jerónimo había dado dinero a Alvarito, pensaron arrebatárselo.

La Bruna le propuso llevarle a una de las casas vecinas con una muchacha muy guapa que ella conocía; *el Tronero* le quiso acompañar a un cafetucho donde se jugaba una partida fuerte al monte.

Alvarito aplazó el ir a un lado y a otro, y preparó la fuga. Dispusieron entre el capitán, la Dámasa y Álvaro que el domingo siguiente un muchacho estuviera con los caballos cerca del río, esperándoles a ellos, que saldrían como a pasear.

No dijeron nada de sus planes; pero *el Tronera* olfateó la maniobra, y comenzó a espiarles.

El domingo por la mañana, el capitán Barrientos mandó a su asistente con los caballos a beber al arroyo. El asistente quería también marcharse.

La Dámasa y Alvarito salieron por la puerta de la Virgen, tomaron por el camino de Boniches, cruzaron el río por un puente pequeño y fueron marchando a cierta distancia del río hasta otro puente. Allí estaban los caballos.

Poco después apareció el capitán Barrientos.

Montaron los cuatro a caballo, llegaron hasta una venta y se encontraron con una patrulla que les pidió explicaciones. El capitán se impuso y lograron pasar. Algún tiempo después notaron que les perseguían. *El Tronera* y otros cinco o seis hombres a caballo se les acercaban.

—Aquí no hay más solución que salvarse a uña de caballo

—dijo Barrientos—. Si la Dámasa no sabe montar, yo la llevaré en brazos.

La Dámasa sabía montar, y marchó valientemente al galope. El que no sabía montar y anduvo con grandes dificultades, siempre expuesto a caerse, fue Alvarito. Aquella carrera le pareció una eternidad.

Oyeron repetidas veces silbar las balas por encima de su cabeza. Afortunadamente, los caballos traídos por Barrientos eran muy buenos, y antes de la hora de comer estaban en Pajaroncillo, sanos y salvos.

En aquel pueblo había guarnición liberal, y Barrientos, con su asistente y Alvarito, se presentaron a ella. El jefe de la guarnición, después de oírles, los dejó en libertad, y recomendó a Barrientos siguiera hasta Cuenca para presentarse a las autoridades. El asistente se quedó en Pajaroncillo, pues era de una aldea próxima.

La Dámasa quería ir a San Clemente, donde tenía unos tíos.

De Pajaroncillo tomaron los tres hacia Minglanilla, y Alvarito aprovechó la ocasión para acercarse a Graja de Iniesta, el pueblo de su padre.

Al llegar a la aldea, se quedó maravillado. Se encontraba ante un grupo de casas míseras, de color amarillento y gris, con los tejados inclinados al suelo, una iglesia pequeña y varios corrales con las tapias de adobes.

El campo era una llanura parda, rojiza, sin árboles, con un molino de viento fantástico en lo alto de una loma. A la entrada de la aldea había un parador y a la puerta de éste un carro. Se veía una calle desierta y dos o tres cerdos que husmeaban en los rincones.

Aquel pueblo achaparrado, con sus paredones amarillentos, le pareció terrible y no le dio ninguna gana de entrar en él, ni de preguntar por sus parientes. ¿Se habría equivocado? ¿Dónde estaban los palacios, los escudos, las huertas a que se refería su padre? No lo quiso averiguar, porque iba teniendo más que la sospecha de que su padre mentía con una tranquilidad absoluta.

Era el anochecer; el cielo se llenaba de luces rojas y daba al campo una gran melancolía.

Volvió a Minglanilla, y al día siguiente la Dámasa, Barrientos y Alvarito marcharon en una tartana desvencijada camino de San Clemente. Se detuvieron de noche a dormir en un pueblo del camino, en un gran parador con pretensiones de fonda. A Alvarito le dieron un cuarto grande, pintado, con molduras en las paredes y en el techo, y una cama, también grande y alta, con una sábana almidonada.

Al poco tiempo de estar en la cama oyó algo que caía sobre la sábana almidonada y hacía un ligero ruido.

—¿Qué demonio caerá aquí? —se preguntó.

Encendió un fósforo, y vio sobre la manta varias pulgas.

—¡Qué pulgas más gruesas! —se dijo.

Al coger una, se le aplastó entre los dedos. Eran chinches.

—¡Qué cosa más repugnante! —pensó. En su casa, a pesar de la pobreza, no había visto chinches; su madre tenía en esto mucho cuidado.

Sacó un colchón de la cama, lo llevó a otro extremo del cuarto, se tendió, y, a pesar de su preocupación se durmió.

Soñó que se hallaba en una habitación llena de animales terribles, todos pesados y adormecidos; una boa grande dejaba un rastro de humedad en los ladrillos del suelo; una serpiente de cascabel se escondía, tímida, entre unas piedras; un cocodrilo bostezaba con la boca abierta. De pronto, alguien le decía: «¡Afuera! Empieza la función.» Salió del cuarto seguido de dos tigres que saltaban y jugueteaban como gatos, y enseguida, por una ventana de cristal vio todos aquellos animales; la boa, el cocodrilo y los demás, agitándose de una manera furiosa.

Se despertó, volvió a dormirse, y soñó de nuevo. Ahora se encontraba en la barraca de las figuras de cera, que estaban todas muy graves y muy serias, cuando de un agujero del techo apareció una chinche monstruosa, con los ojos rojos y amenazadores, y después una segunda y otra tercera.

Las chinches aquellas se ponían a hablar gravemente, y, después de maduras reflexiones, comenzaban a subirse por las piernas de las figuras de cera, y allí donde mordían, salía una mancha roja.

Al despertarse, Alvarito comprendió que las chinches, aunque sin hablar y sin dialogar, le estaban devorando.

Al levantarse de la cama se lavó en la fuente con cuidado, y, después de almorzar con el capitán Barrientos y con la Dámasa, tomaron, en un coche destartalado, el camino de San Clemente.

En el pueblo, preguntando aquí y allá, dieron con la casa de los parientes de la chica y fueron a verlos. Los tíos de la Dámasa eran de la familia de sor Patrocinio, la monja milagrera, amiga de los reyes y con gran influencia en Palacio. Sus parientes del pueblo la consideraban como una tunanta que se hacía ella misma las llagas.

La familia aceptó con gusto el que la Dámasa fuera a vivir con ella. La muchacha se despidió de Alvarito y del capitán Barrientos y éstos marcharon a Cuenca.

XI

La terraza de la catedral

El capitán Barrientos conocía gente en Cuenca, era de la provincia y tenía un tío canónigo. Barrientos llevó a Alvarito a una casa de la plaza y él comenzó a arreglar sus asuntos.

—Yo creo que voy a entrar en el ejército cristino —le dijo a Álvaro al día siguiente—. ¿Usted qué piensa hacer?

—Yo tendría que ir a Bayona; pero la verdad es que no tengo ninguna prisa.

—¿Se encuentra usted bien aquí?

—Sí, éste es un pueblo agradable.

El capitán Barrientos presentó a Alvarito a su tío don Tomás, el canónigo.

Don Tomás, alto, corpulento, había sido capitán de voluntarios realistas, con los *feotas*. Era muy charlatán, no decía cosa de provecho y no sabía nada de nada. Por ironía del destino se llamaba García Liberal. A pesar de su ignorancia y de su necedad, hablaba mal de todos sus compañeros. Del obispo decía que era tan bruto que no distinguía cuándo subía y cuándo bajaba las cuestas; lo que para un ex guerrillero tenía que significar mayor brutalidad que no entender a los padres de la Iglesia.

Con el canónigo, Alvarito pudo ver la catedral en todos sus rincones, subir a las torres y meterse en los desvanes, donde se hallaban amontonadas figuras rotas de los altares y de los pasos de Semana Santa.

Como le dejaron entrar y salir, escogió para pasar el tiempo un patio de la catedral, al borde de la muralla que caía sobre la hoz del Huécar.

Desde allá se oía a los niños de coro en una casa cercana ensayando los cánticos de las fiestas próximas. Aquel patio de la catedral, como una terraza colgada sobre la hoz del río, tenía una porción de santos de piedra, arrumbados y desnarigados.

Muchas veces Alvarito iba a aquella terraza, después de pasar el claustro abandonado, y se quedaba allí, en el pretil, contemplando muy abajo las aguas verdes del río y las piedras y los árboles de la hoz.

Desde aquella azotea, ante el sol claro, en aquel pueblo al cual no le unía nada, ni recuerdos, ni amistades, Alvarito pensó muchas veces en su vida. Le sorprendía el pensamiento de la inanidad de la existencia. ¿Qué sería de él? ¿Qué sería la vida? ¿Habría otra vida? ¿No habría nada y la muerte sería el sueño eterno? Si no había nada detrás, ¿tendría objeto el ser bueno? La bondad, el honor, la patria, ¿eran algo o no eran más que ilusiones? ¿Por qué allí le sorprendían estas ideas y no en otra parte?

Estos pueblos, como Cuenca, en alto, tienen algo de atalayas, de miradores, y parece que al mismo tiempo que se puede extender la mirada por un paisaje físico, se puede también, por paralelismo, extenderla por un paisaje moral.

El porqué de las cosas, el porqué de la vida no se le hubiera puesto como problema en un pueblo de poca altitud como Bayona; allí, en cambio, sobre la alta azotea de la catedral, se le planteaba casi constantemente.

Se le figuró que en aquella España, seca y sin árboles, veía la vida con mucha más claridad que mientras había estado en Bayona; le parecían los horizontes vitales como clarificados y desprovistos de bruma, pero tristes, llenos de desolación. Algunos días, en el pórtico de la catedral contemplaba la multitud de mendigos arremolinados allí.

A Alvarito le extrañaba que en una capital pequeña hubiera tal número de mendigos. Era un pequeño ejército, una tropa numerosa de lisiados, tullidos, ciegos, mudos y paralíticos.

331

¿Cómo vivían? ¿Quién los alimentaba? No podía comprenderlo.

Al convertir en oficio la exhibición de su miseria, aquellas gentes le daban un aspecto de pura decoración.

Había algunos mendigos de aire medieval, pedigüeños con retahílas clásicas y antiguas. Entre todos se distinguían un militar, que decía haber estado en la guerra de la Independencia, en la batalla de Bailén, y un exclaustrado, vestido con un traje harapiento y un sombrero de copa destrozado.

Conoció también Álvaro al ataudero del callejón de los Canónigos, Damián, y le vio trabajar en sus ataúdes, delante de su reloj macabro, acompañado de su cuervo y de su gato negro.

XII

UN HOMBRE ENIGMÁTICO

Unos días después, en la terraza de la catedral de Cuenca, Alvarito encontró al señor alto y delgado, con facha de extranjero, a quien conoció en el estudio del pintor de Teruel.

Estuvo hablando con aquel señor largo rato; le dijo él que vivía en un carmen, en Granada; iba a ir días después a esta ciudad. Como tenía sitio sobrante en su coche, le invitó a marchar a Alvarito en su compañía.

¿Quién era aquel señor y de dónde venía? Alvarito no lo supo. Parecía hombre amable; sabía mucho de arte y de Historia; manifestaba gran simpatía por España y por la seriedad de la gente española, y le ofrecía un puesto en su coche. Alvarito recordaba la buena compañía que le deparó la casualidad con el señor Blas *el Mantero,* y aceptó.

Se pusieron de acuerdo. El coche era un magnífico landó inglés; llevaba un cochero y una especie de lacayo o de ayuda de cámara, encargado de resolver todas las dificultades del camino.

—¿Cómo se llama su señor? —le preguntó Alvaro al criado.

—Llámele usted *el Caballero.*

El viaje se hizo con una gran facilidad; aquel hombre sabía

viajar cómodamente y aprovechar todos los elementos que podían proporcionar los pueblos del camino.

El Caballero y Álvaro hablaron de una porción de cosas; Álvaro se sorprendió de los conocimientos de aquel señor.

. . . .

Unos días después de salir de Cuenca llegaron a un pueblo, colocado en la falda de un cerro, que tenía en la punta una fortaleza y una iglesia. Comieron en la fonda; recorrieron las calles, de casas blancas con huertos, empedradas con guijos, y subieron hasta el castillo por un camino pedregoso entre altas chumberas. Al llegar arriba veíase una inmensa llanura; abajo, las calles anchas, largas y soledas, y a lo lejos una porción de pueblos entre campos verdes.

En lo alto del cerro, en un gran descampado, había un antiguo convento con la fachada blanca y el alero azul.

Encontraron en el atrio a un jorobadillo, con un aire de saltamontes, y le preguntaron si no se podría entrar en el convento.

El jorobado dijo que sí. Aunque no quedaba legalmente ninguna comunidad en España, algunos dominicos vivían allí.

Llamaron, les abrieron la puerta y pasaron a un patio; un fraile con aire antiguo trabajaba de albañil, con una artesa delante y la paleta en la mano.

Otro joven fraile, de tipo suspicaz, paseaba y rezaba.

El Caballero no contestó y estuvo preguntando al jorobadillo el fraile joven les mostró unos cuantos lienzos sin valor y una imagen, vestida, dentro de un camarín. Luego el joven les llevó delante de otro fraile, con aire imponente, que debía ser el superior. Aquel convento, grande y deshabitado, le pareció a Alvarito una decoración de sueño. Al salir del convento, el superior, *el Caballero* y él fueron a un raso empedrado con piedras muy pequeñas, con una cerca con un banco, y se sentaron. El jorobadillo andaba de un lado a otro, subiéndose al banco y poniendo su extraña silueta sobre el horizonte. Parecía que se materializaba y se desmaterializaba rápidamente: cuando corría por la azotea, en el fondo de la pared del convento, no se le veía; en cambio, cuando subía a la cerca se destacaba

333

enorme y absurdo en el cielo azul, como una sátira contra la belleza del lugar y de la hora.

Hablaron el fraile, *el Caballero* y Alvarito de la religión. El fraile tenía una cara dura, imperiosa, ascética; no había en él la menor benevolencia para nada ni para nadie. Habló de la injusticia de la desamortización y de la abolición de las comunidades religiosas, de sus esperanzas de que la Orden dominica volviera a triunfar en España. Al referirse a Mendizábal, dijo repetidas veces:

—Ese judío nos odia a muerte.

Se veía que aquel fraile era como un guerrillero de la religión, un táctico, un estratega. No tenía el menor espíritu evangélico. Aspiraba a restablecer las preeminencias de su Orden, no sólo contra los hombres del liberalismo, sino contra las comunidades rivales, y pensaba que esto debía hacerse trabajando día tras día, poniendo piedra sobre piedra, con tesón y constancia.

A Alvarito le hizo efecto aquel hombre tan duro, con la voz firme y la mirada inflamada de un guerrillero, de un militar.

Al despedirse, *el Caballero* se inclinó y besó la mano al fraile. Alvarito retrocedió con un movimiento instintivo de protesta y saludó solamente.

—Es un hombre de talento —dijo *el Caballero*.

—Sí, sin duda —asintió Alvarito—; pero a mí me ha parecido más bien un político que un religioso.

El Caballero no contestó y estuvo preguntando al jorobadillo el nombre de los distintos pueblos que se veían desde allá; luego, volviéndose a Alvarito, hablando al parecer más consigo mismo que con los otros, dijo:

—Hay como tres naturalezas en el hombre: la naturaleza que se podría llamar natural, la naturaleza social y la naturaleza divina. La naturaleza natural la forman los instintos, las necesidades, las pasiones, todo lo vivo y lo egoísta; la naturaleza social la forman las convenciones, las fórmulas, los medios de relación entre unos y otros; la naturaleza divina o heroica la constituye ese impulso de la bondad, de amor al prójimo, que han tenido algunos hombres, tan exaltado, que ha vencido sus naturalezas natural y social. Todos los hombres tenemos algo de esos tres elementos; unos más, otros menos. ¿No le parece a usted?

—Es posible —contestó Alvarito.

—A la primera naturaleza —siguió diciendo *el Caballero*— corresponde el egoísmo; a la segunda, la sociedad; a la tercera, la bondad. Por encima de la justicia escueta, equitativa y recta, de que hablaba este fraile, hay una justicia superior, impregnada de piedad. Nosotros podemos imaginar esta última; pero no llegamos a ella más que con grandes esfuerzos. Esa aspiración a la justicia corriente está impregnando el liberalismo y la democracia y las palabras de este religioso; la otra justicia superior, sería la santidad. Los hombres del siglo diecinueve, religiosos o laicos, a lo más quieren aspirar a la rectitud, y no pasan de ahí.

El Caballero siguió afirmando que había que establecer, no la igualdad y la libertad, sino la fraternidad entre los hombres.

Estas palabras místicas en este raso del convento solitario, en un día espléndido de sol, con la silueta del jorobado como un saltamontes en el horizonte azul, impresionaron a Álvaro.

Como había visto a todo el mundo defender la indiferencia y el egoísmo por los demás, cosa sin duda normal y corriente, pensó que aquel misterioso personaje debía ser algo raro.

. . . .

Unas leguas antes de Granada, a la salida de un pueblo, se encontraron con un hombrecillo bajo, vestido de negro, con patillas, sombrero ancho y un saco al hombro, que iba montado en un burro. *El Caballero* le conocía; le llamó y le invitó a subir en el coche. El hombre subió; puso su saco, que parecía pesado, a sus pies, y ató el borrico al eje del coche.

—¿Hay mucho trabajo, maestro? —le preguntó *el Caballero*.

—Siempre hay.

El hombrecito no parecía tener afición a referirse a sus faenas, y habló de lo hermoso que estaba el campo y de lo simpáticas que eran las labores agrícolas.

—¿Quién será este tipo? —se preguntó Álvaro.

Era un hombre bajo y grueso, con unos ojos pequeños y vivos, el pelo negro y fuerte; tenía una expresión ambigua en la cara, una mezcla de fortaleza tranquila y de animalidad.

No parecía un obrero, ni un campesino; quizá era algún tratante; pero para ser tratante daba la impresión de ser demasiado taciturno. No le gustaba, sin duda, acercarse a nadie, y se veía que tenía instintivamente la preocupación de apartarse. Era membrudo y con las manos grandes y fuertes.

Un par de leguas antes de Granada, el hombrecito dijo:

—Aquí me bajo.

—¿No tendrá usted obra? —le preguntó *el Caballero*.

—No; aquí tengo un amigo. ¡Buenas tardes, señores!

—¡Adiós, maestro!

El hombrecillo tomó su saco al hombro, y, cogiendo al burro del ronzal, entró por una callejuela.

Poco después, a la entrada de una aldea, un mendigo se acercó al coche a pedir limosna.

—Fíjese usted en ese hombre —le dijo *el Caballero* a Alvarito, mientras sacaba una moneda del bolsillo.

—¿Qué le pasa?

—Fíjese.

Era un pordiosero; tenía la piel abultada y blanquecina, los párpados hinchados y los ojos pequeños y vivos.

—¿Qué le ocurre a ese hombre? —preguntó Alvarito.

—Es un leproso.

Al llegar a Granada, *el Caballero* quiso hospedar en su casa, un carmen del monte de la Alhambra, a Alvarito; pero éste dijo que no, aunque lo agradecía mucho, y se marchó a una fonda.

—Venga usted a verme —le dijo *el Caballero*.

—Iré con mucho gusto.

Aquel señor, cuyo nombre no sabía, le daba una impresión misteriosa.

Al día siguiente, por la mañana, preguntó en la fonda por *el Caballero*. Por las señas se figuraban quién era y dónde vivía; pero no sabían más, o no lo querían decir.

—Y uno a quien llaman el maestro aquí en Granada, ¿tampoco le conocen?

—¡El maestro! ¿Será un maestro de escuela?

—No, no. Es un hombre pequeñito, cano, con patillas, vestido de negro, que viajaba en un burro y llevaba un saco.

—¿Con un sombrero ancho?

—Sí.

—¿Y a ése le llamaban el maestro?

—Sí.

—Pues es el verdugo.

Alvarito dio un salto al oírlo.

Iba a ir a casa del *Caballero,* pero pensó si sería mejor dejar la visita. Por otra parte tenía gran curiosidad. ¿Quién podía ser aquel hombre, rico y culto, que hablaba como un filántropo y tenía amistad con el verdugo? ¿Qué clase de tipo podía ser aquél, que manifestaba simpatía y cordialidad por un ser envilecido?

Aunque quizá no era muy correcto, decidió enterarse, y fue a los alrededores de la casa del *Caballero,* que estaba en el monte de la Alhambra, hacia el paseo de la Bomba. Entró en una cueva próxima. A un gitano, sucio y mal encarado, le preguntó:

—Diga usted, ¿en esta casa vive un extranjero?

—¿Extranjero? No sé si lo *é.* Ahí vive un *zenó* rico, que tiene mucha *afisión* a los *chavaliyo.*

—¿Pues? ¿Por qué?

—Porque es un *manflorita* —contestó el gitano con aire de cinismo.

No había que decir más. Alvarito sintió una gran impresión de desagrado, y volvió a la fonda.

Alvarito pensó, con cierto terror, si en el cristianismo, en el socialismo, en toda tendencia filantrópica y hasta pedagógica, no habría un comienzo de homosexualismo, es decir, de anormalidad.

El viajero que le había acompañado a Álvaro era uno más en el mundo de la extravagancia, un personaje nuevo para *La nave de los locos.*

. . . .

Al día siguiente, Alvarito tuvo un sueño extravagante. Cuidaba a un ciego loco y agresivo. El hombre se le quería escapar por las rendijas de las puertas, él se lo impedía, y el loco quería morderle. Esto ocurría en un cuarto con una ventana. Desde la ventana se veía un valle amarillo y dorado, lleno de flores, y enfrente unos montes altos, como de cristal, todos de aristas puntiagudas. El valle se entenebrecía y quedaba como un paisaje frío y lunar. Entonces él salía a una escalera y empezaba a subirla por la parte de afuera de la barandilla y a pulso, con grandes dificultades, seguido por un hombre que iba también subiendo del mismo modo.

La escalera llegaba a una sala con columnas, en donde mucha gente iba y venía y accionaba con frenesí. Desde un mirador se veía una gran ciudad. En ella se celebraba una feria del mundo entero, al lado del mar, en unas barracas hechas con esteras.

De cuando en cuando entraban más hombres y más mujeres en la sala, y los que estaban ya dentro, como disgustados por ello, les insultaban al verlos entrar y les enseñaban los dientes. Una mujer medio desnuda se paseaba echando una moneda al alto a cara y cruz. Cuando era cara, cogía la moneda del suelo y la besaba; si cruz, la tiraba por la ventana.

De pronto se puso a hablar esta mujer, y apareció cerca de un pilar próximo a donde se encontraba Álvaro una muchacha, vestida de chico, parecida a *Manón,* que se reía.

Luego Alvarito se halló con un trozo de papel en las manos, escrito en una lengua extraña e incomprensible.

Necesitaba encontrar un sitio a propósito para leer, sin gente, y no lo encontraba.

Estaba en una casa grande, destartalada, complicada; llevaba en la mano su documento y buscaba un sitio recóndito, tranquilo, en donde nadie le viera, para entregarse a la lectura. Abría la puerta de un cuarto, lo miraba, lo inspeccionaba y le parecía bien cerrado. Sacaba papel e iba a leerlo, cuando de pronto, en la pared de enfrente, veía una lucerna redonda, un ventanillo misterioso desde donde podían espiarle.

Guardaba el documento precipitadamente, entraba en otro cuarto, lo examinaba, le parecía seguro y, al ir a leer, notaba la claraboya misteriosa enfrente, y así una vez, y dos, y seis, pasaba cuartos y más cuartos, sin poder leer su papel, hasta que, en medio de una galería, sobre una mesa y dentro de una caja larga, como un ataúd, vio un cuerpo con formas de mujer, envuelto en una arpillera y atado con estropajos.

Luego se asomaba al balcón. Tenía delante una montaña

verde, de una luminosidad extraordinaria, con unos palacios de mármol, blancos, brillantes, un cielo azul espléndido y unas flores que chispeaban.

Absorto contemplaba el paisaje cuando se le acercó una figura de cera que se parecía a *Olarra*. El recuerdo de aquella figura de cera le perseguía. Luego soñó que la veía bailar en silencio, mientras un fraile, un fantasma blanco y negro, hacía girar el manubrio de un organillo al cual no se oía. Era un baile vertiginoso; con el movimiento, a la figura se le iban soltando las piernas, los brazos y, por último, la cabeza...

XIII

VUELTA

De su estancia en Granada no pudo sacar Alvarito ningún gran entusiasmo por la Alhambra, que, a pesar de estar considerada como una perla, dentro de la retórica mundial, a él le pareció, con sus calados de escayola o de estuco, algo como una decoración de teatro, buena para ver, pasar y no volver. Aquel edificio famoso le impresionó mucho menos que la catedral de Sigüenza.

La vega granadina le gustó más y le produjo cierta melancolía el contemplarla, al anochecer, desde la azotea de un carmen.

De la Alhambra, el único recuerdo fuerte que conservó fue el de una inglesa muy guapa y el de un señor que medía el palacio de Carlos V, para averiguar si era circular o un poco elíptico, dando pasos con un paraguas en la mano.

Granada le dio la impresión de un pueblo muy provinciano, con gente irritada, reñidora y zarrapastrosa. Todo el mundo tenía una idea de superioridad sobre el resto de los mortales un poco cómica, y la gente de la clase rica una altivez de manchego, unida a la pretensión de ser gracioso del andaluz. Además, le parecieron las mujeres ásperas, y los chicos de la calle, descuidados, sucios y con aire de hospicianos.

Había entonces mucho entusiasmo en Granada por la indumentaria moruna: turbantes, albornoces y babuchas; que parece conservaba para hacer las delicias de los turistas y de los dependientes de comercio; pero a nuestro viajero no se le contagió el entusiasmo por aquella guardarropía.

Alvarito había podido notar el contraste de la España humilde y de la España petulante; por una rara paradoja, la España humilde, olvidada, y a la que nadie elogiaba, le había parecido hermosa y llena de sabor; en cambio, aquella España, cantada antes y después por los Chateaubriand, los Washington Irving y los Gautier, se les antojó un poco lugar común, un tanto baratija teatral.

De Granada, al viajero se le ocurrió marchar a Málaga, y de allí partir y dar la vuelta a España, embarcado.

Salía una diligencia de Granada a Motril; pero estaban todos los sitios ocupados, y Álvaro decidió alquilar un coche y marchar solo.

De Granada a Motril, el camino era muy malo y desierto. No se cruzó más que con recuas de burros, al salir de Granada, y después, de tarde en tarde, con algunas carretas. A un lado y a otro comenzaban a aparecer grandes piteras con sus paletas verdes, casas pequeñas y ventorros medio derruidos. En ciertos puntos de la carretera se pasaba entre nubes de polvo.

A trechos muy largos, entre montes secos, con peñas y matorrales, se veían algunos angostos valles fértiles.

Todo el campo le pareció trágico, abandonado, árido y solitario.

Ya muy entrada la noche llegó a Motril, y durmió en la primera posada que le salió al paso.

Al día siguiente alquiló otro cochecillo, y se dispuso a marchar a Málaga rápidamente. Cruzó por campos de caña de azúcar y por algunos pueblos próximos al mar.

Comió en uno de éstos, y poco después de comer, a primera hora de la tarde, chocó el coche con una piedra, se torció una de las ruedas, y tuvieron que parar para componerla.

—Si quiere usted esperar —le dijo el cochero— voy a ver si encuentro al herrero del pueblo.

—Bueno. Esperaré.

Había cerca un pueblecillo; una aldea, respaldada sobre un cerro, con casas cuadradas, de un piso, como las de un nacimiento de chicos. Cerca del pueblo, a una distancia de un kilómetro próximamente, en la playa, se veía un fuerte militar abandonado.

Alvarito estuvo sentado al borde de la carretera, mirando al mar, cuando se le acercó un campesino a ofrecérsele por si necesitaba algo.

El hombre le dijo:

—Si *uté* quiere, yo *etaré* aquí, y *uté* puede *asercarse* a la playa. Ya le avisaré cuando tengan *arreglao* el coche.

Alvarito se sentó en el campo.

Estando tendido en la hierba, se le acercó un carabinero, con un fusil; un veterano, grueso, amable y sonriente, con un hablar de León o de Zamora.

—¡Buenas tardes!

—¡Buenas tardes!

—¿Qué le ha pasado a usted, caballero? ¿Se le ha estropeado el coche?

—Sí; ha chocado contra una piedra y ha saltado la rueda. El cochero ha ido al pueblo a ver si encuentra alguna herramienta y alguien que le ayude.

—No sé si encontrará a nadie. Es un pueblo chico.

—¿Cómo se llama?

—La Herradura.

—Así que hemos dado en la herradura y no en el clavo —dijo Alvarito, filosóficamente.

—¿Usted no es de por aquí? —preguntó el carabinero.

—No.

—¿Dónde vive usted?, aunque sea mala pregunta.

—Vivo en Bayona, en Francia.

—¡Ah! Lo conozco. He estado de servicio en Irún. ¿Quiere usted venir a tomar algo? Ahí, en ese cuartel antiguo, tenemos una cantina. El coche tardará en arreglarse.

—Bueno; aquí en la carretera ha quedado un hombre, y le voy a avisar.

—Dígale usted que cuando tengan arreglado el coche que le llamen.

Alvarito volvió a la carretera.

—¿No ha llegado aún el cochero? —preguntó al campesino.

—No, *zeñó*.

—Cuando venga llame usted; yo estaré ahí abajo.

—*Zí, señó.*

—No se olvide.

—No tenga *uté cuidao*. Yo, cuando mepongo a *zervir*, me tiro de *cabesa*.

La frase hizo reír a Alvarito. Bajó con el carabinero a la cantina, estuvo charlando con él, hasta que le llamó el campesino. Habían arreglado el coche. Subió a la carretera con dos carabineros, y tomó de nuevo el camino de Málaga.

—Eso *carabinero* son muy *tuno* —le dijo el cochero, riendo.

—Pues, ¿por qué?

—Que *etaban hasiendo* un alijo de tabaco de contrabando con el *vito* bueno de *lo carabinero* cuando *uté* se ha *plantao precisamente* en el sitio desde donde se veía *to*. Han debido *etar* al principio muy *amoscaos* al verle.

—Tiene gracia.

Con mucho retraso, y ya entrada la noche, pudo llegar Alvarito a Málaga.

Al día siguiente marchó al puerto a enterarse. No había ningún barco que fuese al Cantábrico o a Burdeos. Le dijeron que para hacer el viaje por mar sería mejor trasladarse a Cádiz y esperar allí a ver si encontraba algún vapor que saliera en la dirección deseada.

Como veía la cosa difícil y estaba cansado de tener iniciativa, se decidió a ir a Madrid en diligencia.

En Madrid no le chocó nada, llegando de aldeas pobres y de campos desolados; todo le pareció grande, cómodo y hasta magnífico.

En la fonda se encontró con gente muy divertida, entre ella un cómico que hacía los papeles de barba en el teatro del Príncipe, un barítono italiano de ópera y un torero.

Los tres tenían gran amistad, y solían ir a verse trabajar, y se juzgaban unos a otros severamente.

El cómico era el más vanidoso de todos; luego, el torero, y el barítono, cosa rara en un cantante, era el más modesto.

Alvarito vio, por primera vez, una corrida, en la que toreaba el compañero de la fonda; pero el espectáculo no le produjo más que desagrado. Luego, en la mesa, oyó los comentarios del actor y del barítono juzgando la faena del torero.

El barítono tenía muy buena idea del cómico.

—Es un hombre genial —le dijo a Alvaro—, pero se va a malograr. Tiene inspiración, fuego; pero no basta la inspiración, hay que estudiar, hay que trabajar, y él no estudia. Bebe mucho, y la voz se le va a enronquecer enseguida. Es una lástima.

Alvaro fue al teatro del Príncipe a ver al cómico.

No representaba la compañía casi nunca obras españolas; la mayoría de las veces ponían en escena traducciones de comedias y melodramas, mutilados, lo que les daba un aire híbrido y falso.

En algunos momentos felices, el cómico le pareció a Alvarito que estaba inspirado; pero, en general, se le veía distraído y se comprendía que no sabía el papel, por lo mucho que miraba al apuntador. Álvaro no podía compararle con otros actores, porque no había visto ninguno de importancia; pero encontró que sus buenos momentos no compensaban del todo el descuido que tenía en el resto de la obra.

El barítono Campana se hizo amigo de Alvarito. Campana era un cantante que cumplía siempre y que trabajaba a gusto.

—Es lo que nos pasa a los medianos —decía él—; tenemos, en general, la seriedad y la puntualidad que no tienen los ilustres.

Álvaro fue varias veces a la ópera a oírle.

El barítono Campana conocía al caballero Aquiles-Ronchi, uno de los amigos y confidentes de la reina María Cristina. Campana le dijo a Alvarito que le llevaría a casa de Ronchi[28].

Efectivamente, fueron los dos a visitarle. Ronchi vivía en la plaza de Oriente. Estaba muy rico. La dirección de las Loterías y la protección decidida de María Cristina, le habían llevado a la opulencia.

Alvarito se quedó sorprendido con la exuberancia y la facundia del napolitano. Hablaba una mezcla de castellano, francés e italiano muy cómica. Estaba vestido de comendador de

---

[28] Aunque Pío Baroja le llama Aquiles Ronqui, su nombre era Domingo Ronqui, amigo de María Cristina, que fue director de la lotería en España. Ver Pío Baroja, «Ronchi, el chamarilero», en *Siluetas románticas,* ed. cit., págs. 174 y siguientes.

una Orden napolitana, parecía un cochero de casa grande. En aquel momento salía para Palacio.

Ronchi conocía mucho a Aviraneta.

Cuando le dijo Álvaro que veía a don Eugenio en Bayona todos los días, el italiano se alegró.

—*Qué fa nosso amico Afinaretta?* —le preguntó al joven.

—Está allí, en Bayona.

—*Sempre intrigando?*

—Siempre.

—*Oh quel tipo! Qué imaginazione! Qué folontá! Ferdaderamente, Afinaretta es un uomo extraordinario.*

—Sí, es un tipo raro.

—*Oh! Raro, no...; marafillosso, stupendo. Qué fitalida! Qué enerchia! Yo le dico a la nossa rechina fachiano algo por este uomo admirable, y no quiere hacer niente, niente.*

Ronchi dijo que presentaría a Álvaro a la Reina Cristina; pero Álvaro se negó; dijo que él no tenía categoría para ser presentado en Palacio; que no era más que un empleado de una tienda.

—*Está bene. Está bene* —dijo Ronchi, dando palmadas en el hombro del muchacho.

Ronchi bajó las escaleras de su casa acompañado por Álvaro y Campana, y, al tomar el coche, les dijo que fueran a almorzar al día siguiente con él.

—¿Vendremos? —preguntó Campana a Alvarito—. ¿Tiene usted algún compromiso?

—Yo, ninguno.

—Entonces, *addio!, addio! A rivederci!* —gritó Ronchi al subir en el coche, saludando con la mano.

Al día siguiente en el almuerzo, Ronchi contó una porción de anécdotas de su vida de cuando fue revolucionario. Había estado indicado para matar al rey de Nápoles antes de la revolución de 1799.

Preso por regicida y condenado a muerte, se fugó de la prisión. Cuando relató su escapatoria, por el tejado de la cárcel, en calzoncillos, el día mismo de la ejecución, Alvarito y Campana se rieron a carcajadas. Desde aquella época, y viendo la traición de sus compañeros, el napolitano había dejado la política, asqueado. Luego contó sus impresiones cuando en una ciudad de Argelia estuvo a punto de ser empalado, y él reclamaba la cuerda. Después sus aventuras en los bulevares de París, en donde vendía chucherías a cincuenta céntimos.

Para Ronchi, la vida no había sido más que un eterno Carnaval. Todo era locura en el mundo, de arriba abajo. La lotería, que el mismo Ronchi dirigía en España, ¡qué engaño, qué sacacuartos! El Palacio, ¡qué Carnaval! La guerra, ¡qué farsa!

¡Y qué decir de María Cristina, su *padrona*, enamorada como una loca del *signore* Muñoz, el hijo del estanquero de Tarancón, echando todos los años un crío al mundo! Estaba loca. ¿No traía a la familia de su amante al *Palazzo* para exhibirla ante el público? ¿No se hablaba de tú con los padres del *signore* Muñoz? Era una *follia*, una *pazzia*.

Alvarito, en las palabras de Ronchi, encontró una nueva edición de *La nave de los locos*...

Al día siguiente, Alvarito tomó la diligencia para la frontera. Mientras iba en el coche, pensaba en ese gran misterio que somos unos para otros, y a veces uno para sí mismo.

—¿Quién sabe lo que pensará ese hombre, lo que preocupará a esta mujer, lo que soñará esa jovencita, si es que sueña con algo? —se decía.

Al llegar a la frontera, al notar la tranquilidad y el orden que reinaba en Francia, llevó su imaginación inmediatamente, con melancolía, hacia las tierras de España, a aquella *nave de los locos*, desgarrada, sangrienta, zarrapastrosa y pobre que era su país.

Madrid, marzo 1925.

Colección Letras Hispánicas

DE PRÓXIMA APARICIÓN